Nathalie Bergdoll
Hochgefickt

Nathalie Bergdoll

Hochgefickt

Roman

**TAG &
NACHT**

Vorbemerkung

Dieses Buch erhebt keinen Faktizitätsanspruch. Es behandelt typisierte Personen, die es so oder so ähnlich gegeben haben könnte. Diese Urbilder wurden jedoch durch künstlerische Gestaltung des Stoffs und dessen Ein- und Unterordnung in den Gesamtorganismus dieses Kunstwerks gegenüber den im Text beschriebenen Abbildern so stark verselbständigt, dass das Individuelle, Persönlich-Intime zugunsten des Allgemeinen, Zeichenhaften der Figuren objektiviert ist.

Für alle Leser erkennbar erschöpft sich der Text nicht in einer reportagehaften Schilderung von realen Personen und Ereignissen, sondern besitzt eine zweite Ebene hinter der realistischen Ebene. Es findet ein Spiel der Autorin mit der Verschränkung von Wahrheit und Fiktion statt. Sie lässt bewusst Grenzen verschwimmen.

Mix
Produktgruppe aus vorbildlich bewirtschafteten
Wäldern und anderen kontrollierten Herkünften
www.fsc.org Zert.-Nr. SGS-COC-001940
© 1996 Forest Stewardship Council

Verlagsgruppe Random House FSC-DEU-0100
Das für dieses Buch verwendete FSC-zertifizierte Papier
Munken Premium liefert Arctic Paper Munkedals AB, Schweden.

Originalausgabe

1. Auflage
Copyright © 2010 by Tag & Nacht, Köln
in der Verlagsgruppe Random House GmbH
Lektorat: Thorsten Nötges
Satz: Uhl + Massopust, Aalen
Druck und Bindung: GGP Media GmbH, Pößneck
Printed in Germany
ISBN 978-3-442-83000-8

www.tagundnacht-verlag.de

Für meine Familie

... und das Finanzamt Köln-Mitte

Sex ist überbewertet. Genau wie der erste Satz eines Romans.

Solche Scheuklappenphänomene sind immer ärgerlich, weil sie eine völlig unnötige Beschneidung interessanter Sachverhalte darstellen und spannende Facetten einfach rigoros ausklammern. Nehmen wir zum Beispiel den naiven Irrglauben, beim Hochschlafen ginge es tatsächlich vorrangig um Sex. Durch einen solch einseitigen Blickwinkel bekommt diese alternative Art der Karriereplanung nicht nur den Nimbus des Unanständigen und geistig Beschränkten (denn: »Dumm fickt gut!«), sondern sie wird auch in ihrer beeindruckenden Vielschichtigkeit nicht gebührend honoriert.

Aber es macht nun mal einfach mehr Spaß, mit dem Finger auf »die dumme Schlampe« zu zeigen, als einem erfolgreichen Luder auch noch Faktoren wie psychologisches Geschick, umsichtiges Taktieren, zupackenden Mut und einen autarken Charakter attestieren zu müssen.

Ich wette, selbst Cleopatra war zu ihrer Zeit als notgeiles Römerliebchen verschrien, und auch heute, Jahrtausende später, ist gekonntes Hochschlafen nun mal leider immer noch eine verachtete Kunst, der man Anerkennung oder Respekt höchstens in Form von Neid und Bösartigkeiten zollt. Die ein oder andere Chefarztgattin wird mir da aus ihrer Erfahrung heraus sicherlich zustimmen.

Die herablassende Haltung wird der Leistung dieses Gesamtkunstwerks allerdings nicht gerecht, denn auf dem Weg nach oben ist es tatsächlich nur sekundär wichtig, im richtigen Moment bei den richtigen Leuten die Beine breit zu machen.

7

Weitaus wichtiger ist es, seinen Kopf zu benutzen – und damit meine ich definitiv nicht nur Oralverkehr. Offensiv kolportierter Spaß an sexuellen Dingen erweist sich natürlich eindeutig als hilfreich, aber es geht eben nicht nur darum, sich anzubieten und dann flachlegen zu lassen – da könnte man ja gleich eine Karriere im Rotlichtgewerbe ansteuern.

Beim erfolgreichen Hochschlafen hingegen dreht es sich vielmehr um Macht, klassische, weibliche Macht – eben um die altbewährten Kniffe, Männer überhaupt erst mal dahin zu bringen, dass sie einiges dafür tun, dich endlich in die Horizontale zu bekommen. Zeitgeist und Umfeld beeinflussen dann wiederum die Aktivitäten der Männer, um an eben dieses Ziel zu gelangen: Mammuts keulen, Kriege beginnen, die Ehe versprechen oder sich in einer Talkshow zum Heinz machen.

Die Ziele der Frauen haben sich dank der Emanzipation allerdings verändert und erweitert: finanzielle Unabhängigkeit und eine eigene Karriere schenken eine ganz andere Qualität von Macht – und zwar im besten Falle zusätzlich zu den klassischen Kniffen.

Leider ist es nur so, dass bei dieser neuen Art von Einflussnahme die alten, weiblichen Tricks verpönt sind und es bei Zuwiderhandlung eben schnell heißt: »Die hat sich doch hochgefickt!« Aber wenn man für ein Ziel kämpft, sollte man da nicht alle verfügbaren Mittel einsetzen? Nur weil es heißt: »Dumm fickt gut!«, gilt im Umkehrschluss eine lustfeindliche Ausstrahlung als Beleg intellektueller Fähigkeiten – warum fügen sich so viele kluge Frauen vorauseilend in dieses Klischee? Sollte man nicht eher den Anspruch haben, neben gesellschaftlichen Strukturen auch das diskriminierende Sprichwort zu ändern? »Dumm fickt gut – aber schlau fickt besser!«

Natürlich kann man Strukturen, Vorurteile und Klischees anprangern in der Hoffnung, dass sich etwas ändert. Man kann jedoch auch mit eben diesen Strukturen, Vorurteilen und Klischees spielen, sie für seine Ziele nutzen, den Irrsinn dabei subversiv vorführen und sich währenddessen auch noch schön ins Fäustchen lachen ...

Ich habe mich für letztere Variante entschieden und als klassische Zockernatur auf meinem Weg nach ganz oben gnadenlos immer alles eingesetzt, was ich hatte. Dass ich damit durchschlagenden Erfolg hatte (und nebenbei ein beachtliches Vermögen anhäufen konnte), lag aber nicht nur an meinem strammen Dekolleté – dass mir das Glück hold war, lag vor allem daran, dass bei einer blonden Sexbombe einfach niemand einen IQ von 132 vermutet. Und das ist ganz großartig, denn es gibt keine bessere Basis für einen richtig fetten Coup, als im Vorfeld elementar unterschätzt zu werden.

Doch bevor ich anfange, von meinem Aufstieg in die Schlagzeilen der 90er-Jahre zu erzählen, sollten wir uns ein bisschen besser kennenlernen. Denn dafür reicht mein erster Satz ganz sicher nicht – der reicht nur für die Ahnung, dass in diesem Buch wohl weniger kopuliert werden wird, als der Titel es auf den ersten Blick vermuten lässt. Wie gesagt, Vorurteile und Klischees ...

1
Nabelschau
(1964 – 1993)
(Wer bin ich, wo komm ich her, wo will ich hin?)

Ich habe zwei große Talente.

Ja, die auch, aber ich meine eher Talente im Sinne von besonderen Begabungen, dank derer das Schicksal einem Erfolge scheinbar einfach so in den Schoß fallen lässt. Wobei dieser Eindruck falsch ist, denn jedes Talent verpufft wirkungslos, wenn man vor Disziplin und harter Arbeit zurückschreckt. Hätte Mozart beispielsweise gesagt:»Och nö, Papa, ich kann schon Klavierspielen, ich gehe jetzt lieber zu meinen Zinnsoldaten!«, würde uns heute viel schöne Musik fehlen. Wenn man aber das Glück hat, überhaupt irgendein Talent bei sich zu erkennen, dann sollte man es konsequent nutzen und ausbauen! Doch leider wirkt es schnell großspurig, mit den Erfolgen seines Talents auch noch hausieren zu gehen. Denn im Allgemeinen wird ein gewisses Maß an Understatement erwartet – aber wenn Bescheidenheit eine meiner Tugenden wäre, hätte meine Geschichte gerade in den von Größenwahn geprägten 90ern niemals so passieren können.

Bescheidenheit passte nämlich überhaupt nicht zum Zeitgeist der 90er, die Jahre des großen Medienhypes: Musikfernsehen, Daily-Soaps, Talk-Shows, Medien-Agenturen, Internet-Irgendwas und dazu die flirrende Goldgräberstimmung der Vor-Milleniums-Jahre, als gefühlt alles möglich war. Think big.

Jeder Jugendliche wollte »irgendwas mit Medien« machen, der gesamte Markt wuchs rasant – und weil es so viele Sender (und dieses aufkeimende neue Ding namens Internet) gab, die Sendezeit zu füllen hatten, bekam das Fernsehvolk ständig die Möhre des schnellen Ruhms vor die Nase gehalten. Früher, da musste man wenigstens noch mit der Cessna auf dem Roten Platz landen oder Buntstifte am Geschmack erkennen können, aber nun wurde der mediale Ruhm demokratisiert, und man konnte auch ohne besondere Fähigkeiten nicht nur seine von Warhol prophezeiten fünfzehn Minuten Ruhm bekommen, sondern sogar seine eigene Sendung! Um zum Promi zu werden, musste man sich damals nicht in Castingshows blamieren. Um in den goldenen 90ern zum Medienstar aufzusteigen, reichte es noch, einfach zur richtigen Zeit am richtigen Ort zu sein – und dort mit den richtigen Leuten zu schlafen. (Aus eigener Erfahrung kann ich sagen: De facto reichte schon, das einfach zu behaupten – »so-tun-als-ob« kann ich nachweislich ganz passabel, aber dazu später.)

Bevor ich jedoch angemessen von ausschweifenden Exzessen und perfiden Verschwörungen auf meinem Weg zu Reichtum, Glück und einem Bekanntheitsgrad von 96 % erzählen kann, müssen Sie wissen, wieso ich überhaupt dahin kommen wollte und konnte.

Darum also zurück zum Nutzen der bereits erwähnten Talente. Ich bin nämlich unverschämterweise mit gleich zweien davon gesegnet: mit der Fähigkeit, Chancen zu erkennen, und mit gutem Gespür, zur richtigen Zeit am richtigen Ort zu sein. Letzteres trat schon sehr früh zutage, um genau zu sein, bei meiner Geburt, ich bin nämlich ein Sonntagskind. Am 26. Mai 1974 erblickte ich das Licht der Welt in einem Eifeler Kreiskrankenhaus als Tochter der Eheleute Renate und Günther Große und wurde mit großem Brimborium auf den wohlklingenden Namen Jacqueline getauft.

Es war damals schwer in Mode, kleinen Mädchen französische Vornamen zu geben; zudem war meine Mutter bereits seit ihrer

Jugend eine glühende Verehrerin der Stil-Ikone Jackie Kennedy, und mit der Wahl dieses Namens hoffte sie, mir die Weltläufigkeit, Anmut und Grazie meiner Namenspatronin in die Wiege zu legen. Diese an sich schöne Idee scheiterte aber leider schon in dem Moment an der Realität, als der Eifeler Pastor mir das Wasser über die Stirn goss mit den Worten:»...taufe ich dich auf den Namen Dschaschkweline!«

Meine Eltern genossen jedoch bei uns im Ort ohnehin eine Sonderstellung, sodass sie sich Kapricen dieser Art erlauben konnten. Als ich geboren wurde, waren die beiden nämlich bereits zu heimlichen Stars der kleinstädtischen Gemeinde aufgestiegen: meine Mutter als Inhaberin des»Frisierstübchen Salon Renate«, mein Vater als geselliger Zechkumpan mit hohem Unterhaltungswert. Um verstehen zu können, wie sie das 1. in der Eifel, 2. auch noch als Zugezogene und 3. in nur fünf Jahren schaffen konnten, muss man ein paar Dinge über meine Eltern wissen. Das sagt nämlich schon eine Menge über mich aus, denn ohne die beiden, ihre Prägung und Vorgeschichte wäre mein großer Coup in dieser Form nicht möglich gewesen. Es folgt: ein kleiner Exkurs über den genetischen und sozialen Pool, dem ich entsprungen bin.

Die Paarbeziehung, der ich meine Entstehung verdanke, begann bereits Anfang der 60er-Jahre auf einem Rattles-Konzert in Hamburg.

Zu diesem Zeitpunkt war mein umschwärmter Vater mit seinen 28 Jahren bereits ein erfolgreicher Versicherungskaufmann, der nicht nur die Optik von Peter Kraus, die Brustbehaarung von Tom Jones und den Körperbau des jungen Marlon Brando in sich vereinte, sondern darüber hinaus auch noch einen eigenhändig zum Reisemobil umgebauten Opel Blitz besaß. Meine damals 18-jährige Mutter war die bestaussehende Friseuse (damals hieß das noch so) der Stadt, ausgestattet mit der Fröhlichkeit von Lilo

Pulver, dem Sexappeal von Brigitte Bardot und Heerscharen von Verehrern. Amor erwischte die beiden auf voller Breitseite, Eros ließ sie zusammenkommen und zusammen kommen, und auch sonst hatten sie miteinander das große Los gezogen. Gottlob waren diese zwei Alpha-Geschosse bereits damals klug genug, das zu erkennen, und somit beschlossen sie einfach, zusammenzubleiben.

Für damalige Verhältnisse war der Rahmen, in dem sie ihre Beziehung lebten, allerdings ziemlich spektakulär: Unverheiratet zogen sie mit dem Reisemobil meines Vaters quer durch die Republik. Dadurch hatten sie nämlich nicht nur die Möglichkeit, als junges Paar viel Zeit miteinander zu verbringen und trotz der spießigen Berufe ihren inneren Hippie auszuleben, sondern konnten sich gemeinsam auch noch wirtschaftlich in ihrem Dauerurlaub absichern.

Denn Renate und Günther, deren sympathisches Wesen ihrer äußerst patenten Art Vorschub leistet, waren schon damals bauernschlaue Pragmatiker; und weil beide sehr treffsicher mit den unterschiedlichsten Leuten umgehen konnten, verdienten sie auf ihrer Tour richtig gut Geld. Während Günther als selbstständiger Makler die Angebote der einzelnen Versicherer erklärte und sein verbales Spinnennetz Gewinn bringend um die Männer wob, machte Renate derweil den Gattinnen die Haare. Und was von meinem Vater zuerst nur als freundliches Serviceangebot gedacht war, entwickelte sich durch meine Mutter zum symbiotischen Erfolgskonzept.

Meine Mutter ist bis heute eine Meisterin der Manipulation, und seit sie den Frauen den Kopf frisierte und ihnen dabei diverse Kleinigkeiten einflüsterte, stieg die Zahl der zusätzlichen Versicherungsabschlüsse signifikant. Der umsichtige Günther unterstützte im Gegenzug aber auch ihre Ambitionen in Richtung Selbständigkeit – und ihr wachsender Erfolg als Avon-Beraterin spielte ihm wiederum neue Kunden in die Hände.

Meine Eltern lebten nach eigenen Angaben in diesen Jahren ein aufregendes Aussteigerleben: Ihre Korrespondenz regelten sie über Postfächer, und wenn sie berufliche Termine hatten, mieteten sie sich mit ihrem Geld in Hotels ein. In der arbeitsfreien Zeit, die sie sich reichlich gönnten, gondelten sie mit dem Wohnmobil quer durch Europa und genossen ihr Leben.

Ich war als Kind immer begeistert, wie ihre Augen leuchteten, wenn meine Eltern von dieser Zeit erzählten. Eine meiner Lieblingsgeschichten war die, warum und wie sie geheiratet hatten.

»Erzählt mir noch mal, wie das war mit eurer Hochzeit!«, forderte ich in relativ regelmäßigen Abständen.

»Also Lienchen, setz dich her und pass auf«, begann mein Vater dann und bemühte sich zu meinem großen Vergnügen bei seiner Erzählung immer um den gleichen knarzigen Tonfall, den auch die Sprecher auf meinen Märchenkassetten hatten.

»Damals, lange bevor es dich gab, als die Mama und ich noch im Blitzmobil auf Tour waren, da war Frau Stahlke schon eine treue Kundin von deiner Mutter. Die Frau Stahlke war zwar schon sehr alt, als Mama sie kennenlernte, aber man konnte immer noch deutlich sehen, dass sie mal eine ungewöhnliche und sehr schöne Frau gewesen sein musste. Jetzt jedoch war sie alt und einsam geworden, und daher freute sie sich immer sehr über die Besuche deiner Mutter.«

»Die hat mit Mama doch immer feinen Sekt getrunken!«

»Roten Krimsekt«, klinkte sich dann meine Mutter ein, »die Frau Stahlke hatte den immer extra besorgt, wenn sie wusste, dass ich zu ihr komme – und dann haben wir stundenlang getrunken, geraucht und erzählt, herrlich war das!«

»Und worüber habt ihr erzählt?«, fragte ich dann.

Mein Vater verdrehte bei diesem Einwurf von mir jedes Mal dezent die Augen, weil er wusste, dass ihm solche Fragen die Rückkehr zum eigentlichen Erzählstrang nachhaltig erschwerten. Meine Mutter kam nämlich gerne und ausdauernd von Hölzchen auf Stöckchen, und das erst recht, wenn man sie auch noch leichtfertig darum bat.

»Och, über alles Mögliche, über Gott und die Welt, über das Leben und die Männer ... Frau Stahlke liebte es auch sehr, wenn ich ihr von unseren Reisen erzählt habe – die hatte mir sogar einen richtig guten Fotoapparat geschenkt, von ihrem verstorbenen Bruder, und teure Farbfilme, damit sie auch was zu gucken hatte, wenn ich von den ganzen fremden Ländern und Leuten erzählt hab. Du kennst doch die drei dunkelgrünen, alten Fotoalben von Papa und mir – die hat alle Frau Stahlke für uns geklebt, da hatte die Spaß dran! Das war überhaupt eine so tolle Frau, die hatte sich bis ins hohe Alter in ihrem Blick immer noch die Neugier und das Lachen erhalten – obwohl das Schicksal nicht nur gut zu ihr war ...«

Nach einer kurzen Kunstpause schaltete sie in den Friseurmeister-Tuschel-Ton-Modus um: »Weißt du, der Armen war nämlich ihre große Liebe Heinrich im Krieg gefallen, und vor lauter Trauer hat sie dann auch noch ihr ungeborenes Kind verloren, eine ganz tragische Geschichte war das. Daher ist sie nach dem Ersten Weltkrieg als Offizierswitwe kinderlos und unfruchtbar im Haus ihres älteren Bruders eingezogen, der war Fotograf hier in der Eifel. Aber die anderen Frauen im Ort waren so neidisch auf ihre Schönheit, ihre vielen Verehrer und ihren Wohlstand, dass sie von allen als böse Hexe beschimpft und gefürchtet wurde; 1926 wurde sie tatsächlich ...«

»Renate, das Kind wollte von unserer Hochzeit hören und nicht Frau Stahlkes komplette Lebensgeschichte!«, versuchte mein Vater dann für gewöhnlich den Erzählrausch meiner Mutter irgendwie zu drosseln. Gelang ihm aber nie.

»Das hängt doch alles zusammen!«, echauffierte sie sich dann, »die Kleine soll ganz genau wissen, wie das war, sonst kriegt die ein völlig falsches Bild von uns. Willst du, dass dein Kind später über uns sagt, wir wären Erbschleicher gewesen?«

Das wollte er natürlich nicht, und zu ihrer beider Ehrenrettung ließ er wenigstens halbwegs geduldig meine Mutter ihren Ausführungen frönen. Durch dieses Ritual erfuhr ich nicht nur eine Menge über Frau Stahlke, sondern bekam zusätzlich einen Eindruck der analytischen Fähigkeiten meines Vaters. Während Mama mir die notwendigen Hintergrundinformationen über ausgeschmückte Episoden mitzuteilen versuchte, resümierte Papa nämlich die Essenz ihrer Monologe anschließend knapp und präzise in wenigen Sätzen.

»Also Lienchen, die beiden mochten sich so, weil sie sich unabhängig vom Alter sehr ähnlich waren in ihrem Wesen und in ihren Wertvorstellungen. Außerdem sah Frau Stahlke in Mama die Enkelin, die sie immer gerne gehabt hätte; und deine Mutter konnte, weil sie offen und unvoreingenommen war, von der Lebensweisheit der alten Dame profitieren.

Als wir Anfang 1969 mit dem Blitz in Italien unterwegs waren, bekamen wir Nachricht von einem Notar, dass wir uns dringend bei ihm melden sollten. Ich hab dann da an angerufen, und der Notar sagte, dass Frau Stahlke plötzlich verstorben sei und sie für Mama einen Brief hinterlegt hätte.«

»Ich hab so geweint, wie ich das gehört hab, zwei Wochen vorher war ich noch bei ihr gewesen, und die war fit wie immer! Wir haben über Hochzeiten gesprochen, die Frau Stahlke meinte nämlich immer, wir sollten doch endlich heiraten, wir wären so ein schönes Paar, genau wie sie und Heinrich. Naja, und dann hat der Notar mir am Telefon diesen Brief vorgelesen ...«

»Bitte holt den Brief, holt den Brief!!«

Der Brief hing nämlich gerahmt am Kamin, und Mamas Blick funkelte beim Vorlesen immer so schön.

»»Meine liebe Renate, deine Besuche sind mir immer ein Fest, du bist so herrlich lebendig und offen. Auch gestern hatten wir wieder großen Spaß, aber ich sage dir noch mal: Du musst keine Angst vorm Heiraten haben! Eheliche Langeweile, so ein Blödsinn … Deine Ehe wird immer wild sein, ob ohne Trauschein oder mit, das hast du einfach im Blut, so was sehe ich.‹«

An der Stelle gab mein Vater meiner Mutter gerne einen Klaps auf den Hintern oder packte ihr herzhaft an den Busen, stets verbunden mit einem lustigen Grunzlaut, und Mama lachte dann immer ihr perlendes Lachen.

»Günther, bitte, ich muss doch weiterlesen …!«, wurde er zwar mit gespielter Strenge zurechtgewiesen, jedoch gleichzeitig mit kokettem Wimpernklimpern vertröstet. »Später aber natürlich gerne …! – Also, Sternchen, wo war ich gerade? ›Aber warum ich dir diesen Brief schreibe: Heute Morgen war wieder der Pastor da, der alte Erbschleicher. Der beschwatzt mich doch tatsächlich immer, dass ich der Kirche das Haus vererben soll, wenn ich mal nicht mehr bin. Die Kirche hat doch genug Geld, das sehe ich gar nicht ein. Ich habe keine Verwandten mehr, die erben könnten, und auch wenn ich weiß, wie sehr ihr euer Zigeunerleben liebt: Du und dein Günther, ihr sollt das Haus kriegen. Ich will mich daran freuen, dass ihr ein schönes Zuhause habt, wenn ihr mal Kinder bekommt. Weil ich aber tatsächlich die alte Hexe bin, für die mich alle halten, stelle ich euch eine Bedingung: Ihr dürft das Erbe nur antreten, wenn ihr miteinander verheiratet seid. Also tu einer alten, romantischen Frau bitte den Gefallen und leb mit deinem Günther ein glückliches Leben in meinem Haus – als ordentlich verheiratete und trotzdem wilde Eheleute mit fröhlichen Kindern. Ich danke dir für die vielen schönen Stunden und hoffe, du freust dich über mein Geschenk. In liebevoller Freundschaft und Fürsorge, deine Frau Stahlke. PS: Verkneif es dir bitte unbedingt, eines Tages deine Tochter nach mir zu benennen – Walburga ist einfach ein zu hässlicher Name!‹«

»Und als deine Mutter dann ihre Tränen getrocknet hatte, sind wir in Palermo auf die Fähre gegangen und haben dort direkt den Kapitän gebeten, uns zu trauen.«

»Papa sah so toll aus in seiner engen Jeans und dem gebatikten Doppelripphemd, und ich hab extra mein elfenbeinfarbenes Charleston-Kleid angezogen, das Frau Stahlke mir Weihnachten '67 geschenkt hatte. In dem Kleid ist sie nämlich früher beim Maifest immer die anderen Frauen im Dorf ärgern gegangen, und daher fand ich das für meine Hochzeit sehr passend. Das hätte Frau Stahlke bestimmt amüsiert ...«

»Und Mama sah in dem Kleid aus wie eine Göttin, wie sie durch das Spalier der johlenden Matrosen auf mich zukam. Es war unglaublich, ich war so stolz und so glücklich!«

Von der anschließenden Party auf der Fähre haben angeblich sogar die italienischen Zeitungen berichtet. Schade, dass meine Eltern es in ihrem verkaterten Zustand versäumt haben, die Zeitung einzustecken, der gerahmte Ausschnitt hätte sich neben Frau Stahlkes Brief am Kamin bestimmt gut gemacht. Wahrscheinlich noch besser über ihrem Ehebett, aber nun denn.

Meine Eltern erbten also 1969 als Eheleute Große das Haus und traten nach fünf Jahren des Herumtourens zum nächsten großen Abenteuer an: sesshaft werden in der Eifel. Durch ihre Arbeit kannten sie bereits einige Bewohner des Ortes, und nach lukrativen Umbaumaßnahmen am Haus waren die örtlichen Handwerker ihnen auch positiv zugetan. Diesen Bonus bauten sie aus und gewannen kontinuierlich Sympathien durch ihre handfeste Art, sich in das soziale Leben des Ortes einzuklinken.

Denn das gelang den beiden Kommunikationsgenies ganz hervorragend: Renate bei den Frauen über ihr »Frisierstübchen Salon Renate«, das sie im Erdgeschoss des Hauses eröffnet hatte; Günther bei den Männern über seine neue Harley Davidson Duo-Glide, die er gegen den Blitz getauscht hatte, vor allem aber über seine Mitgliedschaft in der freiwilligen Feuerwehr. Dort war er als kumpeliger Experte mit seinen Geschichten über gescheiterte Versicherungsbetrugsversuche gern gesehen – und er war auch lehrreicher Beistand für die erfolgreiche Variante, die der Feuerwehr 1972 ein neues Vereinsheim bescherte.

Ihren hohen Unterhaltungswert schöpften meine Eltern zusätzlich über den Exoten-Status, den sie im Ort aufgrund ihrer hippieesken Vorgeschichte innehatten. Und weil meine quirlige Mutter aus ihrem Salon heraus die Eifel nicht nur mit Kosmetik, Stil- und Frisuroptimierungen, sondern auch mit Sex-Tipps und kurzweiligen Geschichten aus der großen weiten Welt beglückte, war ihr Terminbuch bald so voll, dass sie zwei Mädchen aus dem Ort als Lehrlinge einstellen musste. Mein Vater war in seinem Metier währenddessen so erfolgreich, dass man ihm viel Geld zahlte, damit er in Schulungen einige seiner Tricks und Kniffe preisgab. (Sozusagen als früher Motivations- und Erfolgstrainer, und das schon zu einer Zeit, als man sich noch über Begriffe und Modeerscheinungen wie »Personality-Coaching«, »Success-Maximizing« oder » Netting Networks« kaputtgelacht hätte. Zu Recht.)

Auch beziehungstechnisch blieb bei ihnen alles geschmeidig, meine Eltern liebten sich, das Haus und ihr neues Leben sehr. Sie genossen die Sehnsucht, wenn Günther beruflich unterwegs war, und blieben immer stolz und neugierig aufeinander. Die Beziehung gewann durch die neuen äußeren Umstände weiter an Tiefe, die Leidenschaft und die Freude aneinander ließen dabei erstaunlicherweise nicht nach. Gerade das war für mich persönlich großes Glück, denn sonst hätte das mit meiner Zeugung schwierig werden können.

Im Sommerurlaub 1973, als sie mit der Duo-Glide durch Südfrankreich brummten, war jedoch alles ganz einfach: Ein Spermium von Günther knackte Renates Eizelle, und somit brachten sie sich von der Croisette ein besonderes Souvenir mit in die Eifel. Das Große-Abenteuer bekam Verstärkung – und ich landete mit meinem Talent, zur richtigen Zeit am richtigen Ort zu sein, in einem wunderbar gemachten Nest, das mir optimale Startbedingungen für meine spätere Karriere im Rampenlicht bot: lebensfrohe Eltern mit einem ausgeprägten Hang zur Exzentrik, ein schönes Zuhause mit dubioser Vorgeschichte und als perfektes Sahnehäubchen eine Kindheit im Frisiersalon.

Und zwar nicht in irgendeinem Frisiersalon, sondern in Renates »Beichtstuhlanstalt im Puffdesign«, wie mein Vater ihn gerne nannte. Hier lag der »Kommunikationszentralknotenpunkt« des ganzen Landkreises, wo man sich in altrosafarbenem Ambiente, vor verschnörkelten Messingspiegeln, ausgiebig über Befindlichkeiten, Finanzen, Intrigen, Gerüchte und Affären austauschte. In dieser Keimzelle des Dorfklatsches profitierte ich natürlich in Sachen Menschenkenntnis und Kurzweil sehr von der scharfen Beobachtungsgabe, die mein Vater mir vererbt hat. Ganz besonders jedoch interessierten mich im Salon bereits als kleines Kind die ganzen bunten Zeitschriften, auf denen immer Filmstars und Prinzessinnen mit tollen Kleidern und Frisuren waren. Dass ich im zarten Alter von vier Jahren auch die Texte neben den Bildern lesen konnte, habe ich einfach niemandem gesagt. Dafür hatte ich viel zu viel Spaß an den respektvoll verdutzten Gesichtern der Kundinnen, wenn ich ihnen bei der Lektüre über die Armlehne lugte und mit einem scheinbar außergewöhnlich guten Personen- und Namensgedächtnis Eindruck schindete.

Durch diesen frühkindlichen Konsum der im Salon ausliegenden Regenbogenpresse mischten sich bei mir Realität und Fiktion allerdings schon in jungen Jahren. Bei Märchenkassetten hatte ich zum Beispiel immer Silvia von Schweden mit ihrer kleinen Viktoria vor Augen, wenn das Rumpelstilzchen kam, um »der Königin ihr Kind zu holen«. Trotzdem wollte ich auch so schön, reich und berühmt werden, und die ganzen Omis, die mir immer Werthers Echte zusteckten und lachend applaudierten, wenn ich mich mit irgendwelchen Mätzchen im Mittelpunkt sonnte, bestätigten mich in meinem Glauben, dass das auch klappen könnte. Besonders beliebt im Salon war meine Darbietung einer alten Eifeler Volksweise, des »Kackliedes«. Es gibt ein Foto aus der Zeit, auf dem eine dickliche 5-jährige mit rotblonden

Zöpfen und grotesk großem Mund, im spacken Trägerkleidchen aus grasgrünem Cord auf dem Kassentresen hockt und fröhlich in eine Rundbürste singt. Das bin ich mit meinem ersten Hit.

Ein weiterer Glücksfall für die perfekte Vorbereitung auf meine spätere Karriere im Showgeschäft war aber auch die Tatsache, dass Renates Salon ein paar Jahre später über den ersten Kabelanschluss im Ort verfügte. Dank ihm blieb ich im schulinternen Coolness-Ranking trotz fester Zahnspange immerhin im Mittelfeld und konnte darüber hinaus auch den Aufstieg des Privatfernsehens genau verfolgen. Dass ich berühmt werden wollte, hatte ich ja bereits als kleines Kind beschlossen, aber als ich nun sah, wie viele neue Sender permanent neue Stars ausspuckten, wollte ich nicht mehr in ein europäisches Königshaus einheiraten. Nein, ich steckte mir in der Pubertät ein neues, zeitgeistgemäßeres Ziel: Ich wollte ins Fernsehen, irgendwie »in die Medien« eben. Mein Problem war nur, dass ich nicht die geringste Ahnung hatte, wie ich dahin kommen sollte.

Meine Aussprache war durch meine feste Zahnspange logopädisch behandlungsbedürftig geworden, meine in der Jazz-Dance-Gruppe der katholischen Jugend erworbenen Fähigkeiten im tänzerischen Bereich schätzte ich schon damals realistisch als bestenfalls mittelmäßig ein, und im Frauenchor der Gemeinde durfte ich überhaupt nur mitsingen (»aber bitte ganz leise!«), weil Renate der Chorleiterin einmal pro Woche Haare und Ego aufbürstete. Diese breitgefächerte Minderqualifikation an sich stellte noch keinen wirklichen Hinderungsgrund für eine Showkarriere im Privatfernsehen dar – was mir als 16-jährigem Landei allerdings wirklich fehlte, war die Gelegenheit, aus diesem Kaff heraus einen Fuß in die Türen der Branche zu kriegen. Meine Eltern hatten mir jedoch immer vorgelebt, dass einem das Schicksal manchmal tatsächlich das Gewünschte in den Schoß wirft, wenn man seinem Glück vertraut. Also hielt ich mich an ihr Vorbild und wartete in wacher Lauerstellung einfach mal geduldig ab.

Meine schulischen Leistungen in der zehnten Klasse spielten dieser Haltung zu, und so konnte ich mich drei weitere Schuljahre lang dem Eintritt in den Arbeitsmarkt erst mal erfolgreich entziehen – durch die Option eines anschließenden Studiums sogar bis auf weiteres. Statt mich in die Mühlen einer ernsthaften Berufsausbildung begeben zu müssen, gewann ich Zeit. Zeit, mich weiterhin in Ruhe auf mein Ziel zu fokussieren und währenddessen lästige Makel wie meine Zahnspange, meinen Sprachfehler und meine Jungfräulichkeit loszuwerden.

»Non scholae, sed vitae discimus«, hatte ein Steinmetz dekorativ um das Schultor herum gemeißelt, und für mein Leben lernte ich dort wahrlich eine Menge: zum Beispiel, dass der Krieg zwischen Athen und Sparta erst beendet wurde, als sich die Frauen um Lysistrata ihren Männern sexuell verweigerten – die altgriechische Variante von »Make love, not war!«; und dass der Mathelehrer meine Kurvendiskussionen immer sehr viel wohlwollender benotete, wenn ich sie tief dekolletiert und kurz berockt in den Klausurbogen schrieb.

Darüber hinaus war ich erfreulich oft Raucherhofthema. Ich genoss es, wenn ausgiebig über mich geredet wurde, und lernte, meinen Ruf als scharfes Luder gut zu schüren – das ging über meine körperlichen Vorzüge wie taillenlange blonde Haare und Körbchengröße D schon mal ganz prima. Ruffördernd war vor allem aber, dass ich (ganz Kind meiner Mutter) bei den größten Klatschbasen der Schule ausführlich von meinen sexuellen Ferienerlebnissen berichtete – gleichzeitig aber keinen der hiesigen Jungs ranließ. Das Gerede und der einsetzende Wettbewerb um meine Gunst zeigten mir, dass ich auf dem richtigen Weg war, mein Marktwirtschafts-Wissen aus dem SoWi-Grundkurs erfolgreich umzusetzen: die Nachfrage tüchtig anzukurbeln und dabei das Angebot zu verknappen steigerte meinen Marktwert nämlich beträchtlich.

Das ging so weit, dass der wohlhabende Hoteliersohn Markus

Ballensiefen mich im Abiturjahr sogar zur Jungschützenkönigin des Landkreises machen wollte, nur um sich wenigstens irgendwie mit mir schmücken zu können.

»Jackie, ich werde Jungschützenkönig! Möchtest du vielleicht meine Königin sein? Ich schenk dir auch das Kleid, bitte sag Ja!« Markus war zwar ein echt netter Kerl mit guter Figur, sah aber oberhalb der Halskrause gelinde gesagt beschissen aus. Dass er trotzdem den Mut aufbrachte, mich zu fragen, fand ich jedoch wirklich beeindruckend. Ich habe halt manchmal eine soziale Ader, und abgesehen davon: Königin zu werden war es wert, auf dem Weg dorthin auch mal einen Frosch zu küssen. Die Krönungszeremonie war immer ein Riesenspektakel bei uns im Ort, mehr Aufmerksamkeit und Glamour konnte man in der Eifel nicht bekommen. Ich hielt das für einen angemessenen Abgang, bevor ich in Köln mein Studium anfangen wollte. Allerdings wusste ich auch um das Ausmaß des Geredes, das aus dieser Paar-Situation erwachsen würde, und aus Sorge um meinen hart erarbeiteten Ruf stellte ich ihm Bedingungen.

»O.K., ich mache die Königin – aber nur, wenn du dir vorher Kontaktlinsen und einen neuen Haarschnitt besorgst. Wie sehen wir denn sonst auf den Fotos aus? Und ich warne dich: Wenn du vor lauter Übermut irgendwo behaupten solltest, wir hätten was miteinander, werde ich verbreiten, du hättest keinen hochbekommen und wärst sowieso schwul.«

Er machte durch seine fingerdicken Brillengläser so große Augen, dass man trotz seiner elf Dioptrien Iris und Pupille deutlich voneinander unterscheiden konnte. Vor lauter glückseliger Aufregung wurde er sogar rot und begann zu stammeln.

»Ja, ähäah... du sagst ja?! Äh, klar, ist gebongt, mach ich alles...«

So geschah es, und das tat ihm gut, denn durch diese kleinen Korrekturen sah er immerhin durchschnittlich aus, und weil er sich auch darüber hinaus brav an meine Verhaltensvorgaben hielt, wurde er tatsächlich durch viel Sex belohnt. Nicht mit mir natürlich, aber als Dank für seine Folgsamkeit habe ich im Nachhinein bei den Klatschbasen erzählt, er sei eine Granate im Bett. »Sogar noch besser als das Armani-Model, mit dem ich im Weihnachtsurlaub diese Wahnsinnsnacht in den Bergen hatte, und das will wirklich was heißen ...!« Danach gab es kein Mädchen mehr, das nichts von Markus Ballensiefen wollte. Diese Position der freien Auswahl verschaffte ich ihm nicht nur, weil ich das Gefühl hatte, dass er das irgendwie verdient hatte, sondern auch aus echter Dankbarkeit dafür, dass er mich als Königin wählte. Denn genau damit ging mein Weg ins Showgeschäft los: Ausgerechnet auf dem Krönungsball befand mich das Schicksal endlich für würdig, die lang ersehnte Chance zu bekommen.

2
Schützenfest
(Mai 1993)

Ich sah aus wie Barbie. In einem Korsagenkleid aus pinkfarbenem Seidentaft schritt ich zur Krönung, und Renate hatte sich bei mir in puncto Haare und Make-up selbst übertroffen: Akkurate Lockensträhnen umspielten sanft mein Dekolleté, das ich mir ausladend bis knapp unter den Hals geschnürt hatte, und der lila Lidschatten passte hervorragend zu meinen grünen Augen und den pink gelackten Lippen. Abgerundet wurde das Gesamtpaket durch die kunstvolle Hochsteckfrisur, zu der Renate meine taillenlangen blonden Haare getürmt hatte. Damit schaffte ich es sogar endlich in die Medien – zwar nur in die Medien der Eifel, aber immerhin. »Schöne Bälle zu Pfingsten« lautete die Überschrift im Kreisanzeiger, und direkt darunter ein Foto von mir und meinem Dekolleté. Um das Bild herumdrapiert die Ballberichterstattung, in der mein Name natürlich falsch geschrieben stand, obwohl ich ihn dem rasenden Reporter zweimal langsam und deutlich buchstabiert hatte. War wohl irgendwie abgelenkt.

Aber auch ich selbst wurde damals beim Buchstabieren abgelenkt, und zwar durch den gut aussehenden Typen um die 30, der in Jeans, Hemd und Kaschmirpulli das Festzelt betrat. Den hatte ich noch nie zuvor in der Eifel gesehen, wo kam der her? Und warum hierher? Er blickte sich suchend um, und nur einen Moment später stand ich schon strahlend vor ihm.

»Na, du suchst bestimmt die Schützenkönigin?! Tatata... hier ist sie: Jacqueline die 1., freut mich sehr!«, stellte ich mich vor.

»Oh, hallo, äh, Michael, äh, freut mich auch sehr...« Er schüttelte hektisch meine Hand und deutete eine Verbeugung an. »Hör mal, ich muss dringend telefonieren. Ich hab 'ne Panne, und mein Autotelefon funktioniert nicht mehr!« Die Information »Autotelefon« – damals noch was ganz Besonderes – verringerte mein Interesse nicht unbedingt, und so leitete ich hilfsbereit sein Problem an Renate weiter. Bei ihr wusste ich ihn in patenten Händen, denn ich musste leider wieder an den Königstisch zurück. Ungefähr eine Stunde später jedoch fing er mich auf dem Weg zum Toilettenwagen ab.

»Ach, äh, Schützenkönigin...?!« Ich drehte mich um und sah ihn auf mich zukommen.

»Ich wollte mich noch für deine Hilfe bedanken, der ADAC ist unterwegs, und telefonieren konnte ich auch, alles geregelt!«

»Na prima, gern geschehen!«, sagte ich und lächelte freundlich.

»Was machst du denn so, wenn du nicht gerade Schützenkönigin bist? Arbeitest du?« Komische Anmache, dachte ich noch, ließ mich aber neugierig darauf ein.

»Nein. Ich fang zum Wintersemester in Köln mit meinem Studium an. Warum?«

»Super, pass auf: Ich arbeite für eine große Agentur, Werbung, PR und solche Sachen. Gerade starten wir eine Riesenkampagne für eine Zigarettenfirma. Die Marke soll auf den ganzen Musikfestivals im Sommer massiv beworben werden, mit neuen jungen Bands und Konzerten, die wir sponsern, aber vor allem auch durch schöne junge Frauen. Die sollen bei diesen Events Zigaretten und Gewinnspielkarten verteilen, daher müssen die nicht nur hübsch, sondern auch charmant und kommunikativ sein. Hättest du im Juli und August Zeit und Lust, so eine Tour mitzumachen?«

Mir war ein bisschen schwindelig von der Krönungsball-Bowle

und von dem Tempo, in dem er mir seinen Text entgegenballerte. Trotzdem war ich noch klar genug, mein inneres Hurra nicht zu plakativ nach außen zu lassen. Hätte ja auch sein können, dass der Typ nur ein besonders gewiefter Zuhälter mit neuer Landeier-Rekrutierungs-Masche war.

»Wie sähe das denn konkret aus?«, fragte ich interessiert nach.

»Ihr seid acht Mädchen im Team, ihr kriegt von uns Uniformen, und darin verteilt ihr dann Giveaways und Zigaretten an die Leute auf den Konzerten, wo unsere Bands spielen. Ihr begleitet die komplette Tour von Anfang Juli bis Anfang September quer durch Deutschland, Schweiz, Benelux, wir organisieren euch die Hotels und die Anreise, und für euch Girls gibt es pro Tag 120 Mark. Ich geb dir mal meine Karte, ruf mich doch übermorgen im Büro an und sag Bescheid, ob du dabei bist.«

Aus dem Schützenzelt tönte »The winner takes it all« in der Prümmer Blaskapellenversion, was mich in meinem inneren Beben bestärkte. Da war sie endlich, die lang ersehnte Möglichkeit, den Fuß in die Tür zum Showgeschäft zu kriegen. Und natürlich wollte ich sie nutzen.

Während Renate am Frühstückstisch summend den Zeitungsbericht vom Krönungsball ausschnitt, um ihn nach den Feiertagen gerahmt im Salon präsentieren zu können, hing Günther unrasiert und leicht verkatert über dem Sportteil, und ich schmierte mir in meditativer Ruhe ein Leberwurstbrot. Wir hatten auf dem Ball alle viel gelacht, getanzt und getrunken, und da ich an diesem Morgen auf dem Weg in die Küche durch die offene Wohnzimmertür noch Renates roten Strapsgürtel auf dem Boden vor dem Kamin hatte liegen sehen, war ich mir auch über die weitere Abendgestaltung meiner Eltern nicht im Unklaren.

Mittlerweile war ich in einem Alter, wo ich mit ihrer sexuellen Freizügigkeit umgehen konnte – aber früher, zwischen zwölf und sechzehn, war mir das richtig peinlich gewesen. In dieser

Lebensphase findet man eh alles peinlich, aber dass Renate bei den Familieneinkäufen neben die Sprühsahne auch immer völlig ungeniert eine 12er-Packung Kondome aufs Band legte, zauberte mir an der Supermarktkasse zuverlässig rote Flecken ins Gesicht. Oder die Geschichte, als meine englische Austauschschülerin mit mir von der Mittelstufenparty nach Hause kam und meine Mutter uns völlig zerzaust im ramponierten Dienstmädchen-Kostüm die Tür öffnete:»Oh, ihr seid aber früh zurück!?« Mein Vater machte sich unterdessen aus dem Schlafzimmer heraus durch albernes Gegiggel und penetrantes Glöckchengeklingel bemerkbar, und ich war entsetzt. Vor allem darüber, dass meine Eltern für ihr Treiben ausgerechnet das Glöckchen entweihten, mit dem früher immer das Christkind läutete, wenn der Tannenbaum fertig geschmückt war; aber auch, weil ich nicht wollte, dass ganz England von meinen schamlosen Eltern erfährt. Ich musste also meiner feixenden Gastschülerin irgendwie glaubwürdig und auch noch auf Englisch verklickern, dass meine Eltern nur für eine Aufführung der örtlichen Laiendarsteller-Truppe übten. Ganz zu schweigen von all den Momenten im Salon, in denen ich mir gewünscht habe, der Boden möge sich auftun, weil Renate wieder mal Sextipps rausgab wie normale Mütter Kuchenrezepte.

Gott sei Dank, ging diese wirklich schwierige Phase aber irgendwann vorbei, und seit ich selber Sex hatte, wusste ich die Vorteile meiner offenen Erziehung auch zunehmend zu schätzen und zu nutzen. Zum Beispiel dadurch, dass ich gelernt hatte: Der Morgen nach einer rauschenden Nacht ist hervorragend dafür geeignet, Wünsche vorzutragen. Das gilt nicht nur für die Ebene zwischen Mann und Frau, sondern auch für die zwischen Eltern und Kind, und so beschloss ich während des Brotschmierens, die Gunst der Stunde und die entspannte Grundstimmung auszunutzen. Schließlich plante ich, mich dem gemeinsamen Familienurlaub zu entziehen, und das wollte ich ihnen so schonend wie möglich beibringen.

»Der Typ mit der Panne hat mir einen Job für den Sommer angeboten. Da könnte ich vor dem Studium sogar noch ein bisschen Geld verdienen.«

»Was für einen Job?«, fragte Günther. Mit Geschäftssinn und Fleiß war bei meinen Eltern immer zu punkten, guter Einstieg.

»Ich soll mit sieben anderen Mädels auf Konzerten Zigaretten verteilen, zwei Monate lang auf Musikfestivals quer durch Europa. Die buchen für uns Hotels und Anreise, und ich krieg sogar noch 120 Mark pro Tag!«

»Hat der gesagt?«

»Hat der gesagt und mir seine Karte gegeben, morgen soll ich anrufen.«

»Aha. Und du glaubst, das ist seriös?«, fragte mein Vater. »Zeig mir mal die Karte!«

Ein bisschen mehr Begeisterung hatte ich schon erwartet, aber während ich mein Königinnen-Handtäschchen aus der Diele holte, hörte ich meine Eltern miteinander tuscheln.

»Das dürfen wir ihr nicht madig machen, das muss ihr doch vorkommen wie das Paradies! Herumreisen, zwischen den ganzen Rockstars Zigaretten verteilen und dafür auch noch Geld kriegen, das ist doch fantastisch! Komm, Günther, weißt du nicht mehr, wie viel Spaß wir damals auf den ganzen Festivals hatten?«

»Natürlich weiß ich das noch! Ich weiß sogar noch ganz genau, wie das alles war – deswegen mach ich mir ja Sorgen...! Außerdem wollten wir doch im August alle drei zusammen in Urlaub...«

»Weißt du, wann du dir wirklich Sorgen machen müsstest?«, fiel meine Mutter ihm ins Wort. »Wenn unsere Tochter so bescheuert wäre, wegen einem Wanderurlaub in Österreich ein solches Angebot auszuschlagen!«

Ich trat mit der Karte in der Hand an den Tisch und reichte sie meinem Vater.

»Ich würde die Tour wirklich gerne mitmachen... und wegen

des Urlaubs: Weihnachten gehen wir doch sowieso zusammen Skilaufen! Außerdem könnt ihr sogar mit der Harley nach Österreich fahren, wenn ich nicht dabei bin. Dann haben wir doch alle echte Rockerferien ... hm?«

Meine Mutter zwinkerte mich nickend an, und mein Vater seufzte: »Also gut, Lienchen, dann sag da zu, wenn du das unbedingt willst. Besteh aber darauf, dass die dir vorher einen Vertrag zuschicken, da guck ich dann nämlich noch mal drüber.« Dann setzte er seine Stimme locker eine ganze Oktave runter und wandte sich grinsend an meine Mutter: »Dann machen wir eben zu zweit Urlaub ... hat mein Harley-Häschen eigentlich noch irgendwo die Lederhose mit den Fransen an der Seite dran?«

Ich habe keine Ahnung, wie mein Vater das hinbekam, aber als der Job tatsächlich losging, war ich die einzige Zigaretten-Hostess, die für die gesamte Tour Einzelzimmer und eine exklusive »Backstage-Verteil-Erlaubnis« vertraglich zugesichert bekam.

3
Auf Tour

(Sommer 1993)

Die ersten zwei Wochen auf Tour waren für mich als 19-jähriges Landei ein totaler Kulturschock. Nach einer Teenagerzeit in der Eifel war ich zwar einiges an alkoholischen Exzessen gewöhnt, aber was ich nun im Rahmen dieses Rock'n'Roll-Wanderzirkus erlebte, erweiterte meinen Horizont sehr schnell sehr weit. Alles war noch wilder, als ich mir das nach langjährigem Bravo- und MTV-Konsum vorgestellt hatte – und ich war mittendrin! Mein Ziel war aber weder, mich wegzuknallen mit Drogen wie die ganzen Roadies, noch mich wegknallen zu lassen wie die ganzen Groupies – und somit tat ich gut daran, mir erst einmal in Ruhe und mit klarem Kopf einen Überblick zu verschaffen. Schließlich wollte ich nicht auf der Strecke versumpfen, sondern reich und berühmt werden.

»Wer mitspielen will, muss die Regeln kennen!«, hatte Günther mir immer eingeimpft, und solange ich die Regeln dieses neuen Spiels nicht kannte und noch kein Gefühl für die Strukturen dieses bizarren Mikrokosmos entwickelt hatte, sog ich wie ein Schwamm alles auf, was um mich herum geschah. Das war in jeder Hinsicht eine Menge, schließlich reisten in dem von der Agentur zusammengestellten Tross von ungefähr fünfzig Personen nicht nur acht Hostessen, drei Agenturheinis und um die zwanzig Techniker von Hotel zu Hotel, sondern auch drei Bands, von denen eine sogar mit einer deutschsprachigen Nummer in den Top 20 war. Dementsprechend hatten die auch noch ihre ganze Entourage im Schlepptau: ihren Manager, ihren Produzenten, Typen von der Plattenfirma, ab und zu immer mal wieder die Presse und sogar Fans, die ihnen hinterherreisten. In diesem ganzen irren Spektakel, fernab des normalen Lebens, galt es überhaupt erst mal zu kapieren, wer wofür zuständig war und wie ich dieses Tour-, Musik- und Groupie-Geschäft für meine Ziele am besten nutzen könnte. Aufmerksames Akklimatisieren war also angesagt, wenn ich mich geschickt in dieses Spiel einbringen wollte, und dafür musste ich als erstes meinen Marktwert in diesem neuen Rahmen realistisch einschätzen können.

Dabei half mir Doreen, eine von den anderen Kippen-Hostessen. Sie kam aus den fünf neuen Ländern, war hübsch, dünn und dunkelhaarig, hatte mit ihren 24 Jahren schon zwei Touren dieser Art mitgemacht, und auch sonst wusste sie nach eigenem Bekunden, »wie es läuft«.

Insgeheim bezweifelte ich sehr, dass jemand, der auf seiner dritten Tour immer noch mit Roadies rummachte, wirklich wusste, »wie es läuft«.

Weil aber ausgerechnet Doreen diejenige war, die auch von dem Einzelzimmer-Passus in meinem Vertrag profitierte (weil sie das von der Agentur ursprünglich uns beiden zugeteilte Doppelzimmer nun zu ihrer alleinigen Verfügung hatte), und weil sie sich zusätzlich auch gut gefiel in der Rolle des alten Hasen, der dem neuen Küken im Hostessen-Hühnerstall lehrreich zur Seite steht, war sie mir freundschaftlich gesonnen. Die ersten positiven Auswirkungen davon zeigten sich schon am zweiten Tag.

Wir hatten den Tourauftakt bei einem kleinen Open-Air-Festival in Norddeutschland trotz des Tragens unserer bescheuerten Schulmädchen-Uniform bei lausigen Temperaturen von 12 Grad Celsius, Sturm und Dauerregen gut überstanden und kehrten nachts um halb eins völlig verfroren und durchnässt ins Hotel zurück. Als die restlichen sechs Hostessen, bei denen wir beide wegen unserer Vorteile (Einzelzimmer und große Brüste) ohnehin nicht gut gelitten waren, an der Rezeption ihre drei Schlüssel geholt hatten und im Aufzug verschwunden waren, wandte sich Doreen an den Nachtportier.

»Sie haben doch hier im Haus eine Sauna, oder?«

Der blonde Mittdreißiger nickte.

»Ja, aber die wird nur bis 22 Uhr beheizt.«

»Oh, dann ist die ja jetzt gar nicht mehr warm ... Aber meine Freundin und ich, wir frieren doch so furchtbar doll – können Sie die für uns nicht wieder einschalten?« Doreens Wimperngeklimper war zwar beachtlich, aber offensichtlich nicht ausreichend.

»Nein, das geht nicht. Erstens müsste ich da den ganzen Keller aufschließen, und zweitens darf ich hier nicht weg, die Rezeption muss besetzt sein.«

»Dann passen wir eben solange auf die Rezeption auf, wenn Sie in den Keller gehen!«, brachte ich mich konstruktiv in die Diskussion ein, denn mit meinen gefühlten 34 Grad Körpertemperatur hielt ich »Sauna« für einen hervorragenden Plan.

Er wand sich. »Ich kann jetzt wirklich nicht in den Keller gehen, es tut mir leid.«

Ich persönlich hätte an dem Punkt gesagt: »Schade. Na dann: gute Nacht!«, aber Doreen schaltete hartnäckig in den nächsten Gang und fing beinah schon an zu gurren.

»Oh, hat da vielleicht jemand Angst, allein in den dunklen Keller zu gehen? Dann komme ich eben mit. Ich bin nämlich ein seeehr mutiges Mädchen ... Wir gehen einfach schnell zusammen in den Keller, meine Freundin passt solange auf den Tresen hier auf. Und *was genau* der Portier gemacht hat, als er von seinem Platz mal kurz weg war, das wird niemals jemand erfahren ...«

Letzteres erwies sich bereits eine halbe Stunde später als Lüge.

»Wie, du hast dem einen runtergeholt? Damit er die Sauna aufschließt?!« Ich konnte nicht fassen, was sie mir erzählte, als wir auf unseren Handtüchern lagen, aber ich versuchte, nicht allzu entgeistert zu klingen – schließlich verdankte ich meinen Platz in dieser wunderbar warmen Sauna definitiv ihrem Einsatz.

»Na, warum denn nicht?«, fragte sie lapidar zurück. »Der hat uns doch auch einen Gefallen getan! Ihr Wessis seid einfach alle viel zu verklemmt.«

»Ich bin nicht verklemmt!«, wehrte ich mich reflexartig und verärgert gegen den Vorwurf dieses nymphomanischen Ostgewächses.

»Na dann sei froh – dann wirst du eine Menge Spaß haben auf der Tour. Die ganzen Rocker stehen nämlich auf dicke Dinger! Ich hab mir meine extra nach der ersten Tour vergrößern lassen, als ich das raushatte! Und auf der zweiten Tour hab ich damit wirklich unglaubliche Sachen erlebt ...«

Das schürte natürlich meine Neugier, denn wenn jemand, der es anscheinend völlig normal findet, dem Nachtportier mal eben einen runterzuholen, nun von »wirklich unglaublichen Sachen« reden wollte, versprach es besonders spannend zu werden.

»Auch mit Prominenten?«, wollte ich wissen.

»Ja, natürlich mit Prominenten! Oder meinst du, die Dinger hier«, dabei deutete sie auf ihre mit Schweißperlen bedeckten Silikonbrüste, »hätte ich mir machen lassen für die Tontechniker? Für die hätte ich mir das sparen können, die nehmen eh alles, was atmet. Aber wenn du die Band klarmachen willst, dann musst du was Außergewöhnliches bieten – bei der Groupie-Auswahl, die die haben!«

Damit hatte sie mich vollends am Haken. Erstens schien es mir aufgrund meiner Affinität zu Klatsch und Tratsch sehr verlockend, aus erster Hand echte Insiderinformationen sexueller Art über »Stars« zu bekommen; und zweitens hatte ich im Vorfeld der Tour bei meinen Überlegungen, wie ich diese Chance auf Ruhm und Öffentlichkeit am besten nutzen könnte, genau mit dieser Variante geliebäugelt: den Sänger einer berühmten

Band für mich zu gewinnen. Schließlich hatte ich acht Wochen Zeit und vor allem die Backstage-Verteil-Erlaubnis, da würde das schon irgendwie hinhauen, dachte ich – und gerade deswegen war ich in der Sauna sehr interessiert daran, wie es bei Doreen gelaufen war.

»Welche Band war das denn?«, fragte ich also neugierig.

»Die von Sandro Roccano...« – »Dem Schlager-Sänger?!«, fragte ich ungläubig. Dessen Hits aus den 70ern und 80ern gehörten zum Standardprogramm der Bitburger Alleinunterhalter und ihrer Humtata-Keyboards – der Kracher auf jedem Jubiläum.

»Das ist doch kein Schlagersänger!«, erwiderte sie. »Das ist ein echter Rockstar!«

Nun gut, im Osten wurden früher auch Pappmaché-Kisten als Autos verkauft, da sollte es mich doch eigentlich nicht wundern, dass ein pseudo-italienisches Schlagerfrettchen, an dessen ZDF-Hitparaden-Auftritte mit schlumpfblauer Motorradlederjacke und gesanglich zur Schau getragenen Sommer-Liebe-Szenarien ich mich noch gut erinnern konnte, jenseits der Mauer anscheinend als Rockstar tituliert worden war.

»Und mit dem warst du im Bett?«

Sie kicherte. »Hihi, du bist ja niedlich... und mit dem warst du im Bett?«, äffte sie mich immer noch kichernd nach, »Nein, ich war nicht mit dem im Bett – aber ich habe seine ganze Band quer durch den Tourbus dermaßen um den Verstand gevögelt, da reden die heute noch von! Seitdem bin ich unter Musikern so was wie eine Legende – stell dir vor, sogar der Bassist von *Psychisch* hat mich gestern schon angesprochen, ob die Geschichte stimmt, da geht bald bestimmt auch noch was.«

Psychisch war die Band mit dem Top-20-Hit und nun mit uns auf Tour, und dass Doreen dorthin bereits Kontakte knüpfte, ließ mich kurz an den Erfolgschancen meiner »Ruhig abwarten«-Strategie zweifeln. Aber erst mal wollte ich natürlich genau wissen, wie sie es zu ihrer Reputation gebracht hatte – schließlich war ich ja nicht verklemmt.

»Und was hast du damals mit denen gemacht, dass du heute so einen Ruf hast?«

»Naja, die Jungs kannten mich vom Sehen ja schon vorher, aber auf dem Bergfest, als die erste Hälfte der Tour rum war, da hab ich richtig gefeiert mit denen. Irgendwann war auf der Party das Koks alle, und da wollten sie Nachschub aus dem Bandbus holen – tja, und da bin ich einfach mitgegangen.«

Einfach mitgehen war anscheinend ihre Masche.

»Im Bus angekommen haben wir erst mal ordentlich Pulver nachgelegt, und als ich dann in der Fernsehecke anfing, es mit Steve Stevenson zu treiben, sind die anderen aus der Band einfach dazugekommen. Fünf Typen auf einmal – alle drauf wie die Feuerwehr und spitz wie Nachbars Lumpi! Das war so geil, ich wusste zwischendurch nicht mal mehr, welcher Schwanz zu wem gehört. Dann hatte aber einer von den Muckern die bescheuerte Idee, noch mal nachzulegen … das war genau eine Line zu viel, danach waren ihre Schwänze nämlich weich gekokst, da ging gar nix mehr. Ich war aber jetzt noch viel geiler als vorher, und deswegen hab ich mir einfach die Gurke genommen, die im Kühlschrank lag. Tja, und was soll ich sagen: Die Band war begeistert, denn als ich endlich gekommen bin, ist das Ding tatsächlich knappe zwei Meter weit aus mir raus in den Mittelgang geschossen. Das hatten die noch nie erlebt, bis dahin hatte beim Gurkenschießen im Bandbus niemand die 1-Meter-Marke geknackt – da musste ich erst kommen … also ›kommen‹, hehe, verstehst du?«

Sie amüsierte sich sehr über ihr Wortspiel.

»Jaja, verstehe ich«, sagte ich, und darüber hinaus verstand ich durch ihre als Triumph präsentierte Anekdote noch viel mehr. Nicht nur, dass es Leute mit ziemlich krassen Hobbys gibt – ehrlich schockiert durch solche Abgründe kam ich auch hervorragend damit klar, in der Klassifikation dieses Sex-Monsters als verklemmt zu gelten. Und dass ich es sofort vergessen konnte, mich auf dieser Tour als Luder Nr.1 zu inszenieren, wenn so ein »Geschoss« mitreiste.

Während Doreen also in den folgenden vier Wochen mit insgesamt zwölf Roadies, neun Festival-Besuchern, drei Musikern und zwei Catering-Köchen Sex hatte, präsentierte ich mich wieder genau so, wie ich es auf dem Schulhof geübt hatte: Fröhlich, freundlich, kokett und appetitlich zurechtgemacht sammelte ich bei den Jungs Sympathiepunkte und Aufmerksamkeit, ließ aber parallel dazu niemanden ran. Statt Kerben im Bettpfosten verschaffte ich mir lieber weiter Eindrücke. In diesem Moloch der rüden Sitten war diese Taktik nicht nur als sexueller und emotionaler Selbstschutz sinnvoll, sondern barg meiner Einschätzung nach auch das größte Erfolgspotential. Mein Vater hatte seinen Seminarteilnehmern immer gesagt: »Wenn ich jemandem etwas verkaufen will, dann muss ich erst mal genau hingucken, was der überhaupt brauchen könnte. Wer verkaufen will, muss Bedürfnisse erkennen; wer aber richtig gut verkaufen will, muss Bedürfnisse *wecken* können – und dann ein auf genau diesen Punkt zugeschnittenes Angebot unterbreiten.«

Und so versuchte ich, die ökonomischen Weisheiten meines Vaters situationsgerecht anzuwenden: Wenn die Musiker rundum freie Auswahl hatten und eh immer alles bekamen, was sie wollten – lag da die große Chance, ihnen »wirklich Außergewöhnliches« zu bieten, nicht genau darin, ihnen etwas dekorativ vor die Nase zu halten, was sie eben nicht einfach so haben konnten?

Gemäß Renates Ratschlag »Willst du gelten, mach dich selten!« war ich also damit beschäftigt, Bedürfnisse zu wecken und mir eine gute Handlungsposition zu verschaffen. Für letzteres machte ich mich erst mal drei Jahre älter. 22 klang als Antwort auf die Frage nach meinem Alter viel besser als 19, zumal die Musiker von *Psychisch* alle schon Mitte bis Ende 20 waren. Außerdem begann ich, mich konsequent Lina zu nennen und nennen zu lassen – »Mandy, Jenny und Jacqueline, so heißen Schlampen in Schwerin!«, sagt das Sprichwort, und als Reaktion darauf, was ich von Doreen über das Verhältnis von Ossis zum Sex gelernt hatte, wollte ich falschen Mutmaßungen bezüglich meiner Herkunft unbedingt vorbeugen.

Schließlich hatte ich andere Ziele, als die Anzahl meiner Sexualpartner in dreistellige Höhen zu treiben: Ich musste eine Taktik entwickeln, wie ich mich ins Umfeld der Hauptband einklinken könnte, und das im Gegensatz zu den Groupies möglichst dauerhaft – *Psychisch* war nämlich dabei, eine richtig große Nummer zu werden. Das erkannte ich beim Kippen-Verteilen backstage am Anbiederungs-Gefälle: Die beiden anderen Bands, die mit auf Tour waren, versuchten immer verzweifelt, sich bei Plattenfirmenmenschen, PR-Frauen und Musikjournalisten einzuschleimen – die dafür aber gar keinen Sinn hatten, weil sie selbst wiederum viel zu beschäftigt damit waren, *Psychisch* in den Hintern zu kriechen. In erster Linie natürlich dem Sänger, nicht nur, weil er den Top-20-Hit geschrieben hatte, sondern auch, weil er ein kernig aussehender Frauentyp mit sensibler Künstleraura war und sich hervorragend verkaufen ließ. Aber leider schien dieses speichelleckende Umfeld negative Charaktereigenschaften zu fördern – es ist erstaunlich, wie schnell ein Star seinen Glanz verliert, wenn man hautnah mitbekommt, was für ein unangenehmer Geselle das abseits der Bühne ist. Durch ein Sammelsurium von Kleinigkeiten – die unfreundliche Art, mit der er Leute grundlos anblaffte, die Unhöflichkeit, mit der er sich beliebig in Gespräche ein- oder ausklinkte, das eitle Getue mit seinem Künstlerdasein, sein Umgang mit Kollegen, das respektlose Konsumverhalten Groupies gegenüber und die nicht vorhandenen Tischmanieren, um nur einige zu nennen – hatte ich einen recht zuverlässigen Eindruck gewonnen, dass es sich hier um ein Arschloch erster Güteklasse handelte. Da half es nicht mal mehr, den Faktor Prominenz in die Waagschale zu werfen. Außerdem wusste ich, dass er eine schwangere Verlobte zu Hause sitzen hatte, und damit war er ohnehin aus dem Rennen.

Somit konzentrierte ich mich auf die restlichen drei Bandmitglieder. Der Gitarrist Clemens war zu meiner Überraschung ein ganz Braver und Solider, der hatte seit Jahren die gleiche Freundin und machte nichts außer Musik und Kickern mit dem Bassisten. Keine Flirts, keine Groupies, überhaupt nichts. Das kam wiederum Bass-Bernd zugute, weil er neben seinen eigenen auch noch die von Clemens abgewiesenen Groupies abgrasen konnte. (Doreen war übrigens schon einen Tag nach unserem Saunabesuch bei ihm gelandet – war ihrer Aussage nach jedoch sehr mittelmäßig, aber das nur am Rande.) Unter »ferner liefen« einzusteigen ist jedoch selten eine gute Startposition, und so konzentrierte ich mich auf den Schlagzeuger.

Eine weise Entscheidung, denn Sebi war der perfekte Kontrapunkt zu Sänger Finn: Er sah nicht gut aus, hatte keine Freundin, dafür aber einen amtlichen S-Sprachfehler, und selbst bei den hässlichen Groupies konnte er nur selten landen. Aber: Er hatte keine Allüren und war höflich. Innerhalb der Band war er zwar als Musiker geschätzt, hatte aber insgesamt eher den Rang des Freak-Maskottchens inne, den er durch sein linkisches Verhalten redlich untermauerte.

Dass er immer rot wurde, wenn ich ihn anlächelte, bestätigte mich darin, dass er meine Eintrittskarte in die Loge dieses ganzen Zirkus sein könnte. Daher bedachte ich ihn mit fröhlicher Aufmerksamkeit, interessierte mich für die Bücher, die er zwischendurch immer las, und ermunterte ihn zur Konversation. Gezielt, aber dezent suchte ich seine Nähe, weil ich erfreut bemerkte, dass er sich das andersrum nicht traute.

Die Unsicherheit, die er ausstrahlte, und die Schüchternheit, die er mir gegenüber trotz meines ermutigenden Verhaltens an den Tag legte, zeugten von einem wirklich ausgeprägten Mangel an Selbstbewusstsein – für mich ein phantastisches Vorzeichen: Leute mit schlechtem Selbstbewusstsein sind immer besonders anfällig für Statussymbole.

Von diesem durch Mangel angefachten Wunsch nach Aufwertung leben ganze Industrien – man bedenke, wie viele Sportwagen wohl nur gekauft werden, um Komplexe des Fahrers bezüglich der Größe seines primären Geschlechtsorgans zu kompensieren! Und welches Statussymbol könnte einem verstockten Schlagzeuger mit latent verwachsener Figur, Sprachfehler und Freakstatus noch mehr Aufwertung versprechen, als ein schnelles Auto mit viel zu kleinem Kofferraum? Richtig: eine schöne junge Frau an seiner Seite – und zwar nicht irgendeine, sondern natürlich die, die alle anderen Jungs auf der Tour auch haben wollten, aber nicht kriegen konnten. Meine Verkäuferseele hatte Sebis Bedürfnis klar erkannt, und daher konnte ich ihm ein auf seine Mangelsituation perfekt zugeschnittenes Angebot unterbreiten: Durch meine Gunst würde nämlich ausgerechnet er derjenige sein, der im zwischenmännlichen Testosteron-Ranking der Tour plötzlich auf die Pole-Position düste.

Das Problem war nur, dass er selbst lange nicht kapierte, dass er überhaupt im Rennen war. Geduld war gefragt, also drehte ich weiter meine Runden, schürte die hochtourige Wettbewerbshaltung um meine Person und wartete auf einen günstigen Moment, ihn aus seinem Schneckenhaus zu locken. Am Ende war es ausgerechnet Finn, der mir in seiner Lieblingsrolle als überhebliche Diva diesen Moment verschaffte.

Ich betrat mit einer größeren Anzahl Zigaretten den Tourbus der Band, weil Finn drei Minuten zuvor lautstark rumkrakeelt hatte, er wolle sofort neue Kippen haben, die alten schmeckten nach Chemieklo. Kein Wunder, wenn man sie da rauchte.

Die Bustür stand auf, und ich stieg die drei Stufen hoch. Hinten in der Sitzecke hibbelte Finn herum und zog lautstark die Nase hoch, als er mich sah.

»Na das wurde auch Zeit! Ich muss 'nen Text schreiben, da brauch ich Kippen, komm, gib her!«

Er riss mir hektisch die ganze Schachtel aus der Hand, fingerte sich umständlich eine Zigarette heraus und zündete sie sofort an der Flamme, die ich ihm anbot, an. Tiefes Inhalieren, aber natürlich kein Danke.

»Ich schreib' hier nämlich gerade einen Hit, das wird der Ober-Burner!«, sagte er und deutete in Richtung eines Schreibblocks, auf dem ich nur viel dick Durchgestrichenes erkennen konnte.

»Toll.«

»Ja, das wird total geil. Und weißt du was? Weil ich gerade so gut drauf bin, darfst du mir jetzt einen blasen!«

»Warum sollte ich das wollen?«

Er blickte mich zuerst entgeistert an, dann flippte er aus.

»Weil ich ein verdammter Star bin! Hast du überhaupt eine Vorstellung davon, wie viele Frauen von diesem Angebot träumen?!«

»Klar – die kennen dich ja auch nicht.« Damit legte ich ihm eine frische Stange auf den Tisch, drehte mich um und ging zügig Richtung Ausgang.

»Du verdammte Fotze«, brüllte er mir hinterher, »was bildest du dir ein? Du bist gar nichts, du bist nur eine blöde, kleine Zigarettenhure. Ich lass dich rauswerfen, du miese Schlampe, mich weist man nicht ab, mich nicht!«

An den Tischen hinter dem Fahrersitz kam mir Sebi entgegen.

»Was ist denn hier schon wieder für ein Radau!«, sagte er genervt.

Normalerweise hätte ich so etwas gesagt wie: »Och, Finn ist sauer, weil ich ihm keinen blasen wollte, daher droht er, mich rauswerfen zu lassen. Soll er ruhig mal versuchen, dann zeig ich ihn wegen sexueller Belästigung am Arbeitsplatz an und geh damit an die Presse!« Aber ich wollte ja mehr als nur *eine* Schlagzeile, und so handelte ich stattdessen intuitiv richtig: Ich fing einfach an zu heulen – die Atombombe unter den weiblichen Waffen.

»Alles gut?«, fragte Sebi und sah mich an. Superfrage.

Aufschluchzend schüttelte ich den Kopf.

»Ja, heul ruhig, du frigide Nutte, das wird dir noch leid tun!«, rief Finn aus der Sitzecke. Sebi stand unschlüssig neben dem Schaltknüppel, ich ging an ihm vorbei, schlug mir die Hände vors Gesicht und greinte dabei: »Ich hab es so satt, ich hab es so satt!« Sebi folgte mir nach draußen.

»Lina, warte! Was ist denn los?« Die Atombombe zündete wie geplant, denn mit einem »Komm, beruhig dich erst mal!« und ungelenkem Schulterblattgetätschel führte er mich zu einer Bank neben dem Cateringzelt, holte mir Servietten und einen Becher Wasser und setzte sich neben mich.

Nachdem ich ihm relativ gefasst erzählt hatte, was im Bus passiert war und wie ich mich über meinen potentiellen Jobverlust sorgte, holte ich zum großen Schlag aus.

»Aber weißt du, was wirklich beschissen ist?«, fragte ich mit zitternder Stimme, »Dass alle von mir immer nur Sex wollen. Jeder denkt, ich bin ein Luder, und behandelt mich auch so, die wollen mich nur als Trophäe – aber ich bin nicht so ein Wanderpokal wie Doreen.« Dramaturgisch gut gesetzt erneutes Aufschluchzen.

»Und niemand interessiert sich für den Menschen in diesem Körper – ich kann doch nichts dafür, dass ich aussehe, wie ich aussehe!«

Ich wusste, dass er das Problem an sich gut kannte, wenn auch mit anderen Ausgangsvoraussetzungen. Verbindende Gemeinsamkeiten sind ja äußerst nützlich, wenn man Vertrauen aufbauen will, und nachdem ich mich wieder gefasst hatte (Sebi traute sich mittlerweile sogar schon, tröstend seinen Arm um mich zu legen!), lancierte ich auf dieser Basis ein längeres Gespräch. Wie man das eben so macht, wenn man jemanden anbaggern will: plaudern über Herkunft, allgemeine Ansichten und die eigenen Vorstellungen von Beziehungen und Romantik. Dabei unterstrich ich natürlich nachdrücklich, wie unwichtig mir Äußerlichkeiten waren und dass in meinem Weltbild allein die inneren Werte einen Mann attraktiv machten.

Es hätte nicht besser laufen können. Gut anderthalb Stunden später war für die Hostessen Abfahrt ins Hotel, und mit Blick auf die Uhr verabschiedete ich mich.

»Danke, Sebi, das war echt schön, mit dir zu reden.«

»Ja, fand ich auch!«, sagte er und lächelte verlegen.

»Deine Freundin kann sich wirklich glücklich schätzen«, raunte ich ihm zu, als ich ihm einen Abschiedskuss auf die Wange hauchte und mich innerlich darauf vorbereitete, gleich glaubwürdig überrascht zu tun.

»Ich hab gar keine Freundin!«, erwiderte er.

Mit den größten Augen, die ich machen konnte, sah ich ihn an. »Wie, so ein Spitzentyp wie du ist noch zu haben?«, fragte ich mit ungläubiger Miene.

Er zuckte die Achseln. »Anscheinend hat noch niemand erkannt, dass ich vielleicht gar nicht so scheiße bin, wie ich aussehe ...«

»Doch ...«, sagte ich bedeutsam nickend, sah ihm fest in die Augen und fügte kokett grinsend hinzu: »... seit heute gibt es ganz sicher jemanden, der weiß, was du für ein toller Mensch bist.«

Ich konnte in seinem Blick sehen, wie es klick machte und er endlich kapierte, dass ausgerechnet er derjenige war, dessen Werben um meine Gunst ich erhören würde.

»Schlaf schön!«, sagte er errötend. »Wir sehen uns morgen!«

Als ich mich im Gehen noch mal umdrehte, sah ich ihn im Pippi-Langstrumpf-Hüpfschritt Richtung Bandbus verschwinden – und in dem Moment freute es mich nicht nur, dass meine Taktik anscheinend aufging, sondern auch, dass ich hier in Sachen »Entwicklungshilfe« ein gutes Werk tat.

4
Feste Freundin
(Sommer / Herbst 1993)

Am nächsten Morgen weckte mich der Zimmerservice mit einem Strauß gelber Rosen. »Danke für den schönen Abend. Sebi«, stand auf der beiliegenden Karte. Der Tag hätte eigentlich nicht besser losgehen können, aber obwohl ich innerlich jubilierte, dass mein Plan, mich über Sebi ins Bandumfeld zu genschern, aufzugehen schien, konnte ich moralische Zweifel über mein Tun trotzdem nicht völlig ausblenden. Unter der Dusche hielt also mein Gewissen mit mir Zwiesprache, indem es meine Wertvorstellungen Jekyll-and-Hyde-mäßig neu austarierte: die integre, mit Skrupeln behaftete Jacqueline gegen ihr neues, erfolgshungriges Alter Ego Lina in akuter Triumphlaune.

»Besser hätte es gar nicht laufen können ...«, versuchte die Lina in mir, die Zweifel wegzuwischen, »Psychisch wird ein Riesending, die werden Stars – du hast doch den neuen Song gehört, den sie vorgestern das erste Mal live ausprobiert haben? Der geht morgen raus an alle Radiostationen, das wird der Spätsommerhit – und rate, wer ihn geschrieben hat! Nicht Finn, sondern Sebi! Der Typ ist das Ticket in die First-Class-Loge – und er schickt schon Rosen hierher!«

Das schien mein schlechtes Gewissen noch nicht zu überzeugen, moralinsaures Gegenhalten war die Reaktion:

»Ja, weil der arme Kerl nicht merkt, dass es nicht um ihn, sondern um seine Position geht. Wie mies ist das denn bitteschön, dem Gefühle vorzugaukeln?«

So wollte ich mich natürlich gar nicht sehen, also wehrte sich die Lina in mir gegen diese Sichtweise:

»Ach, wo lebst du denn? Wenn man so argumentiert, kann man direkt reihenweise Standesämter dicht machen. Das ist ganz einfach ein faires Geschäft: er kriegt einen Schub für sein Selbstbewusstsein, du deinen Platz als Star-Freundin.«

»Und du glaubst wirklich, dass du diesen Platz genießen kannst...?«

So eine innere Moralinstanz kann ganz schön nerven...

»Warum denn nicht, du Spaßbremse?!«

»Weil es nie ungestraft bleibt, kaltblütig mit Gefühlen zu spielen... so was rächt sich dann in den Bereichen ›Selbstrespekt‹ und ›Spaß am Sex‹.«

Na super... es musste doch irgendeine Möglichkeit geben, das auch ohne diese blöden Nebenwirkungen gut hinzukriegen, oder?

»Hat meine innere Stimme außer Klugscheißerei vielleicht auch was Konstruktives zu bieten?!«

»Natürlich. Wenn du es gut hinkriegen willst, musst du dich einfach ehrlich auf das Gute konzentrieren!«

Ich trocknete mich ab und dachte nach, wie mir diese Glückskeks-Weisheit weiterhelfen könnte. Selbstverachtung und freudloser Sex waren nun wirklich keine erstrebenswerten Aussichten für mein Vorhaben, daher musste ich mich wappnen. Der Rat, mich »auf das Gute« zu konzentrieren, kam mir ja eigentlich sehr entgegen, denn dass das Leben im Allgemeinen mehr Spaß macht, wenn man das Glas halbvoll statt halbleer sieht, hatten mir Günther und Renate immer deutlich vermittelt.

Vielleicht würde sich eine konsequent positive Grundhaltung ja auch für die Besänftigung von Gewissensbissen nutzen lassen, und somit beschloss ich, mich ernsthaft auf Sebis Vorzüge zu konzentrieren, nicht nur auf die seiner Position.

Die folgenden Tage verbrachten wir viel Zeit miteinander, und Sebi machte es mir nicht schwer, ihn wirklich zu mögen. Man konnte sich tatsächlich ganz gut mit ihm unterhalten, und wenn er Dinge erzählte, tat er das nicht nur angenehm reflektiert, sondern auch durchaus kurzweilig. Damit schaffte er es sogar, dass ich mich nach zwei Tagen schon so an seinen S-Sprachfehler gewöhnt hatte, dass ich in der Lage war, ihn zu überhören. Überhaupt war er schlichtweg nett, er war zuvorkommend, belesen und bemüht, alles richtig zu machen. Leider machten ihn all diese Faktoren trotzdem noch nicht sexy, und auch wenn ich ihn als Mensch mittlerweile ehrlich gut fand, konnte ich mir noch nicht vorstellen, wie es sein würde, mit jemandem zu schlafen, der mich körperlich überhaupt nicht anzog. Das würde mal eine wirklich neue sexuelle Erfahrung werden. Denn es macht einfach mehr Spaß, einen Orgasmus zu haben, als ihn nur vorzuspielen, da bin ich sehr egoistisch.

Fünf Tage nach den Rosen war für die gemeinsame Abendgestaltung des Off-Days ein romantisches Abendessen geplant, und es war mir klar, dass ich die sexuelle Komponente jetzt ins Spiel bringen musste, wenn ich seine feste Freundin werden wollte. Das war mein Ziel, aber um meine innere Abwehrhaltung beim Gedanken an Körpernahkontakt mit ihm aufzuweichen, suchte ich zunehmend verzweifelt etwas, was ihn mir sexuell attraktiv erscheinen lassen könnte. Während des Essens bediente ich mich daher erst mal der urmännlichen Taktik, mir das Gegenüber schön zu trinken und damit die eigene Libido zu schüren. Nach dem dritten Glas Weißwein funktionierte das aber leider immer noch nicht; und obwohl ich eigentlich recht trinkfest bin, wusste ich, dass ich diese Menge an Alkohol, die anscheinend für das Auge nötig wäre, nicht überstehen würde, ohne mich übergeben zu müssen. In meinem angetrunkenen Zustand testete ich, ob ich die Augen noch schließen konnte, ohne dass sich alles drehte. Erfreut stellte ich fest, dass trotz des Schön-Trink-Versuchs eine

Taktikänderung auf »Augen zu und durch« noch gut möglich war.

Nachdem Sebi die Rechung bezahlt hatte, traten wir vor die Tür.

»Sollen wir zu Fuß zum Hotel zurückgehen? Der Himmel und die Luft sind so schön!«, schlug er vor.

Weil ich mir ja vorgenommen hatte, mich auf das Gute zu konzentrieren, sagte ich also nicht:»Was für eine blöde Idee ist das denn?! Mir tun die Füße eh schon weh, und jetzt noch 1,5 km mit den hohen Hacken den Berg runter laufen, bei dir piept's wohl! Außerdem wird es gleich sowieso tierisch regnen, das rieche ich als Kind der Eifel, und das ruiniert mir dann nicht nur das Resultat von anderthalb Stunden Styling, sondern auch meine neuen Wildlederpumps. In die hab ich doch nicht investiert, um damit wandern zu gehen ... also hör auf mit dem Romantikquatsch und ruf uns ein Taxi!«; sondern ich sagte:»Ja, lass uns diese schöne Nacht genießen!«, und hakte mich lächelnd bei ihm ein. Das Gute an dieser Situation war nämlich, dass meine Füße mich zügig zwingen würden, meine »Augen-zu-und-durch«-Taktik endlich umzusetzen. Nach ungefähr achtzig Metern war es so weit, ich blieb stehen (natürlich positionierte ich mich so, dass ich am Hang weiter unten stand und ihm somit trotz hoher Schuhe gleiche Augenhöhe bieten konnte, kleine Männer wissen so was immer zu schätzen), dann konzentrierte ich mich, so stark ich konnte darauf, dass er wirklich ein total supernetter Kerl war, öffnete leicht die Lippen, schloss die Augen und ließ mich von ihm küssen.

Ehrlich gesagt hatte ich erwartet, er sei ein Mixer, einer von den Jungs, bei denen ein Zungenkuss so funktioniert, dass man dem anderen die Zunge in den Mund flappt und dann hektische Rotationsbewegungen vollführt, oder gar ein Sabberer, aber zu meiner Überraschung küsste er mehr als passabel. Sogar so gut, dass ich meine schmerzenden Füße vergaß, und als wir nach zwanzig

Minuten anregender Rumknutscherei endlich doch ein Taxi nahmen, erst da setzte der Regen ein. Auch der Rest der Nacht lief hervorragend, und ich lernte, gesegnet mit dem gnädigen Blick einer zufriedenen Frau, der ein ordentlicher Orgasmus beschert worden war, einige seiner Makel in neuem Licht zu sehen: Die Reste seiner Kopfbehaarung ergaben nämlich von oben betrachtet das Zeichen von Batman, und seine unglaublich lange Zunge ließ ihn zwar lispeln, bescherte ihm aber im nonverbalen Einsatz echte Superheld-Qualitäten. Ich war nicht verliebt in ihn, aber ich musste ihm weder vertikal noch horizontal etwas vorspielen. Es war wirklich angenehm, mit ihm Zeit zu verbringen, und Spaß im Bett machte er auch noch – mit ihm würde es sich in der Loge sehr gut aushalten lassen.

Aber das Tollste war, dass ich es dort auch mit mir selbst immer noch ganz gut aushalten konnte: Durch den Blick auf das Gute hatte ich drohende Selbstverachtung und Frigidität souverän umschiffen können, und darüber hinaus war ich bestens gelaunt, als ich merkte, wie auch der Rest des Plans aufging. Sebi mochte mich, das war klar, aber vor allem mochte er, wie anders er wahrgenommen wurde, seit ich an seiner Seite war. Seine erwartungsgemäß einsetzende Tendenz, mich als Statussymbol zu präsentieren, förderte ich natürlich nach Kräften, denn wenn man schon eine attraktive und sympathische Freundin hat, dann soll man die doch bitteschön auch stolz vorzeigen, am besten überall. Das sah er auch so, und weil *Psychisch* ausgerechnet mit seiner Nummer nach eineinhalb Wochen von 0 auf 5 in die Charts eingestiegen war, erlebte ich daher noch auf der Tour die ersten Pressetermine hautnah mit. Die Reporter durften im Bandbus ihre Fragen vortragen, und Sebi hatte zu Finns Ärger darauf bestanden, dass ich auch dabeibleiben durfte – als der aktuelle Hitschreiber setzte er sich einfach durch. So bekam ich mit, wie solche Interviewtermine abliefen, und zudem sprach mich einer der Reporter an, als die Jungs sich für die Fotos noch mal nachfrisierten.

»Wir haben uns aber schon mal gesehen!?«, fragte er, während er an seiner Fototasche rumfummelte.

»Ja?«, fragte ich freundlich, »Wo denn?« Ich hatte den Typen noch nie gesehen, da war ich mir sicher.

»Ohohohoho, ich weiß!«, fuhr er siegessicher fort, »Du bist die Exfreundin von Ben Herdheld von den *Insassen*!«

»Nein, da verwechselst du mich ...«, lachte ich kopfschüttelnd.

Ben Herdheld war ein echter Popstar, hieß aber eigentlich Bruno Hausmann. Das wusste ich, weil seine Eltern vor 26 Jahren als junge Familie bei meinem Vater mehrere Versicherungen abgeschlossen hatten; ich kannte die Geschichte, seit ich als 14-jähriger Fan Bens Poster über meinem Bett hängen hatte, weil ich ihn sooo süß fand. Damals konnte Günther es sich nicht verkneifen, mich mit meiner Schwärmerei aufzuziehen, und dank der neckischen Auswüchse seiner väterlichen Eifersucht wusste ich seitdem auch, dass Ben als Kind eine Vorhaut-Phimose hatte und ihm zudem eine dritte Brustwarze wegoperiert worden war. Das wusste Günther von Renate, die es wiederum von der jungen Mutter Hausmann während einer Kopfhautmassage erfahren hatte. Konnte ja in den 60ern niemand ahnen, dass der beschnittene Filius eines Tages berühmt wird und dass die erst Jahre später entstandene Tochter der fahrenden Friseurin eines Tages so massiv vom Elefantengedächtnis ihrer Mutter und vom Piesacken ihres Vaters profitieren würde.

Ich packte die sich mir in diesem Moment auftuende günstige Gelegenheit beim Schopf und präzisierte mein abwiegelndes »Nein ...« indiskret, aber wahrheitsgemäß mit »... ich kenne zwar seinen bürgerlichen Namen und weiß, dass er beschnitten ist, aber ich bin nicht seine Ex-Freundin.«

»Aber solche Details weißt du trotzdem?«, legte der Beblockte den Kopf schief und glotzte mir dabei ungehemmt in den Ausschnitt.

»Anscheinend ...«, grinste ich und hob die linke Augenbraue.

»Ey, hier«, brüllte Finn aus der Sitzecke, während er mit großer Geste den rechten Zeigefinger auf sein linkes Handgelenk
pochte, »Fotos entweder jetzt sofort oder gar nicht mehr!«
Der Reporter spurte umgehend und knipste die vier zuerst in
der Sitzecke, dann lustig aus ihren Schlafkojen in den Gang lu-
gend, und danach noch jeden einzeln in der jeweiligen Koje: Finn
mit Stift und Block als Künstler, Clemens dösend mit Schlafbrille
und Discman, Bass-Bernd mit lustiger Grimasse und seinen *Pent-
house-Playboy-Dickerchen*-Heftchen ... und Sebi?
Sebi platzte dermaßen vor Stolz auf seine Freundin, dass sie
unbedingt mit aufs Bild musste – und diesen Wunsch konnte ich
ihm natürlich nicht abschlagen.
Am darauffolgenden Donnerstag hatte die Band vier Seiten in
der BRAVO. Das große Interview, gespickt mit insgesamt zwanzig Fotos, die die Band auf der Bühne und im Tourbus zeigten,
garniert mit informativen Bildunterschriften: »Bernd entspannt
sich beim Lesen«, »Bald-Papa Finn verfasst Gedichte für sein ungeborenes Kind«, »Hit-Schreiber Sebi relaxt mit seiner Freundin
Lina (hatte vorher was mit Ben Herdheld!)«. Über die geklam-
merte Aussage amüsierte sich Sebi sehr, nachdem ich ihm erzählt hatte, wie der Reporter zu diesem Fehlschluss gekommen
war. Abgesehen davon gefiel es seinem aufkeimenden Ego, als
der Typ zu erscheinen, der dem attraktiven *Insassen*-Sänger die
Freundin ausgespannt hatte. Und was es für mein Ego bedeutete,
es keine drei Monate nach dem Schützenfest schon in die BRAVO
geschafft zu haben, muss ich wohl nicht extra erwähnen ...

Nach dem Ende der Tour bezog ich mein Apartment in Köln,
wo ich zum Wintersemester mit meinem Studium anfangen
wollte. Weil *Psychisch* ihr neues Album ebenfalls in der Domstadt aufnahmen, lief mit Sebi alles weiter wie gehabt: Ich war
an seiner Seite mitten in dem ganzen Rummel um die Band,
deren aktuelle Single »Wenn ich könnte, wie ich wollte« mittler-

weile auf Platz 2 der Charts stand. Studioaufnahmen, Pressekonferenzen, Fernsehauftritte, Videodrehs und Partys – alles war neu und spannend, und für meine Zwecke mehr als nützlich. Nicht nur, dass ich mich als Musikerfreundin mit exzentrischen Outfits so in die Berichterstattung drängte, dass Renate mindestens zwei Zeitungsausschnitte pro Woche in ihr Sammelalbum kleben konnte – ich versuchte auch, mich eine Ebene höher, nämlich *hinter* den Kulissen zu etablieren. Mit meiner plaudernden Art, die mich sympathisch und unbedarft erscheinen ließ, knüpfte ich auf diesen Veranstaltungen reichlich Kontakte, die teilweise für mich noch richtig wichtig werden sollten ...

So kam ich bei der »Countdown-zum-Sendestart«-Party eines neuen Privatsenders erstmals in Kontakt mit Tom Kosly. Mit flippigen Klamotten und schräger Frisur präsentierte sich der Mittzwanziger als frech-forscher Freak – ein beliebtes Mittel, um aufzufallen, wenn man von Natur aus eigentlich nur durchschnittlich aussieht. Ich bediente das Klischee der blondierten Sexbombe damals schließlich auch nicht ohne Grund.

Der speckige Senderchef stellte ihn auf der Party als »Showstar des kommenden Jahrtausends« vor. Was Tom Kosly auf jeden Fall hatte, war ein unglaubliches Selbstbewusstsein mit Hang zur Dreistigkeit, und als Sebi mit der Band auf der Bühne stand, machte er mich am Cocktailstand breit grinsend von der Seite an.

»Hey, du bist doch die Perle, die sich den Trommler geangelt hat! Wie läuft's denn da, hast du ihn schon so weit, dass du im nächsten Video mitspielen darfst?«

Zugegeben, ich war irritiert von seiner unverschämt guten Menschenkenntnis und versuchte krampfhaft, nicht ertappt zu wirken. Abgesehen davon, dass er meinen Plan kannte, ärgerte mich besonders seine Feixerei – weil ich Sebi eben leider noch nicht so weit hatte. Ich wollte aber diesem Zanker um keinen Preis die Genugtuung geben, voll ins Schwarze getroffen zu haben.

»Du schätzt mich falsch ein«, erwiderte ich kühl.

»Natürlich«, feixte er weiter. »Du wärst selbstverständlich auch seine Freundin, wenn er nur bei McDonalds hinterm Tresen stünde, is' schon klar!«

Jetzt wurde es Zeit zum Gegenangriff.

»Und weil du eben als Showstar des kommenden Jahrtausends bezeichnet wurdest, versuchst du es jetzt mal direkt bei den Frauen, die dich normalerweise nie beachten würden? Wie viele Telefonnummern hast du denn schon?«

Seinem Blick nach stand es zwischen uns nun 1:1, und dieser Gleichstand stachelte anscheinend seinen Ehrgeiz an.

»Ich wette, dass spätestens in einem halben Jahr kein Hahn mehr nach dir kräht. Du hast nämlich aufs falsche Pferd gesetzt«, grinste er herausfordernd. Ich nahm einen Schluck von meinem Mai Tai und bemühte mich um das gleiche Maß an Überheblichkeit, das er an den Tag legte.

»Wie kommst du darauf?«

»Erstens ist das Musikgeschäft viel zu schnelllebig, und zweitens geht das bandintern nie gut, wenn sich eine Freundin so einklinkt. Das gibt immer Ärger. Entweder trennt sich die Band, und du stehst dann da mit deinem Schlagzeuger, der alleine natürlich nichts reißen kann. Oder dein Schlagzeuger trennt sich von dir, damit der Bandfrieden wiederhergestellt ist – so oder so bist du raus.«

Leider erschienen mir beide Szenarien nicht völlig abwegig, zumal Finn überall schier unermüdlich versuchte, Stimmung gegen mich zu machen. Trotzdem gab ich mich siegessicher und süffisant.

»Soso, ich bin also in sechs Monaten komplett raus, wettest du? Da halte ich gegen. Worum willst du denn überhaupt wetten?«

Er grinste von einem Ohr bis zum anderen: »Was hast du denn anzubieten...?«

Ich schüttelte den Kopf. »Die Frage ist doch wohl eher, was *du* anzubieten hast – du willst wetten, dann musst du auch vorlegen! Also: Was bietest du mir an, wenn ich gewinne?«

»Dann lade ich dich als Gast in meine Rate-Show ein, das dürfte doch ein Wetteinsatz nach deinem Geschmack sein. Und was bietest du mir im Gegenzug an?«, fragte er.

»Wenn ich verliere, darfst du mich zum Abendessen einladen.«

Er lachte. »Das findest du ein angemessenes Gegengebot?«

»Sogar mehr als das. Schließlich ist ja auch überhaupt nicht gesagt, dass deine Show in sechs Monaten noch läuft ... ist ja alles so schnelllebig im Fernsehen«, schloss ich souverän.

Er sah mich ziemlich entgeistert an, fand dann aber sein breites Grinsen wieder.

»Ganz schön frech bist du ... finde ich gut! Die Wette gilt!«, sagte er und streckte mir seine Hand entgegen. Ich schlug kokett grinsend ein: »Topp – ich meld mich dann im Frühjahr bei deiner Redaktion.«

In der Band wurde die Stimmung innerhalb der nächsten Wochen peu à peu schlechter. Finn kam nicht damit klar, dass Sebi ihm auf einmal Widerworte gab und bei künstlerischen oder vermarktungstechnischen Entscheidungen plötzlich tonangebend sein wollte; Sebi hingegen nutzte sein neues, die letzten Monate entstandenes Selbstbewusstsein zunehmend, sich bei Finn für jahrelange, mehr oder weniger subtile Demütigungen zu revanchieren. Allmählich trat ein Hass zutage, den man sonst nur von verfeindeten Ehepartnern kennt, und dass der eine ausgerechnet die Frau an seiner Seite hatte, die den anderen hatte abblitzen lassen, bremste die Dynamik, mit der sich das alles hochschaukelte, auch nicht unbedingt. Ich selbst war mit der Entwicklung auch mehr als unglücklich, denn als Dank dafür, dass ich Sebi immer hübsch mit Zuspruch jeder Art gebauchpinselt hatte, entwickelte er sich zu einem noch größeren Arschloch, als Finn es war. Als *Psychisch* pünktlich zum Weihnachtsgeschäft endlich das

Album veröffentlichten und dementsprechend viele Promo-Termine wahrnahmen, fand ich seine neue Art schon so unangenehm, dass ich freiwillig auf wichtige Anlässe verzichtete. Als sie als Rate-Team bei der Live-Show von Tom Kosly zu Gast waren, schob ich beispielsweise einen furchtbaren Migräneanfall vor. Ich hätte während der Sendung eh nur im Publikum sitzen dürfen, und da ich mit dem neuen Showstar ohnehin eine Wette laufen hatte, beschloss ich, meine Zeit nicht zu verplempern und mir den Auftritt vom Sofa meiner Studentenbude aus anzugucken.

Nachdem das neueste Video der Band präsentiert worden war (in dem ich ärgerlicherweise nicht vorkam), begann der Talk-Teil, und weil Tom Kosly dabei war, den flapsigen, unverschämten Umgang mit Wahrheiten zum Markenzeichen seiner Gesprächsführung zu machen, legte er sich auch bei den Jungs mächtig ins Zeug. Irgendwie wurde ich das Gefühl nicht los, dass er in der Sendung gezielt auf seinen Wettsieg hinarbeiten wollte – er goss genießerisch Öl ins Feuer.

»Finn, sag mal, geht einem das als Frontmann nicht tierisch auf den Sack, wenn ausgerechnet der Trommler auf einmal so nach vorn drängt?«

Finn war zwar eine Diva, aber auch professionell genug, sich nicht so leicht provozieren zu lassen, und seit er seinen Kokskonsum reduziert hatte, weil es ihm auf die Stimme schlug, hatte er seine cholerische Grundtendenz ohnehin besser im Griff. Also gab er sich lässig.

»Nö, wieso? Sebi ist ein Supertrommler und ein toller Songwriter, wir sind ein gutes Team, da gibt es keinen Neid.«

»Aber euer Team ist ja größer geworden. Sebi-Superstar hat ja nicht nur einen Hit geschrieben, sondern auch noch Ben Herdheld die scharfe Freundin ausgespannt – bringt das nicht 'ne Menge Unruhe in die Band, wenn plötzlich so 'ne blonde Yoko Ono mit an Bord ist?«

Ich verschluckte mich an meinen Erdnussflips, weil ich unwillkürlich über den Vergleich lachen musste. Finn, Clemens und Bernd lachten auch, nur Sebi saß da mit dem Gesichtsausdruck einer Bulldogge und blaffte Tom Kosly an:

»Frag mal lieber, ob das keine Unruhe bringt, wenn der Sänger andauernd so dicht ist, dass er gar nichts mehr auf die Kette kriegt! Keinen ordentlichen Gesang, kein gutes Songwriting und kein Zögern, wenn ein abgewracktes Groupie sagt: ›Ei, lass neilaufe, isch nemm de Pill!‹ Ohne mich wäre dieser verpeilte Möchtegernkünstler doch schon längst am Arsch, also nerv mich jetzt nicht mit Fragen nach meiner Freundin!«

Ich konnte es nicht fassen. So eine bandinterne Selbstzerfleischung konnte man doch in der Öffentlichkeit nicht bringen, so blöd konnte man doch gar nicht sein! Sebis verbaler Amoklauf war unnötig und unschön, und in dem Moment war Scham das stärkste Gefühl, das ich für ihn empfand. Finns stärkstes Gefühl war deutlich sichtbare Wut, denn er reagierte mit seiner Faust auf Sebis Bloßstellungen und traf ihn unterhalb des Auges. Und Tom Koslys stärkstes Gefühl, ebenfalls deutlich sichtbar, war ungehemmte Freude, dass er in seiner Livesendung diesen Eklat provoziert hatte.

Während der Werbepause durchdachte ich mein weiteres Vorgehen. Emotional war die ganze Sache für mich eh durch. Ich war nicht ins Video gekommen, außerdem hatte ich überhaupt keinen Bock mehr auf Sebi – schon in den letzten Wochen kaum mehr, aber nach diesem Ding noch viel weniger. Und weil die Zukunft der Band in diesem Moment ohnehin sehr ungewiss schien, hatte ich auch rational gute Gründe, mir schleunigst einen neuen Plan zu überlegen – denn abgesehen davon, dass ich Karriere machen wollte, hatte ich schließlich auch noch eine Wette zu gewinnen.

Ich musste diesen Eklat irgendwie nutzen, um mich bei *Psychisch* auszuklinken, und zwar optimalerweise mit einem großen Knall. Während ich fieberhaft überlegte, wie ich das am besten hinkriegen könnte, klingelte mein Telefon, und die Kassette meines Anrufbeantworters leierte los:»Hallo, ich bin nicht da ... aber wenn eine Nachricht hinterlassen wird, rufe ich gerne zurück! – Piiiiiieep ...« – »Lina, ich bin's, geh sofort ran!«, hörte ich Sebi in herrischem Ton, was mich trotzdem nicht dazu veranlasste, seiner Aufforderung Folge zu leisten. »Verdammt noch mal, wo bist du denn?! Finn, dieser blöde Wichser, rammt mir die Faust ins Gesicht, und du bist nicht erreichbar – was soll die Scheiße ...?!«

Ich war versucht, den Hörer abzunehmen und zu sagen:»Ja, denk mal darüber nach, wieso das wohl so ist ... da musst du dich nicht wundern!«, verkniff mir das aber und hörte weiter zu.

»Pass auf, ich lass mir jetzt einen Krankenwagen zum Franziskus-Hospital rufen, und ich will, dass du David Cramer von der *Bild*-Zeitung anrufst, der soll in der Ambulanz Fotos von mir machen. Und du kommst auch mit! Ich werd Finn anzeigen, dieses Arschloch, den lass ich noch im Savoy verhaften, ich werde ...!« – »Piiiiieeeep.« Aufnahmezeit vorbei.

Ich holte die *Bild* aus der Küche, rief in der Redaktion an und fragte mich durch zu David Cramer.

»Hallo, hier ist Lina Legrand«, sagte ich. (Aus Angst vor Telefonterror oder sonstigen Belästigungen durch eifersüchtige *Psychisch*-Fans hatte ich mir diesen Namen für die Öffentlichkeit gegeben, seit dem ersten Foto in der BRAVO. Französisch ausgesprochen hätte das vielleicht nach Pornostar geklungen, daher wählte ich die deutsche Aussprache. Das hörte sich nicht nur bodenständig und flüssig an, sondern es lenkte auch noch mehr von meinem richtigen Namen ab.)

»Die blonde Yoko Ono!«, rief er hocherfreut. Offensichtlich hatte er die Sendung auch gesehen. »Wie geil ist das denn, ich versuch gerade rauszukriegen, wo die jetzt gleich sind, und du rufst an!«

Ich jubilierte innerlich – nicht nur, weil ein Typ bei der *Bild* sofort wusste, wer am anderen Ende der Leitung war, sondern auch, weil mir auf einmal klar wurde, wie ich mich mit großem Trara bei *Psychisch* ausklinken könnte. Und zwar noch heute Abend. Einen eigenen Markennamen hatte ich ja dank Tom Kosly anscheinend schon.

»Sebi ist auf dem Weg ins Krankenhaus, Franziskus-Hospital.«

»Super, danke, ich fahr gleich los – bist du auch da für die Fotos?«, wollte er wissen.

»Nein«, sagte ich, »ich fahr direkt ins Savoy-Hotel.«

»Dann bis später.«

Ich war mir zwar nicht sicher, ob er sich meine Information gemerkt hatte, aber nach der Live-Schlägerei würde es ohnehin nicht lange dauern, bis die Reporter am Hotel auf Stellungnahmen lauern würden. Daher warf ich mir schnell was Hübsches über und bestellte ein Taxi.

Im Savoy begrüßte mich der Concierge (wir kannten uns, schließlich war es das Stammhotel der Jungs, wenn sie in Köln waren) und gab mir neben Sebis Zimmerschlüssel auch den Hinweis, dass der Rest der Band schon eingetroffen sei und man die Journalisten auf Ansage des Managements erst einmal abgewimmelt habe. Ich fuhr mit dem Aufzug in die dritte Etage und lauschte an Finns Zimmertür. Wie es schien, war er allein, denn ich hörte außer ihm niemanden fluchen, und so klopfte ich an.

»Wer ist da?«, brüllte er.

»Die blonde Yoko Ono«, sagte ich. Er schlurfte zur Tür und öffnete.

»Was willst du denn hier?«, fragte er sichtlich irritiert.

»Ich wollte schauen, wie es dir geht.«

Seine Irritation wurde nicht weniger: »Wie es mir geht?«

»Außerdem wollte ich dir sagen, wie unmöglich ich Sebis Verhalten finde«, sagte ich und fügte grinsend hinzu, »... und dass es mich daher ehrlich gefreut hat, als du ihm eine verpasst hast. Tut die Hand noch sehr weh?«

»Whiskyglas halten geht noch ...«, gab er sich tapfer. »Willst du auch einen?«

»Gern«, sagte ich, und während er sich umdrehte und zur Minibar ging, hängte ich heimlich das »Bitte nicht stören!«-Schild raus, bevor ich die Zimmertür schloss.

»Wo ist Sebi?«, wollte er wissen, während er mir ein Glas zurechtmachte.

»Im Franziskus-Hospital.«

Kopfschüttelndes Auflachen, wenige Augenblicke später gab er mir meinen Drink und setzte sich mir gegenüber in den Sessel.

»Und warum bist du nicht bei der Memme?«, fragte er.

»Ich mach Schluss mit Sebi.«

Ich hatte mit offenem Jubel gerechnet, stattdessen sah er mich argwöhnisch an. Auch wenn er mich nicht mochte, hatte er trotzdem mitbekommen, dass ich anscheinend für manche Dinge ein ganz gutes Gespür hatte.

»Die Ratten verlassen das sinkende Schiff?«, mutmaßte er, aber ich winkte ab und setzte zur Erklärung an.

»Sebi hat sich einfach total verändert in den letzten Wochen, und es fällt mir zunehmend schwer, ihn zu ertragen! Eine rein private Entscheidung also, aber was euch angeht, glaube ich nicht, dass das Schiff zwangsläufig sinken muss.« Ich sah ihn mit festem Blick an. Mein Vater hatte immer betont, wie wichtig ein fester Blick ist, »der vermittelt nämlich Autorität und Glaubwürdigkeit«, und genau das brauchte ich, wenn mein verwegener Einfall Erfolg haben sollte.

»Ihr macht seit Jahren zusammen Musik, ihr habt Hits, ihr seid ein gutes Team, und jetzt, wenn endlich der böse blonde Störfaktor wegfällt, startet ihr bandintern noch mal neu durch. Und genau so stellt ihr das auch nach außen dar: Ihr versöhnt euch öffentlich, erzählt von der Gesprächstherapie, die ihr als Band macht, und baut aus den Problemen zwischen dir und Sebi so ein Jagger-Richards-Ding.«

Seine Augen blitzten bei dieser Aussicht, und in dem Moment wusste ich, dass ich ihn im Sack hatte. Allerdings war er nicht doof, und weil er meine Ambitionen, in die Öffentlichkeit zu kommen, hautnah mitbekommen hatte, hakte er nach.

»Und was machst du?«

»Ich werde dir moralisch recht geben, mich von Sebi trennen, und dann guck ich mal, was noch so werden kann aus der blonden Yoko Ono...!«

»Bad press is good press?«

»Vielleicht... ich lass mich mal überraschen.«

»Ich muss was essen. Auch Hunger?«, sagte er und ging zum Telefon. Ich nickte, er bestellte zwei Burger, und bis zum Eintreffen des Zimmerservices lästerten wir über Sebi, was nicht nur sehr amüsant war, sondern uns beiden anscheinend wirklich gut tat. Nach den Burgern saßen wir satt, kiffend und gut gelaunt auf der Couch, als ich lautes Rufen und Gepolter vom Hotelflur vernahm. Anscheinend hämmerte Sebi gegen seine Zimmertür.

»Zeit für meinen Aufbruch«, sagte ich und gab Finn unvermittelt einen Kuss auf den Mund. »Toi toi toi, und nicht vergessen: Immer schön über die blonde Yoko Ono schimpfen!«, fügte ich grinsend hinzu, erhob mich vom Sofa, ließ ihn verdattert sitzen, nahm meine Jacke und meine Tasche und ging zur Zimmertür. Einmal tief durchgeatmet, dann öffnete ich die Tür und rief in den Gang: »Suchst du mich?« Sebi stand schräg gegenüber vor seiner Zimmertür und drehte sich um. Er hatte ein amtliches Veilchen und eine leichte Schwellung der Gesichtshälfte.

»Wo kommst du denn her?«, fragte er. Finns Schlag hatte ihm wohl auch ein paar Hirnzellen an der Augen-an-Hirn-Funkzentrale zerdeppert. Schließlich stand die Tür hinter mir noch offen, mit dem »Bitte nicht stören!«-Schild an der Klinke, und Finn war vom Gang aus sogar noch auf dem Sofa zu sehen. Aber man hilft ja, wo man kann, also half ich seiner Auffassungsgabe nach: »Ich hab mit Finn geredet.«

»Was soll das denn jetzt? Bist du total irre geworden?«, regte er sich auf. »Ich bestimme, mit wem du redest!«

»Du hast ja nicht mehr alle Latten am Zaun!«, polterte ich ehrlich erbost zurück. »Bestimmen, was ich tue, ich glaube, es hakt! Für wen hältst du dich? Du bist ein so unglaubliches Arschloch geworden – weißt du was, Finn ist mittlerweile im Vergleich zu dir richtig nett!«

Seinem »lieben blonden Püppchen« (das war wirklich sein Kosename für mich!) hatte er seinem Gesichtsausdruck nach einen solchen Ausbruch nicht zugetraut, und weil er zu fassungslos über meine Widerworte war, um gegenzuhalten, machte ich einfach weiter.

»Und ein Vollidiot bist du auch, du kannst den Frontmann eures Goldeselgespanns doch nicht in der Öffentlichkeit dermaßen demontieren! Und hast du miese Type dir mal Gedanken gemacht, wie unfair und gemein das gegenüber seinem Kind ist, die Entstehungsgeschichte publik zu machen?! Wenn du noch einen Funken Verstand in deinem Hirn hast, entschuldigst du dich öffentlich bei Finn und versuchst zu retten, was zu retten ist! Kannst ja sagen, du warst neben der Spur, weil deine Freundin heute mit dir Schluss gemacht hat!«

»Hä? Wie? Schluss gemacht?«

Ich griff in meine Jackentasche und hielt ihm seinen Zimmerschlüssel entgegen.

»Das war's mit uns, Sebi. Aus, Schluss, Feierabend.«

»Du hast was mit Finn!«, kreischte er hysterisch.

»Mach dich nicht lächerlich«, sagte ich, ließ ihn stehen, drehte mich um und ging zum Aufzug.

»Sie ist weg! Und du bist wieder allein, wie fein!«, hörte ich Finn noch lauthals und amüsiert jubilieren. Sebi stürmte mit einem Wutschrei in Finns Zimmer, dann war aber auch schon mein Aufzug da und entzog mich den weiteren Ereignissen.

In der Hotellobby beschloss ich, noch kurz in die Bar zu gehen.

Vielleicht waren mittlerweile ein paar Journalisten angekommen, denen ich die Neuigkeiten brühwarm erzählen könnte. Die Bar ist immer ein vielversprechender Ort, wenn man Mitarbeitern der schreibenden Zunft begegnen möchte, und schon als ich eintrat, kam tatsächlich jemand mit gezücktem Block auf mich zu. Das lief ja wie am Schnürchen.

»Hi, ich bin David, wir haben eben telefoniert! Schön, dass du für das Interview hergekommen bist. Ich hätte das ja auch gern in eurem Zimmer gemacht, aber Sebi meinte, ich solle hier warten, er käme gleich mit dir hierhin zurück. Fangen wir doch einfach schon mal an, was? Was sagst du als Sebis Freundin denn zu seinen Anschuldigungen? Ist das alles wahr?«

»Wahr ist, dass man so was nicht macht, das war ein wirklich sehr übler Affront von Sebi. Ich finde, persönliche Konflikte muss man auch mal außen vor lassen und mehr Rücksicht auf Unbeteiligte wie Finns Frau und sein Kind nehmen – das tut mir so leid für Finn! Selbst wenn das alles wahr wäre: Es hätte niemals rauskommen dürfen! Ich kann sehr gut verstehen, dass ein Mann, der gerade versucht, sein Leben wieder ins Lot zu bringen, mit Wut auf so einen Schlag weit unter die Gürtellinie reagiert.«

Er notierte sich eifrig meine Aussagen.

»Dass Finn deinem Freund ein Veilchen verpasst hat, findest du also in Ordnung?«, fragte er nach.

»Absolut. Außerdem möchte ich noch anmerken, dass ich nicht mehr mit Sebi zusammen bin. Ich habe mich heute von ihm getrennt, die blonde Yoko Ono ist raus«, stellte ich meine Position klar. Er machte große Augen.

»Warum?«

»Weil ich keine Lust habe, die Freundin eines schamlosen Arschlochs zu sein, ganz einfach.«

»Und was machst du jetzt stattdessen?«

»Ich widme mich meinem Studium und schau einfach mal, was mir die Zukunft so bringt.«

»Hast du schon Angebote aus dem Showgeschäft?«, wollte er wissen.

»Nein«, sagte ich und nutzte die Chance, »Aber falls mir jemand einen Job anbieten möchte, kann er das natürlich gerne tun. Ich geb dir meine Telefonnummer, und dann kannst du die ja weitergeben, wenn sich jemand beruflich für mich interessiert. Und wenn sich daraus irgendetwas ergeben sollte, kriegst du die exklusive Berichterstattung – guter Deal?«

Er grinste nickend und notierte sich meine Telefonnummer.

»Was machst du denn übernächstes Wochenende?«, fragte er. »Da ist nämlich in Berlin die große Weihnachtsfeier unseres Verlags, eine Riesensause mit allen, die Rang und Namen haben.«

»Schickst du mir eine schriftliche Einladung zu?«, fragte ich.

Er schüttelte den Kopf, griff in seine Tasche und gab mir einen Umschlag.

»Ich gebe dir deine Karte direkt, dann haben wir das hinter uns.«

»Ehrenkarte Lina Legrand« stand auf dem Kuvert, was mich mehr als irritierte; das merkte er und klärte mich auf.

»Nach dem Eklat in der Sendung hat der Chef gesagt, die blonde Yoko Ono soll auch persönlich eingeladen werden, weil das für uns spannend werden könnte. Und unter den neuen Umständen als Ex-Freundin ja bestimmt erst recht... also, kommst du?«

»Auf jeden Fall!«, sagte ich zu.

Der Barkeeper nahm das läutende Telefon ab und rief dann: »Ist ein David Cramer hier?«

David entschuldigte sich kurz, gab sich dem Barmann zu erkennen und nahm das Telefon entgegen. Nach relativ kurzer Zeit sagte er:»O.K.!«, und legte auf.

»Ich muss jetzt doch hoch ins Zimmer, Sebi will mir sofort etwas mitteilen«, verabschiedete er sich.

»Wir sehen uns beim Weihnachtsfest!«, sagte ich gut gelaunt. War doch hervorragend gelaufen mit dem Sich-überraschen-Lassen, und ich beschloss, diese Taktik weiter zu verfolgen.

5
Die erste Schlagzeile

(November 1993)

Am folgenden Tag ging es auch direkt munter weiter mit Überraschungen, diese waren allerdings nicht mehr ganz so hervorragend. »*Psychisch*: Trennung?«, schrien mir die Großbuchstaben an den Zeitungskästen entgegen, garniert mit einem Bild von Sebi und seinem Veilchen, sowie einem Bild von Finn mit gebrochener Nase. Schien ja noch richtig rundgegangen zu sein, als ich mich am frühen Abend in den Aufzug verzogen hatte. Als ich am Büdchen meines Vertrauens alle verfügbaren Gazetten erworben hatte, zog ich mich zur Lektüre in mein Apartment zurück. Das war eine sehr gute Entscheidung, denn meine Reaktion auf die Berichterstattung war geprägt von lauten Flüchen und Verwünschungen. In der *Bild* beispielsweise war die Überschrift des ganzseitigen Artikels auf Seite 4 »ZOFF UM LUDER-LINA«, die Bildunterschrift meines Fotos lautete: »Hat Lina L. die Band kaputt gemacht?« Das allein wäre ja noch wegzustecken gewesen – wenigstens sah ich auf dem Bild ganz gut aus, und auf mich schimpfen zu lassen, war ja auch der ursprüngliche Plan gewesen. Aber doch nicht so! Nicht nur, dass ich die Hexe war, die die Band zerstört hatte – was ich da sonst noch im Text las, machte mich wirklich fassungslos. Nicht nur, dass Sebi behauptete, *er* habe unsere Beziehung beendet. Richtig übel war, was als Grund für diese Trennung präsentiert wurde:

»… angesprochen auf den Vorwurf ihres Ex-Freundes, sie habe

ein Verhältnis mit Sänger Finn, sagte die blonde Studentin zu BILD: ›Das tut mir so leid für Finn, das **hätte niemals rauskommen dürfen,** da muss man doch Rücksicht nehmen auf Finns Frau und Kind.‹«

Ich bebte vor Wut. Dieser miese Schreiberling hatte meine Aussage einfach in einen vollkommen anderen Zusammenhang gesetzt, und selbst dass Finn ein paar Zeilen später Sebis absurde Anschuldigung weit von sich wies, riss die Sache nicht mehr raus.

Finns arme Frau tat mir wirklich leid. Erst Sebis Ausraster gestern Abend, und heute machte die Boulevardpresse sie und alle Welt auch noch glauben, dass die blonde »Luder-Lina« ihr kurz nach dem Wochenbett den Typen abspenstig gemacht hatte. Ich rief im Savoy an und ließ mich mit Finns Zimmer verbinden, Gott sei Dank hatten sie noch nicht ausgecheckt.

»Finn, hier ist Lina! Du musst mir unbedingt die Nummer von deiner Frau geben, ich muss das bei ihr klarstellen! Das tut mir so leid, aber der Cramer hat mein Statement einfach in einen anderen Zusammenhang gesetzt, das hab ich so nie gesagt, und …«

»Ich weiß«, sagte er zu meiner Überraschung, »und Birgit weiß auch, dass das völliger Bullshit ist. Sebi hat sich da gestern total verrannt. Hast du meine Nase gesehen? So einen Schlag hätte ich dem Weichei gar nicht zugetraut.«

Ich war irritiert, dass er sich so ruhig und geradezu amüsiert anhörte.

»Ja, hab ich, aber wie geht es jetzt für euch weiter? Trennt ihr euch wirklich?«

Er lachte.

»Nein, unser Management hatte die gleiche Idee wie du. Du bist der Sündenbock bei der ganzen Nummer, und jetzt, wo du raus bist und Sebi und ich nach Hieben quitt sind, werden wir uns medienwirksam versöhnen und eine Gruppentherapie machen. Die Vorwürfe aus der Sendung werden gar nicht mehr aufgegriffen vor lauter Luder-Lina-Trara, keine Sau fragt mehr nach meinem Drogenkonsum, sondern nur, ob wir beide denn nun was miteinander hatten oder nicht!«

Allmählich verstand ich seine gute Laune.

»Halt dich am besten einfach ruhig und reagier gar nicht auf die falsche Darstellung«, riet er mir, »dann wirkst du einfach souverän. In einer Woche ist wieder eitel Sonnenschein in der Band, und ohne Trennung bleibt im Hinterkopf der Öffentlichkeit nur, dass du ein echtes Luder bist. ›... das hätte niemals rauskommen dürfen!‹ Sehr schön, mit dieser fett gedruckten Wertvorstellung bist du direkt attraktiv für verheiratete Männer, da werden dir sicher viele Türen offenstehen!«

So hatte ich es noch gar nicht gesehen.

»Fahrt ihr zu dieser Nikolausparty nach Berlin?«, fragte ich.

»Nee, der Cramer hat uns gestern zwar die Einladungen gegeben, aber wir sind an dem Wochenende in Süddeutschland. Hör mal, ich muss jetzt los, die klopfen schon, wir haben gleich Pressekonferenz.«

»Wo?«, fragte ich. »Vergiss es«, sagte er nur noch und legte auf.

Ich hatte den unfassbar starken Drang, das alles irgendwie richtigstellen zu wollen, anzuprangern, wie gemein die Presse meine Aussagen fehlinterpretiert hatte. Finns Ratschlag, das alles unkommentiert auszusitzen, kam daher meiner Stimmung überhaupt nicht entgegen. Am liebsten wäre ich in die Redaktion gefahren und hätte David Cramer dahin getreten, wo es besonders weh tut, aber dass diese Impulshandlung auf längere Sicht unklug sein würde, war mir auch klar. Während ich mir Gedanken machte, ob sich dieses Dilemma durch diverse Verkleidungen nicht doch noch zufriedenstellend lösen ließe, klingelte mein Telefon.

Als ich nach dem Piepton des Anrufbeantworters Renates sorgenvolles »Mäuschen, hier ist die Mama ...!« hörte, veranlasste mich das umgehend, den Hörer mit einem »Guten Morgen!« abzunehmen. Ein bisschen Mama war jetzt genau das Richtige. »Kind, da ist ja ganz schön was los bei dir, jungejungejunge. Wie geht es dir?«, fragte sie.

»Ach, ich bin total sauer«, sagte ich, »Das war alles ganz anders, das ist so gemein! Die haben meine Kommentare zu Sebis Ausraster gestern in der Sendung einfach in einen falschen Zusammenhang gesetzt! Ich hab mich von Sebi getrennt, und nicht er sich von mir, das als erstes, und zweitens hatte ich nie was mit Finn, aber jeder denkt jetzt, ich bin die Super-Schlampe!«

»Naja, was die Leute denken, sollte dir relativ egal sein – Gerede kommt, Gerede geht, was zählt, ist, wo man wirklich steht! Also steh' drüber!«, munterte sie mich auf und fügte in ihrer anzüglichen Art hinzu: »Aber schade, dass das nicht stimmt mit dem Sänger – ich hatte mich schon so gefreut für dich, dass du nach Quasimodo endlich mal wieder ein hübsches Kerlchen hattest!«

Meine Eltern hatten in Sebi von Anfang an den Glöckner gesehen und mich angemessen damit aufgezogen. Als Günther mir nach der Tour beim Umzug nach Köln half, hatte er großen Spaß daran, mich ausschließlich Esmeralda zu nennen – mit gelispeltem s, seit er Sebi im TV hatte reden hören. Die Fopperei fand er mindestens so gut, wie Jahre zuvor Bens Phimosen- und Brustwarzen-OP zu kolportieren. Wenn er richtig gute Laune hatte, machte er sogar ohne weiteren Kommentar einen schiefen Buckel und Gesichtslähmungsgrimassen, sobald der Name Sebi fiel. Renate war scheinbar diplomatischer, aber eben auch nur scheinbar. Als ich während der Tour in ihrem Hotel in Österreich anrief, um ihnen stolz den Kauf der aktuellen BRAVO ans Herz zu legen, war Renates Reaktion auf das Foto von Sebi und mir: »Dein neuer Freund muss sicher ein sehr netter Mensch sein...«, was nichts weiter ist als freundliche Friseurinnen-Chiffre für »Ach du meine Güte!« Aber das war damals.

Jetzt hörte ich im Hintergrund meinen Vater in die Küche kommen. »Ist da etwa meine berühmte Tochter am Telefon?«, rief er, und an seinem Tonfall erkannte ich, dass er im Aufzieh-Modus war. Dann Geraschel und Geknacke, anscheinend reichte meine Mutter den Hörer gerade weiter. »Hallo Luder-Lina!«, begrüßte er mich. »Hallo Papa!« – »Na, gibt Esmeralda ... nee ... Exmeralda! Sehr gut, haha! Gibt die Exmeralda heute noch 'ne Pressekonferenz, mit wem sie gerade im Bett liegt?«, flachste er.

»Ach Papa, das war alles ganz anders! Mann, ich bin so sauer, was soll ich denn jetzt machen? Ich muss doch irgendwie darauf reagieren, das richtigstellen, oder so!«

»Weißt du, welche Reaktion dir am besten tut?«, fragte Günther mit väterlicher Ernsthaftigkeit. »Du schaltest deinen Anrufbeantworter aus, steigst in dein Auto und kommst für ein paar Tage nach Hause. Entzieh dich dem ganzen Wahnsinn, sonst wird's nur noch schlimmer werden! Außerdem ist in drei Tagen erster Advent, und wir wollen doch lieb gewonnene Traditionen nicht einreißen lassen, nur weil du jetzt in der Stadt wohnst, was, Lienchen!?«

Am 1. Advent hatten wir es uns zum Ritual gemacht, dass ich morgens mit Renate Plätzchen buk, während Günther den Kranz aufhängte; dann gingen Vater und Tochter in den Keller, um Günthers Aufgesetzten zu kosten und die Skier für den baldigen Urlaub zu schleifen und zu wachsen, während die Mutter in der Küche einen tollen Wildschweinbraten zubereitete; und zum Tagesabschluss wurden dann die Plätzchen als Dessert vorm Kamin geknabbert und mit Glühwein runtergespült, während man sich bei Trivial Pursuit den Kopf zerbrach, wie noch mal die erste Frau von Ronald Reagan hieß (Jane Wyman) oder wann der 30-jährige Krieg war (1618 – 1648). Vielleicht war es wirklich nicht die dümmste Idee, sich erst mal zurückzuziehen. Außerdem hatte ich die beiden schon seit sechs Wochen nicht mehr gesehen. Also befolgte ich den Rat meines Vaters, klemmte meinen Anrufbeantworter ab und fuhr in die Eifel.

In der *Bild am Sonntag* wurden die Geschehnisse der vergangenen Woche noch mal aufgearbeitet, das große Versöhnungsinterview samt Gruppen-Therapie-Ankündigung und Wir-haben-uns-wieder-lieb-Foto von Finn und Sebi. Von mir war auch noch ein Foto neben den Artikel gesetzt, unter dem »Lina L. war für eine Stellungnahme nicht erreichbar« stand, aber Finn hatte in dem Interview sowieso noch mal unterstrichen, dass Sebis Verdacht einem albernen Hirngespinst entsprungen war. Und weil Sebi sich kategorisch weigerte, »über diese Person zu sprechen«, kam ich auf den drei Seiten ansonsten nicht mehr vor. Es entspannte mich, dass sich die Wogen um mich herum erst mal glätteten, und so konnte ich unser Ritual am ersten Advent tatsächlich genießen. Meine Eltern hatten sich seit meiner Ankunft mit Belehrungen und Kommentaren rücksichtsvoll zurückgehalten, aber beim Aufgesetzten im Keller hielt Günther es wohl für den richtigen Moment, ein ernstes Wörtchen mit mir zu reden, während er mit Renates ausrangiertem Bügeleisen das Wachs auf den Skiern verteilte.

»Hattest du dir anders vorgestellt mit dem Berühmtwerden, hmm?«

»Schon«, sagte ich, »aber trotzdem muss man sagen, dass das Berühmtwerden an sich ja eigentlich schon mal ganz gut funktioniert hat. Leider wird jetzt so, wie es gelaufen ist, das Berühmt*bleiben* schwierig.«

Er nickte und erwiderte: »Soll ich dir auch sagen, warum?«

»Weil ich in der Öffentlichkeit jetzt eine von den Bösen bin?«

»Nein«, sagte er, »das ist es nicht, gerade die sind doch immer besonders spannend! Das Problem liegt woanders. Wenn du dich nur als Anhängsel inszenierst, bist du auf Dauer einfach nicht interessant genug. Du musst was Eigenes machen, wenn du dich längerfristig etablieren willst – das funktioniert nicht über irgendeinen Tuppes. Immerhin stand ja ›blonde Studentin‹ im Text – vielleicht wäre es besser, wenn du weiter in die Richtung guckst und dich erst mal auf dein Studium konzentrierst.«

»Ja, vielleicht…«, gab ich ihm Recht, dachte mir aber insgeheim:»…vielleicht tut sich ja aber doch noch irgendwas, bevor ich ernsthaft einen seriösen Weg einschlagen muss!« Diesen Gedanken gab ich allerdings genauso wenig preis, wie die Einladung zur Party in Berlin und die im Frühjahr auslaufende Wette mit Tom Kosly.

Nach ein paar Tagen erholsamer Familientüddelei war ich guten Mutes wieder in Köln. Die Presse jagte schon die nächste Sau durchs Dorf, und so konnte ich mich sehr entspannt und neugierig auf meinen Kurztrip nach Berlin zur Nikolausparty machen.

Ich war seit der Tour mit *Psychisch* zwar auf einigen Partys, Events und Preisverleihungen gewesen, aber einen solchen Promiauflauf wie auf dieser Feier hatte ich noch nie erlebt. In der künstlichen Winterlandschaft aus Styropor, Lichterketten und geschätzten fünfzehn Tonnen Kunststoffschneeflocken tummelte sich Prominenz aus allen Bereichen: Schauspieler, Moderatoren, Sportler, Models, Politiker, Popstars und einige Typen im Jackett, die ich zwar nicht kannte – da aber viele mir bekannte Promis buckelnd um sie herumscharwenzelten, mussten sie anscheinend wahnsinnig wichtig sein.

Ich nuckelte an meinem quietschroten Cocktail, den ich einer der in wirklich geschmacklosen Nikoläusin-Kostümchen steckenden Getränkehostessen vom Tablett genommen hatte, und freute mich über ein paar Dinge gleichzeitig. Dass ich alleine auf dieser Party war, denn ohne Anhang kam man viel leichter ins Gespräch mit neuen Leuten, wenn man – scheinbar jemanden suchend – seine Runden drehte zwischen Büffets, Bars, Tanzfläche und Toilette. Und darüber, dass ich im Augenwinkel sah, wie ordentlich über mich getuschelt wurde.

Das könnte daran gelegen haben, wie ich mich präsentierte. Ich hatte mich nämlich bei der Wahl meines Outfits glücklicherweise gegen mein rotes Korsagen-Minikleid entschieden, das mich optisch verdammt nah an die Hostessen gerückt hätte. Stattdessen wählte ich den engen, weißen und mit Goldpailletten bestickten Neckholder-Overall, den ich zuhause auf dem Dachboden gefunden hatte und mitnehmen durfte – nach dem Versprechen, dieses tolle, teure Kleidungsstück, das sich Renate damals extra für meine Taufe hatte nähen lassen, nur für besondere Anlässe zu nutzen. Ich war mir sicher, dass man eine Party mit vierhundert Prominenten durchaus als besonderen Anlass bezeichnen konnte. Dem vorweihnachtlichen Motto gemäß hatte ich mich mit auftoupierten Kringellocken zum Rauschgoldengelchen frisiert, was in feiner Korrespondenz stand zu dem Overall und den weißen Cocktailhandschuhen.

Als Sahnehäubchen hatte ich mir zwei handgroße Federflügelchen zwischen die Schulterblätter geklebt, die zwischendurch immer dezent zwischen den Haaren hervorstachen, je nachdem wie mein Wust von Locken gerade fiel. Das war nicht einfach nur ein neckischer Blickfang, der mir schon bei meiner Ankunft viel Blitzlicht auf dem roten Teppich bescherte, das war darüber hinaus auch ein Statement und entsprach auch meinem Humor in Sachen Selbstironie.

Somit war ich selbstsicher und bester Laune, als ich auf *Psychisch* angesprochen in diverse Mikrofone flötete: »Wie alle Fans guter deutscher Popmusik...« (ich sagte absichtlich Popmusik, weil ich wusste, dass sie sich als Rockband sahen und sich immer ärgerten, wenn das böse P-Wort fiel) »...bin auch ich heilfroh, dass sie sich versöhnt haben und wir uns weiterhin auf tolle Musik freuen können! Ich wünsche *Psychisch* alles Gute für ihren weiteren Weg!« Der ein oder andere Reporter fragte nach, was ich jetzt machte, und für den Fall hatte ich mir auch was hübsch Positives zurechtgelegt: »Ich freue mich darüber, dass ich eine schöne Zeit hatte mit den Jungs, und werde weiterhin in Köln studieren...« (das betonte ich so, weil ich die harmonische Grundstimmung im anstehenden Weihnachtsurlaub mit mei-

71

nen Eltern nicht gefährden wollte)»...und dann werde ich einfach mal schauen, was das Schicksal noch mit mir vorhat.«

An diesem Abend bedeutete das, mir Tom Kosly über den Weg laufen zu lassen, denn als ich später am Dessertbuffet stand, hörte ich ihn schräg links hinter mir Kontakt aufnehmen.»Jungejunge, schon der zweite Teller voll. Du haust ja richtig was weg! Hoffentlich hältst du dich wider Erwarten doch noch bis März in der Presse, sonst wird das mit meinem Wettgewinn ja ein teurer Spaß, Luder-Lina!«

»Dann spar schon mal!«, drehte ich mich grinsend in seine Richtung, und bevor ich mir demonstrativ einen Löffel Tiramisu in den Mund schob, fügte ich mit hochgezogener Augenbraue noch hinzu:»›Die blonde Yoko Ono‹ fand ich übrigens grandios. Schade, dass sich das nicht durchgesetzt hat.«

Er zuckte die Schultern.»Hat wahrscheinlich zu viele Buchstaben. Aber Luder-Lina klingt doch ganz griffig, da kannst du dich echt nicht beschweren. Hat sich denn das Unschuldsengelchen hier auf der Party schon ein neues Opfer ausgesucht?«

»So ticke ich nicht.«

»Ach komm, wo ist dein Ehrgeiz?« Er klang wirklich fast verärgert.»Du hast 'ne Wette am laufen, vergiss das nicht! Das ist mangelnder Sportsgeist, wenn du dich schon vor Ablauf der Zeit geschlagen gibst! Seit letzter Woche sind meine Quoten übrigens phantastisch, hab ich das schon erwähnt?«

»Gratuliere. Wurde aber auch dringend Zeit, was?« Nach den ersten Sendungen war er total runtergeschrieben worden, und die Quote war auch im kaum messbaren Bereich gewesen – ohne den Eklat hätte seine Sendung das neue Jahr keinesfalls mehr erlebt. Durch diese Spitze von mir fühlte er sich als Gegenspieler aber endlich wieder für voll genommen und hielt großspurig dagegen.

»Och, weißt du, wenn die Sendung gefloppt wäre, hätte ich das auch locker wegstecken können – ich bin so breit aufgestellt.«

Wenn ein Alpha-Männchen derart in Protzlaune kommt, sollte man das als Frau unbedingt fördern, denn dabei erfährt man meist bedeutend mehr als durch gezieltes Nachfragen. Es gibt zwei wunderbare Werkzeuge, um das Gegenüber anzustacheln, sich mal so richtig auf der Brust rumzutrommeln:»Sich doof stellen und anhimmeln« funktioniert recht zuverlässig, aber effizienter ist auf jeden Fall»spöttisch und skeptisch sein«. Das mögen die kleinen Silberrücken nämlich gar nicht und trommeln umgehend noch lauter – und weil ich auf Nummer Sicher gehen wollte, entschied ich mich bei Tom Kosly für einen Mix aus beiden Varianten:»doof und spöttisch«.

»Was heißt denn breit aufgestellt? Dass du so zugedröhnt bist, dass dir eh alles egal ist, oder wie meinst du das?«

Seinem Blick nach war er sich nicht ganz sicher, ob ich den Ausdruck tatsächlich nicht kannte, oder ob ich ihn einfach nur auf den Arm nahm. Also ging auch er auf Nummer Sicher:»Kennst du die Formulierung nicht, oder was? Breit aufgestellt heißt, dass man immer noch genug andere Eisen im Feuer hat, wenn ein Standbein weg bricht. Ich zum Beispiel, ich mache ja nicht nur Fernsehen, eigentlich komm ich ja aus der Werbebranche, und da hab ich sogar zwei eigene Firmen gegründet, die ganz gut laufen, verstehst du? Breit aufgestellt hat also mit zugedröhnt gar nix zu tun. Wie kamst du da eigentlich drauf?«

»Och, dir läuft's gerade weiß aus der Nase«, behauptete ich, woraufhin er sich hastig meine Serviette nahm und damit hektisch in seinem Nasolabialbereich rumtupfte. Da war zwar überhaupt nichts zu sehen, aber seinem Verhalten nach hätte da offensichtlich sehr gut etwas sein können. Ein breites Grinsen über diesen Volltreffer konnte ich mir nicht verkneifen.»Nee, war nur Spaß, da ist gar nix«, beruhigte ich ihn höchst amüsiert, und während ihm klar wurde, dass ich ihn gerade richtig drangekriegt hatte, schob ich mit dem treuherzigsten Augenaufschlag, den zu heucheln ich in der Lage war, hinterher:»Ich kannte diesen Begriff einfach nicht. Hab ich wieder was dazugelernt.« Nämlich Wissen über seine wirtschaftlichen Hintergründe und über sein Verhältnis zu verbotenen Substanzen. Denn obwohl man im Showgeschäft einen lockeren Umgang mit Drogen jeder Art als durchaus üblich tolerierte, wurde der eigene Konsum trotzdem lieber im Verborgenen gehalten.

»Ich hab grad auch was gelernt«, sagte er in einem Tonfall, der echten Respekt gegenüber meinen trickreichen Informationsbeschaffungsmaßnahmen durchscheinen ließ. »Du bist wirklich ein Luder!« Ich hatte Spaß daran, wie er sich über sich selbst ärgerte, mir so auf den Leim gegangen zu sein. Die Situation war ihm eindeutig unangenehm, daher versuchte er, sie so schnell wie möglich zu beenden, und machte eine scheuchende Handbewegung. »Und jetzt huschhusch, streng dich mal an hier, du hast 'ne Wette zu gewinnen!«

»Was hast du es denn so eilig, mich loszuwerden?«, kokettierte ich und beschloss, meinen Sieg in dieser Begegnung noch mal mit hochgezogener Augenbraue und süffisantem Grinsen auszukosten: »Musst du etwa schon wieder dringend zur Toilette?« Dann tätschelte ich ihm generös den Oberarm und sagte: »Na dann geh mal...!«, drehte mich um und ging vom Buffet weg, damit er freien Blick hatte auf meine Flügelchen und den Hintern darunter.

Selbigen wollte ich nun nämlich ein bisschen bewegen, denn die ganzen konsumierten Kalorien wollten verteilt werden. Außerdem war die Tanzfläche zu dieser Uhrzeit der Bereich mit dem ungeschlagen höchsten Unterhaltungswert: Da gab es bekannte Schauspielerinnen, die sich in einer interessanten Mischung aus Ausdruckstanz und Aerobic-Gehopse der Musik und dem Geklicke der Kameras hingaben, hochrangige Politiker, die ihren inneren Rocker mit gelockerten Krawatten und schlimmsten Zuckungen diametral zum Rhythmus der Musik auslebten, und gleich vier Weltrekord-Sportler, die sich abseits ihrer Disziplin als Bewegungslegastheniker herausstellten – um nur einen kleinen Eindruck dieses Alkohol-induzierten Spektakels zu vermitteln. Ich selbst stand am Rand der Tanzfläche und genoss das Panorama, vor allem aber den verdammt gut aussehenden Brünetten, der sich in Jeans, feinen Schuhen und weißem Hemd wirklich unverschämt geschmeidig, lässig, cool und sexy zu den Vorgaben des DJs bewegte. Ich hatte keine Ahnung, wer dieser Posterboy war, wollte das aber unbedingt herausfinden, nachdem ich ein paar Dinge aufgrund des Ausschlussprinzips schon mal abgehakt hatte: Boygroupmitglied? Zu alt. Politiker? Zu jung. Schauspieler? Nicht exaltiert genug. Wirtschaftsbranche? Zuwenig Gel in den Haaren. Journalist? Zu gepflegt und zu nüchtern.

Um ihn auf mich aufmerksam zu machen, fixierte ich ihn so lange, bis er es spürte und mich auch ansah. Dann hielt ich seinem Blick einige Sekunden stand und ließ mein zartes Lächeln immer breiter werden, bis hin zu einem fröhlich herausfordernden Grinsen, das er mit einem interessierten In-meine-Richtung-Tanzen quittierte. Seiner Aufforderung kam ich natürlich sofort nach, denn auch wenn meine tänzerischen Qualitäten im Vergleich zu seinen wirklich nicht herausragend waren, wollte ich mir doch nicht aufgrund aufkeimender Komplexgefühle die Option streichen, mich von so einer Granate antanzen zu lassen. Immerhin verfügte ich über ein intaktes Rhythmusgefühl, und als Ausgleich für den Mangel an kinetischen Highlights präsentierte ich einfach sprühende Lebensfreude. Tatsächlich hatten wir einen solchen Spaß am Miteinander-Tanzen, dass wir erst sechs Lieder später an die Bar gingen, um mit einem Getränk eine kleine Pause zu machen.

»Jetzt, wo wir zwei uns schon so schön warm getanzt haben: Ich bin Ralf«, stellte er sich vor und stieß sein Glas gegen meins. Warm getanzt war milde formuliert, ich pfiff auf dem letzten Loch, während er immer noch topfit war. »Ich heiße Lina, freut mich sehr! Prost Ralf!«, erwiderte ich und leerte gierig mein Wasserglas. »So wie Luder-Lina?«, fragte er nach, und seine Augen blitzten lauernd auf. »Ich bin ganz brav!«, sagte ich, drehte mich kurz um und zeigte ihm meine Flügelchen. Er lachte laut auf. »Wie cool ist das denn, du bist das wirklich, du bist Luder-Lina! Du hattest auf den Zeitungsbildern aber nicht diese Locken, damit hab ich dich gar nicht erkannt!« Ich war nicht nur erstaunt, dass er so begeistert war, sondern auch, wie genau er anscheinend die Berichterstattung verfolgt hatte. »Die hab ich mir heute passend zu den Flügelchen aufgedreht«, erklärte ich meine Lockenpracht. Er lachte wieder: »Das gefällt mir, keine zwei Wochen, nachdem dich das Blatt als böse Hexe an den Pranger gestellt hat, machst du dich darüber lustig und tauchst ausgerechnet in der Höhle des Löwen als unschuldiges Rauschgoldengelchen auf. Chapeau! Deine Idee, oder berät dich jemand?« – »Meine Idee«, sagte ich wahrheitsgemäß, und da ich diesen schönen Ralf anscheinend mit meinem Auftritt beeindruckte, nicht ohne Stolz. Er strahlte mich an. »Würdest du mal mit mir essen gehen? Ich will dich unbedingt besser kennenlernen, ohne den ganzen Rummel hier.« Manchmal läuft es einfach runder, als man zu hoffen gewagt hat, und mit perfektem Timing ließ der DJ gerade Hot Chocolate singen: »I believe in miracles, where are you from, you sexy thing«. Aber bei allem Hurra, das ich in dem Moment nur schwer im Zaum halten konnte, musste das »where are you from« geklärt werden, denn außer dass er toll tanzen konnte, sehr fit war und gerne mit mir essen gehen wollte, wusste ich nichts von ihm. Es wurde Zeit, mir ein paar Informationen zu verschaffen. Ich lächelte ihn an.

»Sehr gerne, Ralf, aber ich wohne nicht in Berlin.« – »Ich auch nicht«, sagte er, »ich lebe zur Zeit im Ausland. Wo wohnst du denn?« – »Ich studiere in Köln«, gab ich brav Antwort, versäumte es aber nicht, interessiert bei ihm nachzuhaken: »Und was machst du im Ausland?« – »Wenn's gut läuft: Tore.« Mir fiel es wie Schuppen von den Augen – klar, ein Fußballer, da hätte ich auch selbst drauf kommen können, deswegen war der auch so fit! Allerdings muss man zu meiner Ehrenrettung sagen, dass er sich wirklich gut getarnt hatte: kein Schnäuzer, keine Dauerwelle, kein Vokuhila-Schnitt, keine blondierten Strähnchen, keine Goldkettchen, keine Turnschuhe, und trotz körperlicher Betätigung kein Gerotze auf den Boden. Wie soll man denn da auf Fußballer kommen?

»Ich bin aber Weihnachten bis Neujahr in Deutschland, dann könnten wir uns ja vielleicht zwischen den Jahren in Köln treffen!«, schlug er vor. »Ausgerechnet dann bin ich im Ausland«, sagte ich ehrlich zerknirscht. »Wo denn?«, blieb er zu meiner großen Freude hartnäckig, und dementsprechend kooperativ gab ich alle Details preis: »In Österreich, bis zum 5. Januar bin ich im Tannheimer Tal Skilaufen...« – »Das kenn ich!«, rief er euphorisch, »ich war als Kind oft in Oberjoch!« Oberjoch war das Nachbardorf auf der deutschen Seite, doch bevor auch ich meine Begeisterung über diesen Zufall artikulieren konnte, redete er schon aufgeregt weiter. »Kennst du im Tannheimer Roth Flüh das *Loch Ness*?« – »Natürlich!« Das *Loch Ness* war damals das feinste Restaurant der Region, und zu Renates Geburtstag am 28. Dezember hatten wir dort jedes Jahr einen Tisch.

Ralf strahlte mich an. »Dann bestell ich uns da einfach mal einen Tisch für den 2. Januar um 20 Uhr, ich muss nämlich am 3. sowieso wieder in der Schweiz sein, da liegt der kleine Schlenker für mich doch hervorragend auf dem Weg!«

Ich war total von den Socken. Dieser gut aussehende Fußball-Ralf wollte tatsächlich extra in meinem Urlaubsort vorbeikommen, um mich in den romantisch verschneiten Bergen in das feisteste Lokal am Platz auszuführen?! Ich fühlte mich nicht nur geschmeichelt, ich schwebte passend zu meinem Outfit auf Wolke 7 und machte daher keinen Hehl daraus, wie sehr ich mich über seinen Vorschlag freute.

»Das ist ja eine Superidee, sehr gerne!«, strahlte ich mit aller Leuchtkraft zurück.

»Hallo Herr Szibuda, können wir kurz noch ein Foto machen?«, schob sich eine angetrunkene Gestalt, dessen speckige Klamotten ›Reporter‹ schrien, seitlich an Ralf heran. »Ich unterhalte mich gerade, das ist äußerst unhöflich, wie Sie sich verhalten!«, sagte Ralf freundlich, aber bestimmt, und an mich gewandt wesentlich freundlicher: »Entschuldige bitte, Lina, aber ich muss gleich sowieso weg von hier …«

»Kein Problem«, lächelte ich entspannt, »wir kriegen uns ja am 2. ganz in Ruhe!«

»Dann wünsch ich dir bis dahin schöne Feiertage und einen guten Rutsch ins neue Jahr!«, sagte er ebenfalls lächelnd. »Dir auch!« Ich blickte ihm noch einmal tief in die Augen, warf ihm im Gehen ein fröhliches Kusshändchen zu und beschloss, den Abend nach dieser wunderbaren Begegnung zu beenden und in die Pension zu fahren, wo ich mich für die Dauer meines Berlin-Besuchs eingemietet hatte. Schließlich heißt es, man soll gehen, wenn es am schönsten ist, und schöner als in dem Moment hätte es gar nicht sein können.

6
Der erste Vertrag
(Januar 1994)

Die folgenden zwei Wochen bis zum Beginn des Weihnachtsurlaubs plätscherten ruhig dahin. Ich kaufte Weihnachtsgeschenke, besuchte sogar ein paar Vorlesungen und versuchte parallel dazu, noch ein paar Dinge über Ralf Szibuda herauszubekommen. Zu einer Zeit, in der man anstehende Dates noch nicht einfach schnell googeln konnte, war so etwas eine echte Aufgabe, zumal es nicht nur diskret vonstatten gehen musste, sondern auch zuverlässige Informationen bringen sollte.

In welchem Verein er spielte, war noch relativ leicht herauszukriegen, dafür musste ich mir nur im Bahnhofspresseladen ein Schweizer Fußballmagazin kaufen. Durch dieses Fachjournal wusste ich dann außerdem, dass er 28 Jahre alt war, rechts seinen starken Fuß hatte und in der Schweizer Liga letzte Saison mit großem Abstand Torschützenkönig geworden war. Was ich leider trotzdem nicht in Erfahrung bringen konnte, war, wie lange sein Vertrag noch lief, wo genau er aus Deutschland herkam, was er für Hobbys pflegte und ob er eine Freundin hatte. Letzteres hätte mich zwar mitnichten abgeschreckt, aber im Rahmen meiner Recherche wäre solches Hintergrundwissen sicher auch nicht von Nachteil gewesen.

Ich fand mich damit ab, alle offenen Fragen erst am 2. Januar beantwortet zu bekommen, und beschloss, bis dahin einfach einen angenehmen Skiurlaub mit meinen Eltern zu genießen.

Das gelang ganz vorzüglich, denn da ich es – trotz meines Outfits – nicht in die Berichterstattung über die Berliner Nikolausparty geschafft hatte, wussten Renate und Günther gar nicht, dass ich da gewesen war, und freuten sich, dass ich mich anscheinend wirklich auf mein Studium konzentrierte. Am Morgen nach Renates Geburtstag, den wir wie immer fürstlich im *Loch Ness* gefeiert hatten, freute ich mich nicht nur sehr darauf, mir bereits vier Tage später dort schon wieder den Bauch voll schlagen zu können – auf Szibuda war tatsächlich für den 2. ein Tisch reserviert worden, das hatte ich dezent beim Rezeptionisten gecheckt.

Zu meiner guten Stimmung trug auch bei, dass ich trotz meines leicht verkaterten Zustands im richtigen Moment mit Wissen prahlen konnte – Klugscheißen war ein innerfamiliärer Sport im Hause Große, vielleicht hatten wir einfach ein bisschen zu viel Trivial Pursuit gespielt die letzten Jahre. Während wir also in Skiunterwäsche um den Frühstückstisch herum saßen und ausgiebig Zeitung lasen, fragte sich Günther irgendwann, Kopf schüttelnd über dem Sportteil: »Also, ich versteh' den Bundesterrier nicht, wen der alles so nominiert für die Fußball-WM in USA. Wer zum Henker hat denn bitte jemals was von einem Ralf Szibuda gehört?« Ich war hin- und her gerissen, welcher Option ich mich zuerst hingeben sollte: laut »Halleluja!« jubeln, dass der Superschuss, der in vier Tagen extra herkommen würde, um mich zum Essen auszuführen, tatsächlich in der deutschen Nationalelf mitkicken sollte, oder Günthers Weltbild in seinen Grundfesten erschüttern. Den Jubel hob ich mir für später auf und entschied mich für Variante B.

»Ralf Szibuda ist ein Rechtsfuß, spielt in Zürich bei den Grasshoppers und war letzte Saison der Torschützenkönig der Schweizer Liga. Den kennst du nicht?!«, sagte ich, woraufhin meinem Vater der Unterkiefer so weit runterklappte, dass ich Reste seines Rühreis in der Mundhöhle erkennen konnte. Er brauchte tatsächlich mehr als fünf Sekunden, bis er sich wieder halbwegs gefangen hatte:»Wie jetzt? Du weißt doch sonst in Sachen Fußball nur, welches Land welche Trikotfarbe hat, wenn überhaupt! Wieso weißt du das? Kein Mensch außerhalb der Schweiz interessiert sich für den Schweizer Fußball! Italien, Spanien, England, das ist alles noch was anderes, aber die Schweiz? Die Schweiz?!« – »Ganz ruhig, Brauner!«, tätschelte Renate ihm die Hand, höchst amüsiert über sein ungläubiges Gestammel.

Günther war wirklich konsterniert.»Du hast dir das gerade einfach ausgedacht, nicht wahr, Lienchen?!«, unterstellte er mit einem beinahe schon flehenden Unterton. War ja auch ein bisschen gemein, da hatte er jahrelang vergeblich versucht, mein Interesse für diese Ballsportart zu wecken, und nun erklärte ich ihm einfach mal so nebenbei, dass der neue Mann im Bundesteam halt der Torschützenkönig der Schweizer Liga war. Im Gegensatz zu Günther ließ Renate sich jedoch nicht von meinem neu erworbenen fußballerischen Fachwissen blenden, sondern punktete wie gewohnt durch ihre Gabe, Leute korrekt einschätzen zu können – auch die eigene Tochter.

»Ich glaube das nicht mit dem plötzlichen Interesse für Fußball, ich glaube eher, die kennt diesen Ralf irgendwoher!«, sagte sie zu meinem Vater, während sie sich Ralfs Foto in der Zeitung genau ansah.»Das ist aber auch wirklich ein hübscher Bursche!« – »Na, geht so …«, knurrte mein Vater, dem allein schon aus Prinzip (wie den meisten Töchter-Vätern) eigentlich jeder Typ missfiel, den ich näher als zwei Meter an mich heranließ. Weil ich keine Lust hatte, mich den Rest des Tages mit Bemerkungen und Andeutungen herumschlagen zu müssen, beschloss ich seufzend, meine Karten auf den Tisch zu legen.»Also gut: Ich kenne Ralf fast gar nicht, und ich wusste auch nicht, was er beruflich macht, als wir uns begegnet sind, so viel dazu«, klärte ich die beiden auf.»Aber ich fand ihn so sympathisch, dass ich gerne zugesagt habe, als er mich unbedingt zum Essen einladen wollte.« – »Ja, und?! Wie war das? Jetzt lass dir doch nicht alles aus der Nase ziehen!«, bohrte Renate ungeduldig nach. »Frag mich das am 3. Januar, dann weiß ich mehr!«, erwiderte ich. Irritation bei meinen Eltern: »Hä? Wie das denn? Wir sind doch bis zum 5. hier in Tannheim!« In Günthers Stimme hörte ich ein gewisses Maß an Verärgerung – wahrscheinlich fürchtete er, dass ich mich mal wieder aus dem Familienurlaub ausklinken wollte, daher ging ich stimmlich in den »liebste Tochter der Welt«-Modus und machte mich daran, seinen Unmut zu zerstreuen. »Genau das hab ich ihm auch gesagt, und deshalb hat er im *Loch Ness* für den 2. Januar einen Tisch bestellt! Ralf kennt das Tal hier nämlich und meinte, das läge ganz prima auf seinem Weg nach Zürich.« – »Na, dann hat dein Ralf schon mal ganz prima keine Ahnung von Geografie!«, konterte mein Vater bissig. »Günni, jetzt sei nicht so ein Stinkstiefel!«, fuhr ihm meine Mutter in tadelndem Ton in die Parade. »Dieser nette junge Mann fährt anscheinend extra einen Umweg, nur um mit deiner Tochter essen gehen zu können! Statt hier Giftpfeile rumzuschleudern, solltest du dich lieber freuen, dass Jacqueline nicht vor Ende unseres Urlaubs abreist – und dass wir am 3. vielleicht etwas über den neuen Nationalspieler gewahr kriegen ...« Sie zwinkerte mir zu, und ich konnte ihr ansehen, dass sie in ihrem Kopf schon sortierte, welcher ihrer Kundinnen sie diese Episode quasi als Neujährchen-Bonus brühwarm und im Vertrauen aufs Brot schmieren würde. Schließlich hatten sich in ihrem Salon über die Jahre neben den Sextipps auch Glitzerwelt-Berichte aus erster Hand als Highlight etabliert. Die Geschichte beispielsweise, wie mein Vater vor Jahren gemeinsam mit Paul Kuhn den volltrunkenen Harald Juhnke aus der Hotelbar in sein Zimmer bugsiert hatte, war – neben einigen anderen »Günther-im-Außendienst«-Anekdoten – ein Dauerbrenner im Salon. Und was ich im letzten halben Jahr erlebt hatte, ließ sich bei der Dauerwelle nicht nur durch Renates stolz präsentiertes Zeitungsausschnitt-Sammelalbum genüsslich auskosten.

Wir hatten den Jahreswechsel so weit gut überstanden, und ich nutzte den ganzen ersten Januar, der bei uns aus Entgiftungsgründen traditionell als Skitag flachfiel, mich mental auf meine Verabredung am nächsten Tag vorzubereiten. Konkret bedeutete das: Während ich den gesamten Tag zwischen Schwimmbad und Sauna herumlungerte und mich für teures Geld mani- und pediküren ließ, überlegte ich hingebungsvoll, was ich denn wohl für dieses wichtige Treffen am besten anziehen sollte. Ich investierte sogar in eine professionelle Beinenthaarung mit Heißwachs, um für den optimalen Erfolgsfall gerüstet zu sein. Ich war nämlich unabhängig von seiner wirtschaftlichen und gesellschaftlichen Stellung einfach wirklich scharf auf Ralf. In den sexlosen Wochen, die hinter mir lagen, hatte ich mich in die ehrliche Schwärmerei für ihn mit wunderbar verdorbenen Phantasien reingesteigert – daher hatte ich beileibe nicht vor, mich als Rührmichnichtan zu geben, sondern plante eher, das ein oder andere Kopfkinofilmchen endlich in die Tat umzusetzen.

Als ich am 2. Januar 1994 um 20.05 Uhr das *Loch Ness* betrat, hatte ich deshalb optisch alle Register gezogen, die ich zu bieten hatte: Ich trug mein langes, enges schwarzes Kleid, das meine Rundungen optimal betonte und die blonden Haare kontrastreich hervorstechen ließ, darunter eine waffenscheinpflichtige Reizwäschekombination, betörendes Parfum und meine tollen Wildlederpumps. Kurzum und gewohnt bescheiden: Ich sah aus wie eine Göttin.

Das Problem war leider nur, dass ein solches Ensemble natürlich nicht der optimale Aufzug ist, um bei minus sechs Grad Celsius und dreißig Zentimetern Neuschnee quer durch den Ort zum verabredeten Treffpunkt zu stapfen. Weil ich aber trotz aller Wollust und Verführungskunst nicht daran interessiert war, mir eine Lungenentzündung oder einen Beinbruch als Souvenir mitzunehmen, hatte ich mich für den Weg zum Restaurant ganz pragmatisch für meine neonpinken Moonboots entschieden und mir Renates hellgelben Daunenmantel geliehen. Um Viertel vor acht war ich dann im Roth Flüh, wo sich das *Loch Ness* befand, hatte Mantel und Boots an der Hotelrezeption abgegeben, vor den bodentiefen Spiegeln auf der Damentoilette für den optischen Feinschliff gesorgt und alles wieder in die richtige Position gerückt.

Dass zwei der Spieler in den verglasten Squash-Plätzen, an denen ich vorbeiging, um innerhalb des Hauses zum *Loch Ness* zu gelangen, sich unachtsam den Ball in die Visage titschen ließen, weil sie dem blonden Vamp vor der Scheibe hinterhergafften, wertete ich dementsprechend als ehrliches Kompliment für mein Erscheinungsbild.

Im *Loch Ness* führte mich der Oberkellner zum Tisch in der abgeschiedenen Romantikgrotte, einem kleinen Separee im Felshöhlendesign, wo Ralf bereits mit einem Sherry saß. Er erhob sich lächelnd, begrüßte mich freudig mit Küsschen links und rechts und wünschte mir ein frohes neues Jahr, dann musterte er mich anerkennend von oben bis unten und machte mir Komplimente, wie fabelhaft ich aussähe. Ich erwiderte Neujahrswünsche und Komplimente – bevor ich mich jedoch darüber begeistern konnte, dass dieser Adonis auch noch über hervorragende Manieren verfügte, brachte er mich schwer aus dem Konzept – das erste Mal an diesem Abend. »Die Neon-Moonboots haben aber auch gut ausgesehen, gerade in Kombination mit dem gelben Umschnall-Plumeau«, grinste er. Ich versuchte, mir mein innerliches Fluchen, dass er mich in dem Aufzug gesehen hatte, nicht anmerken zu lassen. »Irgendwie musste ich ja herkommen, ist nun mal leider kalt und rutschig draußen«, sagte ich und hörte mich patziger an, als ich eigentlich wollte. »Ich find das wirklich super«, bemühte er sich, mich zu beschwichtigen. »Ich mache mich in der Schweiz nämlich immer über diese dummen Tussis lustig, die in der Unfallambulanz landen, weil sie sogar bei Glatteis mit Stilettos rumstaksen. Da ist mir eine schlaue Frau, die in Boots und Daunenmantel gut auf sich achtet, viel lieber, also lass dich nicht verunsichern!« Er lächelte mich so warm an, dass ich ihm diese Aussage glaubte und mich wieder entspannte, der Sherry, den mir der Kellner brachte, tat sein Übriges.

Während des anschließenden Fünf-Gänge-Menüs redeten wir angeregt über alles Mögliche, er erzählte von seinen Familienurlauben in Oberjoch, seiner Kindheit im Ruhrpott und seinem Werdegang zum Profifußballer, während ich ihm auf seine interessierten Fragen Details aus meiner Lebensgeschichte präsentierte. Ich fand ihn nicht nur sexuell wahnsinnig attraktiv, sondern mochte auch seine Art, seinen Humor und seine Ansichten – wie es schien, verknallte ich mich ganz gewaltig in diesen Hammertypen, der sich obendrein auch noch viel besser artikulieren konnte, als man es einem Profifußballer eigentlich zutrauen würde. Er schien mich aber auch ganz gut zu finden, denn schon beim vierten Gang wurde er vertraulich.»Weißt du, warum ich dich unbedingt kennenlernen wollte?«

Ich hatte gerade den Mund mit köstlichem Rohmilch-Camembert voll, und so sparte ich mir flapsige Vermutungen. Außerdem klang die Frage ohnehin so, als wollte er sie im nächsten Atemzug selbst beantworten. Somit ließ ich meinen Käse einfach in Ruhe weiter auf der Zunge zerschmelzen und sah ihn erwartungsvoll an.

»Weil mich nicht nur dein Outfit bei der Nikolausparty beeindruckt hat, sondern vor allem dein Verhalten vorher! Normalerweise reagieren Erwischte auf öffentliche Vorwürfe ja gerne mit schuldbewusstem ›Das hätte nie passieren dürfen!‹-Rumgejammer und Interviewhopping oder einfach mit Leugnereien. Dass aber jemand hingegen sagt: ›Das hätte nie *rauskommen* dürfen!‹, und dann einfach abtaucht, das fand ich schon sehr cool.«

Mit dieser Begründung hatte ich definitiv nicht gerechnet.»Das war aber leider in der Realität alles ein wenig anders«, bremste ich seine Begeisterung und machte mich bereit, ihm die tatsächlichen Hintergründe darzulegen. Doch er lachte nur und erwiderte doppeldeutig:»In der Realität ist meistens alles ganz anders – aber darum geht es der Boulevardpresse nicht. Die meisten Leute glauben einfach das, was da steht, unabhängig vom Wahrheitsgehalt.«

Ich konnte mich nicht dagegen wehren, an Finn und seine Prophezeiung bezüglich der verheirateten Männer zu denken, obwohl Ralf keinen Ehering trug.»Und du bist liiert und glaubst jetzt, dass ich ein verschwiegenes Luder bin – jemand, mit dem man pflegeleicht eine Affäre haben kann?«, argwöhnte ich.

Er schien sehr amüsiert.»Nein,« sagte er,»aber ich kann dir gerne sagen, was ich glaube. Darf ich offen sein?«

»Unbedingt, da bin ich ja gespannt! Lass mal hören!«, forderte ich ihn gutgelaunt auf und nahm einen Schluck Rotwein.»Also gut«, setzte er an,»erstens glaube ich, dass du dich gerne im Mittelpunkt der Aufmerksamkeit sonnst, deswegen willst du auch berühmt werden. Zweitens glaube ich, dass du sehr genau um deine Wirkung auf Männer weißt und dass du das auch ganz bewusst und vor allem gezielt einsetzt. Und drittens glaube ich, dass du verdammt ehrgeizig bist, wenn du etwas willst.«

Während ich angestrengt versuchte, Herr meiner entgleisenden Gesichtszüge zu bleiben, bemühte ich mich, so gelassen wie möglich zu wirken.

»Glauben heißt aber nicht wissen, glaub ich ...«, grinste ich – nur halb so locker, wie ich das gern gehabt hätte.

»Da hast du Recht«, grinste er zurück,»aber wissen tu ich dafür andere Dinge. Ich weiß zum Beispiel, dass ich dir ein sehr attraktives Angebot machen kann.«

»Nämlich?«

»Einen Platz in der Öffentlichkeit als Nationalspielerfreundin im WM-Jahr sowie zusätzlich 1000 DM Apanage im Monat.« Das klang prinzipiell hervorragend, irritierte mich in meinem Romantikmodus jedoch sehr.

»Verstehe ich das richtig? Du bietest mir Geld, damit ich deine Freundin werde? Was soll das?«

»Das soll ein guter Deal für uns beide werden. Ich brauche eine Frau an meiner Seite, die in die Öffentlichkeit drängt und dabei dem Klischee einer fleischgewordenen Männerphantasie entspricht. Du kriegst dafür im Gegenzug eine Chance, noch berühmter zu werden«, erklärte er mir. »Das ist doch für alle eine klare Win-win-Situation.« Er prostete mir strahlend zu.

Obwohl ich seine Aussage sachlich als absolut richtig nachvollziehen konnte, verstand ich trotzdem nicht, warum er diesen geschäftlich anmutenden Weg mit Bezahlung wählte. Ich versuchte, die Gedanken in meinem Kopf zu ordnen, denn irgendwie passte das alles nicht zusammen: Er hatte mir reichlich Komplimente gemacht, er schien mich ehrlich gut und unterhaltsam zu finden, er flirtete mit mir – aber warum zum Teufel machte er mir dieses wirklich grandiose Angebot, statt mich einfach nach dem Dessert flachzulegen? Außerdem hätte er doch wirklich jede haben können – wieso machte er ausgerechnet mir Avancen, seine offizielle Freundin zu werden? Im turbulenten Gegrübel in meinem Kopf drängten sich plötzlich zwei seiner Aussagen wieder nach vorne: zum einen seine Begründung, mich unbedingt kennenlernen zu wollen – mein »... das hätte nie rauskommen dürfen!« –, zum anderen seine Analyse, dass die meisten Leute ungefiltert glauben, was in der Zeitung steht.

Und auf einmal hatte ich eine Erleuchtung, die mich das alles schlagartig begreifen ließ: »Du bist schwul und willst mich engagieren als Alibi für die Öffentlichkeit«, präsentierte ich ihm meine Theorie mit festem Blick.

»Und schlau ist sie auch noch!«, lächelte er anerkennend. »Lina, ich glaube, wir könnten ein echtes Traumteam werden – ökonomisch gesehen!«

Bei aller Dankbarkeit über die Möglichkeiten, die sich mir durch Ralfs unglaubliches Angebot auftaten, knabberte ich trotzdem noch verärgert daran, dass ich an diesem Abend sexuell ganz sicher keinerlei Erfüllung mehr finden würde.

»Ökonomisch gesehen habe ich gestern völlig sinnlos Kohle rausgehauen, um mir für das Date heute die Beine enthaaren und auch sonst alles auf Vordermann bringen zu lassen. Hätte ich mir ja echt sparen können«, grummelte ich, grinste schief und leerte mein Rotweinglas.

Er lachte. »Tut mir ehrlich leid, Lina, den Schaden ersetze ich dir natürlich. Darf ich dir denn erklären, wie ich mir das vorstelle mit uns?«

Ich nickte, und er klang auf einmal sehr ernst. »Wie du dir sicher denken kannst, ist Verschwiegenheit die wichtigste Säule dieser Vereinbarung. Ich biete dir einen Vertrag an, weil ich glaube, dass du klug genug bist, nicht den Ast abzusägen, auf den du dich setzen könntest. Was ich dir bieten kann, ist langfristig nämlich weitaus attraktiver, als eine Erpressung oder ein Honorar für ein Outing es sein könnten!« Er blickte mich durchdringend an, bevor er fortfuhr. »Wenn du zustimmst, stehst du mir für eine Laufzeit von erst einmal zwei Jahren bei medial aufbereiteten Veranstaltungen tiptop zurechtgemacht zur Seite und berichtest auf Nachfrage glaubwürdig und begeistert über unsere harmonische Beziehung. Im Gegenzug unterstütze ich dich mit 1.000 DM monatlich, alle Spesen wie Reisekosten, Kleidung et cetera ersetze ich dir natürlich. Über die Existenz dieses Vertrages ist selbstverständlich absolutes Stillschweigen zu wahren, und wenn du sexuell aktiv wirst, musst du das logischerweise im Verborgenen tun. Wenn du mir öffentlich Hörner aufsetzt, ist unsere Absprache nichtig. Bis hierhin Fragen?«

Ich hatte für einen kurzen Moment ein kleines Déjà-vu-Erlebnis: Das war im Prinzip genau wie das Tour-Angebot auf dem Schützenfest, nur eben viel besser und in einer ganz anderen Liga: Fußballerfreundin eines gut aussehenden Nationalspielers im WM-Jahr, volle zwei Jahre Vertragslaufzeit – was würde mir das für Möglichkeiten geben! Und das groteskerweise alles auch noch bezahlt! Weil ich aber aus den letzten Monaten gelernt hatte und die guten Vorsätze fürs neue Jahr am 2. Januar auch noch recht präsent waren, ging es mir um mehr. Ich wollte nicht nur den Fuß in der Tür halten, sondern mich endlich nachhaltig in der Öffentlichkeit etablieren.

»Was ist, wenn ich mich auf Dauer nicht nur als Anhängsel inszenieren lassen möchte? Was ist denn, wenn die Stellung als Spielerfreundin mir die Möglichkeit einer eigenen Karriere beschert? Könnte ja sein, dass ich zu Castings eingeladen werde – Film, Fernsehen, Werbung, Gesang, was darf ich denn davon machen?« Ernsthaft und abgeklärt klingen konnte ich auch, und das beeindruckte ihn sichtlich. Seine Augen leuchteten.

»Unter der Bedingung, dass mir imagemäßig nichts davon schadet und du dich vor Unterzeichnung irgendwelcher Verträge mit mir berätst, kannst du das alles sehr gerne machen. Ich fände das ganz großartig. Vielleicht solltest du einen Teil der monatlichen Apanage sogar in Schauspiel- und Gesangsunterricht investieren? Je besser du dich präsentierst, desto höher wird unser Marktwert als Paar! Ich habe ja gesagt: Wir könnten wirtschaftlich ein Traumpaar werden!«

Ich hatte das Gefühl, dass Ralf auf seine Art ein noch viel zielgerichteteres Luder war als ich, und so lächelte ich sehr zufrieden und erhob mein Glas: »Auf das Traumteam?«

»Auf das neue Traumpaar Lina und Ralf!«, erwiderte er grinsend. »Jetzt sollten wir aber erst mal unser Dessert kommen lassen, bevor wir auf meinem Zimmer den Vertrag unterschreiben.«

Ich hatte mir das Abenteuer mit Ralf Szibuda ursprünglich zwar anders vorgestellt, aber mit jedem Löffel Crème Caramel gefiel mir die neue Option fast noch besser. Während des Digestifs planten wir bereits, wie und wann wir unsere »Beziehung« den Medien und der Öffentlichkeit präsentieren wollten. Wir legten gutgelaunt die nächsten Termine und Aktionen fest, und nachdem wir den Vertrag auf seinem Zimmer unterzeichnet hatten, holte er breit grinsend einen unfassbar wild gemusterten Skioverall und schwarze Fellboots aus dem Schrank. »So, und jetzt zieh ich mir was Vernünftiges an und bring dich nach Hause. Das macht bei meinen Schwiegereltern bestimmt einen guten Eindruck!«, zwinkerte er mir amüsiert zu.

»Oh ja, ganz sicher!«, sagte ich und stierte amüsiert auf den Overall, dessen Neonmuster mir Netzhautflimmern bescherte. In diesem Aufzug würde er meinen Eltern mit Sicherheit einen guten Eindruck vermitteln – wahrscheinlich sogar einen viel besseren, als er sich dachte.

In der Tat stellten Renate und Günther, die ich beim Spaziergang zu mir nach Hause schon rauchend und kichernd auf dem Balkon unserer Ferienwohnung gesehen hatte, nach meiner Ankunft nur wenige, eher rhetorische Fragen, um sich ein klares Bild der Lage zu machen.

1.: »Wie läuft der denn rum?«

2.: »Was machst du überhaupt schon hier, ist doch erst kurz nach Mitternacht?!«

3.: »Habt ihr euch gerade nur mit Küsschen links, Küsschen rechts verabschiedet?«

4.: »Wird das was Ernstes, oder ist das etwa ein warmer Bruder?«

Ich musste mir unglaublich feste auf die Zunge beißen, um nicht wahrheitsgemäß »Ja, beides!« zu sagen – aber schließlich hatte ich keine Stunde zuvor einen Vertrag unterschrieben, der mir absolutes Stillschweigen gebot.

7
Unglück oder Segen?
(1. Quartal 1994)

Ralf und ich hatten uns für die klassische Variante entschieden:
Wir ließen uns andauernd gemeinsam von irgendwelchen Zei-
tungsfuzzis »abschießen«, parallel dazu behaupteten wir aber
mindestens sechs Wochen lang, wir seien »nur gute Freunde«.
So entstand nicht nur der Eindruck einer wirklich ernsthaften Beziehung, uns erschien das in Sachen Aufmerksamkeit und auch
Profit ebenfalls sehr vielversprechend. Denn schließlich planten
wir, durch kontinuierliche Leugnerei die Neugierde der Öffentlichkeit und den Wettlauf der Reporter so weit anzustacheln, dass
wir für das erste Interview als Paar tatsächlich schon Geld kassie-
ren könnten. Diese Idee war auf Ralfs Mist gewachsen und bestärkte mich sehr in dem Gefühl, dass Ralf tatsächlich ein noch
viel durchtriebeneres Luder war als ich – »ökonomisch gesehen«.

Der Blick auf die Wirtschaftlichkeit einer Angelegenheit schien
sein Steckenpferd zu sein, und somit wunderte ich mich nicht,
als er bei unserem nächsten Treffen erzählte, dass er »als Hobby«
an der FernUni gerade sein Diplom als BWLer gemacht hatte.
Dieses Treffen fand bereits eine Woche nach unserem Vertragsabschluss statt, diesmal in einem Promilokal in Köln.

Solche Promilokale leben ja nur in Ausnahmefällen von
ihrem guten Essen, sondern meist vom Sehen und Gesehen werden: Die Hoffnung, dort gemeinsam mit der Prominenz zu speisen, lässt wohlhabende Mittelständler oder neureiche Fatzkes

gerne mal überteuerte Preise für mittelmäßige Gerichte bezahlen. Hauptsache, man gehört dazu. Die Wirte schüren dieses Phänomen natürlich nach Kräften, sowohl durch die obligatorischen Promifotos an den Wänden als auch durch Standleitungen zu allen Klatschredaktionen der Stadt. Erstens muss ja irgendwer die Bilder machen, auf denen der Wirt jovial grinsend irgendwelche Stars umarmt, und zweitens ist eine regelmäßige Erwähnung in den Klatschzeitungen die beste Werbung, die man sich als Gastronom wünschen kann. Es gibt sogar Lokale, in denen du als Promi keinen Cent für dein Filetsteak bezahlen musst, solange du dich bereit erklärst, dafür die Promospielchen des Wirtes mitzumachen.

Das alles hatte mir Ralf erklärt und mich aufgefordert, mir deswegen ruhig was Teures von der Karte auszusuchen. Für lau essen und dazu auch noch die ganze Presse an den Tisch geliefert zu bekommen, war für ihn wieder mal eine typische Win-win-Situation. Mit seinem Pragmatismus konnte ich ebenso gut umgehen wie mit der Tatsache, als aufstrebendes Landei zu später Stunde im Promilokal der großen Stadt gemeinsam mit Ralf fotogen und aufreizend zur dargebotenen Live-Musik auf dem Tisch zu tanzen.

Wir wurden von sieben verschiedenen Pressefotografen abgelichtet und schafften es innerhalb der nächsten Tage in sechzehn verschiedene Druckerzeugnisse. Das ließ sich so genau sagen, weil in Ralfs Auftrag eine Agentur jedes europäische Presseerzeugnis nach uns durchsuchte und alle Veröffentlichungen sammelte – und diese Agentur bekam im Laufe der nächsten Wochen eine Menge zu tun, denn der Abend in Köln war nur der Auftakt zu einer Reihe ähnlicher Inszenierungen bei Diskobesuchen, Boxkämpfen, Galas und diversen Promipartys. Das Interesse an uns als potentiellem Paar war von Anfang an sehr rege, denn zum einen war die ganze Luder-Lina-Nummer mit *Psychisch* erst knapp eineinhalb Monate her, zum anderen war Ralf in der deutschen Öffentlichkeit bis zu seiner Berufung in die Nationalmannschaft recht unbekannt gewesen, weshalb seitens der Presse ein gewisser Nachholbedarf bestand. Den deckte er auch solo äußerst engagiert. Seine Bekanntheits- und Sympathiewerte schossen steil nach oben durch das volle Programm, das er absolvierte: Kinderfotos aus der Dortmunder E-Jugend-Zeit, sorgsam geschürte Gerüchte, nach der WM statt in der Schweiz endlich wieder in der Bundesliga zu spielen, und ausführliche Interviews (»Mein Leibgericht sind die Rouladen von Oma Else«).

Wir hatten uns geeinigt, dass ich bis auf weiteres alle Nachfragen zu unseren Treffen und den Fotos mit »Kein Kommentar!« abblocken sollte, während er sich, auf mich angesprochen, geheimnisvoll gab: »Lina Legrand und ich kennen uns schon länger, und wir verbringen sehr gerne Zeit miteinander. Aber bitte haben Sie Verständnis, dass ich dazu *im Moment noch* nicht mehr sagen möchte ...«

Ich hielt mich brav an Ralfs Anweisungen und fuhr sehr gut damit: Anfang März bestritten wir das erste, große »Ja, wir sind ein Paar!«-Interview für die *Bunte*. Gegen ein gutes Honorar breiteten wir die Geschichte unserer zur Liebe gewordenen Freundschaft aus: Angeblich hatten wir uns schon als Kinder in den 8oern beim Skilaufen in den Allgäuer Alpen kennengelernt, uns aber leider aus den Augen verloren, bevor das Schicksal uns bei der Berliner Nikolausparty wieder aufeinandertreffen ließ – wie romantisch! In der Öffentlichkeit stand ich auf einmal nicht mehr als böse Hexe da, sondern als sympathische Studentin der Kommunikationswissenschaften, die den neuen National-Ralf gleichsam beflügelte – und ich fand es sehr angemessen, dass man zu diesem Anlass und gerade auch zu dieser Wortwahl noch mal die Engelchen-Bilder von der Party aus dem Archiv gekramt hatte. Ich wurde durch Ralfs Sympathiewerte in der öffentlichen Wahrnehmung recht zackig rehabilitiert, getreu dem Motto:»Wenn so ein toller Typ die gut findet, kann die ja vielleicht doch gar nicht so schlecht sein, wie wir alle immer dachten.«

Als angenehme Nebenwirkung kam hinzu, dass Ralf so zufrieden war, wie ich bis dahin meinen Vertrag erfüllt hatte, dass er mir tatsächlich die Hälfte des Interviewhonorars als Bonus zukommen ließ.»Hast du dir wirklich verdient, Lina!«, meinte er.

Uns beiden wurde von Aktion zu Aktion klarer, dass wir in diesem großen Spiel nicht nur ein gutes Team bildeten, sondern uns auch auf persönlicher Ebene immer mehr mochten. Kurzum: Die Sache mit Ralf war wie ein Sechser im Lotto. Es gab nur den dummen, kleinen Schönheitsfehler, dass die Zusatzzahl nicht korrekt war – seit dreieinhalb Monaten hatte ich keinen Sex mehr gehabt und war mittlerweile wirklich rollig.

Ich wollte allerdings durch meine Triebe die phantastische Grundsituation nicht gefährden, und so entschied ich mich nach unserem nächsten Treffen – Geburtstagsparty eines anderen Nationalspielers im P1 – für eine offene Ansprache meines Problems. Zumal das Armani-Model, von dessen amourösen Fertigkeiten ich ja schon zu Schulzeiten auf dem Raucherhof so geschwärmt hatte und mit dem mich seit der grandiosen Winternacht zwei Jahre zuvor tatsächlich eine pflegeleichte Immer-mal-wieder-Affäre verband, mich zu einem Kurztrip nach Mailand eingeladen hatte – dummerweise genau an dem Wochenende, wo ich Ralf im Züricher Fußballstadion das erste Mal dekorativ die Daumen drücken sollte.

»Mailand, oh wie schön! Da musst du mir unbedingt handgenähte Schuhe mitbringen, ich schreib dir Modell und Größe genau auf!« Ralf reagierte begeistert, nachdem ich ihm unter großem Rumgedrucke den Sachverhalt geschildert hatte.

»Wie, du hast da nichts gegen? Ich sollte doch eigentlich in Zürich Daumen drücken?«, fragte ich nach.

»Ach, pfff, dann kommst du eben nächste Woche zum Spiel

nach Bern, das ist doch wurscht! Lass dich mal richtig schön verwöhnen, das tut dir bestimmt gut – wenn jemand fragt, sage ich einfach, du hast familiäre Verpflichtungen, O.K.?!« Er schien sich sichtlich für mich zu freuen, und im nächsten Moment erinnerte er mich sehr an Renate: »Aber ich will nicht nur die Schuhe mitgebracht haben, ich will auf jeden Fall auch ein Foto von diesem Maurizio sehen und alle Details hören, wenn du zurück bist, abgemacht?! Wo hast du den überhaupt her, ich dachte immer, die männlichen Models stehen alle eher auf meiner Seite des Ufers?«

»Ist das so? Hast du Freunde in der Branche?«, fragte ich sofort nach, denn trotz aller freundschaftlichen Offenheit machte Ralf mir gegenüber aus seinem Sexualleben nach wie vor ein großes Geheimnis – aber neugierig sein konnte ich genauso gut wie er.

Er grinste. »Netter Versuch – wäre ich tuckig, würde ich dir wahrscheinlich Doris Days ›Perhaps perhaps perhaps‹ singen, aber so lasse ich dich einfach zappeln! Apropos singen, hab ich dir erzählt, dass Tom Kosly beim DFB angefragt hat, ob wir als Nationalelf einen WM-Song mit ihm aufnehmen wollen?«, lenkte er ab, und ich ließ mich drauf ein.

»So wie die Truppe von '86? ›Mexico mi amor‹ mit Peter Alexander... hui, das war ein Spaß!« Vor allem, wenn man diesen klebrigen Ohrwurm als 12-jährige einen ganzen Sommer lang im Salon in den Gehörgang geträllert bekam. Gott sei Dank, hörte das ziemlich schlagartig auf, als ein dicklicher Spieler im weißhellblau gestreiften Trikot dem Ball mit der Hand ins englische Tor half und sein Team so ins Finale schummelte.

»Nee, das sollte wohl eher ein Jubiläumslied für den Trainer sein oder so«, klärte Ralf mich auf. »Der ist ja '74 als Spieler Weltmeister geworden, und deswegen heißt der Song ›Zwanzig Jahre später‹. Ich hätte es witzig gefunden, aber der DFB hat abgelehnt.«

Ich fand es lustig, dass Tom Kosly sich anscheinend noch breiter aufzustellen versuchte, nach Werbung und TV nun auch noch

Musik. Ursprünglich hatte ich vorgehabt, die bald auslaufende Wette mit Tom einfach zu »vergessen«: Presse hatte ich durch Ralf ohnehin genug, daher war ich auf eine Einladung in seine Sendung überhaupt nicht mehr scharf, und auf ihn selbst schon mal gar nicht. Aber seine neue musikalische Schiene war nun doch Grund, über ein Treffen nachzudenken. Wozu investierte ich schließlich in Gesangsunterricht? Akut investierte ich erst einmal in feine, neue Spitzenunterwäsche und machte mir ein herrliches Wochenende in Mailand. Ein echter Mädchentraum: Schuhe kaufen, köstlich essen gehen, in der Scala bei *La Bohème* Tränen vergießen und mit einem blendend aussehenden Model die sexuellen Defizite der letzten Monate aufarbeiten, bis ich einen Gang hatte wie John Wayne. Nachdem ich Maurizio zum Flughafen gefahren hatte, weil er montags in New York sein musste, bereitete ich mich bestens gelaunt auf meine Rückfahrt vor, als meine Hochstimmung durch das Abhören meines Anrufbeantworters mittels Fernabfrage ein jähes Ende fand.

»Hallo Lina Legrand«, sagte eine Stimme, die ich nicht kannte, »hier spricht Dr. Reza Ahangi. Ralf Szibuda liegt seit gestern verletzt hier im Züricher Uniklinikum, bitte kommen Sie so schnell wie möglich her! Sie erreichen mich unter der Telefonnummer ...«

Das Blut sackte mir in die Beine, ich notierte mir die Nummer und rief umgehend zurück. Eine Dame erklärte mir, dass Dr. Ahangi leider gerade im OP und daher nicht zu sprechen sei, und Auskunft über Patienten dürfe sie mir ohnehin nicht geben. Was für ein Glück, dass ich mit dem Auto nach Mailand gefahren war, denn so konnte ich bereits dreieinhalb Stunden später vor dem Züricher Uniklinikum parken.

Nach Auskunft der Schnepfe am Infotresen war erstens keine Besuchszeit mehr, und zweitens sei Ralf Szibuda nicht als Patient gemeldet, und es ärgerte sie sichtlich, dass Dr. Ahangi mich umgehend in der Eingangshalle abholte, nachdem sie ihm widerwillig meine Ankunft mitgeteilt hatte. Dr. Reza Ahangi war zwischen Ende Dreißig und Anfang Vierzig und todsicher der Schwarm aller Krankenschwestern und Patientinnen: Er sah aus wie Omar Sharif in Dr. Schiwago und war darüber hinaus auch noch unglaublich freundlich. Zwar irritierte mich sein schwyzerdütscher Akzent ein wenig, weil er nicht so recht zu seiner orientalischen Optik passte, aber viel wichtiger war, was er mir auf dem Weg quer durch das Gebäude sagte: Ralfs Zustand war gottlob nicht lebensbedrohlich, allerdings hatte ihm ein gegnerischer Spieler durch einen Sprung ins rechte Knie dort nahezu alle Bänder zerstört. Trotz gut verlaufener Operation und intensiver Reha-Maßnahmen würde es mindestens ein halbes Jahr dauern, bis er sein Knie wieder zum Fußballspielen benutzen könnte – wenn überhaupt. Dementsprechend depressiv sei er nun.

Das konnte ich mir vorstellen: Die WM war für ihn gelaufen, und seine Transferchancen nach Deutschland steigerte das wahrscheinlich auch nicht. Mir tat das nicht nur wahnsinnig leid für ihn, darüber hinaus fühlte ich mich auch irgendwie schuldig, weil ich nicht beim Spiel gewesen war, sondern mich in Mailand amüsiert hatte.

Unvermittelt blieb Dr. Ahangi stehen, und sein Tonfall kippte plötzlich aus dem sachlichen Medizinermodus in eine bizarre Mischung aus väterlicher Strenge und verzweifeltem Flehen: »Bitte, bitte, Lina, enttäuschen Sie mich nicht!«, sagte er und öffnete die Tür, vor der wir standen. Das ganze Wochenende fühlte sich eh an wie ein Trip, da wunderte mich auch ein konfuse Beschwörungen ausstoßender Arzt nicht mehr ernsthaft.

Außerdem galt meine volle Aufmerksamkeit nun allein Ralf, der mich aus dem Bett der Privatsuite mit verheulten Augen überrascht anschaute. »Lina...?!« – »Ralf, du Armer, es tut mir sooo leid für dich!«, sagte ich, woraufhin er schluchzend in Tränen ausbrach.

Renate bot solch akut verzweifelten Fällen in ihrem Salon immer Trost durch ein patentes Drei-Phasen-Programm, was ihr einen Ruf als kompetentes Antidepressivum bescherte und mir quasi schon mit der Muttermilch eingetrichtert worden war:

1. Mitgefühl äußern, damit dem Gegenüber klar ist, dass man auf seiner Seite steht.
2. Verständnisvoll Detailfragen stellen, um Interesse zu signalisieren und sich einen zuverlässigen Gesamteindruck zu verschaffen.
3. Neue, positive Perspektiven der Situation gnadenlos aufzeigen und so einen Weg aus dem Jammertal planieren.

Phase 1 hatte ich schon beim Eintreten erledigt, und nachdem Ralf wieder Herr seiner Atmung war, gab er mir in Phase 2 Auskunft über die Details. Ich ließ mir geduldig seinen kompletten Horror schildern, reichte ihm zwischendurch Taschentücher und nickte verständnisvoll. Als er jedoch die Jammerschleife zum vierten Mal durchlaufen wollte, beschloss ich, rigoros Phase 3 einzuläuten.

»Kennst du die ›Unglück oder Segen‹-Geschichte?« Er schüttelte irritiert den Kopf.

»O.K., pass auf: Ein alter Bauer hat nur ein Pferd, und das läuft ihm eines Tages davon. Das ganze Dorf sagt: ›Oh, du armer Mann, so ein Unglück!‹, aber er sagt: ›Unglück oder Segen, das werden wir noch sehen!‹ Am nächsten Tag kommt das Pferd zurück und bringt noch ein Wildpferd mit, und alle sagen: ›Hast du ein Glück!‹, und er sagt wieder: ›Unglück oder Segen, das werden wir noch sehen!‹ Der einzige Sohn des Bauern will nun das Wildpferd einreiten, stürzt und bricht sich das Bein, alle wieder: ›So ein Unglück!‹, er wieder: ›Unglück oder Segen, das werden wir noch sehen.‹ Am nächsten Tag kommen die Soldaten des Königs und ziehen alle jungen Männer des Dorfes zum

Krieg ein, nur den Sohn des Bauern mit seinem gebrochenen Bein nicht...«

Er sah mich an, als hätte ich nicht mehr alle Tassen im Schrank.

»Ich weiß beim besten Willen nicht, was an meiner Situation Segen sein könnte!« Er klang beinahe wütend. Schien so, als hätte er kein Interesse an Phase 3, aber das weckte erst recht meinen Ehrgeiz.

»Nun,« setzte ich an, »du bist der aufstrebende Star der Nationalelf, die Leute lieben dich! Dass jetzt ausgerechnet dieser neue Liebling ausfällt, und zwar ohne eigenes Verschulden und auch noch beim wichtigsten Turnier überhaupt – das ist doch beinahe wie bei einer griechischen Tragödie! Diesen tragischen Helden musst du nur angemessen bedienen!«

Die Wut wich aus seinem Blick, und ich baute das Szenario aus.

»Sieh mal, wahrscheinlich blamiert sich die Nationalelf in den Vereinigten Staaten sowieso ziemlich übel und fliegt früh raus, und warum? Natürlich nur, weil *du* wegen Zür'cher Geschnetzeltem im Knie nicht mitkicken kannst! Aber stattdessen könntest du das Beste aus deiner Situation machen...«

»Und was soll das bitteschön sein?«

»Naja, du könntest vielleicht irgendwo als Gastkommentator arbeiten, als Insider-Experte oder so...«

»Oh ja, bestimmt, ganz tolle Idee!«, regte er sich auf, »Da wär' ich ja ein super Experte: Verletzt ausgefallen, bevor ich mich bei einem großen internationalen Turnier beweisen kann, dafür bekannt durch meine Erfolge in der Schweizer Liga und durch meine ›Freundin‹, pah! Ist dir eventuell schon mal aufgefallen, dass die Experten, die für gewöhnlich solche Jobs machen, meistens sogar Titel gewonnen haben?«

Seine Augen funkelten erbost, und ich musste zugeben, dass dieser Einstiegsvorschlag nicht wirklich durchdacht war. Also nahm ich erneut Anlauf, denn so leicht wollte ich mich seiner destruktiven Grundstimmung nicht beugen.

»Das heißt, du musst dich erst mal um einen erfolgreichen Wiedereinstieg in die Welt des Fußballs kümmern, korrekt?«
Er verdrehte genervt die Augen.

»Ja, richtig, aber wie gesagt dauert das locker ein halbes Jahr... Und leider läuft ausgerechnet in dieser Zeit der Vertrag bei den Grasshoppers aus. Und ich weiß nicht, ob ich es erwähnt hab, aber als Invalide kann ich auch eine Rückkehr in die Bundesliga vergessen.«

»Klar, wenn du nicht mit dem Gejammer aufhörst, auf jeden Fall!«, erwiderte ich genauso genervt, um danach vehement meinen Kurs weiter zu verfolgen: »Was bist du denn für ein Sportsmann? Du kannst dich an deinem Unglück weiden, oder du kannst dagegen ankämpfen – was meinst du, wie viel zusätzliche Sympathie dir *das* bringen würde! Statt hier in Selbstmitleid zu zerfließen, solltest du dich lieber darum kümmern, dass irgendjemand deine Schinderei in der Reha minutiös mit der Kamera dokumentiert! Und was ist mit deinem alten Trainer?«

Er guckte irritiert. »Mit welchem Trainer?«

»Du hast doch erzählt, dass der Trainer, der dich 1990 nach Zürich geholt hat, heute wieder irgendeinen Verein in Deutschland trainiert. Vielleicht gibt der dir ja trotz Verletzung eine Chance, weil er dich schon damals gut fand. Wo ist der denn heute?«

»In Dortmund...« sagte er, und jetzt war es an mir, mich aufzuregen.

»Ich glaub, ich spinne! Dein alter Trainer, der dich damals ins Ausland geholt hat, um mit dir in der ersten Saison Schweizer Meister zu werden, ist heute ausgerechnet bei dem Verein, wo du vor zwanzig Jahren mit Fußballspielen angefangen hast?! Da redest du sonst immer von ökonomischem Trara, aber jetzt jammerst du rum und kapierst nicht, was das hier für eine fette Story sein könnte? Für alle Beteiligten? Ich fass es nicht...«

»Lina, so einfach geht das nicht...«, ging er in die Defensive.

»Ach nein?!« Ich kam richtig in Fahrt: »Dann erklär mir doch, wo der Haken ist: Du bist der tragische Held, der die WM leider nicht retten kann, weil er verletzt ist, und die bösen Schweizer verlängern deinen Vertrag nicht. Aber: Dein alter Trainer, der große Stücke auf dich hält, holt dich zurück nach Hause, in den Pott. Riesengeschichte. Für diese Heimkehr, für diesen Herzenswunsch quälst du dich dementsprechend in der Reha, auch aus menschlichem Dank dem Trainer und dem Verein gegenüber. Das wird natürlich pünktlich zum Bundesligastart medial aufbereitet. Damit hast du in Sachen Aufmerksamkeit einen fulminanten Start in der Bundesliga, trotz oder gerade wegen der Verletzung. Und dem Verein wird dieser sentimentale Schachzug PR-mäßig sicherlich auch eher nützen als schaden. Also Ralf: Was genau ist schwierig an dieser Idee?!«, beendete ich herausfordernd mein Plädoyer und blies mir eine Haarsträhne aus der Stirn, die sich aus meinem Pferdeschwanz gelöst hatte.

Anscheinend hatte ich es doch noch geschafft, seine Laune zu ändern, denn er grinste.

»Hol am besten mal deine Sachen aus dem Auto. Hier nebenan ist ein Besucherzimmer, du schläfst hier, und morgen früh bestellen wir umgehend die Presse her. Zufrieden?«

Der alte Ralf kam allmählich wieder hervor – und auf meine ehrliche Freude und mein Strahlen reagierte er mit Anerkennung und amüsiertem Kopfschütteln:»Das hört sich wirklich alles gut an, Lina. Aber manchmal machst du mir wirklich Angst, mit gerade mal 22 schon so ein schlaues Biest ...!«

Ich grinste zurück und spürte, dass dieses Wochenende ein wichtiger Punkt werden würde – für unsere öffentliche Paar-, wie auch für unsere tatsächliche Freundschaftsbiographie.

Und weil nichts so verbindend wirkt wie gemeinsam bewältigte Krisen und vor allem geteilte Geheimnisse, ließ ich meinem aufblitzenden Übermut freien Lauf.»Apropos gut anhören: Das mit meinen 22 Jahren ist gelogen! Das sag ich immer nur, weil es sich viel besser anhört als 19!«

Damit zwinkerte ich Ralf, der sichtlich unsicher war, ob ich scherzte oder nicht, kokett zu und verließ die Privatsuite, um meine restlichen Sachen aus dem Auto zu holen.

Als ich gut zwanzig Minuten später mit meiner Reisetasche, einem kleinen Proviant an italienischen Leckereien und den Schuhen, die ich für Ralf in Mailand besorgt hatte, wieder auf die Station zurückkehrte, stand Dr. Ahangi lächelnd in Zivilkleidung vor mir, als sich die Aufzugtür öffnete und ich den frisch gebohnerten Flur betrat.

»Ich wollte mich noch von Ihnen verabschieden. Ich hab Dienstschluss und muss dringend ins Bett – aber vorher will ich unbedingt Danke sagen! Das haben Sie sehr gut gemacht, Lina, ich hatte wirklich Angst, er tut sich was an. Aber jetzt lacht er wieder und sagt, er sieht nicht mehr schwarz, sondern schwarzgelb, haha!«

Dabei umarmte er mich herzlich, gab mir überdreht lachend links und rechts ein Küsschen und stieg in den Aufzug, bevor ich reagieren konnte. Ich fragte mich allmählich, ob das die in der Schweiz übliche Vorzugsbehandlung für prominente Privatpatienten und deren Angehörige war oder ob eine 40-Stunden-Schicht im Krankenhaus einen Arzt vielleicht einfach irre machte.

Ich drehte mich zum Aufzug um, aber mehr als ein verstörtes »Äh... gerne! Gute Nacht!« gelang mir nicht, bevor die Tür begann, sich zu schließen.

Im allerletzten Moment konnte ich aber noch sehen, dass er an seinen Füßen exakt die Schuhe trug, die neu und in einer anderen Farbe in dem Schuhkarton lagen, auf dem ich gerade italienisches Feingebäck zu Ralf balancierte. Das reduzierte meine Irritation um ein Vielfaches, und ich setzte meinen Weg in Ralfs Suite fröhlich summend fort.

Dort schwieg ich diskret zu Dr. Ahangis gutem Geschmack in Sachen Schuhe und Ralfs gutem Geschmack in Sachen Männer. Stattdessen breitete ich indiskret und gutgelaunt meine Wochenenderlebnisse in Mailand aus, bevor wir Biscotti futternd den Marschplan festlegten, um aus seinem Unglück doch noch einen Segen zu machen. Als ich mich gegen halb zwei endlich ins Nebenzimmer verabschiedete, rief mich Ralf noch einmal zurück.

»Lina?!«

»Ja?«

»Danke schön! Ich hätte nicht gedacht, dass du so reagierst!«, sagte er. Ich war irritiert: »Wieso, was hast du denn erwartet? Dass ich sage: Ralf, tut mir leid, keine WM-Teilnahme, also auch hier kein Vertrag mehr?«

Er nickte, und ich lachte. »Bist du verrückt? Jetzt geht's doch erst richtig los!«

8
Im Fernsehen
(Frühjahr / Sommer 1994)

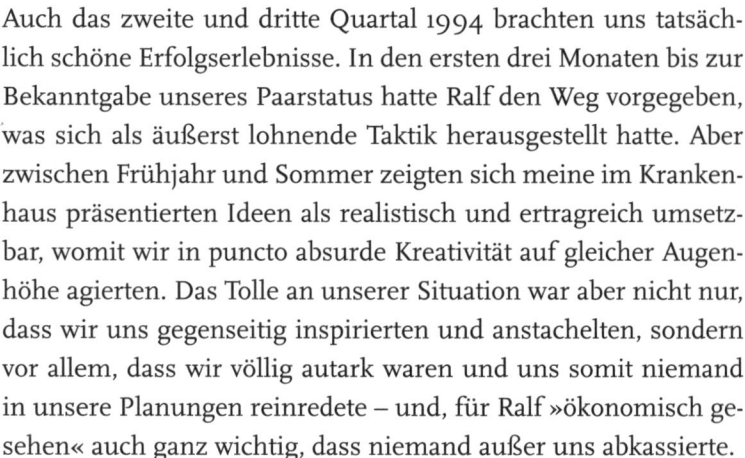

Auch das zweite und dritte Quartal 1994 brachten uns tatsächlich schöne Erfolgserlebnisse. In den ersten drei Monaten bis zur Bekanntgabe unseres Paarstatus hatte Ralf den Weg vorgegeben, was sich als äußerst lohnende Taktik herausgestellt hatte. Aber zwischen Frühjahr und Sommer zeigten sich meine im Krankenhaus präsentierten Ideen als realistisch und ertragreich umsetzbar, womit wir in puncto absurde Kreativität auf gleicher Augenhöhe agierten. Das Tolle an unserer Situation war aber nicht nur, dass wir uns gegenseitig inspirierten und anstachelten, sondern vor allem, dass wir völlig autark waren und uns somit niemand in unsere Planungen reinredete – und, für Ralf »ökonomisch gesehen« auch ganz wichtig, dass niemand außer uns abkassierte.

Ralf managte sich nämlich selbst, als U21-Spieler war er mal ziemlich übel von einem Spielerberater abgezogen worden. Deshalb hatte er sich auch entschieden, ein BWL-Studium zu absolvieren. Mittlerweile hatte er dieses Studium nicht nur abgeschlossen, sondern in seiner Heimatstadt Dortmund eine Unternehmensberatungsfirma gegründet, die ein einziges Ziel hatte: Gewinn bringend zu beraten, was Ralf und Lina so alles unternehmen.

Mit im Boot war noch seine ältere Schwester Sabine, eine Juristin, die nach ihrer Babypause keine Lust mehr auf ihre alte Stelle in einer Arschlochkanzlei gehabt hatte und nun stattdessen in

Teilzeit als Vertragscheckerin im neu gegründeten Familienbetrieb fungierte. Laut Ralfs Aussage war ihre erste Amtshandlung, den Vertrag aufzusetzen, der mich für die Jahre 1994 bis 1996 als Ralfs Freundin installierte. Im Sommer '94 bekam sie dann wieder einiges zu tun, denn bei Ralf war es im Großen und Ganzen genau so gekommen, wie wir im Krankenhaus gehofft und uns zurechtgesponnen hatten.

Anhand der Schlagzeilen und Artikelüberschriften zwischen Ende März und Anfang August lassen sich die Geschehnisse bis zu Ralfs Vertragsabschluss, betreut durch Sabine, übersichtlich rekapitulieren:

»Drama um Szibuda! Knie kaputt – WM ohne Ralf?«

»Bundestrainer streicht verletzten Szibuda aus Kader«

»Lina küsst ihm den Kummer weg – Besuch bei Ralf Szibuda in der Reha«

»So wird das nichts, Jungs! Nationalmannschaft in schwacher Form!«

»Effe zeigt Fans Stinkefinger – Rauswurf!«

»Schlechtes Spiel, schlechte Manieren – was ist los mit unserer Elf?«

»Kaiser Franz: Keine echten Kämpfer im DFB-Team!«

»Szibuda: Heimliches Ball-Training in der Reha – so kämpft er um sein Comeback!«

»Alles aus! Bulgarien ballert uns weg!«

»Die WM-Bilanz! Klinsi: Mit Ralf wären wir weitergekommen!«

»Schöner Ralf: Kein Vertrag für neue Saison?«

»Blitzbesuch beim BVB – Ralf Szibuda schwärmt von alten Zeiten!«

»BVB-Trainer Hitzfeld: Ralf fitter als viele Spieler ohne Verletzung!«

»Szibuda und der BVB: Geheimtreffen mit Präsident Niebaum!«

»Sensation! Rückkehr zum BVB! Szibuda: Endlich wieder daheim!«

Natürlich hatten nicht nur die einschlägigen Zeitungen sowie ein Team von *SternTV* Ralfs Arbeit in der Reha bis zur Genesung verfolgt – sogar dem *Spiegel* war diese emotionsgeladene Geschichte vom tragischen Unglück bis hin zum Vertragsabschluss beim BVB und der damit verbundenen Heimkehr in die Bundesliga ein dreiseitiges Interview wert. Dass Ralf darauf bestand, dass auch ein hübsches Foto von uns beiden von einer Sportler-Gala abgedruckt wurde, redete ich ihm natürlich auch nicht aus.

Für mich lief es zwischen Mai und August, bis Ralf wieder in die Bundesliga heimkehrte, in mancherlei Hinsicht sowieso besser als erwartet. Aber der Reihe nach:

Ich war seit der Verletzung dekorativ im Hintergrund geblieben. Es gab zwar mal kleinere Storys, wie ich den armen Ralf in der Reha aufmunterte, aber ansonsten nutzte ich die Zeit seiner Rekonvaleszenz dazu, weiter an meiner beruflichen Zukunft zu arbeiten: Zur Freude meiner Eltern erwarb ich brav ein paar Scheine an der Uni, zu Ralfs Freude nahm ich weiterhin meine Gesangs- und Schauspielstunden, und zu meiner Freude besuchte ich auf Ralfs Geheiß die ein oder andere Medienparty. Um »Kontakte zu knüpfen und zu pflegen«, wie er es nannte. Partyfotos wären seiner Außenwirkung – als diszipliniert an seiner Genesung arbeitender Sportler – nicht unbedingt zuträglich gewesen, aber er wollte trotzdem die Fühler in Richtung Medien und Werbung ausstrecken.

Den Gefallen tat ich ihm gerne und ging an seiner Stelle zu diesen Partys. Ich genoss die Position sehr, denn so konnte ich wieder meine Lieblingsrolle bedienen: Appetitlich zurechtgemacht flirten und Begehrlichkeiten wecken, meinen Marktwert nach oben schrauben, mich parallel dazu aber immer in die Rolle der monogamen Spielerfreundin flüchten. Alles in allem waren all diese Partys zwar unterhaltsam, aber bei Tageslicht betrachtet vergeudete Zeit.

Wirklich lohnend war im Nachhinein nur eine einzige Veranstaltung: die praktischerweise in Köln stattfindende 10-Jahres-Jubiläums-Feier eines großen deutschen Privatsenders unter dem Motto »Komm, feier mit!«. Da ich den Aufstieg dieses Senders nun wirklich von Anfang an in Renates Salon verfolgt hatte, fand ich es durchaus angemessen, dieser Aufforderung nachzukommen. Auch diverse andere Stars meiner Kindheit, deren Visagen diese Anstalt mittlerweile für teures Geld als »unsere Sendergesichter« bezeichnen durfte, schlürften auf dieser Party ihre Cocktails. Als ich gerade den beiden mir zuprostenden Protagonisten der legendären Supernasen-Filme zuzwinkerte, sprach mich eine andere Supernase mal wieder von der Seite an: Tom Kosly.

»Na, hat Luder-Lina bei ihren Besuchen in der Rehaklinik ihr Faible für Tattergreise entdeckt?«, deutete er Richtung Supernasen. Ich sog ungerührt weitere zwei bis drei Male an meinem Strohhalm, bevor ich das Glas auf dem Bastschirm-Stehtisch absetzte.

»Wenn du im Allgemeinen ein bisschen mehr Respekt vor Legenden hättest, würde die Nationalelf jetzt bestimmt mit dir statt mit den Village People singen!«

Seinem Gesichtsausdruck nach war er überrascht, wie gut ich informiert war. Außerdem schien ihn die Abfuhr des DFB wirklich geärgert zu haben, denn er zog parallel zu einer Fliegen verscheuchenden Handbewegung nervös die Nase hoch und plusterte sich nach einem kurzen Moment des Sammelns wieder auf.

»Ach, hör mir auf mit der Nationalelf! Die Spieler sind vom Gesang her ja eh Vollnieten – ich hab das jetzt einfach meinen Bruder einsingen lassen! Das wird zum WM-Start nächste Woche in den Charts nach oben steigen, wart mal ab ...«

»Genug Werbung wirst du dafür ja sicherlich machen können«, stimmte ich zu.

»Apropos: Warum warst du eigentlich noch nicht in meiner Show?«, fragte er plötzlich mit blitzenden Augen. »Du hast unsere Wette doch gewonnen – wolltest du dich nicht bei meiner Redaktion melden?«

»Ich musste meinem verletzten Freund beistehen, hast du vielleicht in der Zeitung gelesen – da hatte ich für solchen Kram echt keine Zeit, sorry!«, erwiderte ich überheblicher, als es langfristig klug gewesen wäre. Deshalb schob ich versöhnlich hinterher: »Aber wenn es Ralf wieder gut geht, komme ich sehr gerne in deine Sendung!«, und lächelte so freundlich, wie ich konnte. »Bis dahin wünsche ich dir und deinem Bruder ganz viel Erfolg – wie heißt der Song noch mal? ›Zwanzig Jahre später‹?«

»Nee«, schüttelte er den Kopf, »das war nur der ursprüngliche Titel. Jetzt ist das direkt 'ne Mitgrölhymne ohne Umwege. Falls du aber ...«

Bevor Tom seinen Satz zu Ende bringen konnte, stürmte eine Gestalt auf ihn zu und umarmte ihn ungeachtet unserer Gesprächssituation stürmisch. Unter lauten »Der Kosly, na, das ist ja schön!«-Rufen gaffte mir der Neuankömmling ungeniert in den Ausschnitt. Tom stellte mir das hyperaktive Dickerchen im Business-Outfit als Assistent eines Möbelhausketten-Bosses vor, für dessen Firma er letztes Jahr eine Werbekampagne konzipiert hatte.

»Ist Ihr Chef auch hier?«, fragte ich, und als der schmierige Geselle das verneinte, klinkte ich mich unter einem Vorwand zügig aus dieser Konstellation aus. Solche Assistenten der Chefs kann man immer direkt vergessen, nur die ganz Naiven fallen auf diese vermeintliche Nähe zur Macht rein. Sich mit Assistenten einzulassen in der Hoffnung, dadurch an den Chef ranzukommen, ist genauso doof, wie sich von den Roadies flachlegen zu lassen, weil die dafür versprechen, den Stars die willigen Mädels vorzustellen.

Abgesehen davon wäre sogar der Möbelhausmagnat selbst nicht wirklich interessant gewesen, ökonomisch gesehen. Schließlich hatte Ralf extra studiert, um als Fußballrentner keinen LottoToto-Rennquintett-Kiosk eröffnen zu müssen. Da war er während seiner Karriere ganz sicher nicht am Posten des Stargastes bei Möbelhaus-Eröffnungen interessiert, wo ansonsten alternde Schlagerstars ihr Gnadenbrot fristen. Und so suchte ich erst mal die sanitären Anlagen dieser Veranstaltung auf.

Während ich vor einem der vielen Spiegel mit meinem Lipliner die Konturen nachzog, bemerkte ich, wie mich eine attraktive blonde Frau, Mitte oder Ende Dreißig, ausdauernd beobachtete. Nachdem ich mit den Restaurierungsarbeiten in meinem Gesicht fertig war und Richtung Ausgang ging, um mich weiter auf der Party herumzutreiben, sprach sie mich an.

»Die Freundin von Ralf Szibuda, stimmt's?«

»Stimmt!«, sagte ich freundlich.

»Ich würde mich gerne mit Ihnen über Ralf unterhalten!«, teilte sie mir mit. »Sollen wir zusammen einen Drink nehmen? Weber ist mein Name!«

»Angenehm, Legrand!«, reagierte ich höflich, aber distanziert. Ich hatte nicht mal im Ansatz eine Vermutung, was sie wollen könnte. An der Bar bestellte sie uns zwei extrem alkoholische Getränke, drängte mich sehr, meins zu trinken, und begann dabei einen läppischen Smalltalk über mein tolles Outfit, meine Lippenstiftfarbe und ähnlich einlullenden Schnickschnack. Nach ein paar Minuten wurde mir die Honig-ums-Maul-Schmiererei zuviel, und ich erinnerte sie an den Grund für unser Gespräch: Ralf Szibuda. Sie blickte sich um, ob jemand in Hörweite war, dann begann sie in verschwörerischem Ton, mir ein Angebot zu unterbreiten.

»Frau Legrand, ich will ganz ehrlich sein: Es ist ja ein offenes Geheimnis, dass Ralf Szibuda schwul ist, aber niemand hat das jemals öffentlich ausgesprochen und zugegeben. Ich arbeite bei einer großen Illustrierten und habe beste Kontakte in die Wirtschaft. Wenn Sie als seine Freundin mir helfen, Ralf Szibuda endlich zu outen, ist mir diese exklusive Story 50 000 DM wert. Darüber hinaus sorge ich dafür, dass Sie von einer renommierten Agentur als Model unter Vertrag genommen werden. Kommen wir ins Geschäft?«

Mir fiel fast der Cocktail aus der Hand, und ich sah sie durchdringend an. Der Modelvertrag erschien mir äußerst unrealistisch, ich war zwar eitel, aber nicht doof. 50 000 DM hingegen waren verdammt viel Geld, um genau zu sein das Doppelte dessen, was mir vertraglich für zwei Jahre als Alibifreundin zugesichert worden war.

Trotzdem hörte ich auf mein Bauchgefühl und reagierte so, wie ich es als moralisch richtig empfand: Ich streckte meine Wirbelsäule und bewies Rückgrat.

»Frau Weber, Ihr Angebot klingt natürlich erst mal sehr attraktiv, aber ich weiß nicht, wo Sie Ihr angeblich offenes Geheimnis her haben.« Dabei musterte ich sie abschätzig, und ihr süffisantes Grinsen ließ mich wirklich sauer werden. »Vielleicht sind Sie ja sogar selbst eine dieser Frauen, die bei Ralf nicht landen konnten und aus Frust darüber unverschämte Lügen verbreiten. Aber: Ich habe mit Ralf Szibuda den großartigsten Sex, den man sich als Frau nur wünschen kann, und wenn Sie mit Ihrem Blatt eine skandalöse Enthüllungsstory suchen, sind Sie bei mir definitiv an der falschen Adresse. Von welcher Illustrierten waren Sie gleich noch mal?«

Ihr war anzusehen, dass sie mit dieser Reaktion nicht gerechnet hatte, und versuchte es erneut. »Der Szibuda muss Ihnen aber eine Menge zahlen. Also wie viel wollen Sie? 70 000?«

Passend zur Sommerpartydeko hatte sie mich jetzt echt auf der Palme. »So, Frau Weber, ich will jetzt sofort Ihren vollständigen Namen und den Ihres Magazins haben. Das ist eine unglaubliche Unverschämtheit, die Sie hier abziehen! Und ich schwöre Ihnen: Wenn Sie anfangen sollten, solche dreisten Lügen öffentlich zu verbreiten, werden Ralf und ich Sie so was von verklagen, dass Ihr Blatt Konkurs anmelden kann und Sie nicht mal mehr als Tippse bei der *Bäckerblume* unterkommen! Hab ich mich klar ausgedrückt?!«

Zu meiner großen Überraschung strahlte sie mich an:»Oh ja, Lina, und wie! Klarer geht's nicht! Du hast ja keine Ahnung, wie mich das freut!«, sagte sie in fast jubelndem Ton, umarmte mich übermütig und drückte mir einen dicken Schmatzer auf die Wange. Nach einem knappen Jahr im Medienzirkus hatte ich ja schon einige Irre erlebt, aber Frau Weber verdiente sich hier gerade ziemlich klar Platz 1. Dementsprechend verstört sah ich sie an.

»Ich bin Sabine Weber, geborene Szibuda! Ich bin Ralfs Schwester, und der Vertrag, den du unterschrieben hast, den hab ich aufgesetzt, verstehst du? Ich hab das ja alles für eine totale Schnapsidee gehalten, aber offensichtlich hatte Ralf recht mit seiner Wahl. Du bist tatsächlich loyal! Und du hast echt schauspielerisches Talent, das war total glaubwürdig gerade...« Sie plapperte gutgelaunt auf mich ein, während ich merkte, wie mir ein bisschen schwindelig wurde. Wenn das stimmte, was sie sagte, hatte ich wohl einen harten und gemeinen Test bestanden – wenn das nicht stimmte, lockte mich gerade jemand tierisch aufs Glatteis.

»Können Sie sich bitte ausweisen?«, unterbrach ich sie daher kühl.

Sie lachte, kramte in ihrer Tasche und murmelte dabei gutgelaunt Dinge wie »Richtig viel Hirn im blonden Köpfchen«, dann legte sie ihren Ausweis auf den Tisch und sortierte dazu zwei Fotos aus ihrem Filofax: Ralf mit zwei Säuglingen auf dem Arm neben ihr und einem älteren Ehepaar sowie ein rot-gelb-stichiges Foto, auf dem Ralf mit Brille und Schultüte vor einem großen Backsteingebäude posierte, während die große Schwester im Teenageralter am Bildrand genervt unter ihrem Mittelscheitel hervorlinste.

Ich sah mir das alles in Ruhe an, dann wurde ich auch freundlich und lächelte sie an. »Hallo Sabine,« sagte ich ruhig, »schön, dich kennenzulernen – aber das war gerade wirklich 'ne ganz schön miese Nummer!«

Sie lächelte zurück. »Ich weiß, tut mir auch leid, aber das musste einfach sein – ich muss doch gut aufpassen auf meinen kleinen Bruder!«

»Weiß der von deinem kleinen Test hier?«, wollte ich wissen.

»Nein, das war ganz spontan«, antwortete sie. »Ich wusste gar nicht, dass du auch hier sein würdest, ich hab Ralf seit zwei Wochen nicht gesprochen.«

»Wieso bist du denn dann überhaupt hier auf der Party?«

Sie lachte verlegen. »Ach, weißt du, als der Sender ganz neu war, hab ich mir während des Studiums ein bisschen was nebenher verdient. Da hab ich für die im Sportprogramm so ein paar Kleinigkeiten angesagt, und zum Jubiläum haben die halt alle eingeladen, die in den letzten Jahren hier gearbeitet haben!«

Mein Hirn arbeitete fieberhaft, schließlich kannte ich eine Menge Moderatoren, aber eine blonde Sabine hatte ich auf diesem Kanal nie gesehen. »Zu der Zeit hatte ich aber noch feuerrot gefärbte Haare«, schob sie nach, und das war der fehlende Hinweis, mit dem ich sie endlich einsortieren konnte.

»Das Feuer-Bienchen!«, rief ich, und sie nickte lachend. Nachdem wir die folgende Viertelstunde sehr nett miteinander geplaudert hatten und auch der Cocktail zu wirken begann, bewegte sich auf einmal ein älterer Herr zielstrebig auf uns zu.

»Das ist der Chef hier!«, zischte sie mir zu. Das war zwar sehr fürsorglich, wäre aber gar nicht nötig gewesen, denn wer *den* nicht kannte, musste die vergangenen zehn Jahre in einem Erdloch ohne Presse und TV verbracht haben. Weil mein Schicksal mir in dieser Zeit aber kein Erdloch, sondern mediale Rundumversorgung im Salon Renate beschert hatte, wusste ich, dass es in dem Moment definitiv kein Fehler sein konnte, Hintern und

Oberweite schön ordentlich rauszustrecken, scheinbar gedankenverloren eine Haarsträhne um meine Finger zu kringeln und mit grotesk geschürzten Lippen an meinem Strohhalm zu nuckeln.

Einer der Sonnenkönige des Privatfernsehens walzte gerade in meine Richtung, und diese Chance wollte ich mir nicht entgehen lassen. Er offensichtlich auch nicht.

Damals hatte ich noch die blauäugige Vorstellung, dass sich Stil und gute Manieren proportional zu Status und Macht entwickeln, aber de facto ist das Gegenteil der Fall: Aus einem ungehobelten Bauern mit einem Repertoire an Anmachsprüchen, die sich auf dem Niveau eines Kegelclubs am Ballermann bewegen, wird in einer einflussreichen Position auch kein angenehmer Gentleman, sondern meist ein völlig ungebremst unter die Gürtellinie kalauerndes Dumdumgeschoss.

Im akuten Fall war das ähnlich. Denn wenn die Willkür des Sonnenkönigs jederzeit Köpfe rollen lassen konnte, wer sollte sich dann trauen, ihm Grenzen aufzuzeigen? Nur jemand, der auf die Gunst des Despoten gar nicht angewiesen war: Sabine Weber.

Der Herrscher des Senders drängte sich also mit einem anzüglichen und stark bajuwarisch gefärbten »So zwei hübsche, blonde Madeln ganz allein, da g'hört doch ein fesches Mannsbild dazwischen, hehehe!« ungefragt zwischen uns. Seine vorwitzigen Patschehändchen landeten völlig selbstverständlich auf unseren Taillen und zogen uns synchron seitlich an seinen schwitzigen Leib.

Sabine reagierte prompt: »Und für dieses fesche Mannsbild halten Sie sich, nehme ich an?«

»Ja freilich«, erwiderte er im Brustton der Überzeugung, »wisst's ihr nicht, wer ich bin?«

»Sie sind der Sender-Chef!«, sagte ich mit meiner Oh-wie-toll-ist-das-alles-aufregend-für-ein-kleines-Mädchen-vom-Land-wie-ich-es-bin-Stimme, die eine gute Quinte über meiner normalen Tonlage angesiedelt war. Ein kurzes Grinsen huschte über Sabines Gesicht, bevor ich kokett Haare drehend weitersprach: »Wissen Sie denn auch, wer wir sind?«

»Wer seid's ihr denn?«, fragte er onkelig, und bevor ich Antwort geben konnte, tat Sabine selbiges in eiskaltem Geschäftsfrauentonfall.

»Ihre einmalige Chance, Ralf Szibuda exklusiv mit einem Kamerateam in der Reha begleiten zu dürfen – aber nur, wenn Sie Ihre unverschämten Griffel augenblicklich von seiner Freundin und von seiner Managerin nehmen!« Sie zeigte erklärend zuerst auf mich, dann auf sich, und zu meiner großen Verwunderung kuschte der Sonnenkönig ganz zackig.

Als er dann auch noch »Oh... Ääh, haha, na ja, die Damen, konnt' ja keiner wissen, nix für ungut!« stammelte und sich für »das kleine Missverständnis« entschuldigte, war ich schon kurz davor, mich in den Arm zu zwicken, um zu testen, ob ich das gerade alles wirklich erlebte.

Aber dann gab er Sabine auch noch seine Karte mit Direktdurchwahl und seiner privaten Handynummer, damit sie ihn »bittebitte morgen Mittag anrufen« solle und man schleunigst einen Vertrag aufsetzen könne, und ich zweifelte völlig an meiner Auffassungsgabe. Er verabschiedete sich zügig mit »Küss die Hand!« und angedeuteter Verbeugung von uns beiden, und als er weg war, stand ich immer noch mit offenem Mund da, während Sabine kopfschüttelnd den Rest ihres Cocktails leerte.

»Tss, der hat mich echt nicht erkannt. Dabei hat der mich damals selber eingestellt... was eine andere Haarfarbe doch ausmacht! Was guckst du denn so?«

»Ich pack es nicht, wie du gerade mit dem umgesprungen bist – und dass das auch noch hingehauen hat! Wie der große Zampano plötzlich gekuscht hat...«

»Och, weißt du«, grinste sie zufrieden und zündete sich eine Zigarette an, »das war kein Kunststück! Diverse Fernsehredaktionen nerven sowieso schon seit Ralfs Unfall mit dem Wunsch nach exklusiven Drehrechten, daher war mir klar, dass ich ihn damit kriege, egal wie ich mich benehme.« Sie zog an ihrer Kippe und redete danach munter weiter. »Außerdem kann ich die naive Tour mittlerweile ohnehin knicken, dafür bin ich zu alt, das ist bei mir einfach nicht mehr glaubwürdig. Abgesehen davon hab ich da auch gar keinen Bock mehr drauf! Aber deine Dummchen-Stimme, die ist großartig. Wenn du Karriere machen willst, solltest du das unbedingt konsequent ausbauen!«

»Inwiefern?«, fragte ich.

»Naja, ein S-Fehler kommt ja immer ganz gut, oder grammatische Ungenauigkeiten oder so was ...«

»Und weil was könnte mir das bringen tun?«, fragte ich mit treuherzigem Blick.

Sie lachte. »Vielleicht einen Job als Moderatorin ...«

Ich lachte ebenfalls über ihr Statement, das ich für einen äußerst gelungenen Scherz hielt, und den Rest des Abends hatten wir noch viel Spaß zusammen und sponnen herum, was sich zu signifikanten Markenzeichen machen lassen könnte.

Manchmal wird aus Spaß aber schneller Ernst, als man denkt. Das verstand ich jedoch erst am nächsten Nachmittag, als ich nach drei Aspirin und einer kalten Dusche allmählich wieder in der Realität ankam. Diese Realität sah so aus, dass Ralf mich aus der Schweiz anrief und mir, nach einem kurzen Schwätzchen über seine Schwester und den Abend zuvor, die Termine der kommenden drei Wochen durchgab. Neben den durch Sabine frisch angeleierten Drehs mit dem *SternTV*-Team, das Ralf ab übernächster Woche begleiten sollte, und einer Homestory für eine Schweizer Zeitung war vor allem ein Termin interessant, der schon in vier Tagen stattfinden sollte:

»... da bin ich nämlich sowieso in Deutschland, und ein Ex-Freund von Sabine produziert einen Piloten, wo ich als Gast sitzen soll.«

Ich kannte Piloten nur in Flugzeugen, dementsprechend irritiert war ich:»Was für ein Pilot?«

»Irgendein neues Erotik-Magazin, das um 23 Uhr im Fernsehen laufen soll. Die testen da ihre drei Favoritinnen für die Moderation unter Realbedingungen, und dafür bin ich dann der prominente Studiogast. Aber diese Pilotsendung wird eh nicht gesendet, sonst würde ich das ja momentan gar nicht machen. Sabine sagt, du sollst da unbedingt auch mit hinkommen.«

Damit wusste ich nicht nur, was unter dem Begriff Pilot außer dem Flugzeuglenker sonst noch gehandelt wurde – ich hatte auch endlich mal wieder einen richtig guten Anlass, mein enges rotes Satinkleid aus dem Schrank zu holen.

»...und du sollst bei dem Termin auf jeden Fall an deine Markenzeichen denken, meinte sie noch!«, schloss er, und ich musste grinsen:»Na, was für ein Glück, dass die eh festgewachsen sind, hm?!«

Der Pilot wurde in einem eigens dafür dekorierten Studio vor den Toren Kölns produziert. Wenn man durch die Eingangstore der Halle trat, hatte man zuerst den Eindruck, in einer riesigen Messehalle zu stehen. Wenn man aber am Ende der nur drei Meter hohen Spanplattenwand nach rechts abbog, stand man plötzlich mitten in einem 60er-Jahre-Puff: wild gemusterte Brokattapeten, kleine Lämpchen mit Fransenschirm, ein pinkfarbener Flokatiteppich, und das alles gekrönt von zwei violett gepolsterten Chaiselongues mit vergoldeten Holzrahmen.

Dazwischen wuselten wahnsinnig viele Gestalten rum, die sich alle scheinbar um irgendwas total Wichtiges kümmerten. Ich wusste zwar von den Presseterminen und Videodrehs mit *Psychisch*, dass bei Medienveranstaltungen immer wahnsinnig viele Leute rumstehen, deren Nutzen und Aufgaben sich dem Betrachter selbst bei genauem Hinsehen nicht erschließen, aber im Fernsehbereich hatte das offensichtlich noch mal ganz andere Dimensionen.

Fernsehleute haben nämlich ein sehr spezielles Selbstver-
ständnis, das unabhängig von ihren tatsächlichen Fähig- oder
Tätigkeiten lautet:»Ohne mich geht hier gar nichts.« Das ist ein
wirkliches Phänomen. Egal ob Beleuchter, Ausstatter, Büglerin,
Kameramann, Komparsenbetreuer, Aufnahmeleiter, Caterer, Ton-
leute, Redakteure, Maskenbildner, Bildmischer, Regisseur, Produzent oder auch die jungen Männer, die Kabel und Lampen hin-
und herschleppen, weil den Job am Autoscooter schon ein anderer
Tätowierter mit Edwin-Jeans hat, alle eint der gleiche Blickwinkel:
Bei dem aktuellen Projekt sind nur unfähige Pfeifen am Start, zu
langsam, zu faul, zu unorganisiert, zu begriffsstutzig, zu jamme-
rig, und das gilt ausnahmslos für alle – außer natürlich für einen
selber, denn ohne die eigene, herausragende Leistung wäre der
ganze Murks sowieso schon längst vor die Wand gefahren.

Damit durch ein sichtbares Wichtigkeitsgefälle so richtig gute
Laune aufkommt, kriegt jeder zweite von denen dann auch noch
ein Walkie-Talkie, je nach Rang sogar mit Headset, und dann
wird munter die Umgebung mit unnötigem Funkverkehr akus-
tisch verseucht, während parallel dazu gelästert wird, was das
Zeug hält.

Das war zumindest der Eindruck, den ich in den vier Stunden dieses Pilot-Produktions-Spektakels gewann – und ich fühlte
mich direkt zu Hause. Mit der überspannten Grundstimmung
auf diesem Jahrmarkt der Eitelkeiten kam ich nämlich prima
klar, denn im Prinzip war es nichts anderes, als der Mikrokosmos
unseres Landkreises im Brennglas von Renates Frisierstübchen.
Gut, wir hatten keine Walkie-Talkies, aber den Rest konnte ich
doch besser einschätzen und handhaben, als ich vorher zu hoffen gewagt hätte.

Beim Fernsehen ist es nämlich genau wie im Friseursalon
oberstes Gebot, gut Wetter zu machen, wenn man erfolgreich
agieren möchte: hier ein kleines Kompliment, da ein freundliches Lob, ein bisschen Anerkennung, eine Prise Bewunderung

und individueller Zuspruch – und schon kann man Leuten gezielt zu ihrem vermeintlich Besten helfen. Wichtig ist dabei jedoch, den richtigen Ansatzpunkt zu finden, denn diese Taktik funktioniert nur, wenn die Leute das Gefühl haben, dass sie selbst Urheber der glorreichen Idee sind, die man ihnen subtil angetragen hat.

Nachdem ich beispielsweise beim Filterkaffee im Pausenraum gegenüber dem tuntigen Maskenbildner meine Bewunderung geäußert hatte, wie wunderwunderschön die drei Moderatorinnen zurechtgemacht waren, bedauerte ich lautstark, dass man mein Allerweltsgesicht bestimmt niemals zu einer solchen Diva schminken könne und besagte Damen sicherlich ohnehin echte Models seien.

Er lachte hysterisch auf:»Pah, Schätzchen, von wegen! Komm mal mit in die Maske, ich hab ja jetzt eh Zeit!« – danach sah ich dank seines angestachelten Ehrgeizes aus wie eine Mischung aus Pamela Anderson und Kim Basinger. Als ich wieder ins Studio kam, wo gerade eine halbstündige Regiebesprechung stattgefunden hatte, brachte ich durch mein neues, hochgetuntes Erscheinungsbild einiges durcheinander. Zwei der drei zu testenden, allesamt dunkelhaarigen Mädels fingen sofort an rumzustänkern, weil sie dachten, entgegen der ursprünglichen Ansage »Wir haben drei dunkelhaarige, südländische Favoritinnen« solle mit mir anscheinend auch ein Pilot aufgezeichnet werden – obwohl ich mich vorher nicht beim Casting hatte durchsetzen müssen. Und statt nachzufragen, ob wirklich vier Kandidatinnen in der Endrunde seien, meckerten sie lieber so laut und deutlich über diese Ungerechtigkeit, dass es auch der Produzent, Sabines Ex-Freund aus Studienzeiten, mitbekam.

Im Gegensatz zu den Nachwuchstalenten gefiel ihm die Idee aber ganz gut, als er mich da so fesch parat gemacht rumlungern sah. Denn auch wenn man sich für die Moderation ursprünglich auf einen rassigen, südländischen Typ Frau festgelegt hatte, fiel ich seinem Verhalten nach eher in sein privates, blondes Beute-schema. Natürlich verhielt er sich sehr dezent, schließlich war ich die Freundin seines Stargastes, der ihm mit seiner Anwesenheit bei dieser Pilotproduktion einen riesengroßen Gefallen tat. Er konnte mich also nicht einfach anbaggern, aber als er – inspiriert durch den Fehlschluss der beiden zickenden Moderatorinnen – plötzlich die Möglichkeit hatte, sich ganz unverfänglich an mich ranzumachen, ließ er diese Chance nicht ungenutzt.

»Und, Lina, wie gefällt dir das hier alles?«, trat er in der Pause zwischen der zweiten und der dritten Aufzeichnung an mich heran. »Oh, es ist toll! Die Leute hier sind alle so nett, die Deko ist super, und die Sendung ist echt gut aufgebaut von den Themen her und so!«, antwortete ich angemessen begeistert.

»Wie haben dir denn die beiden Moderatorinnen gefallen, die wir eben schon aufgezeichnet haben?«, wollte er wissen. »Die sind wirklich sehr hübsch«, sagte ich mit zuckriger Freundlichkeit. »Och, *das* bist du auch«, sagte er (ich winkte mit verlegen wirkender Handbewegung ab – wie sich das für ein bescheidenes und nettes Mädchen gehört), »aber ich will wissen, wie die dir in der Aufzeichnung gefallen haben. Findest du, die haben das gut gemacht?«

Jetzt galt es, nicht zu stutenbissig zu wirken, das geht in Sachen Sympathie und Erfolg bei den meisten Typen immer nach hinten los – was die beiden meckernden Moderatorinnen schon bewiesen hatten. Außerdem wollte ich ihm ja das Gefühl geben, dass die Idee, mich zu casten, von ihm kam – daher konnte ich auch auf keinen Fall rufen: »Das sind total unfähige Bratzen, die eine ist zu blöd zu behalten, wie ihr Gast heißt, welche der Kameras gerade für sie zuständig ist, oder auch nur das richtige Stichwort auf der Papptafel zu lesen, und die andere hält sich für was Besseres, hat bei den Anmoderationen der Filmchen immer einen angeekelten Zug um die Mundwinkel und wirkt überhaupt so, als hätte sie an Sex genauso viel Spaß wie an Zahnarztbesuchen. Wenn eine von denen den Job kriegen sollte, wird die Sendung ein totaler Flop. Nimm lieber mich, ich könnte das viiieeel besser!« Obwohl es der Realität entsprochen hätte.

Stattdessen äußerte ich mich betont diplomatisch:»Das ist ja immer Geschmackssache – Mühe gegeben haben die sich bestimmt alle beide...«

»Tja, vielleicht reicht Mühe-Geben manchmal nicht, man braucht eben auch so was wie Talent und Ausstrahlung. Hast du eigentlich schon mal vor einer Kamera gestanden und moderiert?« Bingo, das ging ja schnell.

»Iiiich...?!«, zog ich meine gespielte Verwunderung ob dieser Frage über eine knappe Oktave und schüttelte mein Köpfchen, dass die Locken nur so flogen.»Nein, bis jetzt noch nie!«

»Na, dann probieren wir das doch heute einfach mal aus, was meinst du?«, schlug er vor.

»Ich weiß aber gar nicht, ob ich so was kann!«, tat ich unsicher.

»Papperlapapp, schlechter als das, was die ersten beiden hier abgeliefert haben, kann's eh nicht werden, also mach dir mal keine Sorgen. Guck dir die dritte Aufzeichnung gleich in Ruhe an, dann weißt du ja, was in der Sendung passiert, und danach probieren wir das einfach aus mit dir, nur Mut!«, redete er mir gut zu und erschlich sich durch aufmunterndes Rückengetätschel den ersten Körperkontakt.

Ich nickte und fügte mich brav:»Wenn du meinst... O.K.!«. Nachdem er Ralf und dem Rest des Teams seinen Plan mitgeteilt hatte, begann die dritte Aufzeichnung, die ich mit Argusaugen beobachtete. Von den drei Dunkelhaarigen war die Bibi jetzt definitiv die beste: Sie wirkte souverän, professionell und abgeklärt und präsentierte die Sendung zwar seriös, aber mit einer leicht ironischen Grundhaltung, und dieses durchschimmernd Witzige schien allen gut zu gefallen.

Sie war allerdings auch die mit der meisten Moderationserfahrung, immerhin war Bibi mindestens schon dreißig und hatte früher sogar eine Sendung moderiert, die ich immer gerne gesehen habe – damals, als ich noch ein Grundschulkind war und das TV-Sommerferien-Programm »mit Bibi und Peter« schätzen lernte.

Als die dritte Aufzeichnung im Kasten war, kam Ralf an, umarmte mich und spuckte mir über die Schulter: »Toitoitoi, Engelchen!« Dann bekam ich ein Mini-Mikro in den Ausschnitt gedrückt und versuchte mich so auf der violetten Chaiselongue zu positionieren, dass mein rotes Satinkleid nicht wie eine Wurstpelle wirkte. Ich betrachtete mich im Fernsehmonitor auf dem Boden vor mir und erfreute mich am optischen Gesamteindruck: eine Netzhaut verschmurgelnde Farborgie, die das tief dekolletierte Rauschgoldengelchen bestens ins rechte Licht rückte.

Sogar der Regisseur raunte dem Produzenten was zu, von dem ich zwar nur »telegene Erscheinung« verstand, doch das beruhigte mich immerhin schon sehr. Selbst wenn ich totalen Mist bauen würde: Immerhin sah ich gut aus dabei.

Ich atmete tief durch, ging in Gedanken noch mal die Reihenfolge der Beiträge durch, eichte mich auf Dummchenstimme und grammatikalische Abenteuer, und dann ging es auch schon los.

»Hallo liebe Zuschauer, willkommen bei ›Echte Sünde‹, den Magazin für alle, die noch mehr Spaß am Sex haben wollen. Und apropos, eine Menge Spaß am Sex, dem hat auch mein Studiogast, das weiß ich ganz genau!« Dabei giggelte ich ein bisschen und zwinkerte anzüglich in die Kamera. »Aber ich tu jetzt einfach mal so, als hätten wir uns vorher noch nie gesehen! Also: Mein Gast heute sieht nicht nur wahnsinnig gut aus und ist sexy durchtrainiert und so, nein, er tut auch noch total gut Fußball spielen können. Ich freu mich riesig, dass er heute hier ist, hier ist Ralf Szibuda!«

Nachdem wir uns ein bisschen unterhalten hatten, ob Sportler bessere Liebhaber sind, worauf er bei Frauen zuerst achtet, und ähnliches Geplänkel, das ich mir gnadenlos bei Bibi in der dritten Aufzeichnung abgeguckt hatte, hielt der Aufnahmeleiter das Schild hoch »1. Film: S-M-Paar«.

Jetzt war es Zeit für eine eigene, absurde Überleitung:»Ralf, du bist ja Spezialist in Sachen rundes Leder, manche mögen aber lieber, wenn das Runde in Ledersachen ist...« – dabei packte ich meinen Busen und schob ihn als kleine Verständnishilfe dekorativ Richtung Hals –»... und auch dafür gibt es Spezialisten. Wir haben nämlich Sklaven-Klaus und seine Lady Isabell besucht, und die zeigen uns jetzt in unseren Film, was *sie* unter harter Manndeckung verstehen.«

Ich hatte nach dieser Anmoderation das Gefühl, auf dem richtigen Weg zu sein, weil ich durchweg in amüsierte Gesichter sah. Dementsprechend aufgekratzt machte ich weiter: Nach dem S-M-Film wieder ein bisschen Plauschen mit Ralf –»Mensch Ralf, schade, dass du nicht maso bist wie Sklaven-Klaus... dann hättest du vom kaputtem Knie ja wenigstens noch was gehabt« –, den Beitrag über den neuen Swinger-Club in Oer-Erkenschwick ansagen –»Im Gewerbegebiet von Oer-Erkenschwick gibt es jetzt ein Paradies für'n Gruppen...*ausflug*« –, wieder mit Ralf labern und danach das »Sex-Lexikon«-Filmchen ankündigen:»Heute haben wir in unseren Sexlikon... nee... Sexy-Lexy... nee, hihi, jetzt aber: Heute erklären wir in unseren Sex-Lexikon einen Begriff, da tun sich alle Fremdwörter-Freunde schon mal die Lippen lecken: Cunnu... Cunnilung... ling... hier kommt der Film!«

Nach dem Einspieler noch einen Talkteil, dann gab ich meinem Studiogast Ralf Szibuda alle guten Wünsche mit auf den Weg. Die Zuschauer erhielten noch einen Ausblick auf die nächste Sendung und eine Verabschiedung, die den Eindruck des frivolen Blondchens noch mal unterstrich:»Mein Name ist Lina Legrand, und ich freu mich schon auf die nächste › Echte Sünde‹! Bis dahin machen Sie es gut – und schön oft ...!«

Der Regisseur rief:»Danke an alle, Abbau!«, und kam mit dem Produzenten zu mir an die Chaiselongue, während die Tätowierten Ralf und mich noch von den versteckten Mikrokabeln befreiten.

»Na, das war doch prima! Das hatte genau den richtigen Charme!«, grinste mich Sabines Ex an.

»Dafür, dass du so was noch nie gemacht hast: Respekt! Manches war ja richtig witzig...«, schloss sich der Regisseur an. »Da waren zwar ein paar kleine Grammatikfehler drin, aber ansonsten war das schon echt gut...«

»Danke, dass ich das mal ausprobieren durfte, das hat wirklich riesigen Spaß gemacht!«, strahlte ich die beiden mit einer Überdosis Endorphinen im Blut an und versäumte nicht, temporeich plappernd meine bizarre Ausdrucksweise näher zu beleuchten: »Die grammatikalischen Fehler habe ich übrigens absichtlich eingebaut, aber falls ihr das Blondinen-Klischee dadurch zu dick aufgetragen findet, könnte ich das auch sein lassen. Ich dachte halt intuitiv, das passt gut zu der ganzen Kiste, und einen S-Fehler hatte ja schon Ingrid Steeger, so was ist heutzutage echt durch, finde ich.«

Die Hände des Produzenten formten sich zum Time-Out-Zeichen. »Ich würde es genauso lassen, wie du es gerade gemacht hast, aber wir entscheiden leider eh nicht, wer den Job kriegt«, klärte er mich auf. »Wir leiten die Bänder an den Sender weiter, und die entscheiden dann. Aber aus meiner Erfahrung würde ich sagen, entweder du oder Bibi.«

Er sollte Recht behalten. Einen guten Monat später, als der Bruder von Tom Kosly mit seiner Fußballhymne auf Platz 4 der Singlecharts war, Deutschland bei der WM nicht mehr mitspielen durfte und Ralfs Fehlen großartigerweise als einer der Hauptgründe für das Versagen der Nationalelf präsentiert wurde, rief mich Sabine an.

»Na, Blondi, arbeitet das Fräulein Studentin gerade brav an ihrer Hausarbeit?«, trötete sie in den Hörer.

Sie hatte anscheinend gerade mit Ralf gesprochen, der zwanzig Minuten zuvor angerufen hatte, um mit mir einen Blitzbesuch beim BVB zu planen und das mediale Oberwasser, das er momentan hatte, zur Erfolgswelle auszubauen. »Dann leg jetzt den Textmarker mal aus der Hand und hör gut zu, ich hab mit dir zu reden!«, wies sie mich an. Ich gehorchte und war mir nicht sicher, ob das nach guten oder schlechten Nachrichten klang. »Also, Lina, unsere Partybekanntschaft mit den Grabschgriffeln hat mich nämlich gerade höchstpersönlich angerufen.«

»Stimmt was nicht mit *SternTV*?«, fragte ich besorgt.

»Doch doch, da ist alles super, mit Ralf läuft gerade eh alles hervorragend, aber das weißt du ja! Was du aber noch nicht weißt, ist, dass es mit dir hingegen …«

So schwitzig, wie meine Hände in dem Moment schlagartig waren, wäre der Textmarker eh rausgeflutscht, und die Kunstpause, die sie nach dem *hingegen* machte, ließ meinen Adrenalinspiegel auch nicht gerade sinken. Ich schickte ein Stoßgebet los, dass sie mir nicht aus irgendwelchen Gründen den Vertrag mit Ralf kündigen wollte, aber sie hatte anderes im Sinn – mir nämlich beinahe das Trommelfell platzen zu lassen: »…gerade ganz grandios läuft!«, jubilierte sie in einer Lautstärke, dass sich ihre Stimme überschlug.

»Bravobravobravo, du hast den Job, gut gemacht! Der Chef will unbedingt dich haben für ›*Echte Sünde*‹! Gratulation!«

Als fairen Ausgleich für das Pfeifen, das ich seit ihrer lauthals geäußerten Freude im rechten Ohr hatte, kreischte ich meine Begeisterung über diese Nachricht ebenfalls gnadenlos in den Hörer. Wir beschlossen, uns am übernächsten Tag in Dortmund zu treffen, um bei gutem Essen und alkoholischen Getränken das weitere Vorgehen mit Ralf zu besprechen.

9
Jackpot im Pott – oder:
Advent, Advent

(Herbst / Winter 1994)

Sabine hatte es geschafft, die Vertragsverhandlungen zwischen mir und dem Sender so lange hinzuziehen, bis auch feststand, dass Ralf in der Saison 94/95 beim BVB spielen würde. Durch diesen Schachzug hatten wir maximale mediale Aufmerksamkeit und imagemäßig eine von Ralfs heiß geliebten Win-win-Situationen. Zu diesem Plan gehörte zudem, die Rahmenbedingungen seines Vertrages öffentlich zu machen, denn sie waren auch wirklich ungewöhnlich.

Er hatte sich für ein verhältnismäßig geringes Salär für die kommende Saison in Dortmund verpflichten lassen. Und zwar für einen Nationalspieler so gering, dass Sabine total ausflippte, als sie den Vertrag zum Check vorgelegt bekam. Ihr kleiner Bruder zeigte sich aber in dem Punkt beratungsresistent und verfolgte ungerührt weiter seine Taktik. Ihm war nämlich die weitere, langfristige Aufwertung seines Images wichtiger als die kurzfristige Bezahlung – und das nicht, weil er so ein guter Mensch oder gar (wie vom *Stern* unterstellt) »der letzte Idealist im harten Profi-Geschäft« war. Zugegebenermaßen hörte es sich so an, wenn er versicherte, es ginge ihm einfach nur darum, wieder *zuhause* beim BVB Fußball zu spielen, dazu unter seinem Lieblingstrainer, dem er diese großartige Möglichkeit trotz seiner

Verletzung zu verdanken habe und für dessen Vertrauensvorschuss er gar nicht dankbar genug sein könne. Das war ja auch nicht alles komplett gelogen, aber unter seinem Heiligenschein brummte als tatsächlicher Motor für diese Taktik die felsenfeste Überzeugung, dass sein scheinbar idealistisches Verhalten unterm Strich die Kasse noch viel mehr klingeln lassen würde.

Als wir unsere Verträge im August unter Dach und Fach hatten und die große Bekanntgabe an die Presse wiederum im kulinarisch gehobenen Rahmen planten, erklärte er Sabine und mir seine Taktik: »Das große Geld im Fußball wird in Zukunft nicht mehr auf dem Platz verdient, sondern daneben. Die finanzielle Zukunft eines Sportlers liegt mehr denn je in der Werbung, und je angenehmer die Leute dich als Person des öffentlichen Lebens finden, je beliebter du bist, desto interessanter bist du für die Wirtschaft als Werbeträger. So einfach ist das. Und was könnte mich momentan beliebter machen als eine idealistische, kämpferische Grundeinstellung, wenn der Rest der Nationalmannschaft als überbezahltes, faules Versagerpack beschimpft wird? Wenn ich es schaffe, bis zum Winter wieder so fit zu sein, dass ich auch spielerisch wieder von mir reden mache, wird nach den Gesetzen des Marktes mit Sicherheit nächstes Jahr jemand einen schönen dicken Werbevertrag mit mir abschließen wollen, der mir das momentane Minus mehr als reinholt.«

Für mich waren die goldenen Zeiten bereits im August '94 angebrochen – durch den Vertrag, den ich nach Sabines Hin und Her mit dem Sender unterschrieben hatte. Dank ihres Verhandlungsgeschicks brachte mir selbiger nicht nur garantierte dreizehn Sendungen für eine Gage, die ungefähr dem knapp anderthalbfachen Monatsgehalt einer Friseurgesellin entsprach – pro Sendung wohlgemerkt; in der Außenwirkung war die Sendung auch noch so was wie mein Jodeldiplom: Ich hatte endlich »was Eigenes«.

Genauso sah das auch Tom Kosly, in dessen Sendung ich knapp ein Jahr nach unserem ersten Treffen zu Gast war, im Rahmen der Sendestart-Promo von »*Echte Sünde*«. Schon bei meiner Ankündigung gab er richtig Gas:»Meinen nächsten Gast kennen Sie aus diversen Klatschzeitschriften. Angefangen hat sie als blonde Yoko Ono bei einer deutschen Band, die letztes Jahr einen Hit hatte, jetzt aber, na, sagen wir mal wohlwollend: im Mittelmaß vor sich hin dümpelt. Das kann ihr aber völlig egal sein, denn Luder-Lina hat den Absprung rechtzeitig geschafft und umgeschult: vom Musikergroupie zur Fußballer-Freundin. Seit einem halben Jahr ist sie die Freundin von ›uns Ralf‹ Szibuda, und weil der ja bekanntlich für ein fast schon symbolisches Gehalt in Dortmund antritt, muss sie jetzt anscheinend die Haushaltskasse aufbessern und selbst auch mal arbeiten gehen. Deswegen ist sie heute hier und macht Werbung für ihre neue Sendung ›*Echte Sünde*‹, herzlich willkommen – Lina Legrand.«

Ich hatte mir vorgenommen, mit leicht fiepsiger Stimme und grammatikalisch kruden Konstruktionen meine neue Rolle als freundliches, nicht allzu helles, dafür aber ziemlich scharfes Dummchen in der Öffentlichkeit kontinuierlich auszubauen. Dazu gehörte auf jeden Fall auch, mich nicht von ihm provozieren zu lassen. Das war nämlich seine Masche.

Tom Kosly hatte sich in der Rangliste der unsympathischsten Deutschen eine recht hohe Platzierung erarbeitet, weil er wirklich gerne und heftig austeilte, gleichzeitig aber gar nicht gut einstecken konnte. Nach seiner Anmoderation war mir klar, dass mein Besuch in seiner Show nur dann kein Debakel für mich werden würde, wenn ich Fähigkeit zur Selbstironie beweisen würde – im Gegensatz zu ihm.

»Hallo Tom, danke für die Einladung!«, strahlte ich erst mal freundlich.

»Lina, fangen wir mal mit dem offiziellen Teil an, dann haben wir das schon mal hinter uns: Deine Sendung ›*Echte Sünde*‹, ein ›erotisches TV-Magazin‹, so steht es zumindest hier in der Programmzeitschrift, hat nächsten Montag Premiere.«

»Ja genau, um 22.45 Uhr!«, ergänzte ich.

»Und warum moderierst ausgerechnet du das – was war da der ausschlaggebende Grund? Weil du die Freundin von Ralf Szibuda bist oder weil du dicke Titten hast?«

Ich lachte und drohte ihm neckisch mit dem Finger. »Vergiss mal meine blonden Locken und meine liebliche Stimme nicht!«

Seine Miene verriet für einen kurzen Moment, dass das nicht die erhoffte Reaktion war, aber sobald seine Kamera Rotlicht anzeigte, hatte er sich wieder im Griff.

»In der Sendung geht es um Sex, da kennst du dich ja sicher ganz gut aus ...«

Ich wartete, aber da kam nichts mehr. »Wie, das war schon die nächste Frage? Ja, klar kenn ich mich da aus – du etwa nicht?«

Leises Gekicher von der Aufnahmeleiterin, was ich direkt nutzte: »Uuh, die Aufnahmeleiterin lacht schon, hab ich da jetzt etwa den schwarzen Punkt getroffen? Macht ja nix, dann kannst du bei mir in der Sendung Nachhilfe nehmen, hihi. Wir haben zum Beispiel auch ein Sex-Lexikon, wo man Zuschauerfragen beantworten tut, also wenn du mal was wissen willst, schreib an ›Echte Sünde‹, Postfach 1070, 50 800 Köln.«

»Äh ... jajajasehrschön... genug Werbung jetzt! Kannst du singen?«, änderte er flugs die Gesprächsrichtung, zog hektisch die Nase hoch und holte ein Akkordeon unter dem Schreibtisch hervor.

»Nein«, sagte ich, denn trotz meiner Gesangsstunden hielt ich Tiefstapeln in diesem Moment für klug.

»Na prima, dann singen wir jetzt ein Lied, ich singe eine Strophe und Refrain, und du die nächste!«

Er begann Lucilectrics Hit *Mädchen* zu spielen, aber Text und Melodie hatte er deutlich gekürzt und leicht verändert:

»Was'n das für'n schön berühmter Promi,/ der da vorne an dem Tresen steht,/ und ich will doch auch so gerne in die Zeitung./ Ja, da checke ich doch gleich, ob da was geht.// Mir geht's so gut, weil ich die Lina bin,/ die Luder-Lihihina bin./ Ich vögel mich einfach ins Business rin,/ weil ich die Lihihina bin ... hehehehe, war nur Spaß, so jetzt du, deine Strophe, dein Refrain – auf geht's!«

Er konnte nicht wissen, dass ich mir als Teenager was dazuverdient hatte, indem ich diese obligatorischen, furchtbaren Reimreden als Auftragsproduktion für Jubiläen, Hochzeiten und Beerdigungsumtrunkveranstaltungen verfasste. Durch dieses Training konnte ich solche Texte relativ schnell aus dem Ärmel schütteln, und mit gut gelauntem Gesichtsaudruck fing ich an. Freundlich präsentiert knallen Gemeinheiten meistens viel besser, und nach seiner Vorlage sah ich keinen Grund mehr, mich zurückzuhalten.

»Ein Stück weiter steht ja TV-Tommy,/ mittlerweile ist der auch sehr prominent./ Dass ihn Frauen plötzlich wollen und all so was,/ das macht ihm Spaß, weil er so was ja gar nicht kennt.// Auf einmal kriegt er sogar Sex für lau,/ sogar mihit 'ner echten Frau!/ Willkommen Tommy, endlich im TV,/ endlich Sehehex für lau ...«

Er hatte schon nach der ersten Hälfte des Refrains aufgehört zu spielen, was mich aber nicht daran hinderte, laut und fröhlich zu Ende zu singen. Er guckte dabei wie ein Auto und seine Nüstern zuckten.

»Hehehehe, war auch nur Spaß!«, schob ich genauso versöhnlich hinterher, wie er es bei mir getan hatte, und weil die Werbepause seiner Live-Sendung noch weit entfernt war, berappelte er sich sehr professionell – es blieb ihm ja auch nichts anderes übrig. Bis er seine Sprache wiederfand, vergingen jedoch noch mal gut vier bis fünf Sekunden, und das ist im Fernsehen eine verdammt lange Zeit.

»............................. Ey, du kleines Luder hast ja total gelogen – du kannst ja doch singen, und das wirklich gar nicht mal so schlecht! Vielleicht schreib ich dir mal ein Lied ...«

Das wertete ich als Friedensangebot und nahm an:»Oh, das wär toll! Deine Hymne zur WM fand ich echt supi!«

Dank dieser Bauchpinselei fand er langsam in sein sicheres Fahrwasser zurück und entspannte sich wieder. Wir redeten noch ein bisschen über Ralf, machten 3 Bilderrätsel und besiegelten mit Handschlag, dass er auch als Gast in meine Sendung kommen würde, dann wies er noch mal auf den »*Echte Sünde*«-Sendeplatz hin und gab ab in die Werbung. Vier Minuten Pause für ihn, für mich entkabeln. Er grinste.

»Respekt, das hat noch keiner gepackt.«

»Was denn?«

»Mir live eine gleichwertige Revanche reinzudrücken.« Er war wirklich beeindruckt.

»Du hast dich aber gut gefangen«, gab ich sein Kompliment zurück.

»Du auch! Wir werden morgen viel Presse haben, das ist immer prima – aber wem sag ich das, da bist du ja eh ein Profi! Also danke, und lass uns demnächst mal treffen wegen 'nem Song, das meine ich ernst!«

Die Resonanz am nächsten Tag war tatsächlich beachtlich und nicht nur gute PR für meine neue Sendung, sondern auch für mein Ansehen in der Öffentlichkeit. Dass der rücksichtslos als Kotzbrocken auftretende Tom Kosly durch mich endlich auch mal einen amtlichen Tiefschlag unter die Gürtellinie verpasst bekommen hatte, schenkte mir unerwartet viele Sympathiepunkte, getreu dem Motto: Meines Feindes Feind ist mein Freund.

In der *Bild am Sonntag* wurde die gesungene Kabbelei zum Wochenabschluss im Wortlaut abgedruckt und richtig aufgebauscht, mit Stellungnahmen von dreißig Prominenten, die mir zum Gegenschlag aufs Herzlichste gratulierten – allesamt Gestalten, die in den letzten Monaten von Tom mehr oder minder heftig verarscht oder beleidigt worden waren und sich nun freuten, öffentlich noch mal nachzutreten.

Dass die *BamS* für diese geballte Schadenfreude und Stimmungsmache vier Seiten zur Verfügung stellte und gleichzeitig eine scheinheilige Diskussion über Sitte und Anstand anregte, ohne dass jemand in diesem Zusammenhang auch *mein Gebaren* mal kritisch beleuchtete, amüsierte mich schon sehr.

Die berechnende, böse Luder-Lina war völlig passé, stattdessen war ich nun die humorvolle Wuchtbrumme, die übelste Frechheiten mit einem Lächeln parieren und öffentlich runterspielen konnte: »Ach, das muss man alles nicht überbewerten, das war bei uns in der Eifel immer schon so gewesen: Der eine macht eine derbe Flachserei, der andere keilt zurück, dann ist man quitt, geht zusammen einen trinken und lacht über den ganzen Quatsch!«

Von der bösen Hexe war ich innerhalb weniger Monate an Ralfs Seite zur sympathischen Moderatorin geworden, die (genau wie Tom Kosly) ihrem Sender auch noch passable Quoten bescherte, mit stetig steigender Tendenz.

Daher wollte der Sender bereits Ende November, als die erste Staffel noch nicht mal vorbei war, unbedingt schon die Option auf zwei (!) weitere Staffeln ziehen. Dementsprechend euphorisch war meine Stimmung, als ich in die Eifel aufbrach, um unser Familienritual am ersten Advent zu pflegen.

Ich freute mich sehr darauf, meine Eltern mal wieder in Ruhe zu sehen – zwischendurch hatten wir uns zwar gegenseitig besucht und recht häufig miteinander telefoniert, um uns wenigstens grob auf dem Laufenden zu halten, aber ein ganzes Wochenende lang wieder kleines Mädchen bei Mama und Papa spielen, das war doch noch etwas ganz anderes.

Außerdem war am Samstag Vorweihnachtsbasar im Feuerwehrheim, und auch das wollte ich nicht verpassen. Renate und Günther waren von 15 bis 16 Uhr für den Kuchenverkauf eingetragen und würden platzen vor Stolz, wenn ich ihnen dabei helfen würde. Im Vorfeld hatte ich ernsthaft überlegt, einen Klatschreporter dahin zu bestellen – das hätte bestimmt supersympathisch gewirkt, nach dem Motto: »Trotz ihres Erfolges ist Lina bodenständig geblieben, pflegt ihre Wurzeln und hält familiäre Werte hoch.« Aber dann hatte ich die Idee wieder verworfen und mich für ein tatsächlich privates Wochenende entschieden.

Ich kam bereits am frühen Freitagnachmittag in der Eifel an und begann meinen Besuch mit einem ausgedehnten Waldspaziergang mit meinem Vater. Renate hatte noch zwei Kundinnen zu versorgen, und ich mochte diese Spaziergänge immer mehr, je älter ich wurde – denn auch wenn ich es nach wie vor schrecklich fand, dass mein Vater vor gut fünf Jahren die Jagd als Hobby für sich entdeckt hatte, schätzte ich es doch sehr, mit ihm vom Hochsitz aus auf die Lichtung zu glotzen, dabei gemächlich den im Lodenmantel deponierten Flachmann zu leeren und zu reden.

»Hat immer noch keiner gemerkt, dass du mit deinem Alter gelogen hast und noch gar keine 23 Jahre bist?«, begann er seine Befragung.

Ich schüttelte grinsend den Kopf: »Selbst Ralf weiß nicht, dass ich erst zwanzig bin! Ich hab das zwar mal erwähnt, als er im Krankenhaus lag, aber er hat gedacht, das wäre ein Witz – und ich hielt das für eine ganz gute Idee, ihn in dem Glauben zu lassen.«

Mein Vater lachte. »Du bist mir eine…! Deinen Ralf find ich übrigens mittlerweile sehr sympathisch… läuft das gut mit euch?«

»Ja, sehr! Ralf ist echt ein Supertyp, ich bin wirklich froh, dass ich ihn hab!«, sagte ich, und das war auch nicht gelogen. Schließlich hatte er mir nicht nur geholfen, die Karriereleiter (von ihm auch noch gut bezahlt) raufzuklettern, er bot mir auch einen wunderbaren Schutz gegen klebrige Diskussionen: Da jeder um unseren Paarstatus wusste, gab er mir zudem auch noch einen fabelhaften Rahmen für sexuelle Freiheiten der verschwiegenen Art.

Für die meisten Männer (für die liierten ganz besonders) ist eine Frau, die mindestens genauso viel Wert auf Geheimhaltung legt wie sie selbst, und aus dem Abenteuer auch auf gar keinen Fall eine Beziehung machen möchte (weil sie ja bekanntlich schon eine hat), als Affäre an Attraktivität und Bequemlichkeit nicht zu überbieten. Das erweitert das Spektrum der Möglichkeiten und Chancen natürlich immens. Auch der ein oder andere Stargast meiner Sendung sah das ähnlich pragmatisch, und daher hatte ich in den letzten Monaten mit drei verschiedenen, zum Teil sogar verheirateten Promis sexuelle Erfahrungen gesammelt. Für mich war das natürlich der gefühlte Aufstieg in den Olymp – Teenie-Träume, die wahr werden. Es ist nämlich wirklich ein sehr bizarres Erlebnis, wenn du eines Tages unter einem prominenten Typen liegst, den du Jahre zuvor aus der Ferne heftig angeschwärmt hast. Noch bizarrer wird es, wenn du feststellst, dass die Realität mitunter nicht mal halb so gut ist, wie du sie dir damals so wunderbar vorgestellt und in schillernden Farben ausgemalt hast – wenn du trotz allen Wohlwollens den alten Zeiten willen leider feststellen musst, dass der Superstar im Bett eine graumäusige Vollniete ist, was in zwei der bis dahin erlebten drei Fälle leider so war. Während ich gerade noch meiner sexuellen Erfahrungen der letzten Wochen gedachte, holte mich Günther sehr abrupt wieder in die Realität zurück.

»Lad Ralf doch auch noch ein für Sonntag!«, schlug er vor. »Mama und ich würden uns freuen, ihn endlich mal persönlich kennenzulernen!« Diese Idee war für mich definitiv ein Grund, erst mal einen großen Schluck Schlehenfeuer aus Günthers Flachmann zu nehmen.

Ralf hatte sich im Vorfeld ähnlich geäußert, als ich ihm von unserem Familienritual erzählte. Er wollte unbedingt mitkommen in die Eifel, aber das konnte ich ihm ausreden. Renate und Günther hatte ich nämlich nach wie vor in dem Glauben gelassen, dass es sich hier um den potentiellen Vater ihrer Enkelkinder handelte, und mir war völlig klar, dass sie bei einem Treffen keine zwei Minuten brauchen würden, um die tatsächliche Art unserer Beziehung endgültig zu durchschauen. Treffende Scherze hatten sie ja schon beim ersten Sichtkontakt gemacht, als sie ihn in seinem Overall und den Fellboots gesehen hatten, da wollte ich ihnen durch die Nahbetrachtung seiner manikürten Hände kein Wasser auf die Mühlen gießen.

»Ääääh ... der hat Sonntag leider keine Zeit«, log ich und gab ihm sein Silberfläschchen zurück.

»Du willst nicht, dass der kommt, hmm?«, durchschaute Günther meine Lüge und nahm auch einen Schluck. »Warum? Schämst du dich für uns?«

»Och Papa, das ist doch totaler Quatsch! Ralf ist allein schon von meinen Erzählungen ein echter Fan von euch, also komm mir jetzt nicht mit so provokativem Blödsinn!«

»Woran liegt es dann? Hast du Angst, wir können nicht dicht halten, dass der schwul ist, oder was?« Als verständnisvoller Vater, der in den Augen seiner Tochter die Panik aufsteigen sah, hielt er mir fürsorglich den Flachmann entgegen und fuhr fort.

»Mein liebstes Lienchen, ich versichere dir: Für mich persönlich ist das sogar die allerbeste Eigenschaft, die der Freund meiner Tochter nur haben könnte! Ja meinst du, da torpediere ich das? Ich bin doch nicht blöd! Und dass Mama diskret ist, weißt du – denk mal an die Geschichte vom ehemaligen Bürgermeister, seiner Frau und ›seinem‹ Sohn!«

»Hä, was ist das denn für 'ne Geschichte, die kenn ich ja gar nicht!«

»Siehste – ich sag doch, Mama ist diskret!«

Das überzeugte mich dann doch, und als wir drei Stunden später giggelnd und angetrunken nach Hause zurückkehrten, wusste Günther sowohl von meinem Vertrag mit Ralf, als auch von weiteren Details. Während des Abendessens brachte ich Renate der Fairness und auch der Kurzweil halber auf den gleichen Stand.

Den Einstieg in das Thema hatte Günther bereits unmittelbar nach unserer Ankunft unglaublich subtil geschafft: Er baute sich triumphierend grinsend in der Küche vor Renate auf, winkelte den Arm an, knickte sein Handgelenk ab und zeigte dabei mit dem abgespreizten kleinen Finger auf meine Mutter, um dann in den tuckigsten Tonfall zu verfallen, den ich jemals gehört hatte (das will wirklich was heißen, ich wohnte immerhin seit über einem Jahr in Köln *und* arbeitete beim Fernsehen...!) und ihr zu sagen: »Hömma, Schätzchen, du kleines Zuckerschnittchen bist heute ja so was von fällig – der Vati hat nämlich 'ne Wette gewonnen!«

Es war herrlich, wieder zu Hause zu sein, und noch viel herrlicher war es, die ganzen unglaublichen Geschichten der letzten zwölf Monate endlich jemandem offen erzählen zu können, in der beruhigenden Gewissheit, dass sich daraus kein Schaden ergeben würde. Abgesehen davon, dass mein Vater beschloss, mir aufgrund meiner finanziellen Situation nicht mehr die Miete für meine Studentenbude zu zahlen – aber das konnte ich ebenso verknusen wie seinen Plan, nach Absprache mit mir einen Teil meines verdienten Geldes in Aktien zu investieren. Die Börse war nämlich sein neuestes Steckenpferd.

Nachdem meine Eltern mir hoch und heilig versprochen hatten, sich Ralf gegenüber nichts anmerken zu lassen und mich auch nicht durch wahnsinnig subtile Scherze in die Bredouille zu bringen, rief ich Ralf am Samstagmorgen an, wünschte viel Glück für das Spiel am Nachmittag und schlug ihm vor, Sonntag früh doch noch in die Eifel zu kommen. Bis dahin hatte ich auch alle gerahmten Bilder mit klar erkennbaren Jahreszahlen versteckt, die Ralf mein wahres Alter verraten würden: »Mein erster Schultag 1980«, »Abiturjahrgang 1993«, sowie »Jung-Schützenkönigin 1993 Jaquecline Grosse (19)«.

Als der Traumschwiegersohn dann Sonntag um zehn Uhr mit warmen Brötchen und der *BamS* unterm Arm bei uns klingelte, hatten Renate, Günther und ich den Basar, das anschließende Essen und vor allem das späte Zubettgehen noch in den Knochen und wollten gerade erst darum schnicken, wer von uns nun rausmusste, Backwerk und Presse besorgen. Dementsprechend begeistert wurde Ralf trotz der frühen Ankunftszeit begrüßt, und auch ansonsten tat er alles, um meine Eltern für sich zu gewinnen. Was ihm auch gelang: Mein Frühstücksei war noch nicht mal kalt, da duzten Renate und er sich schon.

Während des sehr unterhaltsamen Smalltalks am Frühstückstisch über sein Spiel gegen Mönchengladbach am Vortag (3:3) gab Günther sich erst mal ein bisschen knurrig, aber genau so hatte er es am Vorabend auch angekündigt:»Der Glaubwürdigkeit wegen! Du hast ihm doch erzählt, wie schwer es seine Vorgänger bei mir hatten, da riecht der den Braten doch, wenn ich zu nett zu dem bin!«

Allerdings hatte mein Vater da die Rechnung ohne Ralf gemacht. Günthers – gelogene – Aussage:»Herr Szibuda, es tut mir leid, aber ich weiß gar nicht, worüber wir beide uns unterhalten sollen, ich interessiere mich nämlich überhaupt nicht für Fußball!«, führte bei Ralf zu strahlendem Lächeln:»Herr Große, Sie ahnen ja gar nicht, wie froh mich das macht! Sonst wollen sich alle immer *nur* über Fußball mit mir unterhalten, dabei interessieren mich andere Dinge viel mehr!«

»Ach ja, was denn? *Mein* Hobby ist ja die Jägerei, aber das ist sicher auch nichts für Sie als Stadtkind...«, präsentierte Günther sich weiter ruppig.

»Da haben Sie leider recht. Ich interessiere mich eher für wirtschaftliche Zusammenhänge, das ist mein Hobby. Unternehmenspolitik, Erfolgsprognosen, Börsennotierungen, Aktien. Die Beschäftigung mit solchen Dingen macht mir Spaß, aber das hört sich für die meisten Leute leider immer nur nach langweiligen Zahlenkolonnen an.«

Ab da hatte er auch meinen Vater im Sack, der vor lauter Begeisterung total aus seiner Rolle als distanzierter Grantler fiel: »Aber überhaupt nicht! Verfolgen Sie auch die Entwicklung im Silicon Valley?«

»Natürlich! Da wird es noch richtig abgehen die nächsten Jahre.«

Die beiden Herren hatten sich offensichtlich gefunden und verschwanden nach dem letzten Brötchenbissen schleunigst vom Tisch in Richtung Günthers Arbeitszimmer, um sich dort zwischen diversen Magazinen in Ruhe zum Thema Börse auszutauschen. Renate und ich fingen gemäß unserem Ritual an, Plätzchen zu backen, dabei gaben wir uns mit Ruhe und Muße einem unserer liebsten Hobbys hin: Klatsch und Tratsch. Immerhin hatte ich unterschiedlichste feine und fiese Details aus erster Hand zu bieten, die sie zwar so nicht eins zu eins im Salon kolportieren konnte, die ihr aber den wohligen Schauer exklusiven Wissens bescherten.

Im Gegenzug bekam ich endlich die Geschichte vom Bürgermeister, seiner Frau und »seinem« Sohn präsentiert sowie ein paar wirklich interessante Neuigkeiten aus dem Ort. Der wohlhabende Hoteliersohn Markus Ballensiefen, mein Schützenkönig, war im Oktober '94 Vater geworden, weil er im ausgekosteten Rausch der sich ihm seit dem Schützenfest bietenden sexuellen Möglichkeiten auf Sandra Hernen und die uralte »Ich-nehm-die-Pille!«-Tour reingefallen war.

In den Augen meiner Mutter war daran niemand anderes schuld als Sebi, weil »et Hernens Sandra« just in dem Moment, als der große *Psychisch*-Eklat in Tom Koslys Show passierte, bei Renate im Salon zum Haarefärben vor der Glotze saß und rumjammerte, sie hätte keine Lust auf eine Ausbildung und wolle am liebsten einfach reich heiraten. Renate hielt sie für ziemlich beschränkt – »aber als dein Quasimodo da im TV erzählt hat, wie der Sänger zu seinem Kind gekommen ist, konnte ich richtig hören, wie es ›klick!‹ machte in ihrem Kopf! Da ist ja auch sonst nicht viel drin, wenn da in der Rübe ein Groschen fällt, gibt das halt Echo!«

Statt Ausbildung mit dem ortsansässigen Hoteliersohn ein

Kind zu machen, ist die Eifeler Variante des Hochschlafens. Darüber hinaus war das für ein »normales« Mädchen der Gemeinde weitaus anerkannter als eine qualifizierte Ausbildung oder gar ein Studium. Denn so etwas überlässt man besser den Männern, wenn man a) in der Eifel bleiben und b) dort nicht als alte Jungfer enden will. Die einzige Berufsausbildung, die der Attraktivität als potentielle Ehefrau damals keinen signifikanten Abbruch tat, war eine Lehre zur Hauswirtschafterin. Gut für mich, dass schon meine Eltern nicht als normal galten und mein Wunsch, Abitur zu machen, ihrer Exzentrik sehr gelegen kam.

Während Renate und ich gerade das letzte Blech Kekse verzierten, kamen Ralf und Günther aus ihrer Klausur und hingen den Adventskranz auf (der dank Ralfs Hilfe so toll geschmückt war wie nie zuvor). Danach tauschten Ralf und ich die Plätze: Ich ging wie jedes Jahr mit meinem Vater in den Keller, um die Skier zu wachsen und zu schleifen, während meine Mutter durch Ralf erstmals Unterstützung beim Zubereiten des Wildschweinbratens hatte.

Der schmausend, spielend und plaudernd verbrachte Rest des Tages rundete diesen ersten Advent im Hause Große hervorragend ab. Den Jackpot knackte Ralf, als er nach dem traditionellen Trivial Pursuit seiner Neugier freien Lauf ließ und nach dem Brief in Sütterlinschrift fragte, der da gerahmt am Kamin hing. Auch ich selbst hatte die Geschichte der alten Frau Stahlke bestimmt seit zehn Jahren nicht gehört, aber sie hatte nichts von ihrer Magie verloren.

Als Ralf und ich am Montag Vormittag zusammen in Richtung Rheinland und Ruhrpott aufbrachen – mein Auto blieb in der Eifel, zur Inspektion in Herrn Schorns Autowerkstatt –, hatten wir ausreichend Gelegenheit, die Eindrücke des Wochenendes sacken zu lassen und die restlichen gemeinsamen Auftritte des Jahres zu planen.

»Die beiden sind ja echt der Oberhammer!«, ließ Ralf seiner Begeisterung über meine Eltern freien Lauf und präsentierte mir reichlich Details aus seinen Einzelgesprächen mit beiden, dargeboten im »Und-dann-hab-ich-gesagt–und-dann-hat-sie/er-gesagt«-Modus, den man sonst nur von verknallten Teenagern kennt. Auf der einen Seite freute es mich natürlich, dass alle so begeistert voneinander waren; andererseits war ich schließlich ein Einzelkind, und aufkeimende Eifersucht ließ daher nicht lange auf sich warten. Abgesehen davon fand ich es irgendwie unfair, dass er jetzt sogar wichtige Anekdoten unserer Familienhistorie kannte und fast schon adoptiert war, während ich zwar seine Schwester kennen und schätzen lernen durfte, er sich aber mir gegenüber bezüglich seiner Herzensangelegenheiten weiterhin in Geheimniskrämerei übte.

Gerade nach diesem Wochenende, wo alle Großes sein »Ich bin hetero«-Spielchen brav mitgemacht hatten, fand ich, dass ich ein bisschen Wahr- und Offenheit verdient hätte, zumal ich – wenn die Dinge so lagen, wie ich dachte – auch noch was Feines in petto hatte für ihn und seinen Liebsten.

»Ralf, darf ich dich mal was fragen?«, unterbrach ich daher seinen Redeschwall, mitten in einer Lobeshymne über die marktanalytischen Fähigkeiten meines Vaters.

»Klar!«

»Hast du einen festen Freund?« Er nickte, also fuhr ich fort. »Und was sagt der zu der ganzen Traumpaar-Nummer hier? Findet der das nicht blöd, versteckt zu werden, während du mich öffentlich als dein Schätzchen präsentierst? Habt ihr keinen Stress deswegen?«, fragte ich und dachte, ich träfe damit vielleicht einen wunden Punkt. Fehlanzeige: Er lachte nur.

»Nein, gar nicht! Erstens mag er dich sehr gut leiden, zweitens war es sogar seine Idee, dich anzuheuern, weil er nämlich drittens genau wie ich ein großes Interesse daran hat, sein Privatleben auch privat zu halten.«

Zeit, ans Eingemachte zu gehen – ich wollte endlich wissen, ob ich richtig lag mit meiner Vermutung. »Auch prominent?«, hakte ich also unauffällig nach.

»Nein, aber aus einem Kulturkreis, in dem Homosexualität gerne mal mit Steinigung oder Hängen geheilt wird.« Während ich innerlich »BINGO! Ich hab's doch gewusst!« jauchzte, kam Ralf richtig in Erzähllaune. Was so ein Wochenende bei meinen Eltern doch alles auslösen konnte ...

»Obwohl sein Vater lange Zeit Botschafter in der Schweiz war und die Familie eigentlich schon sehr westlich geprägt ist, wäre ein schwuler Sohn innerfamiliär trotzdem der totale Super-GAU. Das respektiert er, und daran hält er sich. Tradition halt. Mir ist das ohnehin recht, als schwuler Fußballer könnte ich nämlich auch direkt einpacken.«

Bevor ich das Sahnehäubchen aus meinem Hinterkopf aufs Tapet bringen wollte, entschied ich mich für eine weitere Schleife: »Ralf, ich weiß, das ist nicht klug, dass ausgerechnet ich da so nachhake, ich will ja gerne noch lange deine Spielerfreundin bleiben, aber: Ist das wirklich noch so ein Riesending, schwul zu sein? Schließlich haben wir 1994.«

»Im Fußball auf jeden Fall. Ich kann mir vorstellen, dass wir eines Tages bekennende Schwule nicht nur im Showbiz, sondern sogar in Politik und Wirtschaft haben – aber eher wird eine Ost-Frau Kanzlerin, als dass ein Fußballer sich outen und trotzdem problemlos weiterspielen kann!«, erklärte er mit tiefster Überzeugung. Ich lachte laut auf, denn das Bild, das ich von Ost-Frauen hatte, war klar von Doreen geprägt, und da fand ich schwule Fußballer doch weitaus realistischer.

»'Ne Ossi-Kanzlerin, niemals! Zumindest nicht, bevor Beate Uhse Bundespräsidentin wird. Wir können ja wetten«, bot ich ihm an, und er schlug ein. Aber jetzt wurde es Zeit für meine Idee.

»Ralf, pass auf, ich hab noch was anderes«, nahm ich Anlauf.

»Meine Mutter hat mir was erzählt, das vielleicht interessant sein könnte. Also: Drei Orte weiter ist eine Kneipp-Kur-Klinik, ein knapp hundert Jahre alter Jugendstilbau mit ungefähr fünfzig Zimmern.«

»Wer fährt denn heute noch zur Kneipp-Kur in die Eifel?«, fiel Ralf mir irritiert ins Wort.

»Ganz genau. Ich sehe, du verstehst schon mal die Grundproblematik«, lobte ich ihn und erzählte weiter. »Die Inhaber hätten sich nicht nur auf diese ganze Wellness-Welle einschießen, sondern auch schon seit Jahren mal wieder ordentlich renovieren müssen. Naja, haben sie aber nicht, und daher siecht der ganze Kasten halt ein bisschen abgerockt dem Bankrott entgegen. Die kinderlosen Besitzerinnen sind aber schon um die siebzig und haben keinen Bock mehr auf das ganze Bohei – dafür aber immer mehr Probleme mit dem kalten Eifelklima. Und deswegen wollen die sich bald auf Mallorca zur Ruhe setzen!«, schloss ich.

»Wieso weiß Renate das alles so detailliert, wenn die Klinik drei Orte weiter ist?«, fragte er, und jetzt musste ich lachen. »Ralf, wir reden über Renate! Die weiß immer alles, und zwar *aus dem ganzen Landkreis*! Außerdem waren die beiden Besitzerinnen schon Kundinnen meiner Mutter, als die noch mit meinem Vater im Blitzmobil unterwegs war.«

»Ah, verstehe ... Aber warum könnte die Geschichte dieser Kneipp-Kur-Klinik für mich interessant sein?«

»Na, weil die möglichst bald verkauft werden soll!«

»Und warum um alles in der Welt sollte ich Geld investieren in eine marode Kneipp-Klinik am Arsch der Welt?« Ralf sah mich entgeistert von der Seite an. Wahrscheinlich hatten Günther und er sich gegenseitig dermaßen hypnotisiert mit Aktienempfehlungen für Zukunftsbranchen, dass er handfeste und naheliegende Möglichkeiten nicht mehr erkennen konnte.

Ich seufzte und fing an, ihm meine Vision zu erklären – das

letzte Mal hatte ich so was im Krankenhaus gemacht, und da hatte das schließlich auch funktioniert.

»Ich kenne die Klinik von früher, als meine Mutter da einmal in der Woche Kurgäste frisiert hat – ich war da manchmal bei. Das Ding ist wirklich wunderschön! Wenn die beiden Alten ihren Verkaufsplan offiziell machen und irgendein Hotelinvestor davon Wind bekommt, wird der sofort zuschlagen und ein Wellness-Nobelhotel draus machen für gestresste Städter, die mal richtig Ruhe brauchen.«

»Soll er doch, da wünsch ich ihm viel Glück! Hotelbesitzer in der Eifel ist nicht gerade mein Traumberuf ...«

»Wie ein bockiges Kind!«, dachte ich mir und überlegte, ob ich einfach »Na, dann nicht, selber schuld!« sagen sollte, entschied mich aber doch für hartnäckiges Insistieren mit meinem Trumpf, den ich noch im Ärmel hatte.

»Geh mal weg von dem Hotel und stell dir Folgendes vor: eine noble Privatklinik für Prominente. Bevorzugt für verletzte Sportler und deren Gattinnen – während die Jungs zusammengeflickt und wieder fit gemacht werden, könnten sich deren Frauen ihre Näschen, ihre Titten oder was halt gerade so anfällt, optimieren lassen, im traumhaften Ambiente. Aber auch alle nicht-sportlichen Promis, die Wert auf Diskretion und Abgeschiedenheit legen, sind natürlich willkommen. Auch die ganzen neureichen Profilneurotiker, die sich das Fett absaugen lassen wollen, was sie sich über die Jahre in diversen Promilokalen angefressen haben.« Jetzt holte ich richtig aus. »Und wer leitet das Ganze, ökonomisch gesehen? Natürlich die Firma von Ralf Szibuda und seiner Schwester. Das ist doch auch eine hübsche Vollzeitalternative für die Zeit nach der Fußballkarriere, oder?«

Ein Lächeln umspielte Ralfs Mundwinkel. Ich war auf der Zielgeraden, und es war Zeit für das Hauptargument.

»Und jetzt stell dir mal weiter vor, dass diese Geschäftsidee sogar noch weitere Vorteile haben könnte: Schließlich brauchst du für so ein Modell ja mindestens einen richtig fähigen Arzt! Am besten einen Unfallchirurgen, der fachlich so gut ist, dass sein medizinischer Ruf die Kunden anzieht, und der im Idealfall selbst auch noch so gut aussieht, dass man ihm aus der Hand frisst, wenn er über Ästhetik und plastische Chirurgie spricht. Der müsste natürlich auch motiviert sein, in die Abgeschiedenheit der Eifel zu ziehen und so ein Projekt von Anfang an mit aufzubauen... Optimal wäre dafür zum Beispiel ein bereits renommierter Chefarzt der unfall- und sportchirurgischen Abteilung eines bekannten Klinikums, dem die Situation seiner Fernbeziehung zunehmend auf den Sack geht!«

Mit einer fahrigen Bewegung drückte Ralf den Warnblinker und fuhr rechts ran, dann atmete er tief durch und sah mich durchdringend an. Er war echt blass, ich hatte gedacht, er würde es besser wegstecken. »Seit wann weißt du das? Und woher?«, presste er hervor.

»Seit ich bei dir im Krankenhaus war. Du warst viel zu überrascht über mein Erscheinen, als dass du der Auftraggeber der Nachricht auf meinem AB hättest sein können – also hab ich mich gefragt, wie Dr. Ahangi dann zu meiner Telefonnummer gekommen war. Schließlich stehe ich ja nicht im Telefonbuch, das war also schon mal sehr seltsam! Außerdem war ich irritiert, wie sehr der Doc um dich und deinen Gemütszustand besorgt war, das schien mir selbst für einen prominenten Privatpatienten nicht die Standardfürsorge zu sein. Sicher war ich mir dann aber erst, als er sich nach Schichtende von mir verabschiedet hat und ich seine Schuhe gesehen habe...«

Ralf war verwirrt. »Was war denn mit seinen Schuhen?«

»Naja, das waren die gleichen, die ich in deinem Auftrag in Mailand besorgt hatte, nur in einer anderen Farbe.«

Er schüttelte fassungslos den Kopf, und in seiner Stimme schwang überraschend viel Vorwurf mit. »Du weißt das also schon seit Monaten und sagst mir nix?!«

»Warum hätte ich denn was sagen sollen? Offensichtlich wolltest du das mir gegenüber geheim halten – das akzeptiere ich und bin diskret, so einfach ist das. Aber mittlerweile macht deine Schwester meine Verträge, und du duzt dich schon mit meinen Eltern – da dachte ich eben, dass man sich unter Freunden so ein albernes Versteckspiel allmählich mal sparen kann! Das hat auch was mit Vertrauen zu tun, und ich finde, das habe ich mir redlich verdient – oder habe ich mich etwa nicht bewährt?!« Ich redete mich richtig in Rage – unser erster echter Beziehungskrach, wie aufregend!

»Außerdem habe ich mein Wissen nur preisgegeben, weil ich dachte, das mit der Kurklinik wäre vielleicht eine tolle Möglichkeit für euch. Also nimm bitte diesen vorwurfsvollen Ton aus der Stimme, das ist nämlich echt nicht angemessen!«, forderte ich ihn auf.

Er war über meinen vehementen Ausbruch so erstaunt, dass er plötzlich ganz handzahm wurde, mich zaghaft anlächelte und mir mit Zeige- und Mittelfinger die zusammengekniffenen Zornesfalten auf der Stirn auseinander zog. »Du hast absolut recht, Lina, tut mir leid. Bitte nicht so böse gucken, das gibt Falten!«, sagte er mit besänftigendem Schmelz in der Stimme – wenn ich nicht gewusst hätte, dass das leider nur nutzlos vergeudete Ressourcen wären, hätte ich mit Sicherheit allein durch dieses Timbre sofort ein feuchtes Höschen gehabt.

Weil es mich so aber auch noch zusätzlich ärgerte, von Ralf ganz sicher keinen Versöhnungssex zu bekommen, blieb ich noch ein bisschen patzig. »Falten, pah, die kann ich mir ja wohl erlauben! In Wirklichkeit bin ich nämlich erst zwanzig! So, jetzt ist das auch raus, wenn wir hier schon mal beim Großreinemachen sind!«

»Weiß ich doch längst«, grinste er mich breit an, »als du das im Krankenhaus so dahingesagt hast, hab ich mit Reza heimlich deinen Perso aus deinem Portemonnaie gekramt, während du deine restlichen Sachen aus dem Auto geholt hast.«

Nach einer nunmehr wirklich entspannten Restrückfahrt aßen wir in Köln noch gemeinsam zu Mittag, bevor ich für die wöchentliche Aufzeichnung zum Sender musste. Wir erweiterten die ohnehin schon geplanten Paar-Termine für den Dezember (die *Bild*-Nikolausparty in Berlin, eine Advents-Charitygala in Hamburg, die Weihnachtsfeier bei meinem TV-Sender und die bei seinem Fußballverein, sowie Gänsekeulen braten und servieren für die Obdachlosenhilfe Dortmund) auf seinen Wunsch hin um einen weiteren Besuch in der Eifel: Er wollte sich die Kur-Klinik ansehen.

10

2-in-1, vertikal:
»Einfach zweifach gut«

(Ende Dezember 1994 – Mai 1995)

Wir hatten 1994 bestens hinter uns gebracht. Ich fand es besonders schön, dass Ralf und ich nach den ganzen absolvierten offiziellen Terminen in der Vorweihnachtszeit tatsächlich noch Gelegenheit hatten, sentimental Rückschau zu halten. Solch einen kurzen Moment gab es zwar auch schon auf der Nikolausparty in Berlin – wo ein Jahr zuvor alles angefangen hatte mit uns beiden –, aber die private und pathetische Variante des Jahresrückblicks gönnten wir uns im Roth Flüh.

Ralf entschloss sich auf dem Weg von Dortmund (wo er Weihnachten mit seiner Familie gefeiert hatte) in die Schweiz (wo er mit Reza Silvester verbringen wollte) wieder zu einem kleinen Abstecher ins Tannheimer Tal, um als Überraschungsgast bei Renates Geburtstagsessen im *Loch Ness* aufzutauchen. Ich wusste nichts von seinem Plan und freute mich tierisch, genau wie Renate und Günther – dass ich mich mit Ralf nach dem Dessert noch auf eine Flasche Wein vor den brennenden Kamin in der menschenleeren Lobby setzte, nutzten sie auch umgehend zu ihrem Vorteil und verdrückten sich zügig in unsere Ferienwohnung, um ihre sturmfreie Bude zu genießen.

»Hoffentlich verteilt Renate nicht wieder ihre Reizwäsche in der ganzen Wohnung!«, dachte ich mir – drei Tage vorher hatte mich jemand in der Schlange am Skilift auf den ungenutzten rückwärtigen Klettverschluss meiner Skijacke aufmerksam gemacht, an den sich ein schwarzes Spitzenhöschen geheftet hatte und nun dort vor sich hin baumelte. Auch der nächste Satz des Höschen-Hinweisers:»Ich kenn Sie doch aus dem Fernsehen! Sie machen doch diese Sendung da, die mit den Sex-Tipps!«, machte die Situation nicht angenehmer für mich. Aber Renate hatte Tränen vor Lachen in den Augen, als ich ihr am Mittag auf der Hütte vorwurfsvoll davon erzählte. Immerhin entschuldigte sie sich nach ihrem Lachanfall für den Wäsche-Fauxpas und gelobte Besserung.

Ralf und ich ließen also unser erstes gemeinsames, turbulentes und letztlich sehr erfolgreiches Jahr Rotwein trinkend Revue passieren, bedankten uns beieinander für die Unterstützung und freuten uns auf ein aufregendes 1995. Immerhin hatte ich noch vor Weihnachten die Verträge für weitere zwei Staffeln à dreizehn Folgen »Echte Sünde« unterschrieben; Tom Kosly hatte mir ein paar Songs zugesandt, die ich mir mal anhören sollte, ob da was bei ist, was ich mir vorstellen könnte zu singen (leider nein, aber trotzdem wollte er mir immer mal wieder Vorschläge zukommen lassen); und auch bei Ralf und dem BVB lief es recht gut. Somit konnten wir wirklich guter Dinge nach vorn blicken. Dass es dafür auch noch andere Gründe gab, kapierte ich, als Ralf nicht nach vorn zum Kamin, sondern zur Seite blickte und auf einmal Dr. Reza Ahangi in der Lobby auftauchte.

»Na, hallo, ihr zwei Hübschen! Kann ich mich nach meinem Sauna- und Wellness-Marathon jetzt auf ein Gläschen Rotwein in den gemütlichen Teil des Abends bei euch einklinken?«, sagte er nicht nur mit seinem leicht schwyzerdütschen Akzent, sondern vor allem mit einer unglaublich angenehmen, entspannten Selbstverständlichkeit.

»Hallo, Dr. Ahangi«, erwiderte ich grinsend und erhob mich, um mich von ihm mit Küsschen links und recht begrüßen zu lassen.

»Nanana, das schöne, junge Mädchen mit dem guten Blick für italienische Schuhe nennt mich bitte nur noch Reza!«, bat er schmunzelnd. »Und ich bin sehr froh, dass wir uns heute unter angenehmeren Umständen als im Krankenhaus begegnen.«

Unterstützt von fabelhaftem Wein und prasselndem Kaminfeuer, das wir eigenmächtig am Brennen hielten, weil der Concierge sich mittlerweile in seinen Ruheraum zurückgezogen hatte, erzählten, lachten und kasperten wir herum, bis es kurz vor vier in der Früh war.

Ich war heilfroh, dass für den nächsten Tag Sauwetter angesagt worden war und ich auf der Piste nichts verpassen würde außer Nebel und Schneefall. So konnte ich mir nämlich ohne Reue einen Saunatag gönnen und den Gesamteindruck, den ich von diesem wirklich bezaubernden Paar gewonnen hatte, sacken lassen.

Natürlich ist es für eine heterosexuelle Frau mit intakter Libido schon ein bisschen gemein, wenn einem vor der Nase zwei solche Prachtexemplare herumspringen, die man aber nicht haben kann.

Doch Ralf und Reza hatten eine solche Kraft als Paar, dass ich schon nach zehn Minuten nicht anders konnte, als mich völlig neidfrei mit den beiden zu freuen, dass sie einander gefunden hatten. Ihrer Erzählung nach waren sie bereits seit Ralfs ersten Tagen bei den Grasshoppers zusammen, weil Reza damals den sportmedizinischen Check zum Vertragsabschluss gemacht hatte – dabei war es bei beiden eingeschlagen wie eine Bombe.

Auch nach viereinhalb Jahren Beziehung, die sie nun schon auf dem Buckel hatten, wirkten sie noch sehr glücklich miteinander und schmiedeten eifrig Pläne für eine weitere gemeinsame Zukunft. Daher hatte Ralf Reza auf dem Rückweg von Dortmund (wo sie mit Ralfs gesamter Familie Weihnachten gefeiert hatten) auch die Kneipp-Kur-Klinik gezeigt und von der Idee einer Privatklinik unter Rezas medizinischer und Ralfs wirtschaftlicher Leitung erzählt.

Abgesehen davon, dass sich die zwei geschmacks- und stilsicheren Herren erwartungsgemäß in das pittoreske Anwesen verliebt und sogar schon erste konkrete Umbau- und Finanzierungsmöglichkeiten überlegt hatten, freute es mich, dass ich ihnen vor dem Kamin einen weiteren Vorteil des Gesamtkonstrukts aufzeigen konnte, an den sie noch gar nicht gedacht hatten: Durch die berufliche Verquickung der beiden würden sie ihre heiß geliebten, heimlichen Pärchenurlaube in Florida und Kalifornien dann sogar noch als Geschäftsreise von der Steuer absetzen können.

Neben diesen ernsthaften Vorzügen war es darüber hinaus vor dem Kamin für uns alle drei ein großer Spaß gewesen, das Konzept dieser Klinik und das damit verbundenen Werbe- und PR-Trara zu konkretisieren. Am nächsten Tag und nüchtern betrachtet waren unsere erdachten Slogans allerdings nicht unbedingt alle zu nutzen – zumindest nicht in den Formulierungen, die wir nachts um halb drei auf einen Zettel gekrakelt hatten:

»Liegt der Liebste hier verletzt danieder – komm mit, und dein Busen hebt sich wieder!«

»Hängt die Visage dir in Falten, lass mal Dr. Ahangi walten!«

»Mit einem neuen, kleinen Näschen bist du noch ein viel süß'res Häschen!«

»Melonen statt Mandarinen!«

»Vergessen Sie Ihren Rettungsring in einer ehemaligen Kneipp-Klinik!«

»Vom alten Besen zum heißen Feger!«

Die Jungs machten die Sache mit der Klinik aber tatsächlich klar, sobald das neue Jahr begonnen hatte: In ihrem Kurzurlaub hatten Ralf und Reza einen überzeugenden Businessplan ausgearbeitet und darauf basierend einen ordentlichen Kredit bewilligt bekommen; zusätzlich griff auch noch Rezas kinderloser und wohlhabender Onkel seinem Lieblingsneffen finanziell großzügig unter die Arme. Somit war es noch lange nicht Frühlingsanfang, als sie beim Notar als strahlende, neue Besitzer der Klinik ihren Unterschriften beim Trocknen zusahen.

Für mich waren die ersten Monate des Jahres weniger spektakulär, zeichneten sich aber durch eine entspannte »Business-as-usual«-Grundstimmung aus: wöchentlich eine Sendungsaufzeichnung und dazu ein paar Paarauftritte mit Ralf – der übliche Kram halt, Filmpremiere, Preisverleihung, Charityparty, ausgehen in Köln oder Dortmund, völlig egal. Hauptsache: Berichterstattung mit Foto und korrekt geschriebenen Namen. Highlight all dieser »Society News« war unsere erste Homestory für die *Bunte*, fast pünktlich zum Jahrestag der offiziellen Bekanntgabe unserer Beziehung.

Ich hatte mich nämlich dazu entschlossen, mir in Köln eine größere Wohnung zu gönnen als die bisherige Studentenbude von 25 Quadratmetern, daher nahm ich mir ein neues Domizil mit der nunmehr dreifachen Grundfläche und ließ die Hausreporter, die wir im Laufe des letzten Jahres schon mit Storys angefüttert hatten, völlig schmerzfrei über »unser kleines, neues Liebesnest« berichten: mit Fotos von uns auf meinem Bett, am Küchentisch, auf dem Wohnzimmerteppich und allen anderen Plätzen mit sorgsam lanciertem, sexuellen Bezug. Auch der passende erlogene und gewohnt krude formulierte Romantikwahnsinn durfte nicht fehlen: »Ralf hatte mir am Tag vom Einzug die ganze Badewanne bis obenhin gefüllt gehabt, aber nicht mit Wasser, sondern nur mit Rosenblättern, weil da sollte jedes Blatt quasi für einen gemeinsamen Monat sein, also in der Zukunft, und dann haben wir darin mit Champagner angestoßen – das war so romantisch!«

Die Wahrheit sah zwar so aus, dass ich am Tag meines Einzugs den Elektriker erwischte, wie er in meine neue Badewanne pinkelte, (»Ich wusste nicht, ob die Toilette schon angeschlossen ist, und ich wollte nicht das Waschbecken nehmen!«), aber so was gehörte definitiv nicht in die *Bunte*.

Ich finde: Wenn man schon fast drei Mark ausgibt für ein Promimagazin, dann erwirbt man damit auch ein gewisses Anrecht auf Stimulation des Sozialneids – alles andere wäre Betrug am Leser. Also sollte man nicht solch irdische Dinge zeigen wie sich danebenbenehmende Handwerker; stattdessen lässt sich der Sozialneid nicht nur über Finanzen, sondern gerade auf emotionaler Ebene hervorragend stimulieren. Meiner Erfahrung nach suchen viele Frauen unter der Trockenhaube nämlich durch solche Lektüre nach neuer Inspiration, um über ihre eigenen Männer zu meckern:»Guck mal da, was ein Gentleman – mein Manfred hat mir noch nie die Badewanne mit Rosenblättern gefüllt, in den ganzen dreißig Jahren nicht!« Das Wohltuendste für viele Abonnenten ist aber die Katharsis, wenn sich der Sozialneid im Laufe der Zeit wandeln kann zu fast ungehemmter Schadenfreude, oder der miesesten Form derselben: geheucheltem Mitleid.

Ich werde nie die Aussagen zu Christina Onassis vergessen, die ich über Jahre hinweg im Salon mitbekommen habe, vom hämischen»Na, so hässlich, wie die ist, braucht die das Geld auch, sonst würde die gar keinen abkriegen«, über neidisches»So ein unsteter Lebenswandel: Alkohol, Drogen, Männergeschichten und die ganze Rumreiserei im Jet-Set, das ist doch alles nicht normal, so was kommt nur davon, wenn man keine ordentliche Arbeit hat und keinen Mann halten kann«, bis hin zum finalen schadenfrohen Mitleid:»Tja, die arme Frau, glücklich war sie nie, und jetzt ist sie auch noch tot – da haben ihr ihre ganzen Millionen nix genützt!«

Der Sozialneid, der mir bis zu diesem Zeitpunkt entgegenschlug, war hingegen überschaubar: Beim Adventsbasar im Feuerwehrheim hatte ich gemerkt, dass mir gegenüber im Ort eher Stolz vorherrschte, im Sinne von»Die hat's geschafft, aus der Eifel in die große weite Welt, eine von uns bei der Prominenz!«

Innerhalb der Branche sah das aber ganz anders aus, da hatte ich mir offensichtlich bereits deutlich mehr Neid erarbeitet. Unabhängig vom Wahrheitsgehalt oder davon, ob ich die Sendung tatsächlich gut moderierte: Ich war »die Alte, die sich in die Sendung gefickt« hatte (obwohl mit dem Produzenten nie mehr gelaufen war als Gefummel). Das war mein Ruf, und mir war klar, dass ich dieses Etikett so schnell nicht wieder loswerden würde – rückblickend machten die Geschehnisse des Jahres 1995 das auch nicht einfacher ...

Die ersten Monate des Jahres waren noch sehr ruhig. Der Wahnsinn begann erst wirklich, als Ralf am letzten Spieltag der Bundesligasaison 94/95 in einem Herzschlagfinale den BVB in letzter Minute per Kopfballtor zum deutschen Meister machte. Die Borussen hatten nach 32 Jahren erstmals wieder die deutsche Meisterschaft geholt, die »Schale für'n Pott«, und alle, wirklich alle flippten komplett aus. Die Feier zur Meisterschaft war die größte in der Geschichte der Bundesliga; als die Mannschaft, verkatert und in zerknitterten Anzügen, am Tag nach dem Sieg am Dortmunder Rathaus die Schale hoch hielt, jubelten dem Team und dem Trainer, der alles richtig gemacht hatte, über 500 000 Menschen zu.

Auch für Ralf war das alles emotional kaum noch zu packen: Ziemlich genau vor einem Jahr hatten Rezas Kollegen noch Zweifel geäußert, ob Ralfs Knie überhaupt eine Rückkehr in den Profifußball zulassen würde; die Grasshoppers und der Bundestrainer hatten ihn abserviert; und trotz aller Medienmanipulation hatte es natürlich auch böse Stimmen gegeben, die Ralfs Vertragsabschluss in Dortmund als »ein aus sentimentalen Gründen erteiltes Gnadenbrot für ein ewiges Talent ohne Aussicht auf echten Erfolg« kommentiert hatten. Und jetzt war ausgerechnet er derjenige, der per Kopfballtor – weil er nämlich wie ein Wahnsinniger Kopfbälle trainiert hatte, nachdem er einsehen musste, dass die

Schusskraft seines rechten Beins trotz Psychocoaching und sonstigem Trara tatsächlich nie mehr so werden würde, wie sie mal war – die Meisterschaft gesichert hatte.

Das bedeutete für Ralf neben aller sportlichen Genugtuung vor allem, dass sein Plan aufgegangen war: Er konnte sein Image vom »letzten Idealisten im Profifußball« mit diesem Erfolg massiv vergolden und die Kasse jetzt mit der Kontinuität eines Tinnitus richtig klingeln lassen.

Innerhalb weniger Tage hatte er bereits vier hochdotierte Verträge in der Tasche: für Sportbekleidung, Nuss-Nougat-Creme, die Kampagne »Keine Macht den Drogen!« und einen Selbsthilferatgeber über Willensstärke und Motivationstechniken. Dass Ralf überhaupt die Idee hatte, einem Verlag ein Konzept und seinen Namen für ein solches Buch anzubieten, beruhte übrigens auf einer von Günthers Ideen, die er Ralf an Ostern ins Ohr flüsterte. Als mittlerweile wirklich erfolgreicher Erfolgs- und Motivationstrainer hatte mein Vater ein sicheres Näschen für das enorme Verkaufspotential einer derartigen »Ich-beiß-mich-gegen-alle-Widerstände-zum-Erfolg-durch!«-Geschichte.

Unsicher war Ralf sich nur bei Vertrag Nummer fünf, einer Option, die ich schon vor dem Gewinn der Meisterschale angeschleppt hatte: Auf der senderinternen Feier zur dreißigsten Sendung von »Echte Sünde« hatte sich mal wieder der Sender-Sultan an mich rangewalzt, diesmal allerdings in Begleitung eines extrem unscheinbaren Anzugträgers um die fünfzig herum. Dem Verhalten nach zu urteilen, das der Chef an den Tag legte, musste das ein Werbekunde sein, der nahezu den gesamten Sendebetrieb finanzierte, denn bevor der Chef den gescheitelten Schluck Wasser bei mir in der Sitzecke zurückließ, raunte er mir tatsächlich noch auf eine Art und Weise zu, mit der er auch erfolgreich ein Großbordell hätte führen können: »Und fei schön nett sein, gell, sonst hab i kei' Geld mehr für dei' Sendung, verstehst mi?«

Dass er dabei meine Wange onkelig tätschelte, machte die

Sache nicht weniger schmierig, und allmählich begann ich zu verstehen, was einer meiner prominenten Horizontalgespielen der letzten Wochen gemeint haben könnte, als er gesagt hatte: »Wir sind doch sowieso alle nur kleine Shownutten!«

Während ich überlegte, wie ich mich jetzt verhalten sollte, um weder meine Sendung, noch meinen Selbstrespekt zu verlieren, begann der Mensch im Anzug neben mir sichtlich verlegen das Gespräch: »Entschuldigen Sie den Überfall, aber ich wollte Sie unbedingt kennenlernen, ich hoffe, Sie sehen mir das nach! Ich bin ein sehr großer Fan von Ihnen. Wissen Sie, welche zwei Dinge mir an Ihnen am besten gefallen?«

Ich hatte da eine spontane Idee, biss mir aber auf die Zunge und gab statt einer blöden Antwort das nette Blondchen. Erst mal wollte ich entspannt abwarten, was hier auf mich zukam, denn der Typ wirkte im Gegensatz zum Chef angenehmerweise viel zu verklemmt für eindeutig sexuelle Absichten – das Terrain empfand ich somit als relativ sicher. Ich legte den Kopf schief, kringelte eine Haarsträhne zwischen meinen Fingern und setzte mein neugieriges Gesicht auf: »Welche denn ...?«

Auf einmal klang er so sachlich, dass ich mich fragte, ob er seinen Text auswendiggelernt hatte: »Nun, zum einen Ihre frische und selbstbewusste Art. Wie Sie Tom Kosly Paroli geboten haben letztes Jahr, das war großartig ...« – Kichern und bescheidenes Abwinken meinerseits – »... und zum anderen Ihre tollen langen Haare, die Sie wahnsinnig sexy machen! Diese Kombination von starkem Selbstbewusstsein und weiblicher Ausstrahlung ist einfach sehr interessant für uns ...«, und dann hörte er gar nicht mehr auf zu reden.

Ein bestimmt fünfminütiger Monolog über Marktanalysen, Kundenbefragungen, Produktforschung, Imagebildung und ähnliche Dinge folgte, der in der Gretchenfrage der Industrie mündete: »Könnten Sie sich denn vorstellen, für unser neues Haut- und Haar-Pflegeprodukt Werbung zu machen?«

Natürlich konnte ich mir das vorstellen, sogar ganz hervorragend konnte ich das, aber weil ich merkte, dass ich als Wunschkandidatin der Geschäftsführung offensichtlich in einer luxuriösen Verhandlungsposition war, erbat ich mir zwei Wochen Bedenkzeit – währenddessen wollte ich unbedingt Ralf mit ins Boot bekommen. Und obwohl er zu diesem Zeitpunkt noch nicht deutscher Meister war und auch noch keine anderen Werbeverträge unterschrieben hatte, zierte er sich wirklich sehr, als ich ihm meine Idee unterbreitete – einfach aus Prinzip.

»Was für eine bescheuerte Idee, ich kann doch nicht für ein Pflegeshampoo Werbung machen! Fußballer und Kosmetikwerbung, das geht gar nicht zusammen, da kann ich auch direkt im Tutu auf dem Spielfeld aufkreuzen!«

»1. sollst Du ja nicht alleine dafür Werbung machen, sondern mit mir zusammen, und 2. ist das außerdem kein Shampoo! Das ist ein 2-in-1-Produkt, ein ›Verwöhnendes Pflegeduschbad für Haut und Haare‹ um genau zu sein, und wenn du dich nicht so zieren würdest, könnten wir denen für dich bestimmt auch einen Vertrag aus den Rippen leiern! Man müsste in der Kampagne lediglich den 2-in-1-Faktor zusätzlich noch etwas anders betonen, dass das eben nicht nur für Frauen praktisch ist, sondern auch für Männer. Eins für beide halt, wo ist da dein Problem? Du wolltest doch immer Werbung machen!?« Ich war wirklich sauer.

»Ich will nicht rüberkommen wie 'ne Tucke, das ist das Problem, und jetzt hör auf mit dem Quatsch. Du solltest auf deren Angebot auf jeden Fall eingehen, aber halt mich bitte da raus!«

Eine Woche nach Ende der Bundesligasaison war meine zweiwöchige Frist um, und ich hatte in Düsseldorf ein Treffen mit den Entscheidungsträgern des Kosmetikkonzerns und der zuständigen Werbeagentur. Diese beiden Parteien hatten mittlerweile aufgrund von Ralfs Kopfballtor zur Meisterschaft die gleiche Idee gehabt und veranstalteten nun in meinem Beisein ein Brainstorming, um die ursprünglich nur mit mir geplante Kampagne »Zarte Haut und schönes Haar, so voller Leben!« auf uns als Paar auszuweiten.

Ich fand diesen Slogan ohnehin blöd, »…schönes Haar voller Leben« hörte sich in meinen Ohren eher nach Kopflausbefall an als nach Kaufimpulsauslöser – aber ich konnte über diesen Kritikpunkt hinaus wunderbar meinen Trumpf ausspielen:»Ralf will sein Gesicht ganz sicher nicht unter einem solchen Mädchen-Motto auf Plakaten sehen, mit Kosmetik haben Fußballer traditionell ja eh nicht soviel am Hut.«

Einer der anwesenden Werbefuzzis, der offensichtlich bis unter die Hirnrinde dermaßen drauf war, dass Tom Kosly im Vergleich zu ihm wie ein Abstinenzler wirkte, rastete ziemlich aus, als ich meine Meinung so lapidar kundtat und damit anscheinend sein Kampagnenkonzept vom Tisch zu wischen drohte:»Wenn man keine Ahnung von Werbung oder von sonst irgendwas außerhalb der Horizontalen hat, sollte man lieber mal den Rand halten!«, legte er los,»Der Claim ist prima, zack, erstens! Zweitens ist gerade ein Fußballer als Werbeträger für Pflegeprodukte interessant, damit das eben endlich mal aus der Homo-Ecke rauskommt, Punkt! Und drittens: Ob jemand Werbung macht oder nicht, hat nichts zu tun mit dem Slogan oder dem Produkt, sondern schlicht und einfach mit dem Honorar, das derjenige bekommt. So einfach ist das, Blondi! Aber das waren gerade wahrscheinlich sowieso zu viele Fremdwörter in einem Satz!«

Den Anzugträgern aus der Chefetage fielen vor Entsetzen fast die Augen aus dem Kopf, dass einer der angeheuerten Werbeheinis sich derart despektierlich äußerte – ausgerechnet der Frau gegenüber, die der Konzern als Werbeträgerin und vor allem auch als Fürsprecherin beim neuen deutschen Sportstar Ralf Szibuda zu gewinnen versuchte. Bevor jemand anderes reagieren konnte, tat ich das.

»Könnte ich die Herren der Geschäftsführung draußen mal

eben unter zwölf Augen sprechen?«, fragte ich betont ruhig und kühl, erhob mich und ging Richtung Ausgang.

Der Vorsitzende der Konzerngrößen fand als erster seine Stimme wieder:»Nein, Frau Legrand, Sie bleiben bitte mit uns hier, die Mitarbeiter der Werbeagentur werden den Raum umgehend verlassen!«

Unter kriecherischen Entschuldigungen für ihren Kompagnon, der bereits wutschnaubend Richtung Tür stürmte, verließen auch die anderen drei Werbegestalten den Raum, und ich widmete mich den fünf verbliebenen Herrschaften, ohne groß auf die Geschehnisse der letzten Minuten einzugehen. Ich hatte vorher schon bemerkt, wie irritiert sie waren, dass ich mich im Verlauf dieses Meetings nicht so ausgedrückt hatte, wie sie es von meinen öffentlichen Auftritten im TV gewohnt waren. Aber nach diesem Eklat hatte ich das Heft endlich vollends in der Hand, und die fünf Entscheidungsträger wirkten auf mich in dem Moment wie die Kaninchen vor der Schlange. Das wollte ich ausnutzen, und ob dieser Möglichkeit spürte ich, wie meine Verkäuferseele vor lauter Vorfreude jauchzte.

»Meine Herren, ich will offen zu Ihnen sein. Ich kann meinen Lebensgefährten recht gut einschätzen, und daher weiß ich: Wenn Sie Ralf Szibuda zusätzlich zu meiner Person als Werbeträger für Ihr 2-in-1-Produkt gewinnen möchten, dann ist das definitiv nicht nur eine Frage des Geldes. Er muss hinter einer Sache stehen können, sonst macht er es nicht. Sie müssen die Kampagne völlig anders aufziehen, andernfalls wird er von vorneherein ablehnen, unabhängig vom angebotenen Betrag – falls Sie an diesem Fakt zweifeln, können Sie das gerne ausprobieren.«

»Wie sollte die Kampagne denn besser aussehen, Ihrer Meinung nach?« Nach dem Eklat mit den Werbefuzzis waren die Herren Entscheidungsträger anscheinend offen für Neues.

»Nun ...«, begann ich und hatte immer noch die Flause im Kopf, dass Zocken vielleicht gar nicht so doof sein könnte, »wie viel haben Sie denn der Werbeagentur allein für Ihr eben präsentiertes, letztlich unbrauchbares Konzept bezahlt?« Eine fünfstellige Zahl wurde genannt, die mich schlucken ließ, aber das überspielte ich. »Also, bevor ich mein Konzept erläutere, möchte ich Ihnen einen Deal anbieten: Bei Übernahme meiner Idee zahlen Sie mir den gleichen Betrag wie der Agentur – zusätzlich zu meinem Honorar als Werbegesicht.«

Nachdem er sich tuschelnd mit den anderen vier beraten hatte und ich mich mental schon auf ein komplettes »Game Over« eingestellt hatte, stellte der Chef der Runde doch tatsächlich fest: »Aber nur, wenn wir Ihre Idee letztendlich wirklich als Basis der Kampagne nehmen und Herr Szibuda auch mit einsteigt!«, und besiegelte diese Aussage vor vier Zeugen mit Handschlag.

Hochmotiviert startete ich also meinen Ideen-Verkaufsvortrag: Beginnend mit der Einleitung »Ich als Tochter einer Friseurmeisterin mit kosmetischer Zusatzqualifikation...« referierte ich über die an sich gar nicht so unterschiedlichen Wünsche von Frauen und Männern bezüglich ihres Hautzustandes und ihrer Haarpracht, benutzte dabei häufig die Begriffe Selbstbewusstsein, Natürlichkeit, Weiblichkeit und Männlichkeit, Attraktivität und unkomplizierte Handhabung und kam so in einem mittelkleinen Bogen zum wahnsinnig praktischen 2-in-1-Faktor, den ich (wie in meinen ersten Überzeugungsversuchen bei Ralf) von der »Verwöhnduschbad für *Haut* und *Haare*«-Ebene auf die doppelte »Eins für beide«-Philosophie herunterbrach.

Nach knapp fünfzehn Minuten hatte ich die Geschäftsführung schon so besoffen gequatscht, dass sie die eigentlich total banalen Ideen, die ich ihnen als Konzept der Kampagne mit Ralf und mir präsentierte, so begeistert beklatschten, als hätte ich das Rad neu erfunden. Dabei blieb ich eigentlich nur meiner alten »Sex sells«-Masche treu.

Dieses extrem sexlastige Konzept war – neben einem hohen sechsstelligen Betrag für zwei Jahre Laufzeit, sowie meiner Zusage, mit meiner Gage ebenfalls Anteilseigner der Klinik zu werden – für Ralf dann doch Grund genug, den Vertrag zu unterschreiben.

Kurze Zeit später, pünktlich zum Beginn der warmen Jahreszeit, lief diese erste, betont auf sexy und erotisch getrimmte Kampagnenwelle mit drei verschiedenen Plakat- und Printwerbungen sowie den jeweils passenden Fernsehspots an.

»Einfach zweifach gut« war der Spruch, der Claim zum Produkt, und je nach Motiv wurden die einzelnen Vorzüge herausgestellt: Auf einem von oben fotografierten, postkoital anmutenden Bild lag Ralfs Kopf mit geschlossenen Augen auf meinem nackten Dekolleté, während ich meine Hand in seinen Haaren versinken ließ; meine andere Brust wurde von meinen mit Glanzspray bearbeiteten Locken verdeckt, und ich schmunzelte mit hochgezogener Augenbraue frech und zufrieden den Betrachter an, dazu stand »Für perfekt liegende Haare und zarte Haut« in Handschrift quer über dem Bild. Beim zweiten Motiv biss Ralf mich sehr fotogen und mit herausforderndem Blick zum Betrachter in den Hals, was ich hingebungsvoll mit geschlossenen Augen genoss, darüber der Schriftzug »Für alle, die ihre Zeit besser nutzen wollen, als für ihre Haut- und Haarpflege«. Das dritte Motiv zeigte Ralf in der Dusche und mich davor, anzüglich grinsend im Begriff, mein Handtuch zu lösen, die Saloon-artige Duschtür zu öffnen und ihm Gesellschaft zu leisten – darüber der Schriftzug »Für alle, die es unkompliziert mögen«.

Diese augenzwinkernde Kampagne katapultierte uns in Sachen Bekanntheitsgrad extrem weit nach oben, selbst bei denen, die sich nicht die Bohne für Fußball interessierten oder keine Ahnung hatten, wer die blonde Frau war. Nach dieser ersten Werbewelle konnten wir uns vor Interviewanfragen und »Sind-Sie-nicht...?!«-Situationen kaum noch retten, und für mich gab es sogar noch ein Bonbon obendrauf: Der *Playboy* machte mir ein recht lukratives Angebot.

Ich zierte mich ein bisschen, ließ Sabine derweil die Verhandlungen führen und den Preis nach oben treiben, bis ich schließlich gnädig einwilligte. Diese Entwicklung des ersten Halbjahres '95 ließ mich endlich eins der alten Eifelsprichwörter nicht nur verstehen, sondern unmittelbar am eigenen Leib erfahren: Der Teufel scheißt immer auf den größten Haufen. Neben den Sondereinnahmen der 2-in-1-Kampagne, deren Spots bei meinem Haussender rauf und runter liefen, und der Ankündigung, *Playboy*-Fotos zu machen, war schließlich auch noch meine Sendung von einem hochzufriedenen Senderchef nicht mehr staffelweise, sondern einfach direkt mal für ein ganzes Jahr verlängert worden.

11
2-in-1, horizontal:
Der Sandwich-Club

(Spätsommer / Herbst 1995)

Playboy-Fotos sind ja immer eine Sache für sich. Natürlich befriedigt es die eigene Eitelkeit immens, wenn man vom renommiertesten aller Blankziehblätter ein wirklich lukratives Angebot für einmal Ausziehen bekommt. Von der Riesen-PR inklusive großformatigen Werbepostern mal ganz zu schweigen, schließlich hatte es mir schon im Rahmen der Pflegedusche-Kampagne gefallen, mich sexy inszeniert quer durch die Republik plakatiert zu sehen.

Darüber hinaus hatte ich noch nie ein Problem mit Nacktheit gehabt, ich war einfach nicht der Typ, der sich in der Sauna hysterisch ins Handtuch wickelt, und somit liebäugelte ich nicht nur mit dem wunderbar ausschlachtbaren PR-Wahnsinn, den meine Fotostrecke bringen würde, sondern vor allem mit der scheinbar so leicht verdienten Gage, die man mir zahlen wollte.

Die Fotosession für den *Playboy* fand auf einer der kanarischen Inseln statt, und letztlich war es schon da deutlich saurer erarbeitetes Geld, als ich das in meiner naiven Art erwartet hatte: Es ist nämlich ganz schön anstrengend, ein paar Filme lang – schließlich befanden wir uns noch nicht im Zeitalter der digitalen Fotografie – den Wildkatzen-Schlafzimmer-Blick zu halten. Vor allem, wenn man sich nach zwei Stunden Styling morgens um halb sieben, »weil da das Licht am besten ist«, in hüftschädigenden Positionen in der Brandung räkeln muss, während der Sand die Kimme wund scheuert und das Bikinihöschen nicht von Lust, sondern von unregelmäßig anklatschenden Wellen 17 Grad kalten Meerwassers feuchtgehalten wird.

Gut, ich hatte bei aller sexueller Offenheit auch schon vor den Fotos Verständnisprobleme, was an Sex am Strand so toll sein soll, und war nie scharf auf solch eine Schmirgelpapiernummer gewesen, aber nun konnte ich bei der ganzen Sache doch noch was lernen: In Echtzeit zu merken, wie man sich böse die Blase erkältet, und dabei auch noch erotisch zu gucken, ist eine echte Herausforderung. Aber als positiv denkender Mensch versuchte ich einfach, mich daran zu erfreuen, dass meine Brustwarzen durch die Friererei bestimmt toll aussehen würden, ohne dass die Maskenbildnerin Unmengen von Eiswürfeln auf ihnen schmelzen lassen musste, wie beim Lagerfeuer-Shooting in den Bergen am Abend zuvor.

Trotz aller Unannehmlichkeiten hatte die Fotografin jedoch wirklich fantastische Bilder gemacht, und nachdem man mir in der Nachbearbeitung auch noch den ein oder anderen Makel wie Augenringe, Cellulitisansätze an der Oberschenkelinnenseite, Pickelchen in der gewachsten Bikinizone oder Besenreiser am Hintern wegretuschiert hatte, war das, was man letztendlich im Heft druckte, zwar weit von meiner biologischen Realität entfernt, aber dafür extrem ansehnlich.

Das kam mir durchaus gelegen, denn zum einen schmeichelt eine solche optische Märchenstunde dem persönlichen Ego sehr und segnet einen darüber hinaus sexuell gesehen mit Vorschusslorbeeren. Zum anderen hatte ich aber als Lina Legrand schon zu dieser Zeit ohnehin nicht mehr allzu viel mit der Realität am Hut: Mein Name war falsch, meine Paarbeziehung war nicht echt, meine Oberschenkel und Pobacken waren geschönt – warum hätte ich in dieser Situation also der Wahrheit entsprechend behaupten sollen, mein üppiger, aber strammer Busen sei echt? Zu einem Zeitpunkt, wo die Klinik eröffnet wurde, war es doch eindeutig sinnvoller, die Werbetrommel zu rühren und »dazu zu stehen, dass meine Oberweite das Werk von Dr. Ahangi ist«. Schließlich hatte ich mich finanziell in die Klinik mit eingebracht und wollte, dass der Laden schnell schwarze Zahlen schreibt. Reza hatte mir glaubwürdig versichert, dass er tatsächlich solche Brüste basteln könnte, und daher hielt ich also im Interview zur Fotostrecke ein dementsprechend begeistertes Plädoyer für die Vorzüge der plastischen Chirurgie, die so wahnsinnig natürlich aussehende Resultate hervorbringen konnte.

Die Resonanz auf die Bilder und die dazugehörigen Statements war wie erwartet recht groß, und auch wenn ich die damit zusammenhängende PR dankend für meine Zwecke nutzte, wurde mir dann irgendwann doch klar, dass *Playboy*-Fotos eben eine Sache für sich sind. Bis dahin hatte ich nämlich nur die vom Sender gedruckten Autogrammkarten und ein paar Shampoo-Plakate signiert (für wohltätige Zwecke natürlich), aber nun sprachen mich Typen an, die den aktuellen *Playboy* signiert haben wollten, und zwar leider sehr häufig ausgerechnet die Sorte Typ, die den *Playboy* ganz sicher nicht wegen der tollen Interviews kaufte. Eher die Sorte, die während des Signierens Aussagen machte wie:»Mein kleiner Freund wird immer ganz verrückt, wenn er Sie sieht! Da könnte man meinen, es gibt Krieg, so wie der Säbel juckt, hehehe!«, und das dann auch noch für ein charmantes Kompliment hielt, obwohl mir durch solche Auskünfte Bilder vors innere Auge schossen, die sich über Monate in den Hirnwindungen festätzten und in Sachen »empfundene Ekelqualität« beachtlich nah an die Nummer mit dem Aal in Günter Grass' Blechtrommel kamen. Und wenn ich nicht trotzdem amüsiert tat, konnte ich mir dann auch noch beleidigte Vorwürfe anhören, mein Erfolg habe mich aber schon ganz schön arrogant gemacht...

In dieser Zeit musste ich mir das erste Mal eingestehen, dass Fans zu haben anscheinend doch nicht immer so toll ist, wie ich mir das früher im Salon ausgemalt hatte. Richtig deutlich wurde mir das nach meinem Gastauftritt bei einer Late-Night-Show meines Haussenders, als ich auf dem Heimweg bei der Fahrt durch einen Kölner Vorort sah, wie sich ein einsamer Fahrgast im beleuchteten Haltestellenbereich mit Blick auf das dort hängende Plakat die Wartezeit auf die Bahn durch Onanie vertrieb.

Das bestärkte mich in dem Gefühl, dass ich mir allmählich eine neue Taktik überlegen sollte, wenn ich mich im Gedächtnis der öffentlichen Wahrnehmung nicht dauerhaft als Wichsvorlage der Nation etablieren wollte. Sogar meine Eltern, die sonst so lockeren Freunde sexuellen Schabernacks, reagierten bei unserem wöchentlichen Telefonat auf die *Playboy*-Fotos deutlich reservierter, als ich ihnen das zugetraut hatte: Renate fühlte sich ernsthaft in ihrem mütterlichen Stolz verletzt durch die Außendarstellung, dass ich meinen schönen Busen angeblich einem Chirurgen verdanke, wo doch in Wahrheit nur ihre guten Gene dafür verantwortlich waren; Günther war durch die ausdauernden Feixereien seiner Feuerwehr-, Jagd- und Kegelbrüder so genervt, dass er mir gegenüber zu üblen pädagogischen Werkzeugen griff und dabei richtig bissig wurde.

»Ich bin wirklich arg enttäuscht von dir, Jacqueline ...« – wenn Günther mich so nannte, war das ein sicheres Signal dafür, dass er echt sauer war – »... willst du wirklich für Hinz und Kunz ein sexuell verfügbares, billiges Allermanns-Liebchen sein? Nur weil man dir viel Geld gibt dafür? Weißt du, wie sich das nennt: für Geld Dinge zu tun, die man eigentlich gar nicht will ...?«

»Och Papa, jetzt komm mir doch nicht mit Prostitution, das sind nur Fotos!«, verteidigte ich mich.

»Ja, Fotos für Autowerkstätten, Studentenbuden, Bundeswehrspinde und Fernfahrerkojen. Ich habe wirklich gedacht, du wärst dir für so was zu schade ... Haben wir dir nicht genug Selbstbewusstsein vermittelt, oder warum brauchst du diese Bestätigung? Statt für deinen Körper solltest du dich lieber für deinen Kopf loben lassen, aber vielleicht liegt ja genau da das Problem ...? Weißt du, was ich meinen Seminarteilnehmerinnen mit zu kurzen Röckchen immer einbläue? ›Wer was kann, zieht was an!‹, so sieht's nämlich aus!«

Weil mir ja selber schon aufgefallen war, dass ich im Vorfeld von Geld und Eitelkeit geblendet einige weniger angenehme Aspekte einer Nacktfoto-Veröffentlichung nicht ausreichend bedacht hatte – so ästhetisch die Fotos auch sein mochten, um die gängige Standardfloskel zu bemühen –, reagierte ich auf die Vorwürfe meiner Eltern erst mal mit eingeschnapptem Rückzug. Es macht einfach keinen Spaß, sich auch noch eine Standpauke anzuhören, während man eh schon damit beschäftigt ist, die versalzene Suppe auszulöffeln, die man sich selbst eingebrockt hat.

Bis zum 1. Advent und dem dazugehörigen Ritual dauerte es aber noch gut sieben Wochen, und bis dahin wäre im Hause Große Gras über die Sache gewachsen. Dessen war ich mir sicher, daher beschloss ich mich abzulenken und ging gemeinsam mit Ralf zur Deutschlandpremiere von Braveheart. Auf der anschließenden Party war die Promidichte dichter Promis auch zu späterer Stunde, als die ganzen Fotoreporter schon weg waren, trotzdem noch recht hoch – weil ich am nächsten Tag im Gegensatz zu Ralf keine beruflichen Verpflichtungen hatte, blieb ich auch noch dort, als er sich irgendwann verabschiedete und mir für meinen weiteren Abend viel Glück wünschte.

Schließlich war ich ja auf der Party in vertrauter Gesellschaft, ein paar der anwesenden Promis hatte ich immerhin schon als Gast in meiner Sendung oder zwischen meinen Schenkeln gehabt, und abgesehen davon hatte ich gelinde gesagt sowieso eine sexuelle Dürre hinter mir.

Mein Armani-Model Maurizio war frisch verliebt und hatte daher für unsere gelegentlichen Tête-à-têtes leider erst mal keinen

Sinn mehr, meine ebenfalls an Verschwiegenheit interessierten Teilzeitgespielen waren alle (zumindest die, bei denen ich an einem erneuten Treffen überhaupt interessiert gewesen wäre) mit ihren Ehefrauen oder gar Familien im Sommerurlaub gewesen, und darüber hinaus war ich durch den Verlauf des Jahres bis hierhin nicht nur beruflich zu eingespannt, um mich aktiv um horizontalen Zeitvertreib kümmern zu können, sondern auch zu bekannt, um gefahrlos einfach mal im Teich zu fischen, gerade auch durch die *Playboy*-Fotos.

Aufgrund dieses Notstandes wollte ich die Tatsache, dass ein bekannter deutscher Schauspieler den ganzen Abend dezent mit mir geflirtet hatte, unbedingt ausnutzen und testen, ob sich dieses Sahneschnittchen ohne Ralfs Anwesenheit auch weniger dezent an mich heranwagen würde. Und bereits als ich mit alkoholischem Nachschub von der Bar zurück zu meinem Stehtisch ging, sprach er mich an:»Na, noch viel vor heute...!?«, fragte er mit Blick auf mein Glas voll Wachmacher-mit-Wodka-Gesöff, mit einer für einen Schauspieler wirklich irritierenden Stimme. Aber da an diesem Abend nicht Konversation mein primäres Ziel war, beachtete ich seine Keller-Klangfarbe nicht weiter, sondern musterte ihn herausfordernd, entdeckte dabei (neben großflächigen Tätowierungen, die durch sein Hemd schimmerten) einen sehr beruhigenden Ehering, saugte demonstrativ an meinem Strohhalm und erwiderte nach dem Runterschlucken in bester Luderkoketterie:»Kommt drauf an, was sich noch so ergibt...«

Er parierte zackig mit einem anzüglichen Grinsen:»Na, dann hol ich mir wohl besser auch mal so'n Hallo-Wach–Getränk... ich habe morgen nämlich drehfrei!«

Damit war die Sache an sich schon mal klar, und während wir unsere Drinks vernichteten, bewiesen wir mit ein bisschen Smalltalk immerhin noch ein wenig zivilisiertes Verhalten und Kinderstube, als wir uns nach der Kurzkritik zu Mel Gibsons Schottengemetzel gegenseitig mit Komplimenten zu unseren Projekten bedachten. Er fing an:»Ich fand ja die Duschzeug-Kampagne schon sehr sexy, aber die *Playboy*-Fotos sind echt richtig geil geworden!«

»Naja, aber du siehst ja in der Szene, wo du nackt auf dem Fenstersims hockst, auch sehr appetitlich aus ... habt ihr für den Film nicht gerade erst vorletzte Woche schon wieder einen Preis gewonnen? Herzlichen Glückwunsch!«, drehte ich die Komplimentspirale weiter.

»Danke! Dieter ist übrigens auch hier, soll ich dich vorstellen?«

»Klar!!!«

Trotz pressierenden Paarungsdrangs wäre es extrem doof gewesen, dieses Angebot abzulehnen. Dieter war nämlich auch schon vor seinem letzten Film ein mehrfach ausgezeichneter Regisseur, der sogar dem ewigen Talent Leo Beusch mit dieser Komödie endlich das Sprungbrett in die A-Liga der deutschen Schauspieler geboten hatte, und daher wollte ich ihm auf jeden Fall vorgestellt werden.

Schließlich hatte ich meine im Schauspielunterricht erlernten Fähigkeiten bis jetzt nur in meinem Alltag nutzen können, aber gerade aufgrund meiner aktuellen Imagekorrektur-Gedanken schien mir der wenig ansehnliche Regisseur nun eine hochattraktive neue Option zu sein, den Fuß endlich auch in die Tür des offiziellen Darstellergewerbes zu kriegen. Wenn diese viel gelobte Koryphäe jemanden trotz Silberblick und einer Stimme wie aus dem tiefsten Brunnenloch in der Branche zum Star machen konnte, dann ja vielleicht auch eine moderierende Fußballerfreundin mit *Playboy*-Vergangenheit, dachte ich mir gewohnt pragmatisch.

Aber weil Dieter so indiskret, kurzweilig und ausdauernd wie ein Mädchen über seine gerade beendeten Dreharbeiten lästerte, mit einer »völlig überschätzten, zickigen, fetten und strunzdummen Planschkuh« in der Hauptrolle, die seiner Einschätzung nach nur im Filmbusiness gelandet war, »weil sie die richtigen

Schwänze in der Produzentenetage gelutscht hat«, war ich mir sehr schnell sehr sicher, dass er eindeutig Ralfs Fraktion angehörte.

Als wir eineinhalb Stunden später immer noch zu dritt erzählend und feixend dort herumstanden, wurde die Party beendet, und wir nahmen ein Taxi in Leos Hotel. Die Bar mit Blick auf das nächtliche Köln hatte leider auch schon Feierabend gemacht, aber angenehmerweise verfügte das neue Sexsymbol des deutschen Films über eine geräumige Suite, in der wir unsere Privatparty weiterfeiern konnten. Keiner von uns dreien musste arbeiten am darauffolgenden Tag, und nachdem DJ Leo den CD-Player bestückt hatte, begann er mich anzutanzen.

Ich fragte mich in dem Moment, ob das für meine Ambitionen, bei Dieter nachhaltig einen Stein ins Brett und damit die Tür zum Filmgewerbe geöffnet zu kriegen, nicht kontraproduktiv sein könnte. Dass Leo hetero und scharf auf mich war, stand nach wie vor außer Frage, aber gerade deswegen hielt ich es eigentlich für taktisch klüger, mit unserem Duett erst zu beginnen, wenn der meiner Ansicht nach schwule Regisseur sich in den Westflügel der Suite zurückgezogen hätte. Durch Ralf und mittlerweile auch Reza hatte ich genug Einblick in die homosexuelle Weltsicht erhalten, um zu wissen, dass dort prinzipiell jeder gut aussehende Mann schwul ist – »und wenn nicht, dann weiß er es nur noch nicht, dass es eigentlich doch so ist!«

Bis jetzt schien Dieter mich wirklich sympathisch zu finden, und mit meinem schwulen Insiderwissen im Hinterkopf wollte ich mir das nicht dadurch versauen, dass ich mich bei seinem Objekt der Begierde offensiv als heterosexuelle Konkurrenz in Stellung brachte. Daher reagierte ich also auf Leos Antanzen recht verhalten, damit Dieter sich nicht ausgeschlossen fühlte. Der hatte aber ohnehin anderes zu tun, als zu schmollen – als ich zur Couch schielte, um zu gucken, was er gerade so machte, sah ich, wie er richtig fette Lines auf dem Glastisch vorbereitete.

Da ich ja mit *Psychisch* das Glück hatte, direkt bei meinem Einstieg ins Showgeschäft hautnah und konform mit allen Drogenpräventionskampagnen erleben zu dürfen, wie unangenehm, kalt und kaputt Koks Leute auf Dauer macht, war mir gegenüber dieser Droge der angemessen große Respekt nie verloren gegangen – selbst in einem konsumfördernden Umfeld wie der Fernsehbranche.

Weil ich mich aber durch meine mindestens genauso große Neugier von einem meiner Horizontalgesellen zum »Doch mal wenigstens ausprobieren?!« hatte verführen lassen, wusste ich auch, dass eine Prise Pulver durchaus auch ihre guten Seiten haben konnte...

Nachdem wir uns dann also unsere Portion in die Nasen gezogen hatten, ertönten aus den Lautsprechern die ersten Takte des »Earth, Wind and Fire«-Disco-Krachers »September«; einer Nummer, bei der ich nüchtern immer schon ausflippte, aber in dem Zustand, in den mich das taube Gefühl hinter den Schneidezähnen und im Rachenraum katapultierte, gab es natürlich überhaupt kein Halten mehr, und so fing ich an, den beginnenden Rauschzustand tanzend willkommen zu heißen.

Die Jungs gesellten sich wenig später dazu, einen Moment lang war ich noch irritiert, wie schlecht Dieter für einen Schwulen tanzen konnte, dann aber lenkte mich Leo ab, indem er mich erneut antanzte und diesmal zielstrebig seinen Schenkel zwischen meinen positionierte. Dass er dabei gleichzeitig mein Becken packte und mich fordernd an sich zog, kam weder unerwartet, noch ungelegen, denn mittlerweile war ich von dem Zeug in meiner Nase so horny, dass meine ohnehin schon hochgetunte Libido jedwede Skalierung gesprengt und meine Bedenken bezüglich Dieter weggefegt hatte. Jaja, die Drogen...

Die Option, vielleicht eine Chance als Schauspielerin zu bekommen, war mir in dem Moment einfach weitaus weniger wichtig als die Chance auf guten Sex, und manchmal muss man eben

Prioritäten setzen. Manchmal läuft es aber auch ganz anders, denn während ich zunehmend wild mit Leo knutschte und er dabei dezent grunzend meinen Hintern knetete, umfassten auf einmal zwei weitere Hände von hinten kommend meine Brüste und begannen auch am zweiten größeren Speckreservat meines Körpers mit einer durchaus angenehmen Massage, gekrönt von gekonnten, kleinen Knospenzankereien. Das Krudeste daran war, dass ich vor lauter Geilheit und toxischen Substanzen im Blut erst mal überhaupt nicht realisierte, dass das Dieters Hände sein mussten, die da oberhalb meiner Taille agierten, sondern das einfach kopflos genießend hinnahm.

Und in genau diesem Zustand tauchten auf einmal zwei Figuren auf, die man sonst nur als abgeschmackte Gestalten aus mittelmäßigen Beziehungskomödien im Privatfernsehen kennt. Hier ging es jedoch nicht um beliebte Klischees, hier handelte es sich stattdessen um eine waschechte, drogeninduzierte Halluzination: »Hallo ...?!«, klopfte mir ein Engelchen mit unter den Arm geklemmter Harfe und strengem Blick gegen die Stirn, »Ist da noch jemand zu Hause?! Nicht mal ein Sexsymbol kann mit vier Händen gleichzeitig zupacken! Du zugedröhntes Häschen wirst gerade von zwei Typen bearbeitet, und den einen davon ... aua!« Das frisch aus einer Schwefelwolke aufgetauchte Teufelchen hatte den Sermon des Engelchens einfach schadenfroh grinsend mit einem gezielten Dreizack-Piekser in den Allerwertesten unterbrochen und machte ihm nun Vorwürfe: »Du bist ja so ein arroganter Spielverderber! Nur weil du ein blöder Spießer bist, dürfen alle anderen jetzt auch keinen Spaß mehr haben, oder was ist los hier?«

»Sie wollte mit Leo Sex, und jetzt ist sie drauf wie die Feuerwehr und merkt nicht mal mehr, dass der Typ, den sie für schwul gehalten hat, sich einfach einklinkt!« Das Engelchen war entsetzt, das Teufelchen lachte.

»Die Masche ist super, nicht wahr?! *Ich* hab Dieter übrigens den Tipp gegeben, auf schwul zu machen, bis Leo die Mädels am Haken hat, die der schüchterne Dieter allein niemals klarmachen könnte! Das funktioniert jedes Mal tadellos, die beiden sind echt ein gutes Team!«

»Aber das ist doch unfair!«, mokierte sich das Engelchen.

»Ach ja? Wieso? Weil ein mäßig aussehender Typ dadurch endlich auch mal die Möglichkeit kriegt, schöne Frauen flachzulegen, ohne denen gleich Jobs versprechen zu müssen? Oder weil ein mäßig talentierter Nachwuchsschauspieler durch die Dankbarkeit des mäßig aussehenden Typen zum neuen deutschen Filmstar gemacht wird ...? Mir fällt gerade auf: Das ist ja fast schon so wohltätig, als würde ich für *deinen* Verein arbeiten! Igittigitt, nicht, dass ich eines Tages auch so'n hässliches, weißes Nachthemd tragen muss, wenn ich jemandem erscheine ...«

»Denkst du vielleicht auch mal an Jacqueline?«

»Klar, anscheinend sogar mehr als du! Unsere Jacqueline hatte seit sage und schreibe fast fünf Monaten keinen Sex mehr, da ist ein von mir ermöglichter Dreier doch genau das Richtige. Die hat ja schließlich was nachzuholen! Ich biete ihr tatsächlich das, wovon andere Frauen ein Leben lang nur rumphantasieren, und dazu soll sie Nein sagen?!«

»Aber sie will doch ihr Sex-Image wechseln und eine ernsthafte Schauspielerin werden!« Das Engelchen war zunehmend verzweifelt.

»Ganz genau, du Sparhirn! Könnte es denn dafür wohl bessere Startbedingungen geben, als sich von einem der erfolgreichsten Regisseure des Landes und seinem Star vögeln zu lassen, hmm ...?! Na also, und jetzt verzieh dich auf deine blöde Wolke, du Harfenheini, und gönn anderen auch mal was!«

Das Engelchen wurde noch mal mit dem Dreizack in den Hintern gepiekst, woraufhin es sich in weißen Nebel auflöste, dann zwinkerte mir das Teufelchen zu und sagte: »Viel Spaß, zeig den beiden Jungs mal richtig, wo der Hammer hängt, und mach auch sonst das Beste draus! Ich hab nämlich mit dem Bremser 'ne Wette am Laufen ...!«, bevor es sich auch in Luft auflöste.

Abgesehen vom nicht zu vernachlässigenden Aspekt, dass die Chancen auf den Quereinstieg in eine Schauspielkarriere vielleicht doch noch nicht völlig verspielt waren, hatten auch die sexuellen Seiten dieses Abenteuers wirklich einen hohen Reiz für mich. Also beschloss ich, der Aufforderung des Teufelchens zu folgen und mich den anwesenden Herren und der ganzen unglaublichen Situation einfach lustvoll hinzugeben, während mir die *Jackson 5* im Hintergrund schon mal für alle Fälle die Rechtfertigungsblaupause zurechtlegten:»... don't blame it on the sunshine, don't blame it on the moonlight, don't blame it on the good times, blame it on the boogie! Don't blame it on the sunshine, ...«

Als selbiger ungefähr vier Stunden später anfing, den neuen Tag durch die Ritzen der zugezogenen Vorhänge zu schicken, lagen wir erschöpft, verschwitzt und miteinander hochzufrieden auf dem Kingsize-Bett und rauchten eine fette Tüte, um nach dieser Orgie allmählich mal wieder runterzukommen und bis in den Nachmittag schlafen zu können.

Leo knackte als erster weg, Dieter folgte wenig später, und ich hatte endlich Ruhe, die neuen Eindrücke in die Schubladen meines Kopfes zu sortieren, denn durch diese neue Erfahrung war mir einiges klar geworden: Dass fast jeder Mann sich zwar hervorragend einen Dreier mit zwei Frauen vorstellen kann, während jedoch der Gedanke an eine Dreierkonstellation mit nur *einer* Frau die Mehrheit der Herren verschreckt, hat gar nichts mit Homophobie zu tun, wie ich vorher immer gedacht hatte. Dass viele Männer eine solch komparative Situation nach Möglichkeit vermeiden, hat eher eine andere Ursache: die ewige Urangst, dass die Größe vielleicht doch nicht ganz so unwichtig sein könnte, wie ihnen immer erzählt wird. Natürlich kann man auch ein Cornichon durch entsprechenden Zuspruch durchaus glauben machen, dass es eine saftige Salatgurke ist, aber das funktioniert eben nur, wenn man auf der Arbeitsplatte nicht zusätzlich noch eine Aubergine rumliegen hat, die freundliche Lügen dem Cornichon gegenüber direkt als solche entlarvt.

Sich demnach als Mann freiwillig in eine Situation zu bringen, wo dem eigenen Selbstbild mitunter nachhaltig Schaden zugefügt werden kann, erfordert also entweder eine extrem ausgeprägte Hybris oder ein extrem ausgeprägtes Genital, und bei der Kombination Leo – Dieter war beides vorhanden: witziger Größenwahn und wahnwitzige Größe. Hier hielt sich das Cornichon einfach aufgrund immenser Nachfrage mindestens für eine äußerst delikate Zucchini, während die Aubergine sich selbst als ungenießbares Problemgemüse wahrnahm – beides Fehleinschätzungen, die mit den tatsächlichen Liebhaberqualitäten nichts zu tun hatten.

Denn zu viel Konsum ungefilterten Zuspruchs aus der Damenwelt schien nicht nur die Selbsteinschätzung zu verzerren, sondern darüber hinaus auch die horizontale Kreativität verkümmern zu lassen – und dieses Manko sollte man sich definitiv nicht erlauben... als Cornichon erst recht nicht. Während ich noch über mein frisches Insiderwissen grinste, dass das neue deutsche Sexsymbol keine Granate im Bett war, schlief ich ein und wurde erst wieder wach, als ich Leo und Dieter über meinen Kopf hinweg miteinander flüstern hörte. Ich tat weiter so, als schliefe ich noch, und hörte ihnen zu:

»Echt der Hammer! Ich hätte nicht gedacht, dass die dermaßen abgeht...!«, sagte Leo anerkennend.

»Das müssen wir unbedingt wiederholen, das will ich noch mal haben! Wann musst du weg?«

»Die Produktion holt mich morgen früh um 7.30 Uhr ab, bis dahin muss ich nur noch den Text für zwei Szenen lernen... und du?«

»Ich hab gleich um 16 Uhr Meeting mit dem Produzenten für den neuen Film, das dauert aber bestimmt nur ein bis zwei

Stunden, dann könnte ich zurück sein. Kriegst du sie solange beschäftigt, dass sie nicht weggeht?«, fragte Dieter.

»Da fällt mir bestimmt schon was ein...«, antwortete Leo mit der ihm eigenen Süffisanz.

Mir war während dieses Dialogs auch etwas eingefallen: eine vielversprechende Taktik, wie ich mich dezent ins Schauspielbusiness bringen konnte – wohlgemerkt so, dass Dieter denken würde, es sei seine Idee gewesen. Aber zuerst einmal musste ich mich stärken, ich hatte einen Bärenhunger, und so klinkte ich mich ein, indem ich die Augen öffnete und sagte: »Hallo, die Herren, guten Morgen! War das alles geil eben... und gut geschlafen hab ich auch noch! Fehlt nur noch ein leckeres Frühstück, dann ist das wohl echt der perfekte Tag. Hab ich einen Hunger! Wie spät ist's denn?«

»Leider schon zu spät für Frühstück – wir haben kurz nach 14 Uhr. Aber trotzdem guten Morgen!«, antwortete Leo, und in dem Moment war mir klar, dass ich bei meiner internen Bewertung seiner horizontalen Fähigkeiten einen echt hoch anzurechnenden Pluspunkt vergessen hatte: Während des Sex hatte er wenigstens nicht viel geredet – sonst wär' ich mir wahrscheinlich vorgekommen wie Miss Piggy.

»Guten Morgen!«, sagte auch Dieter und hielt mir im gleichen Moment die Speisekarte des Roomservice vor meine Nase. »Vielleicht ist ja da was anderes dabei, was du magst!«

Ich überflog die Karte und grinste daraufhin zuerst Dieter, dann Leo an: »Bestellt ihr Süßen mir bitte zwei Mal Club Sandwich, einen frischen Orangensaft und einen großen Cappuccino? Ich gehe in der Zeit so lange mal duschen... oder muss einer von euch dringend weg?« Kopfschütteln und Grinsen bei beiden.

»Na herrlich«, sagte ich und fügte mit vielsagendem Augenzwinkern hinzu: »Dann ist ein Club Sandwich doch ein perfekter Einstieg in den perfekten Tag mit dem Sandwich-Club. Wie gut, dass ich bis morgen Vormittag frei hab!« Damit stand ich auf und ging mit dekorativ rausgestrecktem Hintern ins Bad, um die folgenden zwanzig Minuten singend unter der heißen Dusche zu verbringen.

Nachdem wir gemütlich in flauschigen Hotelbademänteln am Wohnzimmertisch der Suite unser Club-Frühstück zu uns genommen und dabei angeregt geplaudert hatten, erklärte Dieter, dass er gleich leider kurz mal weg müsse, aber bestimmt spätestens um 18 Uhr wieder da sei – »mit Sushi vom besten Japaner der Stadt und neuem Pulver!« Anscheinend ging im Filmbusiness noch mal ein ganz anderer Groove ab, als ich bis jetzt von den Fernsehirren gewohnt war.

Leo war gerade unter der Dusche, als Dieter aus dem anderen Bad kam und erschreckend frisch aussehend in Richtung Suiteausgang ging.

»Dieter?«, fing ich ihn wimpernklimpernd ab, »Du kommst doch wirklich zurück und lässt mich hier nicht auf Dauer allein mit Leo hängen, oder ...?«

Er war sichtlich überrascht und erfreut, dass ich auf seine Anwesenheit anscheinend schärfer war als auf Leos: »Ja natürlich, keine Sorge!«

»Puh, da bin ich echt beruhigt! Dann viel Erfolg bei deinem Treffen.« Ich ließ es mir nicht nehmen, noch strahlend hinterherzuschieben: »Und beeil dich ... ich freu mich nämlich auf dich!«

Einen Moment lang fühlte ich mich erinnert an mein Verhalten in der Anfangszeit mit Sebi – vielleicht auch nur, weil ich in Dieters Blick erkennen konnte, dass er mit meinem Zuspruch in dieser Intensität nicht gerechnet hatte, und ich anscheinend auch hier genau damit den Fisch am Haken hatte.

Dieter war weg, und Leo kam erst nach fast einer Dreiviertelstunde aus dem Bad, während ich im Bademantel auf dem Bett saß und schon genüsslich eine kleine Sportzigarette anzündete – schließlich hatte ich auch so was wie einen Ferientag, da konnte ich mir das erlauben.

Leo hatte sich das Handtuch um die Hüften gebunden und sah damit wirklich blendend aus, aber weder das, noch mein leichtes Stoned-Sein lenkten mich davon ab, dass ich auf Sex mit ihm alleine eher wenig Lust hatte. Viel lieber wollte ich testen, ob meine Menschenkenntnis bei Leo genauso gut funktionierte wie bei Dieter.

Erst einmal blieb er aber zwischen Bad und Bett stehen und schaute mindestens zwanzig Sekunden lang angestrengt aus dem Fenster, das in den tristen Innenhof des Hotels ging. So konnte und sollte ich ihn, seine Tattoos und seine angespannten Bauchmuskeln, optimal bewundern – der Eindruck, den ich von ihm hatte, wurde dadurch schon mal sehr bestärkt. Ich wollte aber seine Eitelkeit an anderer Stelle zu packen kriegen und begann mit den Vorbereitungen:»Darf ich dich mal was fragen?«

Er drehte den Kopf zu mir und nickte, also setzte ich meinen verständnisvollsten Blick auf und legte los:»Nervt dich das eigentlich nicht, dass du immer zuerst als Sexsymbol und erst an zweiter Stelle als hervorragender Schauspieler bezeichnet wirst?«

Ich hatte zwar noch nie erlebt, dass man ihn überhaupt jemals als hervorragenden Schauspieler bezeichnet hätte, aber um die Wahrheit ging es hier nicht. Seinem Gesichtsausdruck nach hatte ich mit dieser»Du-armer-unterschätzter-Künstler«-Nummer anscheinend ins Schwarze getroffen – wäre er ein Pfau gewesen, hätte er mit Sicherheit ein prächtiges Rad geschlagen. Mangels Federn entschied er sich jedoch dafür, sich neben mich aufs Bett zu setzen, einen tiefen Zug von der Tüte zu nehmen und dann ausführlich über seinen Zugang zur hohen Kunst der Schauspielerei zu dozieren.

Andächtig lauschte ich seinen Ausführungen, streute dann und wann ein»Aha!«oder ein»Wirklich?«ein und lenkte das Ganze nach ungefähr fünf Minuten seiner Selbstbeweihräucherung in die Richtung, in die ich wollte:»Aber jetzt mal so ganz technisch: neben diesem Method-Acting musst du doch ganz schön viel Text lernen – wie machst du das denn?«

»Ach, ich lese mir einfach ein paar Mal den Text laut vor und wiederhole das danach laut mit geschlossenen Augen. Meistens arbeite ich aber mit meinem Diktiergerät, das mir den Text wieder und wieder ins Ohr sagt, auch den von Kollegen, und dazu spiel ich das schon mal grob durch…«

Ich klimperte beeindruckt mit meinen Wimpern: »Wie aufregend. Da würde ich ja gerne mal zugucken, wenn dich das nicht stört – oder kann ich mich dabei vielleicht sogar irgendwie nützlich machen, als Stichwortgeber oder so? Sachen ablesen kann ich, hihi, bei ›Echte Sünde‹ machen wir ja auch alles mit dem Teleprompter, da bin ich eigentlich ganz gut in Übung.«

Meine Schauspielstunden verschwieg ich natürlich, und wir verbrachten einen großen Teil der folgenden drei Stunden mit Kiffen, Monologen über Darstellerkünste (Leo), diese ertragen (ich), aber wir probten auch Leos Szenen für den nächsten Drehtag, bis Dieter zurückkam.

»Na, ich hoffe, ich hab nicht allzu viel verpasst«, begrüßte er uns und zog dabei eine Augenbraue hoch, was sein schiefes Gesicht einen Moment lang irritierend symmetrisch machte.

»Nönö«, beruhigte Leo ihn, »erst die Arbeit… du kennst das. Ich musste ja eh noch Text lernen, und da hat Lina halt mal ein bisschen mitgemacht.«

»Oh, haben wir hier etwa eine Nachwuchsschauspielerin?«, fragte Dieter, und es klang amüsierter, als mir das passte – fast spöttisch.

»Nein«, ging ich dementsprechend in die Defensive und winkte ab, »ich hab überhaupt kein Talent! Ich hab Leo nur die Einsätze gegeben.« Damit reagierte ich anscheinend anders, als Dieter das gewohnt war.

»Wie, überhaupt kein Talent? Das hat mir gegenüber ja noch nie jemand von sich behauptet, das will ich sofort mit eigenen

Augen sehen! Zeigt mir doch mal die Szene, die ihr gerade geübt habt«, forderte er uns auf und setzte sich auf das Sofa, um den besten Blick zu haben. Wir spielten die Szene »Am Abendbrottisch«: ein ungefähr dreiminütiges, typisches Eheleute-Palaver über ein anstehendes Familienfest, und ich versuchte in meiner Darstellung an alles zu denken, was meine Schauspiellehrerin mir die letzten eineinhalb Jahre beigebracht hatte.

»O.K.«, sagte Dieter, dann sah er mich streng an. »Lina, jetzt stell dir mal vor, die Ehefrau ist nicht wütend, sondern eher abgefuckt, weil die sich schon so oft über diesen ganzen Scheiß aufgeregt hat. Leo wie gehabt, und bitte!«

Wir spielten die Szene noch mal, und ich verhielt mich so, wie Dieter das gesagt hatte. Ich war sehr irritiert, dass er sich so gar nicht äußerte, weder »Toll!« noch »Was ist das denn für ein talentfreies Gegrütze!« – er guckte nur weiterhin sehr ernst und gab direkt die nächste Anweisung raus.

»So, Leo bitte noch mal genauso, und Lina, du tust jetzt mal frisch verliebt! Du steckst diese Familienfestnummer und alles andere einfach amüsiert weg!«

Auch das befolgte ich brav, obwohl es überhaupt nicht zum Text passte – es war wirklich schwierig, »Ach, deine Mutter ... deine Mutter ist ein versoffenes, durchtriebenes Miststück! Genau wie deine intrigante Schwester!« oder »Du bist ein noch erbärmlicherer Schlappschwanz als dein armseliger Vater! Sei nur einmal ein Mann!« nach verliebter Neckerei klingen zu lassen.

Danach gab es immer noch keine Einschätzung von Dieter, sondern nur die Aufforderung, die andere Szene (»Im Taxi«) ebenfalls noch zu spielen. Nachdem wir ihm auch diesen Gefallen getan hatten, nickte er bedächtig, sagte ganz ruhig: »Danke, das reicht mir!«, und drehte sich über die linke Sofalehne zum Telefon.

Ich sah Leo fragend an, aber der zuckte auch nur mit den Schultern und machte sich über das Sushi her, das seit gut fünfzehn Minuten auf dem Tisch stand, während Dieter den Hörer nahm und eine Taste drückte. »Hallo, Zimmerservice? Eine Flasche Veuve Clicquot mit drei Gläsern bitte auf Zimmer 406. Danke!« Dann drehte er sich wieder zu uns, strahlte von einem Ohr bis zum anderen und sagte: »Kinners, wir müssen feiern, und zwar richtig!«

Dieter erklärte uns recht enthusiastisch, dass er eben bei dem Treffen mit seinem Produzenten ein paar Forderungen für seinen neuen Film hatte durchdrücken können und er daher ohnehin bester Laune war.

»Aber weißt du, was das Beste ist, Leo? Nicht nur, dass ich die bekloppte Planschkuh aus dem Projekt kicken konnte, weil ich mich geweigert habe, noch mal mit diesem minderbemittelten Dööfchen zu drehen. Nein, das Beste ist: Ich weiß jetzt sogar, wer für die Rolle viel besser geeignet ist!« Leo hatte mir zwar erzählt, dass er und Dieter bald wieder mit gemeinsamen Dreharbeiten anfangen würden, sobald ihre aktuellen Projekte beendet wären, aber anscheinend konnte er Dieters Begeisterung gerade trotzdem auch nicht ganz einordnen: »Für welche Rolle?«

Dieter verdrehte ungeduldig genervt die Augen. »Na, für die Rolle der Mona natürlich! Denk doch mal mit: Wir brauchen als Mona eine üppige Blondine, die jung und sexy ist, die aber auch noch ein bisschen singen kann, wegen der Konzertszene kurz vor Schluss. Gut, das konnte die Planschkuh auch alles, aber ich brauche eben jemanden, der als Schauspieler zumindest so viel drauf hat, dass er meine Regieanweisungen umsetzen kann, also ...« Er zeigte mit dem Finger auf mich.

»Iiiiich?!« Ich war hoch erfreut – dass es mit meinem Einstieg ins Filmgewerbe so schnell funktionieren würde, hatte ich bei aller Dreistigkeit trotzdem nicht erwartet.

»Aber die ist doch gar keine richtige Schauspielerin, die ist nur Moderatorin!«, empörte sich Leo, was Dieter achselzuckend zur Kenntnis nahm. »Die Rolle der Mona hat ja eh nur fünfzehn

Drehtage, das wird Lina schon gut hinkriegen. Das, was ich eben gesehen hab, war besser als vieles, was ich sonst so sehe. Außerdem arbeite ich immer lieber und auch besser mit Leuten, die ich mag, so einfach ist das!«

Es klopfte, der Page brachte den Champagner, und nachdem Dieter eingeschenkt hatte, stießen wir drei miteinander an. »Also Lina, herzlich willkommen an Bord! Auf meine neue Mona!«, gratulierte mir Dieter. Er skizzierte mir die Handlung des Films und meine Rolle, während Leo noch immer ein wenig verkniffen guckte und schon dabei war, Dieters Mitbringsel auf dem Glastisch zu portionieren.

»Ich ... ich freu mich total, das ist echt 'ne Ehre, ach was, das ist der totale Wahnsinn!«, brabbelte ich authentisch überdreht, besann mich dann aber darauf, den guten Gesamteindruck, den ich in diesem Hotelzimmer bis dahin anscheinend von mir vermitteln konnte, nachhaltig zu unterstreichen: »Aber jetzt, wo ich die neue Mona bin«, fragte ich kokett, »darf ich da bis morgen früh für euch trotzdem noch die alte Lina sein ...?« Damit öffnete ich grinsend meinen Bademantel und ließ ihn zu Boden gleiten, bevor ich mich über den Glastisch beugte, um mir meine Portion des weißen Pulvers in die Nase zu ziehen.

Als Leo am nächsten Morgen um halb acht abgeholt wurde, hatte der Sandwich-Club aus Zimmer 406 trotz erneuten Partymachens immerhin fünf Stunden Schlaf hinter sich. Dieter und ich frühstückten noch in Ruhe, und dann gingen wir recht gut gelaunt unserer Wege. Und da ich bereits am Nachmittag den Vertrag und das Drehbuch per Kurier zuhause vorbeigebracht bekam, hatte ich noch nicht mal Zeit und Muße für die Depression, die den Spaß mit Kokain für gewöhnlich im Nachhinein rächt. Kurzum: Auch nüchtern hörte mein Leben nicht auf, sich einfach großartig anzufühlen.

Als ich am frühen Abend in der Badewanne lag und mir Drehbuch und Vertrag in Ruhe ansah, klingelte mein Telefon. Zwar hatte ich den schnurlosen Hörer in Reichweite liegen, wollte aber erst mal hören, wer dran war, also ließ ich wie üblich nur den AB rangehen.

»Lina, ich bin's, bist du da?«, hörte ich Ralf sagen, nahm daraufhin den Hörer und drückte die grüne Taste. »Live und in Farbe!«, meldete ich mich, woraufhin ich ihn aufatmen hörte: »Na prima, ich hatte mir schon Sorgen gemacht, weil du dich gestern und heute nicht gemeldet hast. Hast du mein Spiel gestern Abend gar nicht gesehen?«

Mist, das war mir total durchgegangen. »Leider nicht ...«, gestand ich mit angemessen schlechtem Gewissen in der Stimme, doch er reagierte amüsiert: »Na so was, da grätsche ich mich und meinen Verein spektakulär weiter nach oben, in der Champions League wohlgemerkt, und meine Freundin kriegt das gar nicht mit ... tststs! Da bin ich aber mal sehr gespannt auf deine Ausrede, junge Frau!«

Ich grinste. »Ralf, ganz ehrlich unter uns: Ich hab exakt das Gleiche gemacht wie du.« – »Hä ... wie?« – »Naja, ich hab mich und meinen Verein auch spektakulär weiter nach oben gegrätscht ... ebenfalls in der Champions League wohlgemerkt.«

12
Ein Jahr im Zeitraffer

(November 1995 bis November 1996)

Fünf Wochen später stand ich bereits das erste Mal als Mona vor der Kamera, und bis dahin hatte Sabine nicht nur den Vertrag mit der Produktionsfirma geregelt, sondern ich hatte insgesamt auch schon mehr als zehn Interviews in Print, Radio und TV zu diesem neuen, aufregenden Karriereschritt gegeben. Einige alleine als Lina:»Ich bin Dieter so dankbar für diese Chance! Schauspielerei war immer schon mein Traum gewesen, und ich werde alles dafür geben, Dieter seinen Vertrauensvorschuss nicht zu enttäuschen!«; einige gemeinsam mit Ralf:»Ich bin so stolz auf Lina! Sie hat hart für die Rolle gearbeitet und bei ihrem Casting wirklich alles gegeben, um sich gegen die Mitbewerberinnen durchzusetzen!«; und natürlich auch einige gemeinsam mit den neuen Schauspielkollegen und dem Regisseur Dieter:»Lina hat mich mit ihrer Präsenz für sich eingenommen, sie ist als Schauspielerin, wie auch als Sängerin sehr talentiert, und ihre Verpflichtung hat nichts mit PR-Taktik oder persönlichen Belangen zu tun. Im Gegenteil, ich bin eingefleischter Schalke-Fan, und wenn ich trotzdem die Freundin eines BVBlers besetze, dann muss die schon echt was drauf haben.«

Die Rolle der Mona war für mich nicht nur ein Geschenk, weil ich als Neueinsteigerin direkt in einer absoluten A-Klasse-Produktion mitspielen durfte, sondern weil Mona in diesem Film auch singen sollte.

In Dieters neuer Komödie ging es um die Freundschaft zweier Chaoten, die von einer bizarren Situation in die nächste schlitterten; weil diese Chaoten aber gesegnet waren mit einem gnädigen Schicksal, schafften sie es trotzdem irgendwie, immer wieder heil aus allem Ungemach herauszukommen und am Ende sogar noch siegreich ihr Glück zu finden. Dieses Glück sah dann im Detail so aus, dass sie dem naiven, aber niedlichen Zimmermädchen Mona dabei halfen, als Sängerin aufzutreten und einen Plattenvertrag zu bekommen, was den beiden Typen nicht nur die Türen ins Musikgeschäft öffnete, sondern auch die Herzen von Mona (blond) und ihrer besten Freundin Lisa (brünett).

Das war zugegebenermaßen nicht der innovativste Plot, aber mit wirklich witzigen Dialogen, guter Ausstattung und einigen ganz hübschen Kamerafahrten solide umgesetzt. Die Rolle der Mona brachte mir neben dem neuen Betätigungsfeld als Schauspielerin die Möglichkeit, mich gleichzeitig auch noch als Sängerin in der Öffentlichkeit zu positionieren – und weil ich den Teufel animieren wollte, sich gar nicht mehr von dem Haufen, auf den er sich mittlerweile eingeschossen hatte, wegzubewegen, versuchte ich auch noch, Tom Kosly mit ins Boot zu holen.

Seine Sendung lief immer noch, aber parallel dazu war er im musikalischen Bereich als Produzent und Komponist durchgestartet. Mit so großem Erfolg, dass er bereits zweimal sein Gästeklo hatte ausbauen lassen müssen, um dort die goldenen Schallplatten alle noch unterzukriegen. Von seiner Seite aus hatte es ja bereits ein Jahr zuvor Interesse gegeben, mit mir irgendwelche Songs aufzunehmen, aber leider waren die angebotenen Kompositionen überhaupt nicht nach meinem Geschmack gewesen, und daher war es damals auch nicht zu einer Zusammenarbeit gekommen.

Als ich aber nun nach Absprache mit Dieter an Tom herantrat und ihn fragte, ob er nicht Lust hätte, eine alte Schlagerschnulze, die Mona laut Drehbuch auf der Bühne präsentiert, in neuem Gewand zu produzieren und im Rahmen der Film-Veröffentlichung als Single herauszubringen, war er direkt Feuer und Flamme. Gut eineinhalb Jahre nach unserem öffentlichen Gekäbbel in seiner Sendung arbeiteten wir nun also für den Filmsoundtrack gemeinsam an einer musikalischen Produktion – und natürlich ließen wir die Aufnahmen im Tonstudio in bester Manier medial komplett auswerten: »Zu Schlagerklassikern begraben sie ihr Kriegsbeil!«, »Die Schöne und das Biest – heimlich zusammen im Tonstudio!«, »Koslys neuester Hit: Lina singt mit!«

Dieter und dem Produzenten des Films war das alles sehr recht, denn wenn bereits während der Dreharbeiten andauernd über einen Film berichtet wird, der erst Monate später in die Kinos kommt, ist das immer gern gesehen – als kostenlose, aber sich auszahlende Werbung. Ralf war auch glücklich mit dieser Entwicklung, denn seinem positiven Image als bodenständiger, bescheidener Ballkünstler kam eine fleißige Freundin, die ihr eigenes Geld verdient, und die er zudem nach wie vor stolz als Alpha-Männchen-Trophäe präsentieren konnte, natürlich entgegen.

Bis uns Sabine darauf hinwies, hatten wir vor lauter Umtriebigkeit und wunderbarer Selbstverständlichkeit überhaupt nicht daran gedacht, unseren Vertrag miteinander zu verlängern. Da ich aber seine monatliche Apanage mittlerweile sowieso direkt per Dauerauftrag in die Klinik investierte, war das finanziell also eh gehüpft wie gesprungen. Darüber hinaus waren wir freundschaftlich ohnehin so eng verbunden durch die letzten zwei Jahre, dass wir einen neuen Vertrag für unnötig verschwendetes Papier hielten und ab Januar '96 quasi eine »ungesicherte Beziehung« führten.

Alle waren zufrieden: Unser gemeinsamer Werbepartner fand meine sich ständig ausdehnende Medienpräsenz gut, solange dabei meine Haut seidig und meine Haare gesund, glänzend und griffig aussahen; meinen Chef beim Sender freute es, dass er mich nach wie vor als »eins seiner hübschesten Sendergesichter« bezeichnen und sich mit »seiner Entdeckung« schmücken konnte (»Wissens, i hab glei gwusst, die hat Starqualitäten, dös wird noch a ganz a große!«); und ich machte aufgrund der Resonanz, die ich von allen Seiten bekam, beinahe keinen Schritt mehr, ohne vorher einen meiner Reporterspezis anzurufen.

Ich tat alles, um dieses ganze Karussell am Laufen zu halten, und es drehte sich prächtig: laut, grell, blinkend und glitzernd. Alles, was mir PR versprach, machte ich begeistert mit: Posieren auf roten Teppichen zu allen möglichen Anlässen, dort zu jedem Thema eine Meinung haben, bei diversen Promi-Talk- oder Spielshows als Gast auflaufen, und natürlich die Königsdisziplin – Gerüchte streuen, bevorzugt über Kollegen.

Ich konnte gar nicht genug kriegen von der Berichterstattung über mich, das ganze hatte nämlich neben der Befriedigung narzisstischer Triebe noch einen tollen Bonus-Effekt: Je präsenter ich in den Medien war, desto größer war auch die Nachfrage nach weiteren Neuigkeiten, und desto höher konnte ich meine Preise schrauben.

Um genau zu sein, war Sabine für das Hochschrauben der Preise zuständig, denn mittlerweile war sie hochoffiziell auch meine Managerin und auf dieser Position nicht nur aufgrund der freundschaftlichen, semifamiliären Verstrickungen erste Wahl: Weil sie nämlich über ein sehr ansehnliches Äußeres verfügte, wurde sowohl ihr Verhandlungsgeschick, als auch ihr fachliches Können als Anwältin automatisch unterschätzt, und nicht wenige mussten diese Arroganz im Nachhinein teuer bezahlen. Auch der BVB hatte bei Ralfs Vertragsverhandlungen für die Saison 1995/1996 seine Erfahrungen mit ihr gemacht – angeblich zierte Sabines Foto sogar eine Zeit lang die Dartscheibe, die im Büro des damaligen Managers hing.

Mich im Mittelpunkt der Aufmerksamkeit zu sonnen, war also für mich tatsächlich vom Hobby zum Beruf geworden. Dass den jeweiligen Gastgebern allein schon meine Anwesenheit auf Partys, Galas und Charityveranstaltungen ein paar Scheinchen wert war oder dass namhafte Modeschöpfer mir einfach so Teile ihrer Kollektionen für lau schickten, und natürlich vor allem, dass echte Prominente – also welche, die ich schon als Kind bewundert hatte – mich kannten und mit mir, oder gar besser noch: öffentlich über mich redeten – alles das zusammen gab mir das Gefühl, in den Olymp des Showgeschäfts vorgedrungen zu sein.

Außerdem hatte im März '96 eine eigens dafür angeheuerte Agentur meinen Bekanntheitsgrad in der Bevölkerung ermittelt, der bei ordentlichen 66 % lag – immerhin wussten schon 198 von 300 Befragten, wer Lina Legrand war. In der Praxis bedeutete das, dass ich bei einem zweistündigen Shoppingausflug mit anschließendem Kaffeetrinken um die zwanzig Autogrammkarten schreiben musste. Wobei dieses *musste* ein gefühltes *durfte* war, denn auch, wenn ich mir diesen Status ja rechtens und fleißig erarbeitet hatte, konnte ich das immer alles noch gar nicht richtig glauben. Das, was für mich nun Alltag war, fühlte sich wie ein großes, phantastisches Spiel an, bei dem ich permanent nur Sechsen würfelte. Der Wunsch, mich zwischendurch immer mal wieder in den Arm zu zwicken, um mich tatsächlich des Wachseins und der Realität zu vergewissern, wurde im Verlauf des Jahres 1996 nicht geringer.

Im April war der Film abgedreht und ging in die Postproduktion, meine Sendung lief in der siebten Staffel, und es begann gerade wieder, ein bisschen ruhiger zu werden um mich, als es dafür nun bei Ralf unglaublich abging: Zuerst wurde er im Frühjahr mit dem BVB erneut deutscher Meister, und kurz darauf schrieb er fußballerisch auch noch international Geschichte, weil er dabei war, als die deutsche Nationalelf bei der Europameisterschaft in England durch das neu erfundene *Golden Goal* das Turnier gewann.

Nachdem der nationale Rauschzustand sich in den Sommer-
ferien ein wenig entspannt hatte und nun allmählich alle sanft
gebräunt wieder vor ihre TV-Geräte zurückkehrten, saßen auch
Ralf und ich gemeinsam Gummibärchen essend auf dem Sofa.
Allerdings nicht wie die restlichen 14 Millionen *vor* dem Fernseher – nein, wir saßen bei der größten Samstagabendshow des
deutschen Fernsehens als wohlfrisiertes Vorzeigetraumpaar *mittendrin*.

Neben aller PR war das für uns vor allem ein riesengroßer
Spaß ... nicht nur, dass ich mir einen Jux daraus machte, dem
Moderator die ganze Zeit in Sachen kumpeliges Getatsche zu-
vorzukommen, darüber hinaus waren auch Leo und Dieter als
Gäste auf der Couch. Natürlich waren wir in erster Linie da, um
Werbung für den neuen Film zu machen, der in der folgenden
Woche in die Kinos kam – aber für den selbstverständlich in alle
schmutzigen Details eingeweihten Ralf und mich war es ein viel
größeres Vergnügen, wie Leo und Dieter aufgrund der fast ein
Jahr zurückliegenden Vorgeschichte aus Zimmer 406 krampfhaft versuchten, Ralf gegenüber total locker zu wirken, backstage
ebenso wie on-screen.

Die meisten Männer sind erstaunlicherweise gerade unter
Geschlechtsgenossen häufig unfähige Krampen, wenn es darum
geht, gekonnt zu überspielen, dass sie dem Gegenüber Hörner
aufgesetzt haben. Frauen können das de facto meist sehr viel kaltschnäuziger und besser – zumindest, wenn sie wollen ... Das hatte
ich im Rahmen der Rubrik »Geheime Geständnisse« bei »*Echte
Sünde*« gelernt, und ich persönlich fand, dass man dem Sandwich-Club ohnehin als verjährt die Absolution erteilen konnte:
Im Rahmen der Dreharbeiten hatte es aus diversen Gründen
keine Wiederholung unserer Orgie gegeben – Dieter war damals
aktiv und ernsthaft damit beschäftigt, seine drohende Scheidung
zu verhindern, sowie sein Drogenproblem in den Griff zu bekommen, und Leos stetige Cornichon-Versenkungs-Avancen hatte ich

immer zurückgewiesen:»Wir sind ja jetzt Kollegen, und mit Kollegen fange ich aus Prinzip nichts an, Schnaps ist Schnaps, und Arbeit ist Arbeit! Und komm mir jetzt nicht wieder mit deinem Strasberg-Quatsch und sich in die Rolle fühlen – du bist nicht Robert de Niro! Um glaubwürdig zu spielen, dass Mona und Lars sich verlieben, müssen Leo und Lina keinen Sex miteinander haben – vor allem nicht wieder und wieder und wieder!«

Vielleicht bereitete es mir auch deswegen im Backstage-Bereich dieser Samstagabendshow keinen Stress, entspannt mit Leos und Dieters Frauen zu plaudern und bei den beiden jeden eventuellen Argwohn zu zerstreuen. Die Bild druckte in der Klatschkolumne montags drauf sogar die Zeile »Gute Freundinnen in Feierlaune« unter das Bild, auf dem wir bei der After-Show-Party mit Cocktails auf dem Tisch tanzten.

Für die perfekte Rundumvermarktung des Films fehlte an diesem Samstagabend eigentlich nur noch die gesangliche Präsentation des neu arrangierten Schlager-Klassikers durch mich im Showteil, aber daraus wurde leider nichts. Erstens sollte die Single laut Plattenfirma erst dann aus der Soundtrack-LP ausgekoppelt und beworben werden, wenn der Film schon angelaufen und das Album auf einer bestimmten Chart-Position war, und zweitens hatte Tom Kosly es sich ein paar Wochen zuvor bei einer Musiksendung in seiner üblichen Lieblingsrolle als konsequentes Riesenarschloch übelst verscherzt mit dem Sender dieses Familienspektakels. Somit wurden dort bis auf weiteres nicht nur seine Person selbst, sondern sogar seine Produktionen boykottiert – deshalb gab es für Tom eben leider kein Plätzchen auf der Couch und auch keine Songs von ihm in der Show.

Dem Erfolg des Films tat das keinen Abbruch, er ging in den Kinocharts von 0 auf 1, und die Kritiker attestierten mir teils überrascht, teils sogar widerwillig, ein passables Maß an schauspielerischem Talent – wohlgemerkt, ohne dass ich mit einem von ihnen im Bett gewesen wäre. Gute vier Wochen später war auch der Soundtrack so oft über die Ladentheke gegangen, dass die Plattenfirma endlich beschloss, die Single auszukoppeln und ein Video zu produzieren, das aufgrund irgendwelcher Vertragsvereinbarungen zu 100 % aus Ausschnitten aus dem Film bestand.

Natürlich lief dieses Video rund um die Uhr bei allen Musiksendern, die Single schaffte es bis auf Platz 8 der Charts, und somit hatte ich als Schauspielerin wie auch als Sängerin einen Achtungserfolg errungen, den ich durch reichlich Interviews und ähnliches Trara zu unterstreichen nicht müde wurde – Lina Legrand im Selbstbeweihräucherungsstress. Auch die Tatsache, dass ich zum Beginn der neuen Staffel die Moderation von »Echte Sünde« abgegeben hatte, erwies sich als goldrichtige Entscheidung. Dadurch hatte ich Zeit für neue Projekte, die mir so umfangreich angeboten wurden, dass ich auswählen konnte. Nicht wenige Kollegen hätten sich vor Neid am liebsten erbrochen.

Als ich im November '96 auf dem Weg in die Eifel war, um bei Reza in der mittlerweile recht gut laufenden Klinik kurz hallo zu sagen – inklusive eines PR-Termins mit Reportern – und danach – ohne Reporter – mit meinen Eltern unser Adventsritual zu zelebrieren, drehte ich bereits parallel für zwei verschiedene Produktionen: Leos neuen Kinofilm, wo er erstmals auch selbst Regie führte, sowie eine ordentliche Rolle im neuesten WDR-*Tatort*. Außerdem stand Sabine in Vertragsverhandlungen für »den großen Mega-Event-TV-Roman-Movie-Mehrteiler«, den mein ehemaliger Sender in Kooperation mit einer Regielegende plante und in dem ich tatsächlich die weibliche Hauptrolle spielen sollte, und mein Bekanntheitsgrad lag im November '96 bei 75 %. Kurzum: Es hätte wirklich nicht besser laufen können. Beruflich zumindest.

Mein ganzer Erfolg brachte nämlich zwei Phänomene mit sich, die ich vorher nicht für möglich gehalten hatte: zuerst einmal, dass ich mittlerweile am normalen Leben irgendwie nicht mehr teilnahm, denn der Kreis der Leute, denen ich nichts vorspielen musste, war äußerst limitiert auf Ralf, Reza, Sabine und meine Eltern. Für alle anderen, selbst für die Frau beim Bäcker um die Ecke, existierte ich nur noch als Lina Legrand, und in dieser Rolle schwebte ich wie in einer Seifenblase von einem Termin zum anderen, sodass der Alltag meiner Kunstfigur Lina immer mehr auch zu meiner Realität wurde. Ich hatte mir diese Rolle und das Reich- und Berühmt-Sein ja ausgesucht, das war schließlich exakt das, was ich als Jacqueline immer hatte haben wollen – daher lag es mir fern, mich nun als Lina darüber zu beschweren oder gar zu jammern.

Was sich mir jedoch zunehmend als Problem darstellte, war das andere erstaunliche Phänomen, das dieser dauerhafte Erfolg mit sich brachte: Ich fing an, mich zu langweilen. Die letzten Jahre waren geprägt gewesen von permanentem Aufstieg: aus der Provinz ins Showgeschäft, vom Trommler zum Dribbler, vom dekorativen Anhängsel zur eigenen Promi-Persönlichkeit, von der Erotik-Magazin-Moderatorin zur Schauspielerin und Sängerin. Aber jetzt war ich am Ziel meiner zu diesem Punkt recht ausgeprägten Vorstellungskraft, das Schicksal hatte mitgespielt und mich alles erreichen lassen, was ich mir gewünscht hatte, und jetzt ging es auf einmal nur noch darum, das Erreichte zu erhalten und auszubauen – und so arrogant es sich auch anhört: Dabei vermisste ich zunehmend die Herausforderung.

Natürlich machte es nach wie vor Spaß, meinen Hintern oder seine Kehrseite hübsch verpackt bei Dreharbeiten, Partys, Galas, Preisverleihungen, Fernsehshows und sonstigem Schnickschnack in die Objektive zu halten und mich damit dann in diversen Print- und TV-Magazinen wiederzufinden, aber das ratlose Schulterzucken meines Spiegelbildes auf die Frage: »Wo willst du denn jetzt hin?«, vergiftete mir meine Grundstimmung immer häufiger mit einer diffusen Unzufriedenheit.

Abgesehen von diesen beiden luxuriösen Befindlichkeitsproblemen beschäftigte mich im Winter '96/ '97 eine sehr rationale

Überlegung: Ich war seit nunmehr knapp drei Jahren, also seit ich an Ralfs Seite war, hochgeschrieben worden, und das würde ganz sicher nicht ewig so weitergehen – schließlich machte den Medien und deren Konsumenten nichts so viel Spaß, wie eigenhändig in den Himmel hinaufgeschleuderte Tontauben abzuschießen und zu zerfleddern. Der Scheitelpunkt meiner Erfolgskurve würde sicher irgendwann kommen, damit musste ich einfach rechnen, weil das Spiel mit den Medien nun mal genau so funktionierte.

Wirkliche Angst machte mir aber eine ganz andere Erkenntnis, die mir beim Spieleabend unseres alljährlichen Adventsrituals kam, inmitten der beiden glücklichen Paare Renate und Günther sowie Ralf und Reza: Ich war verdammt einsam.

13
Die Trompeten von Jericho
(Frühjahr / Sommer 1997)

Ich lenkte mich von meiner aufkeimenden Unzufriedenheit ab, so gut es ging: Hier mal ein bisschen Party mit reichlich Drinks, da mal wieder ein bisschen Koks oder einen neuen Kurzzeitgespielen (gerne auch alles in Kombination), und ansonsten jede Menge Arbeit. Dreharbeiten sind nämlich die beste Art der Realitätsflucht überhaupt, weil man mit dem normalen Leben wirklich rein gar nichts mehr zu tun hat.

Das Team am Set ist ein verschworener Mikrokosmos, der ganz eigenen Gesetzen gehorcht und sogar mit der normalen Zeitrechnung nichts mehr zu schaffen hat, weder in der Dispo für den Dreh – »Aufbau: ab 20.00 Uhr, Mittagessen für alle: 2.45 Uhr, Drehschluss: 8.30 Uhr« –, noch im Umgang miteinander – »In fünf Minuten drehen wir!«, bedeutet in neunzig Prozent der Fälle eher: »Könnte sein, dass es hier in zwanzig Minuten allmählich mal losgeht!«

Bis die Dreharbeiten zum »großen Mega-Event-TV-Roman-Movie-Mehrteiler« im April begannen, hatte ich nach Leos Film und dem *Tatort* noch zwei weitere ganz nette Nebenrollen abgedreht – als Assistentin eines privaten Ermittlers, sowie als ehemals verstoßene Tochter eines Großgrundbesitzers – und war als Schauspielerin mittlerweile immerhin so etabliert, dass es niemand mehr wagte, meine nicht vorhandene Schauspielausbildung gegen mich ins Feld zu führen. Überhaupt gab es seit meinem Einstieg ins darstellende Gewerbe wenig offenen Gegenwind, dafür aber immer mehr Speichellecker, die sich durch scheinbar vorauseilenden Gehorsam hervortaten, mir aber bei näherer Betrachtung meinen Ruf ganz schön versauten.

Schon bei den Produktionen der »*Echte Sünde*«-Staffeln hatte ich immer ganz bewusst darauf geachtet, zu allen am Set freundlich und unkapriziös zu sein. Gerede gab es sowieso, daher wollte ich nicht auch noch Gelegenheiten dafür bieten. Deshalb legte ich keine Allüren an den Tag und hatte immer ein nettes Wort für jeden – eben der altbewährte Friseursalon-Habitus, mit dem ich damals als Neuling beim Fernsehen auch ganz gut gefahren war. Doch bei den Filmproduktionen waren, dank meines mittlerweile erlangten Promi-Status, weder ich noch mein Ruf vor übermotivierten Idioten gefeit.

Als ich zum Beispiel bei den Dreharbeiten zur Gutsbesitzerschmonzette während des Mittagessens nach einem Blick auf den Teller des Nebenmannes einfach so in die Runde herein dem Caterer ein Kompliment machte – »Mmmmh, das war aber gut – nur jammerschade, dass ich jetzt vor lauter leckerem Huhn keinen Platz mehr im Bauch habe, um die Gemüselasagne zu probieren, die sieht ja auch ganz hervorragend aus!« –, verpasste die Assistentin der Aufnahmeleitung dem Koch wenig später einen unglaublichen Einlauf, »weil sich die Schauspieler über das viel zu mächtige Essen beschwert haben«. Gut, dass die Gerichte bei Dreharbeiten wenigstens immer in Buffetform dargereicht werden und mir daher gottlob nur im übertragenen Sinn in die Suppe gespuckt werden konnte.

Im Filmbusiness hieß es also in wirklich alle Richtungen wachsam sein, gerade auch, um trotz des neuen Titels »Schauspielerin« und der engen Zusammenarbeit mit den Kollegen nicht völlig bekloppt zu werden. Die Schauspieler hatten nämlich leider in der Vielzahl der Fälle massiv ein Rad ab und waren meist überraschend humorlos, gerade in Sachen Selbstironie. Stattdessen wurde unglaublich viel Wert gelegt auf das »Künstlerdasein«, was auch unbedingt und andauernd mit Nachdruck unterstrichen werden musste. Die normaleren, angenehmen und fähigen Kollegen benutzten eher Vokabeln wie »Handwerk« und erledigten ihre Arbeit schlichtweg gut und auf den Punkt – weil sie all ihre Energie dort hinein und nicht in großartiges Getue steckten.

Besonders amüsant fand ich immer irgendwelche Soap-Gewächse, die sich am Set aus Prinzip nur mit ihrem Rollennamen ansprechen ließen und sich aufführten, als würden sie den ganzen Film tragen. Dass die von ihnen dargestellte Figur nur einen oder zwei Drehtage hatte und sich ihr Text auf Dinge wie »Herr Schuhmann, ich habe ein Paket für Ihren Nachbarn – kann ich das auch bei Ihnen abgeben?« beschränkte, war für sie kaum Hinderungsgrund, sich beim Mittagessen, in der Maske oder bei einer der unzähligen Umbaupausen bei wirklich gestandenen Kollegen – inklusive denen, die sogar auf der Bühne einen hervorragenden Ruf hatten – mit Weltmeister-Vorträgen über die Kunst des Method-Actings nach Strasberg, mit peinlichem Name-Dropping oder den eigenen Karriere-Ambitionen in Hollywood zu blamieren.

Allerdings muss ich zugeben, dass man bei der ganzen Abhängerei und Warterei im Rahmen der Dreharbeiten dem Faktor Fremdschämen einen gewissen Unterhaltungswert nicht absprechen konnte. Wer sich aufregt oder schämt, schläft wenigstens nicht ein beim sinnlosen Rumsitzen – ein uralter und stets beliebter TV-Trick, um die Couchpotatoes unter den Zuschauern bis zur Werbung wach zu halten. Vielleicht wurden die Soapies sogar nur als Pausenclowns für die Schauspieler engagiert, wer weiß?

Meine eigenen Schauspieleinsätze erledigte ich im Vergleich zu den »Künstlern« (wie den besagten Soap-Sternchen) eher pragmatisch mit dem Habitus einer klassischen Dienstleisterin: Ich sah zu, dass ich meinen Text sicher konnte, und verhielt mich ansonsten in den Szenen so, wie der Regisseur es wollte. Vielleicht war das schon ein erstes Indiz dafür, dass mir in Sachen Schauspiel die Leidenschaft fehlte. Ich fand das zwar alles ganz nett, sich zu verkleiden, in andere Charaktere zu schlüpfen und abseits des normalen Lebens die Tage durch den Kalender rattern zu sehen, aber die Erfüllung, die einige wirklich hochgeschätzte Kollegen in diesem Beruf offensichtlich fanden, blieb mir verwehrt. Vielleicht war ich aber auch nach dreieinhalb Jahren in meiner Nonstop-Rolle der Lina nur einfach spielmüde.

Trotzdem freute ich mich ehrlich auf den Beginn der Dreharbeiten zum »großen Mega-Event-TV-Roman-Movie-Mehrteiler«, die über einen Zeitraum von fünf Monaten in drei verschiedenen Ländern stattfinden sollten: Erstens hatte ich bei diesem Projekt die weibliche Hauptrolle, was mich doch mehr anspornte, als ich vorher zu hoffen gewagt hätte, und zweitens war das endlich mal wieder ein Multitaskingprojekt. Basierend auf dem Erfolg der Country-Coverversion im letzten Jahr hatten die Geldgeber nämlich klugerweise auch den Erfolgsproduzenten Tom Kosly mit ins Boot geholt, damit er den Titelsong des Mehrteilers komponierte. Damit wollte er zwar erst im Mai beginnen, weil er noch einen Jochbeinbruch auskurieren musste, aber da der Sendetermin für dieses dreiteilige TV-Spektakel ohnehin erst für Ostern '98 angesetzt war, bestand keine Eile. Für mich standen also neben den Dreharbeiten nicht nur endlich wieder Gesangsaufnahmen an, sondern auch wieder richtig viel PR-Trara um das eigentliche Projekt herum – und gerade diese PR war definitiv der Bereich, wo es mir keineswegs an Leidenschaft fehlte.

Aber wie heißt es so schön? Erst die Arbeit, dann das Vergnügen! Also konzentrierte ich mich erst mal brav auf die Dreharbeiten, zumal sich die gesamte Klatschpresse gerade ohnehin auf eine rappende Girlietruppe fokussierte. Die Teenielieblinge hatten nämlich echt den Vogel abgeschossen: Erst war rausgekommen, dass sie weitaus älter waren als behauptet, und als sich diese Wogen gerade geglättet hatten, brachte sich der Ehemann (!) der Leadsängerin um, die wiederum vor ihrer Showkarriere als Animiermädchen im Puff gearbeitet hatte und auch in Sachen Drogenkonsum kein Kind von Traurigkeit gewesen war. Wäre mir diese Geschichte als Drehbuch vorgelegt worden, hätte ich das alles als viel zu konstruiert und absurd abgetan, aber so verfolgte ich die umfangreiche Berichterstattung wirklich elektrisiert – ich war sehr beeindruckt, welche mediale Präsenz die Mädels sich über Wochen sicherten, wie die thematisch hervorragend zum ganzen Themenkomplex passende Single und die Platte noch mal richtig abgingen, und das alles natürlich auch noch günstigerweise ausgerechnet zu einem Zeitpunkt, wo die erste Tour der Gruppe anstand.

Ein Schelm, wer Böses dabei denkt, aber im Rahmen der Bravo-Supershow im Februar hatte ich den Produzenten und seinen Lebensgefährten, der die Mädels managte, kennengelernt: Er war ein kleines Männlein, das völlig unter der Fuchtel seines herrischen Liebhabers stand; und der führte den ganzen Laden so, dass die Grundausbildung bei den Marines dagegen anmutete wie ein Wellness-Urlaub. Kurzum: Man hatte in diesem Gefüge nicht unbedingt den Eindruck, dass der Option »blöder Zufall« viel Spielraum eingeräumt wurde. Aber ganz egal wie die Gewichtung zwischen Inszenierung oder Zufall auch sein mochte: Was da medial abging, half dem Ticket- und Plattenverkauf des »Projekts« letztlich sehr und war für mich ungemein lehrreich – . nicht »nur für den Kick für den Augenblick«.

Der Kick *durch* den Augenblick wurde mir hingegen im Rahmen meiner Dreharbeiten vom zuständigen Standfotografen beschert. Bei Fernsehproduktionen gibt es ja schon eine Menge Jobs, an deren Existenz man als Laie keinen Gedanken verschwendet, bei einer Filmproduktion hat das jedoch, wie alles andere auch, noch mal ganz andere Dimensionen. Der Standfotograf ist allerdings wirklich wichtig, denn von dem sind die Fotos, die dann von der Filmfirma herausgegeben werden: das Fotomaterial von den Dreharbeiten für die Presse, genauso wie die Bilder, die letztlich im Kinofoyer neben dem Plakat hängen und später auch in Programmzeitschriften landen.

Und nicht nur da: Seit ich bei meiner ersten Filmrolle als Mona von dem damals tätigen Standfotografen tendenziell suboptimal abgelichtet worden war, und die Filmfirma sich dann mit der Plattenfirma über meinen Kopf hinweg aus Kostengründen dafür entschied, eines dieser unvorteilhaften Scheißfotos als Cover für die Single zu verwenden, die dann in recht vielen Plattenschränken landete, hatte ich dazugelernt. Nicht nur, dass mir Sabine seit dieser Erfahrung für die Fotos der einzelnen Filmproduktionen Autorisierungs- oder Vetorechte in die Verträge schrieb – zusätzlich hatte ich seitdem bei allen weiteren Dreharbeiten ein fast schon neurotisch wachsames Auge auf das Tun des Standfotografen. Bei dieser Produktion allerdings lief alles ganz anders.

Am vierten Drehtag saß ich nachts um halb drei allein und bei schlechtem Filterkaffee im Wohnmobil, das mir (und zwei weiteren Kollegen) als Rückzugsort am Set zur Verfügung gestellt wurde. Ich ging noch mal meinen Text durch für die gleich zu drehende Szene und wartete seit 75 Minuten darauf, dass die Technik endlich mit dem Umbau fertig wurde – »Wir brauchen nur noch fünf Minütchen!« –, als es klopfte. »Na endlich!«, stöhnte ich während des Türöffnens erleichtert auf und blickte zu meiner Überraschung nicht in die Visage des Aufnahmeleiters, sondern in ein bernsteinbraunes Augenpaar mit enormem Hypnosepotential, das ich bis dahin am Set noch nicht gesehen hatte. Als Reaktion auf meine Aussage kerbten sich auch noch ein paar sehr attraktive Lachfältchen darum. Verdammt sexy, optische Steigerung zum bisherigen Aufnahmeleiter: 300 Prozent, mindestens.

»Hey, das ist doch mal 'ne Begrüßung nach meinem Geschmack!«, grinste der Endzwanziger gutgelaunt und gab den

Blick auf eine perfekte Zahnreihe frei, die mich zusätzlich begeisterte. »Die sind da vorne immer noch nicht fertig mit ihrem Aufbau«, deutete er Richtung Set, »und deswegen wollte ich die Zeit nutzen, mich kurz vorzustellen: Ich bin Jens, ich mache hier die Standfotos.«

Und die Hauptdarstellerin extrem wuschig, dachte ich und fragte mich, wie es sich wohl anfühlen würde, mit der Zunge über diese Bilderbuchzähne zu gleiten. Stattdessen sagte ich freundlich: »Hallo Jens«, und schüttelte seine ausgestreckte Hand – wobei ich tatsächlich einen Stromschlag bekam. Die Ursache dafür lag zwar, nüchtern physikalisch gesehen, am Teppichboden des Wohnmobils, passte aber durchaus zu meinem Grundgefühl. Ich hatte wirklich lange niemanden mehr getroffen, der mich auf einem solch instinktgesteuerten, animalischen Level anzog. Er quittierte den Stromschlag mit einer hochgezogenen Augenbraue und amüsiertem Gesichtsaudruck, ging aber nicht weiter darauf ein. Deshalb konzentrierte ich mich brav wieder auf den förmlichen Teil: »Freut mich sehr, dann hoffe ich mal auf gute Zusammenarbeit! Wahrscheinlich hat dich die Produktionsfirma ja schon vorgewarnt, dass ich in puncto Fotos schwierig bin, hm?«

Er grinste noch breiter als vorher und legte den Kopf schief. »Eigensinnig und heikel haben sie es genannt, um genau zu sein«, klärte er mich auf. »Aber so was spornt mich immer eher an, da mach ich mich also nicht bange. Ich zeig dir einfach die Fotos, die ich denen als Auswahl anbiete, und du sagst mir dann, ob das für dich klargeht. In Ordnung?«

»Perfekt!«, nickte ich seinen Vorschlag ab, denn abgesehen von der Kontrolle über die Fotos würde mir das zusätzlich wahrscheinlich einige Situationen bieten, in denen ich ihn ganz unauffällig zum Anbaggern ermuntern könnte. Das war nämlich einer von »Renates Rendezvous-Ratschlägen«, die ich seit frühester Kindheit verinnerlicht hatte, und mit diesem hatte ich bisher auch gute Erfolge erzielt: dem Mann immer schön das Gefühl geben, dass er das Heft in der Hand hat – und dabei vor allem verschleiern, dass man selbst es ihm in die Hand gedrückt hat ...

Fünf Wochen später wurde ich 23 Jahre alt, wobei meine diversen Stammgazetten und TV-Magazine mir mehr oder minder groß zum 26. Geburtstag gratulierten und in ihren Top-/Flop-Listen auf der guten Seite tatsächlich »zu seinem wahren Alter stehen – wie Lina Legrand« aufführten. Die ganze Heuchelei kotzte mich zunehmend an, und zu alledem war ich völlig überarbeitet: Wir hatten mit dem großen TV-Trara-Movie gerade zwei Wochen Dreh in Prag hinter uns, die Schichtarbeit des Filmbetriebs hing mir brutal in den Knochen; und dass ich den Standfotografen immer noch nicht hatte klarmachen können, machte meine Laune auch nicht unbedingt besser.

Allerdings hatte ich Anfang Juni endlich mal vier Tage am Stück drehfrei, und so wollten Ralf, Reza, Sabine, meine Eltern und ich in der Eifel einiges nachfeiern – nicht nur meinen Geburtstag, sondern auch Ralfs Gewinn der Champions League mit dem BVB ein paar Tage zuvor.

Dieser Sieg hatte ihn immerhin einigermaßen darüber hinweggetröstet, dass der BVB nicht das dritte Mal in Folge Deutscher Meister geworden war, und selbst aus seinem Bänderriss machte er das Beste: »Fängt mein Urlaub dieses Jahr eben früher an!« Diesen Bänderriss hatte er sich allerdings nicht *beim* Finale zugezogen, wie es in der Berichterstattung hieß. Aber wer wagt es schon, über einen der größten deutschen Fußballhelden zu schreiben: »Seit seiner Verletzung vor drei Jahren gelang ihm ein atemberaubendes Comeback, inklusive dem zweimaligen Gewinn der deutschen Meisterschaft, dem maßgeblich ihm zu verdankenden Sieg bei der EM 1996, sowie dem Triumph in der Champions League – zu schade, dass der Goldjunge durch einen Bänderriss im Fuß nun erneut drei Monate lang pausieren muss, *weil er bei der Champions League-Siegesfeier besoffen am Whirlpool-Beckenrand ausgerutscht ist ...?«*

Am letzten Tag vor meinen Kurzferien in der Eifel wartete ich im Wohnmobil auf meinen letzten Einsatz an diesem Drehtag, als es an der Tür klopfte. »Jens Jericho, welch schöne Ablenkung von der elenden Warterei – komm rein«, begrüßte ich ihn ehrlich erfreut. Auch wenn zu meinem Ärger zwischen uns sexuell bisher noch nichts gelaufen war, schätzte ich seinen Humor und seine Art schon sehr. Er war kurzweilig, frech und schnell im Kopf, verbunden mit einer erfrischenden Respektlosigkeit meiner Prominenz gegenüber. Außerdem flirtete er gut und gerne mit mir, was ich sehr genoss – genau wie die Begrüßungsküsschen rechts und links, die ich immer so setzte, dass ich den äußersten Rand seines Mundwinkels noch erwischte und zugleich dezent an seiner Wange schnüffeln konnte. Verknallt sein ist schon was Feines ...

»Hast du die Fotos aus Prag etwa schon fertig?« Er nickte, und wir sahen gemeinsam die Vorauswahl der Bilder durch, die er in den vorangegangenen zwei Wochen während der Dreharbeiten in der Goldenen Stadt gemacht hatte. Jens hatte neben allen anderen bereits erwähnten Attributen ein unglaublich gutes Auge, und nahezu alle Fotos, die ich von ihm bis jetzt gesehen hatte, waren ausnahmslos großartig und mitunter sehr außergewöhnlich. Warum er sich mit einem solchen Talent trotzdem »nur« als Standfotograf bei Filmproduktionen durchschlug, war mir ein Rätsel.

»Habe ich für die Offiziellen also wieder mal den Segen der heiklen Diva?«, fragte er grinsend und packte dabei die mitgebrachten Fotos zurück in seine Mappe. »Auf jeden Fall! Auch wenn ich irgendwie froh bin, dass ich nicht tatsächlich so toll aussehe wie auf deinen Fotos«, schob ich zwinkernd nach. »Sonst würde ich mich ja gar nicht mehr wegbewegen vom Spiegel ...«

Er winkte ein bisschen verlegen ab – ich war irritiert, denn auf solche Vorlagen reagierte er sonst immer mit herrlich frechem Gefoppe. Nun aber begann er, seltsam unsicher herumzudrucksen.

»Lina, da ist noch was... Wie fang ich das jetzt am besten an...?
O.K., pass auf, das vorneweg: Ich will auf keinen Fall, dass du dich
irgendwie angegriffen, vorgeführt oder sonst was in dieser Art
fühlst, und ich verspreche dir, dass ich wirklich nichts ohne dein
Einverständnis tun werde, also flipp jetzt gleich bitte nicht aus.«
Diese Einleitung hörte sich irgendwie gar nicht gut an, und ich
fragte mich, ob die Feierabend-Tüte sich jetzt rächen würde, die
ich am vorletzten Abend in Prag nach Drehschluss mit ihm auf
meinem Hotelbalkon geraucht hatte – wobei selbst das ihn nicht
aus seinem netten, stubenreinen Nur-Flirten-Modus gebracht
hatte. Doch wenigstens waren wir uns im angerauchten Zustand
verbal nah gekommen. Jetzt wusste ich immerhin, dass er hetero
war und darüber hinaus leider zusätzlich moralische Prinzipien
hatte:»Ja, ich bin Single, und du, du bist echt ein knackiger Män-
nertraum, Lina, ehrlich! Aber trotzdem, ich könnte Ralf Szibuda
doch niemals Hörner aufsetzen! So einem Fußballhelden, dem
kann man doch nicht die Frau ausspannen – selbst wenn man
Schalker wäre: Seit der EM geht das einfach nicht mehr!« Männer und Fußball...
Durch hochgezogene Augenbrauen signalisierte ich ihm ge-
spannte Aufmerksamkeit, und er fuhr fort:»Also, im Juli beende
ich offiziell mein Studium an der Hochschule für Künste in Amsterdam mit einer eigenen Ausstellung.«
Damit wusste ich zwar schlagartig, wieso er in Prag so gutes
Gras mitgehabt hatte, der andere Teil der Info irritierte mich jedoch, und ich hakte nach:»Wie – beende ich mein Studium? Und
was für eine Ausstellung?«
Er setzte zur Erklärung an.»Parallel zum Geldverdienen als
Standfotograf studiere ich seit vier Jahren in Holland. Das lässt
sich halt ganz gut kombinieren, weil das ein sehr praxisorien-
tiertes Studium ist. So, und wenn ich da jetzt endlich mal mein
Diplom als Fotokünstler haben möchte, muss ich neben diversen Prüfungen als Abschlussarbeit auch noch eine Ausstellung

mit meinen Bildern auf die Beine stellen. Der Titel wird ›Potemkinsche Dörfer‹ lauten.«

»Waren das nicht diese Prachtbauten, die aber in Wirklichkeit nur aus Fassaden bestanden?«, hakte ich nach. Jens nickte und schien irgendwie irritiert, dass ich den Begriff kannte.

»Äh, ja, genau, nur bei mir liegt der Schwerpunkt eher auf dem *Hinter*-die-Kulissen-blicken-Effekt ...«

»Super, das hört sich doch total spannend an, das würde ich mir gerne angucken kommen! Wann genau ist das im Juli?«, fragte ich und fing an, in meiner Tasche nach meinem Filofax zu kramen. Während ich wühlte, fiel mir auf, dass ich vor lauter Begeisterung darüber, endlich mal nach Amsterdam zu kommen und zusätzlich dort eine feine Möglichkeit zu haben, Jens außerhalb der Dreharbeiten anflirten und ihm endlich seine moralischen Bedenken austreiben zu können, ganz vergessen hatte, nach Details zu fragen – warum er so rumgedruckst hatte und was für Motive die Bilder zeigten beispielsweise.

Als ich den Blick wieder aus den Tiefen meiner Tasche hob, sah ich in sein ernstes Gesicht. »Du musst dir das bitte schon vorher angucken, Lina, ich werde nämlich keine Bilder ohne Zustimmung vergrößern und ausstellen. Wenn du Nein sagst, ist das wirklich völlig O.K. – aber es wäre ein Jammer, deine Fotos sind nämlich ehrlich gesagt mit die besten ...« Damit schob er mir einen Stapel Fotos zu.

»Die Doppelbilder werden für die Ausstellung auf eine Größe von 120 x 80 cm gezogen. Außer den Motiven mit dir habe ich noch insgesamt zwanzig bis fünfundzwanzig andere Bilder, die zeig ich dir natürlich noch, damit du auch von dem Gesamtkonzept einen zuverlässigen Eindruck erhältst ...«, hörte ich ihn wie durch Watte plappern, doch ich nahm das alles gar nicht richtig wahr.

Mechanisch blätterte ich die sieben Doppelbilder mit insgesamt vierzehn Fotos von mir durch. Die linke Seite stand immer in krassem Gegensatz zur rechten, und ich starrte jedes einzelne Bild zunehmend fassungslos an: Mal sah man mich extrem rausgeputzt im Ballkleid-Kostüm, wunderschön strahlend und voll lebendiger Präsenz in einer perfekt ausgeleuchteten Szene agieren, rechts daneben saß ich im gleichen Kostüm im grellen Neonlicht des Cateringbusses – schockierend nicht nur durch die deutlich überschminkte Visage, sondern auch durch den unglaublich leeren und stumpfen Gesichtsausdruck, mit dem ich über meinen Plastikbecher ins Nichts stierte.

Auf einem weiteren Doppelbild stand ich links inmitten einer Menge von Menschen – Maskenbildner, Kostümbildner, Beleuchter, Regisseur, Schauspielkollegen –, die alle an meinen Lippen hingen, während ich etwas sagte; rechts auf dem Bild lauschten deutlich sichtbar alle genauso konzentriert und kriecherisch dem Kollegen neben mir, nur ich wendete mich halb ab und verdrehte völlig genervt die Augen, als wollte ich gleich eine Szene aus dem Exorzisten nachspielen.

Mich traf besonders der Bilderdialog, in dem ich links perfekt gestylt aus dem Maskenmobil kam und objektiv wirklich aussah wie eine Göttin, die noch mal einen Blick auf ihren Text wirft; rechts hingegen verließ ich das Maskenmobil morgens um halb sechs – abgeschminkt, übernächtigt, zerzaust und in einer furchtbaren Zottelstrickjacke, während ich schielend vor Müdigkeit matt und ausgebrannt auf die Dispo für den in wenigen Stunden beginnenden neuen Drehtag glotzte.

Die restlichen Bilder konnte ich nur noch verschwommen erkennen, weil mir mittlerweile die Tränen in die Augen geschossen waren und mir schwindelig wurde. Das Schlimme an diesen Bildern war aber nicht, dass ich mitunter furchtbar aussah oder dass mein mühsam aufgebautes Image als sympathische Sexbombe mit diesen Bildern torpediert oder sogar demontiert wurde – was mich wirklich schockte, waren zwei Tatsachen: zum einen, dass ich auf den Bildern genau erkennen konnte, wo Lina aufhörte und Jacqueline anfing, zum anderen, dass Jens mich dermaßen durchschaut hatte, ohne dass ich es auch nur im Ansatz gemerkt hätte. Mir war noch nicht mal aufgefallen, dass er mich überhaupt abseits seiner Arbeit als Standfotograf abgelichtet hatte, geschweige denn mit solch einem Röntgenblick für meine Grundkonstitution. Vielleicht waren das auch alles nur Blindtreffer, auf die ich emotional überreagierte, weil ich überarbeitet und darüber hinaus meiner schizoiden Alltagsgestaltung überdrüssig war. Aber selbst wenn es nur zufällig meine überspannten Nerven traf, es änderte nichts am Grundgefühl, das diese Fotos in mir auslösten: Im *Playboy* hatte ich mich als Lina Legrand bewusst und kontrolliert ausgezogen, auf diesen Bildern hier hingegen war ich als Jacqueline Große sogar bekleidet immer noch nackter und ehrlicher auf dem Präsentierteller, als ich gerade zu diesem Zeitpunkt verkraften konnte.

Als ich beim siebten Doppelbild angelangt war und immer noch verzweifelt versuchte, meine äußerliche Reaktion auf die Fotos wenigstens halbwegs im Griff zu halten, hörte Jens auf, in seiner Tasche kramend über die Ausstellung zu plappern, und präsentierte mir triumphierend einen weiteren Abzug:»Und das ist mein absolutes Lieblingsbild von dir, das bricht nämlich alle vorherigen total!«

Ohne ihn anzusehen, griff ich schnell nach dem Foto: Links ein Foto, das mich wild geschminkt zeigte, mit Veilchen, Platzwunden, Schwellungen und Würgemalen, nach allen Regeln der Maskenbildnerkunst zugerichtet als gedemütigtes, verheultes und zerschlagenes Opfer im Rahmen der Rolle – rechts daneben prangte ein Bild, auf dem ich breit grinsend und mit strahlenden Augen die Reste des Make-ups mit einem Waschlappen entfernte, in der Hand eine fette Sportzigarette und im Hintergrund glitzernd das nächtliche Prag.

Bevor ich meine Gedanken sinnvoll ordnen und irgendetwas zu den Fotos sagen konnte, klopfte es hektisch an der Türe, und der Aufnahmeleiter machte endlich mal wieder das, wofür er bezahlt wurde: Stress. »Wir drehen gleich! Alle *sofort* zum Set!« Deshalb beschlossen Jens und ich, uns am folgenden Tag noch mal zu treffen und über die Fotos zu reden, bevor ich in die Eifel und er nach Amsterdam fahren würde.

»Nimm sie ruhig mit und schau sie dir noch mal ganz in Ruhe an, bitte«, sagte Jens. »Wo sollen wir uns denn dann morgen treffen?« – »Bei mir zuhause!«, sagte ich und notierte ihm die Adresse.

Zu meiner Wohnung hatte bis dahin niemand außer Ralf, Reza, Sabine, meinen Eltern und meiner Putzfrau Zutritt gehabt. Das fiel mir aber erst auf, als ich Jens am folgenden Nachmittag die Tür öffnete. Offiziell wohnte ich als Lina ja mit Ralf hier, was bei allen sexuellen Ausflügen immer ein vollendetes Argument gewesen war, warum wir nicht zu mir konnten – inoffiziell hatte ich mir diesen Rückzugsbereich bisher rein intuitiv immer privat gehalten. Wahrscheinlich auch als letztes Stückchen Selbstschutz für das, was vor lauter Lina und ihrem Lotterleben noch von Jacqueline übrig war.

Bei Jens hatte ich aber keine Bedenken, denn wenn er mich in irgendeiner Form hätte ausspionieren, vorführen oder gar erpressen wollen, hätte er das bereits längst tun können – das war mir schon klar gewesen, als ich seine Bilder das erste Mal gesehen hatte. Überhaupt fand ich sein Verhalten angenehm fair, und nachdem ich mich nunmehr knapp zwölf Stunden später allmählich vom Schock der ersten Fotosichtung erholt hatte, war es für mich jetzt vor allem erst mal spannend zu sehen, wie bewusst er sich überhaupt war über das ganze Ausmaß der Wahrheit, das er auf Fotopapier gebannt hatte. Vielleicht war er sich über seine Trefferquote ja gar nicht im Klaren.

Wir begrüßten uns wie üblich und setzten uns mit dem Eis, das er netterweise an diesem sonnigen Junitag mitgebracht hatte, auf meinen kleinen Dachbalkon.

»Hast du dir die Fotos noch mal angeguckt?«, wollte er nach gut fünf Minuten Smalltalk wissen, und ich nickte. Er hakte nach: »Und, erlaubst du mir, sie in die Ausstellung zu nehmen, oder hast du doch zuviel Angst um dein Image?«

»Naja«, begann ich, holte die Bilder aus meiner Handtasche und legte sie vor uns auf den Tisch neben die leeren Eisbecher. »Schmeichelhaft sind deine Bilderdialoge für mich nun nicht unbedingt...«

»Sind sie nicht? Finde ich aber schon«, sagte er und fügte nachdrücklich lächelnd noch hinzu: »So was ist halt immer 'ne Frage der Sichtweise!«

Das klang flirttechnisch doch wieder herrlich vielversprechend – ich wollte noch mehr aus ihm herauskitzeln und setzte meine bewährte Koketterie auf: »Soso... dann erklär mir doch mal *deine* Sichtweise.«

»Dafür müsste ich aber ein bisschen ausholen...«

»Och, ich hab Zeit... zurückrudern gilt nicht, also raus damit!«, blickte ich ihn herausfordernd grinsend an. Er holte tief Luft.

»Nun gut, auch auf die Gefahr hin, dass ich es mir jetzt damit vielleicht total versaue: Ich war mir früher immer ziemlich sicher, dass du eine total überschätzte, blöde blonde Tussi bist, die sich halt einfach über die richtigen Männer hochgefickt und damit in der Medienbranche eingenistet hat. Und daher hat das mein klares Weltbild auch ziemlich gestört, dich im Rahmen der Dreharbeiten kennenzulernen und merken zu müssen, dass du nicht nur netter, sondern leider auch sehr viel schlauer und lustiger bist, als ich gedacht hätte. Mittlerweile glaube ich daher also viel eher, dass du de facto 'ne ziemlich coole Sau bist, die sehr reflektiert und ganz schön abgebrüht gut funktionierende Klischees bedient, während sie sich insgeheim drüber kaputtlacht, dass ihr mit der Nummer alle auf den Leim gehen.«

Damit war für mich also wenigstens schon mal die Frage geklärt, wie viel Zufall seiner hohen Trefferquote bei den Dialog-

bildern zugrunde lag. Da war sich jemand seiner Menschenkenntnis und seines scharfen Blicks voll und ganz bewusst, und
hatte darüber hinaus keinerlei Scheu, beides auch zu nutzen. Das
kam mir irgendwie bekannt vor.

Anscheinend war er sich aber in diesem Moment nicht so
sicher, wie ich auf seine recht spezielle Art, Komplimente zu machen, reagieren würde. Aktuell schwieg ich auf seinen Vorstoß,
und daher versuchte er, auch seinen restlichen Text schnell noch
unterzubringen, bevor ich etwas erwidern oder ihn doch hoch-
kant rauswerfen konnte.

»Und ich finde, genau deswegen kommst du hervorragend bei
diesen Bildern weg. Da wird nämlich der ganze Glamour-Fassa-
den-Quatsch auf der linken Seite im Dialog mit diesen Moment-
aufnahmen der Realität kommentiert und gebrochen – und dabei
sieht man ganz deutlich, wie blutleer die linke Seite im Vergleich
zu all den echten Gefühlen auf der rechten ist. Was du rechts bietest, hat wirklich Kraft!«, steigerte er sich in seine ehrlich wir-
kende Begeisterung hinein und nahm zum Beleg seiner These
einzelne Fotos zu Hilfe: »Hier, das genervte Augenrollen zum
Beispiel, als Uwe wieder mal irgendeinen Stuss verzapft und damit allen Zeit stiehlt; oder das hier, die stumpfsinnige Warterei
im Märchenprinzessinnen-Outfit – allein schon der Plastikbecher
ist da grandios deplatziert, aber dein Blick dazu ist der Hammer!
Und das tollste Bild, das ist für mich das hier auf dem Balkon
in Prag, wo ich beim Abschminken dabei war! Wie du dir die
falschen Wunden und dieses ganze Elend aus deinem Gesicht
wäschst, um wie Phoenix aus der Asche strahlend zum Vorschein
zu kommen – das ist schon als Kontrast zur linken Seite toll, aber
am meisten mag ich daran, dass du da auf dem Bild nicht nur
grinsend Zähne zeigst, sondern dass endlich auch mal deine Augen ehrlich lachen und leuchten …«

Ich unterbrach ihn in der Hoffnung, dass meine Menschenkenntnis und das daraus resultierende Kalkül noch funktionier-

ten:»Jens, ich hör dich die ganze Zeit reden über Sachen wie Kraft, echte Gefühle, Ehrlichkeit – meinst du wirklich, das ist einfach oder angenehm, sich dem demonstrativ so offen zu stellen?!«

»Ist es denn wirklich angenehmer und einfacher, das alles zu verstecken?«, stieg er auf meine Provokation ein. Hervorragend lief das, er legte nämlich sogar noch nach:»Vor lauter alberner Farce darf man doch so viel Wahrheit und solch ein Potential nicht ungenutzt versanden lassen!«

»Du denkst also, da muss man offensiv mit umgehen und dazu stehen? Die ganze Wucht, mit der das alles über einen hereinbrechen kann, einfach aushalten?«, fragte ich noch mal nach, weil ich immer noch nicht genug Mut gesammelt hatte für mein Vorhaben.

»Ja«, sagte er im Brustton der Überzeugung.»Ich glaube, es ist auf Dauer gesundheitsschädlich, die Wahrheit zu unterdrücken.«

Ich dankte im Stillen dem lieben Gott für diese grandiose Steilvorlage.»Wenn das so ist, dann sollte ich dringend etwas für meine Gesundheit tun!«, bekam ich trotz Nervosität noch halbwegs souverän raus, gleichzeitig nahm ich Jens' Gesicht in meine Hände, sah ihm kurz, aber tief in die Augen, bevor ich meine schloss und ihm dann endlich einen Kuss gab.

Einen Moment noch spürte ich ihn überrascht zögern, dann erwiderte er meinen Kuss, und zwar so, dass ich extrem froh darüber war zu sitzen, weil es mich sonst wirklich umgehauen hätte. Nicht nur, dass er ganz rational von der technischen Seite her schon mal wirklich unverschämt gut küssen konnte mit seinen vollen Lippen – nein, mein Kreislauf musste darüber hinaus auch noch mit der hereinbrechenden Wucht dieses emotionalen Overkills klarkommen, und in Kombination bescherte mir all das mehr innerliches Erdbeben, als ich es überhaupt für möglich gehalten hätte.

Zwei letzte klare Gedanken ließen mich grinsen, bevor ich

mich im Rausch des Moments völlig aufzulösen begann: Zum einen amüsierte es mich, dass ich dank meiner katholischen Schulbildung daran denken musste, dass es die Trompeten von Jericho gewesen waren, die die Mauern zum Einsturz gebracht hatten; zum anderen stellte ich fest, dass ich anscheinend gerade meine neue Lieblingsdroge gefunden hatte, die viel mehr und besser kickte als alles, was ich bisher sonst so ausprobiert hatte: Statt Koks im Kopf hatte ich Schmetterlinge im Bauch.

14
Einer kommt, einer geht
(Sommer 1997)

»Das ist ja 'ne echte Unverschämtheit, meine Liebe, andauernd jammerst du am Telefon rum, wie fertig du bist, und dann kommst du hier an und siehst aus wie das blühende Leben?! Und das alles auch noch ungeschminkt, tsstss ... Frechheit!«, begrüßte mich Ralf, als er mir die Tür zu Rezas Wohnung öffnete. Er umarmte mich warmherzig und hieß mich herzlich willkommen zu unserem Familientreffen: Meine Eltern waren nämlich auch schon eingetroffen, genau wie Sabine, dieses Mal ohne Mann und Kinder. Ich freute mich wirklich unglaublich, drei ganz private Tage ohne Verpflichtungen und Versteckspiel vor mir zu haben.

Zugegeben, dass der Mittag vor meiner Abfahrt so verlaufen war wie beschrieben, tat sicher auch sein Übriges zu meinem allgemeinen Wohlbefinden, aber umso wunderbarer war es, diesen flirrenden Zustand im Kreis meiner Vertrauten nicht verbergen zu müssen bei dem fabelhaften Abendessen, das Ralf und Reza gekocht hatten.

Renate hatte ein Blick auf mich genügt, dann funkelten ihre Augen freudig, und noch ehe auch ich ein Glas Champagner in der Hand hielt, um auf unser aller Wiedersehen und den bevorstehenden Abend anzustoßen, jubilierte sie schon in die Runde: »Ich weiß ganz genau, warum du so aussiehst!! Du bist ver-li-hiebt!«

Fünf Augenpaare schauten mir grinsend beim Rotwerden zu, um sich dann ehrlich mit mir zu freuen. Selbst Günther ertrug es tapfer, sogar als Ralf »Alle Details!« forderte. Aber da hatten wir auch schon allesamt fünf Gänge köstlicher Kochkunst, sowie fünf verschiedene edle Obstbrände intus.

Auch die folgenden Tage in der Eifel waren Balsam für meine Seele, sogar das Wetter zeigte sich Eifel-untypisch von seiner besten Seite, und als ich nach diesem Kurzurlaub sauerstoffgeladen und ausgeschlafen (und vor lauter gutem Essen zwei Kilo schwerer) wieder Richtung Köln fuhr, freute ich mich auf die Arbeit wie lange nicht mehr. Irgendwie machte alles auf einmal wieder Spaß, und das Allertollste war, dass Jens anscheinend auch ganz schön angedengelt war.

Nach eigener Aussage hatte es ihn ebenfalls ziemlich erwischt, und dass wir unser Verhältnis trotz wirklich überschäumender Gefühle geheim halten mussten – am Set und erst recht in der Öffentlichkeit –, machte die ganze Geschichte nicht weniger aufregend. Um ihn unerkannt in seiner Wohnung zu besuchen, hatte ich mir über meine türkische Putzfrau sogar ein Nikab-Komplettverhüllungsset besorgt, das zwischen vielen dunkelbraunen Stofflagen nur einen kleinen Sehschlitz frei ließ, und mit dem ich in Ehrenfeld, wo Jens wohnte, überhaupt nicht auffiel. Nur der völlig unmaskierte Günter Wallraff, der auch dort in der Ecke wohnte, wunderte sich beim Feinkosthändler bestimmt sehr, einer komplett verschleierten Frau zu begegnen, die ihn zuerst aus ihrem Sehschlitz heraus mit riesigen Augen angaffte, um sich danach vor Lachen nicht mehr einzukriegen.

Beruflich lief erst mal alles weiter wie geplant. Zwar war jetzt schon klar, dass sich die Dreharbeiten einen Monat länger als ursprünglich geplant hinziehen sollten, was mir aber nicht ungelegen kam, vor allem auch dank der netten Zusammenarbeit mit dem Standfotografen.

An sich lief also in diesem Sommer wirklich alles hervorragend, nur Tom Kosly irritierte mich. Als wir uns Ende Juni zum Mittagessen trafen, um eine erste Vorbesprechung für die neue Single abzuhalten – im Promi-Lokal natürlich, und wie immer, wenn wir uns trafen, selbstverständlich mit medialer Berichterstattung –, wirkte Tom irgendwie eingeschnappt. Normalerweise waren auch die Treffen im Rahmen unserer Zusammenarbeit immer geprägt gewesen von ritualisiertem Gefrotzel, sowie einer augenzwinkernden »Vielleicht-landen-wir-eines-Tages-doch-mal-miteinander-im-Bett«-Grundhaltung, aber bei diesem Mittagessen war er seltsam distanziert.

Professionell spulten wir das PR-Trara mit den gängigsten Floskeln »bewährtes Team«, »inspirierende Zusammenarbeit«, »spannendes, neues Projekt« und so weiter ab, und als die Presseheinis dann endlich in ihre Redaktionen verschwunden waren, um aus unserem Mittagessen dankbar eine halbe Seite zu schustern, die wenigstens einen Teil ihres Sommerlochs stopfen würde, sprach ich ihn auf sein Verhalten an.

»Sag mal, Tom, hab ich was verpasst? Du bist so komisch ...«

»Ich bin komisch? Du bist komisch!«, erwiderte er schnippisch.

»Inwiefern?«, hakte ich nach.

»Naja«, sagte er, schob sich eine von seinen Steinpilzravioli in den Mund und redete kauend weiter, »dass du hässliche Freaks ranlässt, wenn es dir nutzt, hab ich ja schon vor Jahren gesehen, aber dass du jetzt, trotz deines Erfolgs, sogar an Aas gehst, wundert mich doch.«

Ich kam nicht ganz mit: »Hää? Wieso geh ich denn an Aas? Ralf ist zwar jetzt schon fast 32, aber das gilt doch wohl noch nicht als totes Fleisch, also: Wovon bitte redest du?«

Er kniff seine Augen ein wenig zusammen. So ernsthaft abschätzig hatte ich ihn wirklich noch nie erlebt – allein an seinem Gesichtsausdruck war schon zu erkennen, dass es hier nicht mehr um spaßige Fopperei ging, sondern echte Abscheu zugrunde lag, die er auch verbal rausließ:

»Oh, apropos Ralf, dein ach so geliebter Ralf, hinter dem du dich so gerne versteckst – zum Beispiel immer gerade dann, wenn zwischen uns endlich mal was hätte laufen können... aber nein: Ich bin doch mit Ralf so glücklich, ich kann das einfach nicht!«, äffte er mich nach und machte, ohne Luft zu holen, weiter:»Was sagt denn dein feiner Herr Fußballer eigentlich dazu, dass sein kleines blondes Luder sich für 'ne Hauptrolle vom notgeilen Senderchef wie 'ne Nutte flachlegen lässt? Oder weiß dein Ralf das etwas gar nicht?«

Mir fiel wirklich die Gabel aus der Hand, und allein schon die Vorstellung an Sex mit dem Grabschgriffel-Chef ließ mich schaudern. Außerdem hatte ich den Zuschlag für diese Rolle ganz regulär vom Regisseur bekommen, nach einem harten, ehrlichen Casting – tatsächlich so einem richtigen, einem mit Text-Lernen und Szenen-Vorspielen. Gut, ich wusste natürlich, dass letztlich marktwirtschaftliche Gründe das Zünglein an der Waage waren, mir die Rolle zu geben, aber gerade weil ich den Zuschlag bekommen hatte, ohne meine biologischen Waffen auch nur im Ansatz eingesetzt zu haben, ärgerte mich diese Behauptung umso mehr. Ich musste aufpassen, um nicht zu hyperventilieren.

»Hast du sie noch alle? Ich soll für die Hauptrolle die Beine breit gemacht haben beim Alpenländler?! Pass mal auf: Erstens hab ich den seit über einem Jahr nicht mehr gesehen, und zweitens habe ich die Rolle über ein normales Casting bekommen, wie alle anderen Mitwirkenden auch. Das nur mal zur Info! Aber wie um alles in der Welt kommst du denn auf den Quatsch? Wer erzählt so unverschämten Mist?«

»Ach, Lina, jetzt tu nicht so scheinheilig. Er hat es mir doch selbst gesagt!«, winkte Tom ab und wirkte durchaus glaubwürdig dabei. Mir wurde spontan übel.

»Er selbst...?«, fragte ich fassungslos.

»Ja genau, er selbst!«, bestätigte Tom mir, schien aber doch etwas irritiert über mein blankes Entsetzen. Daher hielt er es wohl für nötig, seine Aussage durch Details zu verifizieren: »Und zwar als er mir angeboten hat, für den Mehrteiler exklusiv zu komponieren und zu produzieren. Er dachte wohl, Horizontalerfahrung mit dir sei eine verbindende Gemeinsamkeit zwischen ihm und mir ... weißt du, wie er mich genannt hat? ›Mein Lochschwager‹. In dem Glauben habe ich ihn natürlich gelassen, schließlich wollte ich einen guten Deal aushandeln. Und wo geht das besser als unter Verwandten!?«, schloss er süffisant grinsend. Trotzdem war ihm noch immer anzumerken, dass es ihn immens ärgerte, dass ich den Senderchef angeblich rangelassen, ihn selbst jedoch über Jahre immer wieder abgewiesen hatte.

Meine Schläfen pochten, und ich merkte, wie ich kurz davor war, vor Wut komplett zu explodieren. Wenn ich das alles richtig verstanden hatte, hatten also zwei für mich karrieremäßig wichtige Typen sich im Prahlhans-Modus über ihre sexuellen Erfahrungen mit mir ausgetauscht, obwohl ich de facto niemals was mit denen gehabt hatte, weder mit dem einen, noch mit dem anderen. Eine schräge Variante von üblen Nebenwirkungen – bis dahin war die fieseste Erfahrung, die ich mit meinem Sex-Granaten-Image gemacht hatte, den Typen an der Bahnstation zu meinem Playboy-Plakat onanieren zu sehen. Aber nun gab es definitiv eine neue Nummer 1. Ich schloss für einen Moment die Augen und konzentrierte mich auf meine Atmung, dann sah ich Tom an und stellte so ruhig wie möglich ein paar Dinge klar:

»Pass mal auf, du Blender, mal ganz abgesehen davon, dass ich entsetzt bin, wie leicht du dich ins Bockshorn jagen lässt wie ein eifersüchtiger kleiner Junge – damit du das final kapierst: Ich hatte mit dem Schmierlappen genauso viel Sex wie mit dir! Nämlich gar keinen! Mann, ist das bitter, dass du dem das einfach glaubst. Ich hätte echt gedacht, dass du mich mittlerweile besser kennst ... ich bin zwar zielstrebig, aber dafür tue ich doch beileibe noch lange nicht alles! Bah!! Und meinst du echt, ich hab es noch nötig, da wo ich jetzt angelangt bin, mich von irgendwem flachlegen zu lassen, um einen guten Job zu kriegen? Musst du etwa Schwänze lutschen, damit man dich 'ne Sendung oder 'ne Platte machen lässt, oder was?!«

»Nein, aber ich hab ja auch nicht so tolle Titten wie du!«, sagte er grinsend, aber um solch einen Konter zu parieren, fehlte mir in dem Moment wirklich der Humor.

»Hast du schon was komponiert für den Mehrteiler?«, fragte ich daher eisig.

»Ich hab zumindest schon mal angefangen...«

»Dann meld dich, wenn du mir was Konkretes vorspielen kannst – meine Nummer hast du ja!«, sagte ich unterkühlt, stand auf, legte Geld neben meinen Teller und verließ das Lokal. Der Appetit war mir eh vergangen.

Mein erster Anruf, sobald ich wieder in meinen vier Wänden war, galt Sabine, der ich aufgebracht von den mir zugetragenen Männergesprächen um meine Person erzählte.

»Das ist rechtlich aussichtslos«, sagte sie lapidar. »Solange keiner von denen das öffentlich, also vor Zeugen, erzählt, kannst du da gar nix machen. Darüber hinaus sind beide zu wichtig für deine Karriere, als dass es klug wäre, denen an den Karren zu pinkeln. Ich kann gut verstehen, dass es dich ärgert, aber: Es bringt nichts! Steh drüber oder versuch halt wenigstens, es als Kompliment zu sehen, dass Typen dieses Kalibers sich mit dir brüsten wollen!«

Ich empfand dieses »Kompliment« zwar eher als rufschädigende Beleidigung, musste mich den juristischen und karrieretechnischen Gegebenheiten aber zähneknirschend beugen.

Besonders interessant fand ich jedoch Jens' Reaktion, als ich ihm abends am Set bei der neuesten Standfoto-Durchsicht im Wohnmobil von meinem Mittagessen mit Tom Kosly erzählte: Er lachte sich halb kaputt und sprach von karmischer Gerechtigkeit.

»Wieso sollte das karmische Gerechtigkeit sein?«, fragte ich latent verstört.

»Na, du hast doch irgendwann auch mal erzählt, du hättest was mit Bruno, äh, also mit Ben Herdheld von den *Insassen* gehabt, obwohl das gar nicht stimmte!«

Ich erinnerte mich an die Bildunterschrift in der BRAVO, was mittlerweile auch schon fast vier Jahre her war, und musste ebenfalls grinsen. Ich gab die Anekdote inklusive Vorgeschichte zum Besten, aber trotzdem fand ich natürlich, dass das etwas völlig anderes war. Ich hatte ja damals keine aktive Falschaussage getroffen, sondern nur mein Wissen über Brunos, beziehungsweise Bens, physiognomische Besonderheiten indiskret präsentiert und die daraus resultierende Fehlinterpretation des Reporters nicht verhindert oder korrigiert. Damit war das schon mal klargestellt. Aber dann fiel mir etwas auf:»Aber wieso weißt du überhaupt, wie Ben richtig heißt, und vor allem: dass ich definitiv nichts mit ihm hatte?«, hakte ich bei Jens nach. Er grinste.

»Weil wir uns von früher kennen.«

»Wie, ihr kennt euch von früher? Woher?«

»Unser Landkreis hatte einfach nicht so viele weiterführende Schulen«, sagte er,»Bruno ist zwar ein paar Jahre älter als ich, aber wir von der Foto-AG haben immer die Auftritte der Schulband fotografiert.«

»Und da habt ihr heute immer noch Kontakt?!« Ich war überrascht.

»Naja, manchmal engagiert mich unsere ehemalige Schulcombo halt auch heute noch für aktuelle Bandfotos«, grinste er sein sexy-sympathisches Understatement-Grinsen.»Abgesehen davon machen Teile der alten Segel-AG, wo wir damals beide drin waren, immer noch einmal im Jahr einen kleinen gemeinsamen Törn – und dabei teilen wir uns nun schon seit fünfzehn Jahren eine Kabine, alte Tradition.«

»Das ist ja abgefahren.« Ich war erstaunt darüber, wie klein die Welt manchmal war, und sah darin auch meine Chance, mehr zu erfahren:»Aber wenn du ihn zufällig schon so gut kennst: Weißt du denn dann auch, wieso er meine Lüge nie richtiggestellt hat?«

»Klar«, nickte Jens, »der fand das super! Bruno hält sein Privatleben eben sehr gerne privat – und sagen wir mal so: In der Öffentlichkeit mit einer attraktiven *Frau* in Verbindung gebracht zu werden, kam ihm daher nicht ungelegen!«

Ich lachte laut auf:»Noch so einer, ich fass es ja nicht… da ist der Insasse also in Wirklichkeit 'ne Schwester!« Voller Übermut über mein ach so gelungenes Wortspiel giggelte ich kopfschüttelnd weiter vor mich hin:»Und ihr kennt euch auch noch von früher, was ist das alles mal wieder schräg, hihi – da wird Ralf aber ganz schön große Augen machen, wenn ich ihm das erzähle!«

Entsetzt schlug ich mir die Hand vor den Mund, als könnte ich damit den letzten Satz vielleicht einfangen und zurücknehmen. Blöderweise unterstrich diese instinktive Geste meinen Fauxpas aber zusätzlich, und Jens' Gesichtsausdruck zufolge war es ohnehin zu spät, irgendwie noch heil aus der Nummer rauszukommen. In Form einer rhetorischen Frage startete ich noch einen letzten verzweifelten Versuch:»Oh mein Gott, hab ich das gerade wirklich laut gesagt?!«

Jens nickte:»Hast du. Und das lässt du bitte schön bleiben, das habe ich dir gerade *im Vertrauen* erzählt, da kannst du doch nicht mit hausieren gehen! Vielleicht hat Bruno ja gute Gründe, das privat halten zu wollen, hm?! Und überhaupt, die ganze Zeit machst du ein tierisches Bohei, um das hier mit uns geheim zu halten – aber jetzt willst du deinem Ralf auf einmal brühwarm erzählen: ›Schatzi, stell dir vor, der Typ, mit dem ich dich betrüge, kennt Ben Herdheld von früher und weiß, dass er schwul ist!‹« Er klang echt sauer.»Wie kommt man denn nur auf so 'ne blöde Idee, was soll das?!«, schob er hinterher, und dann konnte ich sehen – parallel dazu, wie seine zusammengezogenen Augenbrauen langsam wieder an die richtige Stelle wanderten und damit die Zornesfalten auf seiner Stirn verschwanden –, wie sich in seinem Kopf eine Antwort auf seine eigene Frage zusammenbraute. Und so sehr ich das sonst schätzte: Mitunter gibt es halt auch Nachteile, wenn man ein schlaues Gegenüber vor sich hat.

Jens sah mich mit schief gelegtem Kopf an, halb unsicher grinsend und halb fragend:»Ich hab da gerade einen ganz komischen Gedanken...«

»Ja, dann denk da lieber noch mal in Ruhe drüber nach, mit vorschnell geäußerten Gedanken kann man sich nämlich ganz schön in die Nesseln setzen – habe ich selbst gerade gemerkt!«, sagte ich ziemlich hektisch und küsste ihn sofort danach, um ihm die Gelegenheit zu nehmen, seinen Gedanken auszusprechen und mich damit in Reaktionszwang zu bringen.

Als wir uns wieder voneinander lösten, blickte ich ihm fest in die Augen und sagte mit verschwörerischem Nachdruck:»Und was das Geheimnis von deinem Freund angeht: Da mach dir mal keine Sorgen – ich bin sehr diskret!«

»Dito!«, erwiderte er genauso nachdrücklich, ließ durch sein immer breiter werdendes Grinsen seine Lachfältchen einkerben und hielt meinem festen Blick stand, bis ich auch grinsen musste. Es war völlig klar, dass er ganz genau kapiert hatte, was zwischen Ralf und mir los war, aber bereits ein paar Sekunden später wurde diese magische Situation wortloser Geständnisse durch sein knarzendes Funkgerät unterbrochen:»Krchk... Jens, sofort ans Set für Fotos, Jens bitte... krchk!« Er gab mir schnell einen Kuss, nahm seine Tasche und ging sichtlich gut gelaunt raus.

Dass er es sich auch die kommenden Tage und Wochen verkniff, doch noch mal nachzuhaken oder Genaueres wissen zu wollen, rechnete ich ihm hoch an, zumal auch dieses stillschweigend geteilte Wissen uns einander immer näherbrachte – wobei man in Sachen Nähe und Vertrautheit ehrlicherweise auch nicht unter den Tisch fallen lassen darf, dass unser Sex wirklich exorbitant großartig war.

Daher freute es mich gleich mehrfach, dass Sabine mir für

Jens' Ausstellungseröffnung in Amsterdam Ende Juli wieder drehfreie Tage organisiert hatte. Bei der Vernissage war ich deshalb nicht nur auf acht der fünfunddreißig gezeigten Doppelbilder dabei, sondern hatte durch meine persönliche Anwesenheit auch die Möglichkeit, einige seiner Freunde und Kommilitonen kennenzulernen, und im Anschluss daran mit ihm gemeinsam sogar noch ein paar Urlaubstage in der Stadt der Grachten zu verbringen.

Es hätte herrlicher nicht sein können: In seinem WG-Zimmer, das sich in einem ehemals besetzten Haus im Jordaan befand (und vor der Instandbesetzung in den 80er-Jahren ein Klassenzimmer gewesen war), schliefen wir bis mittags, dann frühstückten wir entweder im Bett oder auf dem Dach der alten Schule mit Blick über die Stadt und plauschten mit den Mitbewohnern, die es aus allen Teilen Europas hierher verschlagen hatte, und die allesamt irgendwie kreativ tätig waren und deren allersympathischster Zug war, dass sie überhaupt keine Ahnung hatten, wer Lina Legrand war, sondern mir als »Jacqueline, Jens' new girlfriend« einfach das Gefühl gaben, in ihrem Haus sehr willkommen zu sein. Den restlichen Tag verbummelten wir mit wechselnden Kurzweiligkeiten (Picknicks im Park, Ausflüge per Rad oder per Boot, Besuche bei Freunden von ihm et cetera) und hatten ansonsten zu den unterschiedlichsten Tag- und Nachtzeiten so ausgiebig, häufig und wirklich paradiesischen Sex, dass ich vor lauter Endorphinen schon zu schielen glaubte. Zwischen uns gab es ein stillschweigendes Abkommen, den Zauber der Zeitstillstände nicht durch Worte zu vertreiben, denn uns beiden wurde mit jedem inneren Erdbeben klarer, dass wir hier nicht einfach nur guten Sex hatten, sondern tatsächlich Liebe machten. Um dieses Wunder weiterhin zwischen uns schweben zu lassen, war behutsame Vorsicht mehr als angemessen.

Am letzten Abend bevor wir zurück nach Deutschland mussten, waren wir zum Abschluss dieser fantastischen neun Tage fürstlich schmausen im *Supperclub*, einer sehr speziellen Örtlichkeit, wo man unglaublich köstliche Speisen im Liegen auf weißen Riesenbetten genoss, während um einen herum diverse Kunstaktionen liefen – Performance, Musik, Videoinstallationen. Ein paar WG-Mitbewohner von Jens hatten dieses Etablissement ein Jahr zuvor gegründet und waren nun unaufhaltsam dabei, mit ihrem ungewöhnlichen Restaurantkonzept die neuen Stars der Amsterdamer Szene zu werden, und dass Jens'»Potemkinsche Dörfer« dort die Wände ab Oktober (wenn die aktuelle Ausstellung vorbei war) schmücken sollten, freute mich sehr für ihn. Während wir auf den zweiten Gang warteten und zur Musik des DJs den an die Decke projizierten 70er-Jahre-Super-8-Film ruckeln sahen, schweiften meine Gedanken ab, und allein schon die Vorstellung, in 24 Stunden bereits wieder als Lina Legrand in Köln zu drehen, erzeugte in diesem Moment körperlichen Widerwillen: Es schüttelte mich.

»Ist dir kalt?«, fragte Jens, in dessen Arm ich lag.

»Neinnein«, sagte ich, »ich musste nur an morgen denken.«

»Und warum schüttelt es dich beim Gedanken daran? Was steht denn morgen an?«, wollte er wissen. Ich war viel zu entspannt, um mich zu verstellen.

»Ich muss morgen wieder Lina Legrand sein,« seufzte ich, »aber ich fühl mich hier gerade so wohl als Jacqueline.«

Jens lächelte, drehte meinen Kopf sanft zu sich und gab mir einen Kuss. »Mir gefällt das Yak auch viel besser!«, fügte er noch an und strich mir dabei über die Haare. Yak war sein Spitzname für mich, nicht nur aufgrund der optischen Ähnlichkeit, die ich seiner Meinung nach in meiner zotteligen Wohlfühl-Lieblingsstrickjacke mit diesen Tieren hatte, sondern auch in Anlehnung an meinen echten Vornamen.

Ich schmolz dahin und lächelte selig zurück, blickte dann aber wieder zum Film an der Decke, denn ihm den folgenden Satz ins Gesicht zu sagen, traute ich mich nicht. Andererseits musste es definitiv raus, weil ich sonst geplatzt wäre, also artikulierte ich halblaut:»Ich weiß wirklich nicht, wann ich das letzte Mal so entspannt und so glücklich war wie in den letzten Tagen!«

Jens ließ sich dermaßen viel Zeit mit seiner Reaktion, dass ich mir schon unsicher war, ob er mein Geständnis überhaupt gehört hatte. Die Musik lief auch nicht gerade leise, also drehte ich ihm nach einer gefühlten halben Ewigkeit wieder mein Gesicht zu, um mal dezent nachzusehen, was bei ihm so Sache war. Anscheinend hatte er genau darauf gewartet, und er war offensichtlich mutiger als ich. Er blickte mir nämlich ruhig und fest in die Augen, als er sagte:»Und ich hoffe wirklich sehr, dass ich das auch wieder so wunderbar mit dir teilen darf, wenn du dich das *nächste Mal* so fühlst …«

Als wir am nächsten Tag wieder in Köln ankamen, war ich wie auf Drogen, nur viel besser, und dieser Zustand blieb auch trotz Lina-Legrand-Alltagsstress erstaunlich lange bestehen. Um genau zu sein: exakt bis zum 31. August.

Ich hatte Jens an diesem Morgen um halb vier zum Flughafen gefahren, weil er sich einige Stunden später am Hafen von Rhodos mit den Kumpels seiner alten Segel-AG zum jährlichen Törn treffen wollte, und da wir vor der Fahrt zum Airport nicht geschlafen hatten, fuhr ich danach schnurstracks in meine Wohnung und in mein Bett. Seit wir aus Holland zurück waren, hatte ich trotz aller Endorphindröhnung das Gefühl, dass meine Müdigkeit irgendwie chronisch zu werden schien. Vielleicht stimmte ja irgendwas nicht mit mir, und ich beschloss, mich nach Abschluss der Dreharbeiten bei Reza mal durchchecken lassen – vorsichtshalber.

Als um 12.20 Uhr mein Wecker klingelte, riss mich das aus kruden Träumen, die mir aber ganz seltsam real vorkamen. In den letzten dreiundzwanzig Jahren hatte ich zwar immer besser gelernt, zwischen Traum und Realität zu unterscheiden, aber trotzdem geschah es manchmal, dass mich diese Träume so schräg drauf brachten, dass ich keine Ruhe hatte, bis ich mich davon überzeugt hatte, dass das auch ganz sicher nur ein Traum gewesen war. Beispielsweise musste Renate mir ein halbes Jahr zuvor während eines Telefonates mehrfach versichern, dass sie sich nicht das Bein gebrochen hatte und dass Günther auch nicht bei der Jagd von einem Wildschwein angegriffen worden war.

Nun war ich wieder in einer ähnlichen Situation, und ich wusste, dass ich meinen freien Sonntag nicht genießen könnte, wenn ich dieses Hirngespinst nicht durch baldigen Abgleich mit der Realität vertreiben würde. Also warf ich mir meinen braunen Nikab über, den ich für Alltagsbesorgungen immer mehr zu schätzen gelernt hatte, und stiefelte schlaftrunken zur nächsten Notdienst-Apotheke. Ich wunderte mich noch, dass trotz des schönen Wetters irgendwie wenige Leute auf der Straße rumliefen und vor den Cafés saßen, schenkte dem aber keine weitere Beachtung. Schließlich wollte ich nur schnell meine fixe Idee verjagen und dann auf meinem Balkon in Ruhe Zeitung lesen und frühstücken.

Zu Hause angekommen legte ich Nikab, Brötchen und Zeitungen in die Küche, ging ins Bad, wusch mir die Hände und schaltete das Radio ein. Dann setzte ich mich auf die Toilette, während im Radio gerade der alte Sinead O'Connor-Kracher »Nothing compares to you« gen Ende kam, und hielt den eben erworbenen Schwangerschaftstest wie in der Betriebsanleitung empfohlen »in den Mittelstrahl«.

Nun geschahen zwei Dinge nahezu zeitgleich: Zum einen gongte es im Radio, und der Nachrichtensprecher sagte: »Es ist 13 Uhr, hier ist der Westdeutsche Rundfunk mit den Nachrichten: Lady Di ist tot. Die Prinzessin von Wales erlag in den frühen Morgenstunden in einem Pariser Krankenhaus ihren schweren Verletzungen, die sie sich in der Nacht bei einem Unfall zugezogen hatte« – was mich beinahe schon von der Schüssel fallen ließ. Ich war schließlich aufgewachsen mit Lady Di, die Hochzeit der Kindergärtnerin mit Prinz Charles hatten fast alle Frauen des Dorfs damals gemeinsam schniefend bei Sekt und Häppchen in Renates Salon geguckt, und durch die umfassende Berichterstattung der Regenbogenpresse war sie auch die Jahre darauf mehr als präsent. Unglaublich, wie die das geschafft hat, jahrelang immer wieder die am häufigsten fotografierte Frau der Welt zu sein, eine echte Ikone war das.

Ich konnte den einsetzenden Schock über ihren plötzlichen Tod aber gar nicht richtig auskosten, denn synchron zu dem, was ich den Nachrichtensprecher wie durch Watte noch an Details sagen hörte – »aus bisher ungeklärter Ursache verlor der Fahrer ihres Wagens in einem Tunnel die Kontrolle über das Fahrzeug und prallte mit überhöhter Geschwindigkeit gegen einen Betonpfeiler...« –, sah ich auf dem noch tropfenden Schwangerschaftstest zwei leuchtend rote Streifen entstehen.

Das konnte doch wohl alles nicht wahr sein, Lady Di starb, und ich pinkelte meinen Schwangerschaftstest positiv – beides fühlte sich sehr irreal an, an diesem Sonntag im August. Und weder die Hoffnung, dass gleich mein Wecker klingelte und das alles nur ein Traum sei, noch die Hoffnung, dass einer der zwei Streifen ja vielleicht einfach wieder verschwinden möge, bewahrheitete sich, egal wie oft ich nachsah.

Während ich also, statt mein Frühstück auf dem Balkon zu mir zu nehmen, fassungslos vor dem Fernseher saß, um mir Sondersendungen über das Leben von Lady Di und ihren Verkehrsunfall in Paris reinzuziehen, wurden mir allmählich auch die Fakten meines »Verkehrsunfalls« immer klarer. Gut, im Vergleich zu Lady Di hatte ich es echt besser erwischt, keine Frage, aber trotzdem musste ich dieses nicht unerhebliche Gefühlschaos aus Zweifeln, Wut, Euphorie und amtlichem Schockzustand in akuter Nervenzusammenbruchsnähe erst mal irgendwie geordnet bekommen, ganz für mich alleine.

15
Die Beerdigung von Lady Di und andere Geschäfte

(September 1997)

Die folgende Woche war wie dafür gemacht, dass ich – ganz reduziert auf mich und die aktuelle Situation – mir über einiges klar werden konnte: Jens schipperte in der Ägäis herum, meine Eltern urlaubten auf Capri, Ralf absolvierte irgendwo im Ausland schon wieder erste Trainingseinheiten mit der Nationalmannschaft, die definitiv letzten Drehtage bis zur Schlussklappe ließen sich endlich an zwei Händen abzählen, und egal ob medial oder im persönlichen Gespräch am Set, beim Bäcker oder sonst wo: Alle drehten total durch wegen Lady Dis Tod.

Besonders spannend fand ich die Diskussion um die moralische Schuld der Regenbogenpresse am Unfall, die natürlich vor allem in *den* Medien geführt wurde, die sich öffentlich als Wächter der guten Sitten und ethischer Korrektheit aufspielten, sich aber währenddessen hinter den Kulissen schon darum prügelten, wer wie exklusiv die Sende- und Fotorechte der Trauerzeremonie bekommen sollte. Was war das doch alles für ein pietätloser Scheiß: Eine junge Frau, die Mutter zweier viel zu kleiner Kinder, war tot, und noch bevor man sie angemessen unter die Erde bringen konnte, wurde sich schon gestritten um Marken- und Verwertungsrechte. Aber so läuft das Geschäft nun mal, denn dass mit dieser furchtbaren Tragödie richtig viel Geld zu verdienen war, das stand natürlich völlig außer Frage; und nachdem Londons Blumenhändler in dieser Woche bereits ihren Jahrhundertumsatz machten, wollten alle anderen eben auch ihr Stückchen vom Kuchen haben. Nur sie selbst, sie hatte von all dem gar nichts mehr – there's no business like showbusiness …

Mir ging dieses ganze Showbusiness-Trara mit allem, was dazu gehörte, ja sowieso proportional zur Partizipierungs-Dauer zunehmend auf den Geist, und kaum etwas arbeitete dieser Stimmung entgegen: weder die Langeweile- und Burn-Out-Tendenzen, mit denen ich mich ja schon zu Anfang des Jahres geplagt hatte, noch dass ich den über mich verbreiteten, unverschämten Lügen aus Karrieregründen nicht offensiv entgegentreten konnte, geschweige denn, dass man jetzt bei Lady Di (Bekanntheitsgrad weltweit: sagenhafte 99,99999 %) und ihrem Tod die verlogene Fratze des allgemeinen öffentlichen und medialen Gebarens in ihrer ganzen Pracht bewundern konnte.

Vielmehr war es so, dass mir (zusätzlich angefeuert durch das hormonelle Chaos, das in meinem schwangeren Körper tobte, in Verbindung mit den Gefühlen, die ich für Jens empfand) eine andere Option auf einmal sehr viel attraktiver erschien, als zum 47. Mal das Coverblatt irgendeiner TV-Zeitschrift zu schmücken, in der In-und-Out-Liste der *Bunten* auf der richtigen Seite zu stehen und die besten Jahre meines Lebens bei Dreharbeiten in rumstehenden Wohnmobilen mit viel schlechtem Filterkaffee und noch mehr Warterei zu verschwenden. Ich wollte tatsächlich mit Jens eine Familie gründen und dieses Kind kriegen.

Allerdings brachte dieser Wunsch ein paar Probleme mit sich: 1. war ich offiziell immer noch mit Ralf zusammen, 2. kollidierte meine Vorstellung von einem harmonischen und erfüllten Familienleben sehr mit der Alltagsrealität im Showgeschäft, und 3. wusste ich ja überhaupt noch nicht, wie Jens die Option einer Familiengründung mit mir fand. Der segelte schließlich gerade nichts ahnend zwischen griechischen Inseln umher.

Diesen bunten Strauß suboptimaler Startbedingungen sah ich jedoch eher als Herausforderung, denn er bot mir als Kontrapunkt zu meinen Wünschen genau das, was ich schon so lange vermisst hatte: Ich hatte endlich wieder ein neues Ziel, und zwar eins, für das ich mir auch noch einen wirklich verdammt guten Plan überlegen musste! Mein letzter großer Plan, reich und berühmt zu werden, hatte ja im Großen und Ganzen gut hingehauen, auch wenn die Gewichtung zwischen »reich« und »berühmt« leider nicht ganz so ausgeglichen war, wie ich mir das in der Eifel damals vorgestellt hatte. Aber nun verfolgte ich ein Ziel, dass so absurd, so verrückt und in meiner aktuellen Situation (Bekanntheitsgrad Sommer '97: 76 %) vor allem so unmöglich erschien, dass ich einen viel größeren und richtig ausgefuchsten Plan brauchte, um auch dieses Ziel zu erreichen: Ich wollte nämlich reich und unerkannt leben, also erst noch mal richtig absahnen und dann mit Jens und unserem Kind in Ruhe glücklich sein, ganz ohne Klatsch- und Tratschblätter, ohne mediales Interesse oder Kommentare zu meinem Leben.

Mit durchaus krimineller Energie wog ich ein paar Möglichkeiten gegeneinander ab, und als ich den meiner Meinung nach idealen Plan im Kopf hatte (und mich damit ein bisschen fühlte wie Garri Kasparow, nur halt ohne Schach), machte ich mich daran, die nötigen Mitstreiter ins Boot zu kriegen. Denn dieser Coup ließ sich – wenn überhaupt – nur mit Unterstützung umsetzen, das war mir klar.

Ralf kam am Freitag nach Deutschland zurück und meldete sich direkt wieder krank beim BVB, weil er sich bei der Nationalelf was gezerrt hatte. Wurde auch nicht jünger, der Gute ... Reza und ich waren sowieso schon für den Samstag verabredet, und uns war es daher sehr recht, dass er nicht spielen konnte, denn so konnten wir zu dritt die Trauerzeremonie live im TV ansehen. Dabei verrotzten und verheulten wir eine ganze Packung Kleenex, aßen Eiscreme und sonstigen tröstenden Süßkram, bis uns schlecht wurde, und jeder von uns musste seine Lieblings-Lady-Di-Anekdote erzählen: Ein Cousin von Reza, auch Arzt, hatte tatsächlich mal eine Affäre mit ihr gehabt; Ralf hatte sie bei der EM in England sogar persönlich kennen gelernt; und ich erinnerte mich an die »Skandalbilder« mit ihrem Reitlehrer, die sich als plumpe Fälschung erwiesen. Obwohl ich auch heute noch von dem Verhältnis an sich felsenfest überzeugt bin – jedes Mal wenn ich Prinz Harry sehe.

Als das Spektakel, bei dem Dianas Intimus Elton John den musikalischen Grundstein zu weiteren Millionen gelegt hatte (obwohl der alte Faulpelz noch nicht mal eine neue Nummer komponiert, sondern nur alten Kram recycelt hatte), endlich vorbei war, ergab sich das nächste Thema wie von selbst.

»Lasst uns noch was auf sie trinken. Ich hol mal den feinen alten Cognac!«, schniefte Ralf und holte die Flasche mit drei Schwenkern aus dem Barschrank.

»Für mich nicht, danke!«, winkte ich ab.

»Der ist aber wirklich ganz fantastisch!«, machte Reza Anstalten, mich zu überreden.

»Ich weiß«, sagte ich, weil ich das edle Tröpfchen noch vom Abendessen im Juni kannte, »aber ich kann keinen Alkohol trinken...«

Vielleicht hatten die zwei einfach einen guten Blick, vielleicht hatte sich mein Geruch verändert, oder vielleicht war meine Abstinenz auch einfach zu ungewöhnlich im Kontrast zu meinem sonstigen Verhalten – de facto reichte ihnen dieses eine Statement, um synchron auszurufen: »Du bist schwanger!!!« Unter ihren Quietsch- und Jubellauten wurde ich so begeistert gedrückt, geherzt und beglückwünscht, dass ich nur noch »Ähh, danke!« stammeln konnte.

»Und, was sagt dein Herzblatt dazu, dass er Papa wird?«, fragte Reza mit seinem schwyzerdütschen Akzent, der erstaunlicherweise immer stärker wurde, je länger er in der Eifel wohnte. Er begründete das damit, dass in der Eifel schließlich auch Dialekt gesprochen würde und er durch zu gutes Hochdeutsch nicht arrogant wirken wollte, er aber leider auch schon zu alt sei, um sich artikulativ noch mal neu zu assimilieren.

»Jens weiß noch gar nichts davon«, klärte ich sie ehrlich auf. Große Irritation in beiden Gesichtern.

»Aber du wirst das Kind doch kriegen...?!«, fragte Ralf – es klang mehr nach Aufforderung als nach Frage.

»Das würde ich ehrlich gesagt mittlerweile tatsächlich gerne – aber ob ich das wirklich durchziehen kann, hängt von euch beiden ab...«, erwiderte ich.

»Von uns?«, hakten Ralf und Reza unisono überrascht nach. Ich nickte.

»Das ist aber 'ne längere Erklärung... und schenkt euch besser erst mal ordentlich ein!«, sagte ich und deutete auf den Cognac.

Dann hielt ich einen gut viertelstündigen Monolog, in dem ich ausführlich Auskunft gab über meine Beweggründe und mein neues Ziel, aber eben auch über meinen kunstvoll entworfenen Gesamtplan und den Part, den sie dabei übernehmen müssten, damit dieser ausgefeilte Coup auch in aller Konsequenz aufginge. Nach ungefähr neun Minuten meiner Redezeit standen ihre Münder weit offen, was sich bis zum Ende meiner Ausführungen auch nicht mehr änderte. Als ich fertig war und auf ihre Reaktionen wartete, wirkte Reza, als hätte er Kopfschmerzen, und schenkte beiden direkt noch mal reichlich nach. Erst nachdem sie ihre Gläser erneut geext hatten (eine echte Schande für den guten Cognac!), fand Ralf seine Sprache wieder: »Das haut doch nie im Leben hin, da wird bestimmt irgendjemand hinterkommen...!«

»Ralf, wir beide führen die gesamte Öffentlichkeit seit dreieinhalb Jahren an der Nase herum – und warst nicht damals ausgerechnet du derjenige, der mir erklärt hat, dass die Leute schlicht und einfach glauben, was in der Zeitung steht? Seit Jahren haut das bei uns tatsächlich genau so hin. Warum sollte das denn ausgerechnet dieses Mal anders sein als sonst, hm? Wir füttern die Medien, und die fressen uns dankbar aus der Hand, so wie immer – und was meinst du, wie fantastisch sich das alles verkaufen lässt!! Stell dir das mal konsequent und konkret vor – glaubst du ernsthaft, bei diesem plausiblen und vor allem rentablen Gesamtbild hält sich irgendjemand ernsthaft mit Zweifeln auf?!« Punkt für mich.

»Liebstes Lienchen«, brachte sich dann Reza ein, den Spitznamen hatte er sich bei meinem Vater abgeguckt, »wir haben dir wirklich verdammt viel zu verdanken, was unsere Situation als Paar angeht und gerade auch was die Klinik betrifft – aber was du jetzt verlangst, das kann für uns alle wirklich so was von nach hinten losgehen!«

»Ich weiß,« fiel ich seinen zugegebenermaßen nicht unbegründeten Bedenken ins Wort, »aber stell dir mal vor, es haut hin – dann müsstet ihr mit dem Laden hier sogar noch anbauen! Und abseits der geschäftlichen Ebene: Wäre das nicht schön, in ein paar Jahren mit eurem Patenkind unterm Christbaum zu sitzen, und nicht nur Renates und Günthers Frau-Stahlke-Story zu lauschen, sondern selbst zum Besten zu geben, wie Mama und Papa mit euch beiden lieben Patentunten damals das Riesending gedreht haben?«

Zugegeben, das war nicht ganz fair – ich wusste genau, wie sehr es sie wurmte, dass Sabine damals nicht sie, sondern eine Freundin und eine Schwägerin als Paten für ihre Kinder gewählt hatte.

»Wisst ihr was?«, fuhr ich fort, »Ihr lasst das am besten alles erst mal sacken! Schlaft da ein paar Mal drüber und besprecht euch in Ruhe, ihr müsst das ja Gott sei Dank nicht jetzt entscheiden. Ich muss Jens ohnehin erst noch verklickern, dass er Papa wird. Und Ralf … ich müsste ihm dann wohl im Vertrauen stecken, dass du keinesfalls der Vater dieses Kindes sein kannst – ist das O.K. für dich? Für Jens leg' ich in Sachen Diskretion auch genauso die Hand ins Feuer wie damals bei Renate und Günther. Also: Darf ich?«

Wieder weit offener Mund bei Ralf, dann fragte er verblüfft: »Wie, du bist seit drei Monaten mit dem zusammen und hast ihm noch nicht gesagt, dass ich schwul bin?!?«

Ich schüttelte den Kopf, was ja auch streng genommen nicht gelogen war: *Gesagt* hatte ich definitiv nichts, und was Jens sich zusammengereimt hatte, musste ich ja nun nicht ausgerechnet jetzt auf dem Präsentierteller kredenzen. Zumal ich so eine weitere Möglichkeit zum Nachkarten für meine Zwecke bekam: »Natürlich habe ich nichts gesagt, ich bin doch loyal! Das solltest du doch gemerkt haben, die letzten Jahre: Wenn ich einen Pakt schließe, dann halte ich mich daran, und dann haut das alles eben auch absolut verlässlich hin. Ist das nicht normal so unter Freunden?«

Reza musste grinsen und prostete mir amüsiert zu: »Ich vergesse zwischendurch immer wieder, was das liebe Lienchen doch für ein schlaues und gewieftes Luder ist!«

So beschlossen wir gemeinsam, die Entscheidung zu vertagen, bis Jens Bescheid wusste, die Jungs tranken »auf das Leben«, und wir redeten bis in die Nacht über andere Dinge: Ich erzählte von den über mich verbreiteten sexuellen Unwahrheiten und meinem Urlaub in Amsterdam, Ralf schilderte absurde Geschehnisse bei den Trainingstagen mit der Nationalelf, und Reza plauderte herrlich indiskret aus dem Nähkästchen, welcher Kollegin (und welchem Kollegen) von mir er Busen, Bauchfett, Nasen oder Falten gerichtet hatte in den letzten zwei Monaten oder selbiges in den kommenden sechs tun würde.

Als ich den braun gebrannten Jens am folgenden Abend gegen 23 Uhr endlich wiedersah, musste ich mir immer wieder bewusst machen, dass seit unserem Abschied nur eine Woche vergangen war – auch wenn sich das eher wie Ewigkeiten anfühlte, weil bei mir in der Zwischenzeit doch so einiges passiert war. Er stieg zu mir ins Auto, mit dem ich gekurvt war, bis ich ihn endlich aus dem Terminal hatte kommen sehen, und küsste mich. Dann richtete er breit grinsend schöne Grüße von seinem Kabinenkumpel Bruno-Ben aus und erzählte mir aufgekratzt vom Segeltörn: Wo sie überall langgeschippert waren, wie zwei von ihnen sich eine Fischvergiftung eingefangen hatten (»Bruno und ich waren so froh, dass wir in dem Laden das Moussaka genommen hatten!!«), dass er ganz häufig und stets mit warmem Lächeln an mich hatte denken müssen, und viele weitere kurzweilige und auch schöne Dinge. Kurz vor seiner Wohnung fiel ihm dann auf, dass ich bis dahin noch gar nicht soviel gesagt hatte.

»So, aber jetzt mal genug von mir – wie ist es dir denn so ergangen die letzte Woche? Du siehst übrigens ganz phantastisch aus, hab ich dir das überhaupt schon gesagt?!«

Ich nickte grinsend. »Kannst du aber gerne immer wieder...!«, sagte ich. »Hier war ganz schön was los... ich hatte in der Woche viereinhalb Drehtage, gestern war ich in der Eifel, und vorher musste ich noch dringend ein paar Dinge organisieren, wegen der PR für den Mehrteiler, Termine checken, Meetings ansetzen, so was halt...«

Während ich mich so dahinplappern hörte, parkte ich vor seiner Garage ein, machte den Motor aus und sah ihn unvermittelt an. »Jens, ich... ich muss mit dir reden.«

Es gibt einfach Einleitungen, da weiß man: Jetzt geht es ans Eingemachte, und obwohl es schon dunkel war, konnte ich sehen, wie Jens blass wurde. Da musste ich jetzt aber trotzdem durch, und er auch, also machte ich weiter: »Ich weiß gar nicht, wie ich dir das jetzt am besten sagen soll, und ich weiß auch wirklich nicht, wie das überhaupt passieren konnte, aber...«

»Bitte nicht, sag mir jetzt bitte nicht, dass du Schluss machen willst!«, nutzte er den Moment, in dem ich kurz die Luft anhielt, und brachte mich dadurch ziemlich aus dem Konzept.

»Hä? Was? Bist du verrückt? Ich will mich doch nicht von dir trennen. Im Gegenteil, ich will dich mehr denn je!!«

Nun war auch er irritiert: »Aber wozu dann das dramatische ›Ich muss mit dir reden‹?«

»Weil ich schwanger bin.« Geschafft.

»Wir kriegen ein Kind?«, fragte er und hörte sich dabei doch bedeutend besser gelaunt an, als ich erwartet hatte.

»Wenn wir das möchten...«

»Möchtest *du* das denn?«, hakte er nach.

Ich nickte. »Ja, möchte ich schon, aber...«

Bevor ich mein »aber« ausführen konnte, umarmte er mich freudestrahlend: »Das ist ja wunderbar, wir kriegen ein Kind!«

Mit einer solch uneingeschränkt positiven Reaktion hatte ich nicht gerechnet und war dementsprechend gerührt über seine Begeisterung, aber nachdem ich ihm die wenigen mir bekannten Eckdaten zur Schwangerschaft mitgeteilt hatte – dieses Kind war definitiv in Amsterdam entstanden, und nächste Woche hatte ich einen Termin beim Gynäkologen, um Genaueres zu erfahren –, galt es trotzdem, ein paar Dinge zu klären. Und so musste ich doch noch mal mein »aber« aufgreifen: »Aber ich will dieses Kind nur, wenn du damit klar kommst, dass ich nicht als Lina Legrand eine Familie mit dir gründen möchte. Kannst du dir ein Leben nur mit mir und ohne Lina Legrand überhaupt vorstellen?«

Er hatte die ganze schizophrene Lina-Jacqueline-Schiene zwar gut weggesteckt in den letzten Wochen und Monaten, aber jetzt runzelte er doch die Stirn:

»Naja, verliebt hab ich mich ja sowieso in die Frau hinter dem Kunstprodukt, und die abgebrühte Medienbratze Lina Legrand find ich ja nach wie vor eh ziemlich doof, daher würde ich sie wohl kaum vermissen... Aber du glaubst doch nicht im Ernst, dass du einfach sagen kannst: ›So, liebe Öffentlichkeit, ich hab jetzt keine Lust mehr auf das ganze Lina-Bohei, ich zieh mich jetzt einfach mal ins Private zurück!?‹ Da geht die Wühlerei ja erst richtig los, so gut solltest du die Medienwelt doch kennen. Die lassen dich doch dann nicht einfach in Ruhe, nur weil du das plötzlich möchtest!«

»Ja, das sehe ich genauso, und was noch dazukommt: Ich will auch Ralf nicht reinreiten, der soll in der Öffentlichkeit sein Gesicht wahren können, das bin ich ihm schuldig«, stimmte ich Jens zu. »Aber genau deswegen habe ich mir einen Plan überlegt, wie man die ganze Lina-Legrand-Nummer vor dem Ende noch mal so richtig ausschlachten könnte, um sich dann geschmeidig im Ausland zur Ruhe zu setzen und unerkannt ein glückliches Familienleben ohne materielle Sorgen zu leben.«

»Na, *das* muss ja ein Plan sein...« Jens klang amüsiert.

»Ja, ich weiß, extrem irre – und wenn überhaupt, kann das auch nur hinhauen, wenn alle mitziehen: du, Ralf, Sabine, meine Eltern und Reza.«

»Wer ist Reza?«, fragte er irritiert.

»Ralfs Mann. Aber lass uns jetzt erst mal rauf in deine Wohnung gehen, da erklär ich dir alles in Ruhe. Außerdem will ich unser Wiedersehen doch angemessen feiern...!«, grinste ich und gab ihm einen Kuss.

»Und nicht nur das!«, grinste er zurück.

Am darauffolgenden Wochenende fuhren Jens und ich das erste Mal gemeinsam in die Eifel. Ralf und Reza hatten uns zum Essen eingeladen, und ich war sehr froh, dass sich alle Beteiligten direkt sehr sympathisch waren, das wertete ich als ein gutes Vorzeichen. Im Laufe der Woche waren außerdem einige geschäftliche Termine ganz gut vonstatten gegangen, die ich direkt angeleiert hatte, als ich meinen Schwangerschaftstest positiv gepinkelt und daraufhin den Plan ausgetüftelt hatte: zum einen ein Treffen mit der Düsseldorfer Konzerngröße, dem netten Herr Krug, der vor zwei Jahren die 2-in-1-Kampagne abgenickt hatte, und der mir gegenüber immer noch ein gutes Maß an Dankbarkeit dafür empfand, dass ich Ralf mit ins Boot geholt hatte. Denn dass sie sich mit dem Zweijahresvertrag für ihren Werbeträger image- und marketingtechnisch Teilhabe an einem weiteren Meistertitel, einem EM-Sieg, sowie einem Champions-League-Triumph gesichert hatten, war für das Unternehmen ein echter Glücksfall gewesen. Dieser Stein im Brett, den ich dadurch bei Herrn Krug hatte, bescherte mir daher sowohl einen sehr zeitnahen Termin zum Businesslunch auf der Kö, als auch ein sehr offenes Ohr für meine neue Idee: eine Lina-Legrand-Parfumkreation.

»Das sollte ein Duft sein für die selbstbewusste Frau, die ihren eigenen Weg geht und sich nicht als Anhängsel eines Mannes sieht, ihre Weiblichkeit aber trotzdem genussvoll zelebriert. Ein frischer und dennoch sinnlicher Duft, mit aphrodisierendem Jasmin, der alle klassischen Facetten des Frühlings wie Neuanfang, erblühende Lebensfreude und Verliebtheit abdeckt, und der pünktlich zum Ostergeschäft herauskommt, wenn die an den Feiertagen anstehende Erstausstrahlung des großen Mega-Event-TV-Roman-Movie-Mehrteilers bereits massiv beworben wird.«

Nachdem ich ihm diesen Brocken hingeworfen hatte, schlug er mir sofort und mit leuchtenden Augen weitere Treffen in den kommenden Wochen vor, sowohl mit den hauseigenen Parfümeuren, die nach dieser Zielvorgabe bis dahin schon mal was zusammenbrauen sollten, zusätzlich aber auch mit dem Marketingchef des Senders, um sich für eine optimale Strategie abzustimmen. Außerdem bat er mich, sein Angebot abzuwarten, bevor ich mit dieser Idee auch bei konkurrierenden Unternehmen vorstellig würde.

Der zweite geschäftliche Termin war ein Treffen mit Tom Kosly, bei dem er mir einige Kompositionen, die er sich gut als Titelsong für das Mega-TV-Event vorstellen konnte, als Rohversionen vorspielte. Auch wenn seit unserem letzten Treffen Funkstille zwischen uns geherrscht hatte, war dieses Meeting wieder ganz nett: Ich erzählte vom anstehenden Abschluss der Dreharbeiten und natürlich ganz beiläufig auch von dem Plan mit der Parfum-kreation. Wie ein dressierter Seehund sprang er erwartungsge-mäß darauf an – denn so, wie ich ihm das Duft- und Marketing-konzept präsentierte, brauchte er nur 23 Sekunden, um auf die großartige Idee zu kommen, die Werbespots für den Duft nahe-liegenderweise auch mit dem tollen neuen Titelsong zur Serie unterlegen zu wollen.

»Cross-over-Promotion at its best«, begeisterte er sich eupho-risch für seinen »genialen Einfall«, während ich ihm verbal Bei-fall spendete, bis er so eingelullt und geblendet war von seinem eigenen spitzfindigen Geschäftssinn, dass ich nur noch meine Haarsträhne dekorativ und scheinbar gedankenverloren kringeln musste, um meine Ernte vom Feld zu bringen: »Echt Tom, die Idee ist super, aber wir haben ein Problem. Ich find die Songs, die du mir eben vorgespielt hast, alle sechs sooo super – die sind richtig klasse, vom Hitpotential her, das wird ganz schön schwie-rig, sich für einen davon zu entscheiden. Zu schade, dass wir kein Album machen, dann könnten wir die ja alle als Singles nutzen und nacheinander auskoppeln ... hihi, aber wir wollen ja nicht gierig werden, nicht wahr?«

Das dritte geschäftliche Treffen fand nur zwei Tage später am Rande der Feier statt, die der Sender zum Abschluss der Dreh-arbeiten spendierte. Natürlich ließ es sich der große Chef der Anstalt nicht nehmen, dort aufzulaufen, um vor versammelter Mannschaft eine Rede zu halten, halt das übliche sektenmäßige »Wir-werden-mit-dieser-Produktion-Fernsehgeschichte-schrei-ben!«-Gelaber. Auch wenn mir der Gedanke, dass dieser gei-fernde Gesell unter Männern angebliche Horizontalerlebnisse mit mir verbreitete, nach wie vor die Oberlippe in Ekel-Kräuse-lung legte und die Galle hochsteigen ließ, fand ich es aus prag-matischen Gründen dennoch hervorragend, dass er hier auf der Abschlussfeier und in genau dieser Triumph-Laune war, denn so konnte ich ihn direkt scharfmachen. Nicht nur auf mich, sondern vor allem auf das Parfum-Marketing-Treffen im Düsseldorfer Konzern.

Diese Firma hatte ja als Premium-Werbekunde ohnehin seit Jahren die ein oder andere Produktions-Eskapade des Chefs finanziert und sollte als Geschäftspartner selbstverständlich auch weiterhin dauerhaft an den Sender gebunden werden, je näher und enger, desto besser – und was hätte sich dafür hervorragender eignen können, als eine an das Fernsehgeschichte-schreibende Mega-TV-Event gekoppelte Kampagne mit wunderbarem Wollmilchsau-Effekt?

Für die folgenden Wochen standen somit einige sehr konkrete Termine an, bei denen die von mir bereits in die Wege geleiteten Vermarktungsideen seitens des Konzerns, seitens des Senders und seitens Tom Koslys weiter vorangetrieben werden sollten. Davon erzählte ich Ralf und Reza im Verlauf des Abendessens natürlich nicht ohne Stolz – schließlich unterstrich das die Ernsthaftigkeit, mit der ich meinen Plan verfolgte.

Ralf und Reza hörten sich das erst mal alles amüsiert an, bevor Ralf sich an Jens wandte:»Nun, Lina und ich haben ja schon einige scheinbar verrückte Ideen durchgezogen. Und wenn ich ehrlich bin, hat das bisher erstaunlicherweise auch immer funktioniert, wenn sie sich was in ihrem kleinen blonden Köpfchen ausgedacht hat... aber diesmal, da hat das alles ja noch mal eine ganz andere Dimension. Daher würde mich interessieren: Was sagst du denn eigentlich zu ihrem Plan, Jens?«

Es war klar, dass er mit dieser Nachfrage zu meinem Plan nicht den Teil mit der CD und dem Parfum in der kombinierten Ostereier-Geschenkverpackung meinte, und ich musste sehr grinsen, denn genau einen solchen Einstieg ins Thema hatte ich Jens prophezeit. Daher erntete ich von ihm auch erst mal ein amüsiertes Zwinkern, bevor er Ralf antwortete:»Sagen wir mal so: Ich halte ihren Plan zwar für ziemlich überdreht und schon im Kern total durchgeknallt – aber genau deswegen muss ich ihm wahrscheinlich ein gutes Maß an Erfolgschancen einräumen. Das Gute an dem Ganzen ist ja wenigstens, dass man unterschiedliche Phasen hat, die aufeinander aufbauen, da kann man die einzelnen Module auf dem Weg ja noch mal feinjustieren. Ob man das dann auch alles tatsächlich und in aller Konsequenz bis zum Ende durchzieht, sei mal dahingestellt, aber was Phase 1 angeht, bin ich sehr optimistisch, die Bilder sind nämlich echt gut geworden!«

»Du hast schon Fotos gemacht?«, fragten Ralf und Reza wie aus einem Munde.

»Na klar«, klinkte ich mich ein, »die Zeit drängt doch! Außerdem hast du doch schon nächste Woche das Treffen im Trainingslager mit dem *Sport-Bild*-Fritzen, oder nicht?«

»Ja schon, aber ...«, fing Ralf an, war dann aber schnell abgelenkt durch die Bilder, die ich parallel zu unserer Konversation aus meiner Tasche gekramt und in die Tischmitte gelegt hatte, »... was zum Teufel?! Das glaub ich nicht, wie habt ihr das denn hinbekommen?«

»Och, alles nur 'ne Frage von Licht, klaren Regieanweisungen und dem richtigen Winkel ...«, stapelte Jens tief, während Ralf gemeinsam mit Reza auf die Fotos starrte und sie kopfschüttelnd zwischen Lachen und Entsetzen schwankten.

»Und das sind ja erst die harmlosen Fotos für Phase 1!«, stellte Reza mit ehrlicher Anerkennung in der Stimme fest. Das war der Moment, in dem ich Jens zuzwinkerte, weil ich wusste: Ralf und Reza sind dabei, Phase 1 ist damit definitiv in trockenen Tüchern. Jetzt fing der Spaß erst richtig an. Mögen die Spiele beginnen!

16
Ralfs Zweifel
(September / Oktober 1997)

Der September war bis weit in den Oktober hinein logistisch eine echte Herausforderung, es war nämlich nun dringend nötig, viele wirklich wichtige Dinge gleichzeitig passieren zu lassen. Die geschäftlichen Pläne mussten vertraglich festgezurrt und abgesichert werden, bei und nach diesen Terminen galt es nebenher auch noch geschickt und vorausschauend eindeutige Situationen zu arrangieren, und diese für Phase 2 – die für November und Dezember geplant war – fotografisch zu dokumentieren. Zudem wollten wir ja bald auch der Presse perfekt getimt ein paar Zückerchen präsentieren, und auf die daraus resultierenden Schlagzeilen musste auch dem weiteren Vorhaben angemessen reagiert werden. Und als wären all diese verdammt vielschichtigen Vorbereitungen, die Schäfchen zuerst ordentlich zu vermehren und dann langfristig sicher ins Trockene zu kriegen, noch nicht genug, mussten Bald-Oma und -Opa Renate und Günther nach ihrer Rückkehr aus Italien auch erst einmal auf den aktuellen Stand der Dinge gebracht werden.

Der Teil des Plans, der meinen Vater übrigens erstaunlicherweise fassungslos machte, war ausgerechnet meine Bitte, *für mich* ein schönes, großes Wildschwein zu schießen – nach Jahren meines Augenverdrehens bezüglich seines Waidmanntums. Ansonsten reagierten Renate und Günther genauso cool, loyal und großartig, wie es zu erwarten gewesen war, und freuten sich riesig auf das nächste Große-Abenteuer, nämlich Großeltern zu werden – auch wenn es in ihrem Fall bis dahin wirklich noch weitaus abenteuerlicher werden sollte als gemeinhin üblich.

Doch der Reihe nach: Parallel zu meinen Meetings, die ich zum Anleiern des duften Rundummarketingkonzepts absolvierte und bei denen Jens für reichlich weiteres Fotomaterial sorgte (dazu später mehr), hatte Ralf in den Wochen nach dem Pärchen-Abendessen einige Trainings- und Pressetermine mit der Nationalmannschaft. Immerhin stand im folgenden Jahr mal wieder eine WM an, und zwar als amtierender Europameister.

Im Rahmen dieser Interviews ließen es sich die Reporter natürlich nicht entgehen, den Helden-Ralf neben seinem Gesundheitszustand auch stets nach der privaten Situation zu fragen. Schließlich waren wir trotz dreieinhalb Jahren Beziehung immer noch ein unverheiratetes Paar, womit die Hochzeits-Frage über die Jahre kontinuierlich an Running-Gag-Qualitäten gewonnen hatte. Umso dankbarer wurden daher natürlich Ralfs aktuelle, überraschend konkrete Statements aufgenommen – »Sicher ist es bald an der Zeit, endlich mal Nägel mit Köpfen zu machen. Wir haben halt beide viel zu tun, da ist es eben manchmal schwer, den richtigen Moment für einen Antrag abzupassen – aber den passenden Ring dafür habe ich schon. Seien Sie also unbesorgt, Sie werden es erfahren!« – und ausgeschlachtet: »SZIBUDA: ENDLICH BALD HOCHZEIT?«

Innerhalb der Nationalmannschaft gab es aber auch reichlich Eigendynamik, denn bei allem kameradschaftlichen Sportsgeist waren Dinge wie Neid, Diventum und Gerede trotzdem ausgeprägter vorhanden, als man sich das vorstellen konnte, wenn man die freundlich dreinblickenden Jungs auf den Duplo- und Panini-Sammelbildchen betrachtete. Und genau auf diesem zwischenmenschlichen Treibsand wagte Ralf sein Tänzchen, nachdem Jens und ich Ende Oktober mit unseren Vorbereitungen für Phase 2 komplett durch waren und ihm endlich unser »GO!« für seinen Teil von Phase 1 gegeben hatten: Ralf erzählte nämlich daraufhin einigen sorgsam ausgewählten Kollegen im freundschaftlichen Vertrauen von Zweifeln, die ihn gerade jetzt in dieser Lebensphase quälten: Zweifel in Bezug auf die sexuelle Treue seiner scharfen Freundin, die er doch endlich bald heiraten möchte; Zweifel, die ihn so verrückt gemacht haben, dass er sogar einen Privatdetektiv angeheuert hatte, um Lina hinterherzuspionieren, und noch viel schlimmere Zweifel, die ihm jetzt fast den Schädel zerspringen ließen, weil dieser Detektiv nun tatsächlich Bilder abgeliefert hatte, die ausreichend Interpretationsspielraum boten.

»Und weil ich jetzt so verwirrt bin und Angst habe, dass ich nicht mehr objektiv urteile, bitte ich dich: Guck du dir doch mal diese Fotos an und sag mir bitte ganz offen, was du davon hältst!«

Nach dieser Einleitung zeigte Ralf dann fünf seiner Kollegen – jeweils mit der Bitte um Rat »und vor allem: Verschwiegenheit!« – eine kleine Auswahl der von Jens geschossenen angeblichen Detektivfotos. Eigentlich waren das alles recht harmlose, aber halt doch sehr leicht falsch zu deutende Fotos, die Jens bereits bei den ersten Geschäftstreffen in den zwei bis drei Wochen nach Lady Dis Beerdigung gemacht hatte – heimlich natürlich: Lina Legrand mit der Konzerngröße Herrn Krug beim Businesslunch auf der Kö (dank des Blickwinkels schien er mir neckisch den Hals zu küssen, obwohl ich ihn in Wirklichkeit nur aus seriösen zwanzig Zentimetern Abstand an dem Parfum schnuppern ließ, das ich an dem Tag aufgelegt hatte); Lina Legrand mit Tom Kosly vertraut lachend, scherzend und allgemein recht touchy (mit meiner tätschelnden Hand auf seinem Arm, um ihm zu bestätigen, wie toll seine Idee war, den TV-Titelsong auch für die Parfumwerbung zu nehmen, sowie vor dem Tonstudio beim Begrüßungs- und Abschiedsküsschen rechts und links, was auf den Bildern aber alles deutlich verfänglicher aussah); Lina Legrand sichtlich angetrunken und in inniger Umarmung mit dem Regisseur des Mega-TV-Spektakels (ein Schnappschuss von der Abschlussparty, als ich mich morgens um fünf von ihm verabschiedete und wir uns einfach nur kollegial und herzlich beieinander für die gute Zusammenarbeit bedankten); Lina Legrand mit dem Sendersultan, wie sie Haare drehend angeregt mit ihm plaudert, während er seine Grabschgriffel dreist auf ihrer Taille platzierte (wie er es immer tat); Lina Legrand Arm in Arm mit dem neuen Marketingchef des Fernsehsenders in der Lobby eines Hotels in den Lift steigend (dabei geleitete er mich nur stützend zum Aufzug, weil ich umgeknickt war und mir anscheinend böse den Knöchel verknackst hatte); und als Bonus gab es auf Rezas besonderen Wunsch hin auch noch ein Foto, wo man Lina Legrand hinter nur halb zugezogenen Lamellen sieht, mit nacktem Oberkörper vor Reza stehend, während er mit seinen großen Händen an ihre Brüste greift. Das Foto entstand nach dem gemeinsamen Abendessen in der Eifel, als Ralf und Reza nach Sichtung der ersten Bilder ihre Mitarbeit für Phase 1 zugesichert hatten. Bis Reza sich dann aber tatsächlich traute, meinen Busen fotogen anzufassen, brauchte er reichlich Kirschwasser und gezielten Zuspruch von Ralf, Jens und mir.

Der Plan, sich mit »Geheimnissen« an die größten Klatschbasen zu wenden, ging nicht nur auf dem Raucherhof der Mädchenschule in der Eifel oder im »Salon Renate« auf, sondern bei unserer Versuchsanordnung ebenso gut und schnell im Kader der Nationalmannschaft. Denn wer auch immer von diesen fünf »im freundschaftlichen Vertrauen« um Rat gefragten Kollegen es gewesen war: Ralfs Wahl erwies sich als schlicht hervorragend.

Mindestens einer dieser sorgsam ausgewählten Sportsfreunde sorgte nämlich tatsächlich mit dem sehr unsportlichen Diebstahl (!) der Bilder aus Ralfs Trainingstasche recht schnell dafür, dass wir am ersten Novemberwochenende nach längerer Pause mal wieder eine richtig fette Frontschlagzeile bei der Bild am Sonntag hatten: »TRAUMPAAR: KRISE! Trennung statt Hochzeit?« Im Innenteil auf zwei Doppelseiten dann viele weitere Großbuchsta-

ben, passend zu den abgedruckten Fotos:»AUSWÄRTSSPIELE –
BETRÜGT SIE IHREN SCHÖNEN FUSSBALL-HELDEN? ROTE
KARTE FÜR LUDER-LINA?«

Damit waren die Rollen in diesem Spektakel sofort klar verteilt, auch wenn ich ehrlich überrascht war, wie schnell mein alter
Spitzname wieder auftauchte. Trotzdem lief Phase 1 bis jetzt grandios nach Plan, und damit das so blieb, galt mein erster Anruf
an diesem Sonntag der mittlerweile auch eingeweihten Sabine,
die die juristische Keule mit aller Macht schwingen, Gegendar-
stellungen erzwingen und uns eine eigene Pressekonferenz zur
Richtigstellung organisieren sollte. Schließlich ging es ja hierbei
nicht nur um Ralf und mich, sondern auch um weitere Personen
des öffentlichen Lebens, die auf solch unverschämte Verleumdungen durchaus empfindlich reagieren können. So was kann
man daher ja nicht einfach unkommentiert im Raum stehen lassen. Allerdings sollte Sabine sich noch ein bisschen Zeit lassen,
denn natürlich mussten auch alle anderen, leider nur an Wochen-
tagen erscheinenden Boulevardzeitungen noch die faire Gelegenheit erhalten, auf den »KRISE! BETRUG! TRENNUNG?«-Zug
aufzuspringen, und so wurde die Pressekonferenz für Montagmorgen 11.30 Uhr angesetzt.

Das Interesse an dieser Pressekonferenz war dementsprechend rege, und Ralf und ich traten in einem Kölner Hotel demonstrativ Händchen haltend vor gut und gerne vierzig Reporter
(zu denen auch vier verschiedene TV-Teams gehörten), um ihnen
eine Standpauke zu halten, die sich gewaschen hatte. Nach ein
paar einleitenden Worten von Sabine schilderte Ralf ein echtes
Verschwörungsszenario: Wie man ihn mit gezielt gestreuten Ge-
rüchten so weit gegen mich aufgehetzt habe, dass er sich dummerweise tatsächlich hatte hinreißen lassen, einen Privatdetektiv
anzuheuern; wie schamlose Menschen in seinem Umfeld sein
Vertrauen und seine Bitte um Rat ganz massiv missbraucht und
diese unseligen Detektiv-Fotos der Presse zugespielt hätten und

wie die Medien dann wiederum ohne Rücksicht auf Verluste und vor allem ohne Nachfrage bei den Beteiligten ihre falschen Rückschlüsse einfach als Fakten präsentiert haben. Und das alles natürlich, bevor er ein privates, klärendes Gespräch mit mir führen und die letztlich lächerlichen Fotos vernichten konnte.

Er spielte das wütende Opfer übler Nachrede und neidischer Intrigen glaubwürdig und großartig, darüber hinaus entschuldigte er sich öffentlich bei mir und bat mich hochoffiziell um Verzeihung dafür, dass er sich Misstrauen habe einreden lassen und mir dadurch solch üble Verleumdungen beschert hatte. (Ralf war eigentlich sogar dafür gewesen, mir während der PK den Heiratsantrag zu machen, aber das hatten wir dann gemeinsam als »zu dick aufgetragen« doch wieder verworfen.)

Ich gab als Gegenstück die gute, grundanständige und von den bösartigen Darstellungen in den Medien tief gekränkte, liebende Frau, die sich ebenfalls entschuldigen wollte – vor allem bei den unbeteiligten Dritten und deren Angehörigen, die sich nun aufgrund beruflicher Termine mit mir genauso schuld- und grundlos wie ich selbst diesen infamen Unterstellungen ausgesetzt sahen, einen äußerst unmoralischen Lebenswandel zu führen und dem Helden Hörner aufgesetzt zu haben. Und um in diesem Zusammenhang »auch wirklich jeden Zweifel zu zerstreuen und meine Ehre und die der Beteiligten wiederherzustellen«, legte ich der versammelten Presse aufgebracht und detailliert die tatsächlichen Hintergrundsituationen zu den einzelnen Fotos dar: »... oder genauso absurd: Da wird sogar mein Hauschirurg heimlich fotografiert, bei einer Voruntersuchung zu meiner nächsten Brust-OP, und wegen diesen Bildern präsentiert man ihn dann als potentiellen Liebhaber, das ist doch unglaublich!«

Mit einer solchen Rechtfertigungs-Aktion, bei der wir wirklich jedes einzelne der abgedruckten Bilder und den dazugehörigen Verdacht derart ausführlich mit schön verkrampftem Nachdruck zu entkräften versuchten, machten wir uns rational betrachtet allerdings natürlich erst recht der Lüge verdächtig – und genau das war schließlich Teil des Plans. Zudem hatten mir in den letzten Jahren schon genug Menschen zwar widerwillig, aber eben dennoch schauspielerisches Talent attestieren müssen, da reichte das für diese Momentaufnahme vor ein paar Klatschkolumnisten und Societyreporterinnen sicherlich allemal.

Dass Sabine zusätzlich zu unserer Inszenierung bei Wiederholung solcher Unterstellungen mit richtig teuren Klagen drohte, tat sicherlich auch sein Übriges dazu, nach unserem Gepolter und den Richtigstellungen erst mal Ruhe zu haben vor der Presse und weiteren Nachforschungen. Dadurch konnte ich ganz entspannt die ersten Muster für meine Schwangerschaftskollektion nähen lassen, wir machten zu viert (Ralf, Reza, Jens und ich) noch ein paar Tage Urlaub in Paris, und abgesehen von all diesen wunderbaren Nebeneffekten ließ sich durch diese Art der Berichterstattungssperre auch das von der *Bunten* sofort angefragte exklusive Homestory-Versöhnungs-Paarinterview preislich noch schön nach oben treiben.

17
Rückblick, Teil 1:
Vorbereitungen für Phase 2
(September / Oktober 1997)

Damit keine Missverständnisse entstehen: Es ist ja mitnichten so, dass ich keinerlei Skrupel gehabt hätte. Zwar barg mein kaltschnäuziger Plan große Erfolgschancen, aber von der moralischen Seite her betrachtet war das Ganze nicht unbedingt das Szenario, das Rückschlüsse auf positive Charaktereigenschaften nahelegte oder Pluspunkte auf dem Karmakonto anhäufte. Die Öffentlichkeit anzulügen war eine Sache, aber hier ging es zusätzlich auch darum, Einzelpersonen auf wirklich unfeine Art und Weise hinters Licht zu führen. Und obwohl es sich im Rahmen dieser (sprechen wir es ruhig mal aus) kriminellen Machenschaften juristisch größtenteils um Grauzonen handelte: Was Jens und ich in den sieben Wochen zwischen dem Pärchenabend in der Eifel (14.09.1997) und der Pressekonferenz (03.11.1997) an schamlosen Schweinereien initiierten, war de facto unter aller Sau – und zwar so richtig.

Allerdings muss man zu unserer Ehrenrettung sagen, dass die letztendlich Betroffenen es uns durch ihr Verhalten wirklich nicht schwer machten, unsere Skrupel und sonstige berechtigte Bedenken einfach über Bord zu werfen. Zu einem Zeitpunkt, zu dem man zwar theoretisch schon bestens präpariert war, besagte Vorbereitungen für Phase 2 zu treffen, aber in der Praxis durchaus noch zögerte, das alles auch wirklich durchzuziehen, schien tatsächlich das Schicksal zuerst sanft, dann jedoch recht bestimmt Starthilfe zu geben: Denn bereits bei dem ersten Zusammentreffen mit dem neuen Marketingchef des Senders (in dem ich nach einigem Überlegen das hyperaktive Dickerchen im Businessoutfit wiedererkannte, das sich damals noch als Assistent eines Möbelhausmagnaten auf der 10-Jahres-Feier des Senders ungalant in das Gespräch zwischen »dem Kosly« und mir eingeklinkt hatte) entpuppte sich selbiger als ein Paradearschloch erster Klasse.

Eigentlich war dieser kinnlose Klops bei diesem Treffen in Düsseldorf überhaupt nur anwesend, weil der Senderchef selbst durch eine Verabredung mit unserem Bundeskanzler leider verhindert war, das Projekt »Parfum zum Mehrteiler« mit Hern Krug, dessen Mitarbeitern und meiner Wenigkeit an diesem Tag weiter voranzutreiben – also sollte ihn der neue Marketingchef eben dort vertreten. Dass dieser während des Geschäftsessens kontinuierlich selbstherrlich so tat, als sei die ganze Idee der Crossover-Promotion auf seinem Mist gewachsen, konnte ich ja noch wegstecken, zumal Herr Krug mir zwischendurch verschwörerisch zuzwinkerte, als ich dezent die Augen verdrehte. Aber als der geschäftliche Teil der Veranstaltung vorbei war und Herr Krug und seine Männer sich eilig verabschiedeten, weil sie noch die letzte Maschine nach Paris erreichen mussten, drehte Marketing-Mike mit den geschätzten 1,3 Promille, die er sich während des Essens unprofessionell angetrunken hatte, erst so richtig auf: »Und zum Dank dafür, dass ich das Parfum auch in der Sender-Club-Edition herausbringen lasse – was macht denn das kleine, geile Luder dafür jetzt mit mir?«

Ich war eigentlich schon im Begriff, den Kellner meinen Mantel holen zu lassen, aber nun blieb ich doch erst noch mal sitzen und machte ehrlich große Augen: »Wie bitte?!«

»Na, komm schon, ich weiß doch, dass du so eine bist, die es richtig braucht – ein ›schamloser Nimmersatt‹, hab ich gehört!«

Er grinste feist, während meine Augen kurz davor waren, aus dem Kopf zu fallen, doch das hinderte ihn nicht daran, weiterzureden:»Weißt du, ich liebe meine Frau, aber die ist halt manchmal so ein bisschen verklemmt – und du verbindest doch privat und geschäftlich sowieso ganz gerne, hm?! Ich hab mir für heute Nacht eh 'ne Suite hier in Düsseldorf genommen, und da könnten wir ja ...«

Ich unterbrach ihn.»Wer sagt das? Das mit dem Nimmersatt und der Kombination von geschäftlich und privat?«

»Na, wahrscheinlich doch jede Menge Leute, hehehe«, lachte er süffisant,»aber konkret und mit Details hab ich es in meinem Fall vom Chef.« Da ich mir das schon genau so gedacht hatte, zumal ich das aus dieser Richtung ja auch nicht zum ersten Mal hörte, konnte ich mein Entsetzen besser im Griff halten als im Sommer bei dem Essen mit Tom Kosly. Und ich nutzte die Chance, um Insiderwissen zu erlangen.»Welche Details genau hat der Chef denn weitererzählt?«

»Na, dass du toll bläst und auch sonst sehr offen bist, so überhaupt.« Er genoss die Situation, scheinbar Intimitäten über mich zu wissen – das sollte sich doch wohl noch ausschöpfen lassen. Ich zwang mich zum koketten Augenklimpern.

»Hat er zu ›offen‹ nichts Konkreteres gesagt ...?« Noch mal Klimpern, zusätzliches Kopfschieflegen – Marketing-Mike grinste noch breiter als vorher, und so schmierig, wie er dabei aussah, zählte dieser Dialog hier für ihn bereits zum Vorspiel.

»Also *ich* kann mit Rollenspielen ja eh nicht so viel anfangen, auch wenn der Chef meint, für das, was ihr gemacht habt, muss er sonst wohl immer richtig Geld auf den Tisch legen, hehehe. Aber auch, wenn du dir mit deinen Rollenspielen die Rolle im Mehrteiler echt verdient hast – ich mag's ja eher wild und klassisch, du kleine Dreilochstute!« Dabei versuchte er, mit leicht alkoholisiertem Schielen einen Blick aufzusetzen, den er wohl für sexy hielt, der aber nüchtern betrachtet in seiner Außenwirkung auch schlichtweg fiese Beschwerden in den Eingeweiden als Ursache hätte haben können.

Damit kämpfte ich nämlich gerade – ich musste wirklich aufpassen, dass mir das teure Essen nicht wieder hochkam durch die Informationen, die ich die letzten zwei oder drei Minuten erhalten hatte. Aber ich riss mich zusammen, weil ich die sich mir akut bietende Situation quasi als spontanen Testlauf zu nutzen gedachte. Also sah ich zu, dass meine Magensäure da blieb, wo sie hingehörte, und zwang mich zu einem vielversprechenden Blick:»Bist du denn verschwiegener als dein Chef? Ein echter Gentleman, so heißt es doch, genießt und...«

»Oh, und wie ich schweigen kann!« Seiner übereifrigen Reaktion nach war er doch überrascht, dass ich anscheinend tatsächlich anbiss.

»Na, da bin ich ja mal gespannt, was du Hengst so drauf hast«, gab ich weiter Gas,»aber dann müssen wir uns direkt bei dir im Hotel treffen! Du hast ja sicher auch kein Interesse daran, dass man uns zusammen sieht, wegen deiner verklemmten Frau und so...« Er nickte so eifrig, dass sein Doppelkinn kaum noch nachkam.

»Gut«, sagte ich,»dann nehm ich mir jetzt ein Taxi und fahr schon mal vor, du trinkst hier noch in Ruhe aus, wartest noch zehn Minuten und kommst dann nach! Welches Ziel sag ich denn meinem Taxifahrer?«

»Blumenthalstraße, Hotel Villa Viktoria, Zimmer 316!« Er fing schon an zu schwitzen vor Erwartung.

»Bis gleich!«, winkte ich ihm verheißungsvoll zu und organisierte mir meinen Mantel, dann trat ich vor die Tür, nahm einen tiefen Atemzug der frischen Luft, zückte mein Handy und rief Jens an.»O.K., Süßer, egal in welchem Busch du dich versteckt hast: komm raus, Planänderung!! Wir müssen sofort ins Hotel Villa Viktoria.«

»Warum denn das?«, fragte er und gab sich mittels kurzer

Lichthupe zu erkennen. Ich beendete das Telefonat, ging schräg über die Straße, stieg zu ihm in den Mietwagen und fing sofort an, im Stadtplan von Düsseldorf die Blumenthalstraße zu suchen. »Erklär ich dir auf dem Weg – der Typ ist so ein Arschloch! Aber fahr jetzt bitte los, wir haben nicht viel Zeit.«

Während der Fahrt schilderte ich ihm, was ich vorhatte, und als wir in der Garage des Hotels geparkt hatten, sah Jens mich eindringlich an. »Yaki, das ist echt gefährlich! Und du machst dich auch bestimmt strafbar, das ist echt…« Ich küsste ihn, um zu verhindern, dass er meine eigenen Zweifel zu stark schüren konnte. »Ja, ich weiß – aber irgendwann müssen wir doch schließlich mit dem Vorbereiten von Phase 2 anfangen! Oder hast du etwa ernsthaft gedacht, den Teil kriegst du mir noch ausgeredet?« Er nickte.

»O.K.«, sagte ich, »Kompromiss: Wir ziehen das heute hier einfach mal holterdipolter durch, quasi nur so als Test, und auf der Basis überlegen wir uns dann in Ruhe, ob wir auch noch den Sender-Sultan und Tom tatsächlich wie geplant drankriegen, oder ob wir es vielleicht doch eher sein lassen, abgemacht?!« Jens nickte wieder, und ich instruierte ihn für den weiteren Abend. »So, auf geht's. Du legst schon mal schön einen Film für die Fotos in der Lobby ein, und ich mach derweil für uns das Zimmer neben seinem klar.«

»Und wenn das belegt ist?«, fragte er. Ich grinste. »Das krieg ich schon hin. Du glaubst doch nicht, dass ein Hotelchef einem Promi einen Wunsch abschlagen wird?! In spätestens zehn Minuten bin ich mit dem Zimmerschlüssel hier.«

Dann küsste ich ihn noch mal innig, fuhr in den dritten Stock, um nachzusehen, welche Zimmernummern direkt neben 316 lagen (318 und 314 – nur gut, dass ich nachgucken war!), und exakt neun Minuten später brachte ich Jens den Schlüssel von 318. Wie geschmeidig dann aber auch der Rest des schnell gestrickten Planes funktionierte, entsetzte mich beinahe selbst: Zurück in der

Lobby wartete ich auf Marketing-Mikes Ankunft und knickte mit meinen Pumps demonstrativ »ganz blöd« um, als ich begrüßend auf ihn zuging (»Aua, oh Mist ... Spiel jetzt mit, hier sind Fans, die mich erkannt haben, die Inkognito-Nummer ist hinüber, wir haben offiziell ein geschäftliches Meeting hier, O.K.?!«). Er geleitete mich stützend zum Aufzug – dabei machte *Jens* das Foto, das später bei der *BamS* landete –, und als wir auf der dritten Etage angekommen waren, musste ich in seinem Bad unbedingt erst mal meinen schmerzenden Knöchel kühlen (»Bestell du doch schon mal Champagner, ja?«). Fünf Minuten später war der Schampus angekommen, ich humpelte kurz aus dem Bad, nahm hastig mein bereits eingeschenktes Glas und meine Handtasche, um mit beidem wiederum im Bad zu verschwinden: »So, ah, Gott sei Dank, der Knöchel ist durch die Kühlerei wieder besser. Prost übrigens! Mach doch bitte schon mal Musik an! Jetzt musst du nur noch einen klitzekleinen Moment Geduld haben, ich muss nur eben schnell mein Diaphragma einsetzen – oder willst du lieber Kondome ...?«

»Nönö, mach du ruhig mal ... Verhütung ist eh Frauensache, sag ich immer!« Diese Aussage gab mir tatsächlich das Gefühl, mit meiner folgenden Handlung sogar ein richtig gutes Werk zu tun – auf jeden Fall gegenüber seiner »verklemmten Frau«, die wahrscheinlich von seinem verantwortungslosen Treiben (im Wortsinn) keinen Schimmer hatte. Ich schätzte das Gewicht dieses Idioten, nahm aus meiner Tasche das kleine Fläschchen Rohypnol, das mein ehemaliger Koksdealer mir besorgt hatte, schraubte es auf und träufelte die auf 120 Kilogramm kalkulierte Anzahl K.-o.-Tropfen in meinen Champagner – alles schön nach Anweisung, schließlich sollte diese miese Type trotz allem morgen früh wieder wach werden. Dann öffnete ich meine hochgesteckten Haare, schüttelte sie auf und die letzten Funken Zweifel ab, atmete tief durch und trat mit dem Glas in der Hand zurück ins Zimmer.

Er hatte es sich erwartungsgemäß schon auf dem Bett bequem gemacht, hielt sein Glas in der Hand und sah mich an. »Na, hat denn der Herr Lust, sich erst mal richtig scharf machen zu lassen...?«, fragte ich, tänzelte zu ihm hinüber und nahm ihm mit einer eleganten Drehung sein Glas weg, bevor er »Huch!« sagen konnte. »Dann fessle ich dich nämlich erst mal schön ans Bett...« Hatte ich mir so überlegt, sicher ist sicher.

»Ey, gib mir mein Glas wieder!! Lass uns erst mal anstoßen, und auf's Gefesseltwerden steh ich schon mal gar nicht...« Mistmistmistmist... Neuer Anlauf:

»Mir beim Ausziehen zusehen magst du aber...?«, versuchte ich es diesmal, demonstrativ Hintern wackelnd und mit zwei Gläsern in Händen, die ich schnell miteinander vertauschte, als ich ihm meine Rückseite dekorativ entgegenstreckte.

»Oooh jaaa«, grunzte er, »wenn ich dabei auch endlich meinen Pommery zurückkriege!«

»Aber natürlich!«, sagte ich, gab ihm das Glas, das ich im Bad präpariert hatte, wir stießen an, und dann stieg ich auf den Schreibtisch, um zu tanzen. Ich hätte es mir vorher nicht träumen lassen, dass ich mir jemals zu Songs von Chris de Burgh lasziv durch die Haare wühlen, die Lippen lecken, umständlich an meinen Klamotten rumfummeln und ähnlich softpornoesken Schnickschnack veranstalten würde, aber was tut man manchmal nicht alles, um Zeit zu schinden. Und auch wenn während dieser Aktion mein Selbstrespekt in Sachen Musik nicht gerade aufblühte: In allen anderen Bereichen konnte ich mir dafür echt auf die Schulter klopfen, denn als er sich seufzend in Morpheus Reich verabschiedete, hatte ich die Bluse gerade mal drei Knöpfe weit offen und den Rock nur so hoch geschoben, dass man den Ansatz meiner Spitzenstrümpfe sehen konnte.

Dann verließ ich das Hotelzimmer, klopfte an der Tür nebenan und strahlte Jens breit an, als er öffnete. »It's Showtime, Baby, Showtime!«, jubilierte ich, und nachdem ich ihm euphorisch darüber, dass alles gut gelungen war, ziemlich überdreht erzählt hatte, wie ich es gedeichselt hatte, kamen wir zügig zum nächsten Programmpunkt.

»O.K., Lady in Red«, sagte Jens, »dann wollen wir tatsächlich mal mit dem Fotoshooting anfangen«, und zeigte mir per Polaroid den Bereich von Zimmer 316, den er von außen durch das Fenster mithilfe eines Um-die-Ecke-halte-Gestänges und dem langen Auslöser ablichten konnte. Dann inszenierten wir gemeinsam über eine Stunde lang die Aufnahmen, die wir brauchen würden, falls wir Phase 2 tatsächlich plangemäß durchziehen würden. Danach fielen wir komatös in Jens' Bett, aber nach vier Stunden Schlaf in Zimmer 318 standen wir schon wieder auf und verabredeten uns für später in seiner Wohnung. Ich huschte wieder rüber in Zimmer 316, wo vom Fotoshooting immer noch meine Reizwäsche im Raum, im Bett und auf dem Klops drapiert war.

Dort duschte ich singend und polterte so lange im Bad rum, bis ich Marketing-Mike endlich ächzend wachwerden hörte, wickelte mir das Handtuch um und ging ins Zimmer. »Oh, entschuldige, habe ich dich geweckt? Tut mir leid, aber ich hab gleich schon wieder Termine in Köln. Heute Abend ist 'ne Charitygala, und vorher muss ich zum Friseur und noch das Kleid anprobieren und brabrabrabrabra...«, sagte ich absichtlich viel zu laut, während ich meine Sachen zusammensuchte.

»Wie spät ist denn?«, nuschelte er und rieb sich den Schädel. »Gleich kurz nach fünf«, erwiderte ich. Erneutes Ächzen. »Ja, geht mir auch so, das letzte Glas Schampus war echt eins zu viel«, stimmte ich ihm zu, bevor ich breit grinste und meine Stimme zwar nicht leiser, aber tiefer klingen ließ, »aber dafür war alles andere ja so was von geil, du Granate!«

Das brachte ihm recht schnell ein paar Lebensgeister zurück: »Ähhh, ach ja, ah, jaja, fand ich auch...« Ich beschloss, das direkt noch nachhaltiger zu manifestieren, während ich mich zackig anzog. »So gut wie du hat's mir echt lange keiner mehr besorgt, und unter uns: Dein Chef? Der wär echt froh, wenn sein Schwanz so groß und dick wär wie das Riesenrohr, das du hast.« Er richtete sich mit leuchtenden Augen auf, sank aber sofort wieder mit schmerzverzerrtem Gesicht zurück und hielt sich den Kopf.

»Schlaf einfach noch was«, sagte ich, »die Ruhe hast du dir verdient, Magic-Mike!«

»Vielleicht können wir das ja irgendwann noch mal ...«

»Jaja, bestimmt«, kanzelte ich ihn ab, »aber jetzt muss ich leiderleider schnell weg!« Dann warf ich ihm ein Kusshändchen zu und verließ das Hotel. Ich ließ mir an der Rezeption ein Taxi rufen, damit sich das später in Phase 2 auch alles hübsch nachweisen lassen würde, falls jemand nach Beweisen fragte.

Naja, und weil letztlich diese ganze Rohypnol-Nummer sogar als Spontanaktion so hervorragend funktioniert hatte – welche plausiblen Gründe hätte ich denn jetzt noch finden können, um die anderen, bereits gut geplanten Vorbereitungen für Phase 2 bei zwei weiteren Porno-Bilder-Kandidaten nicht genauso schamlos in den folgenden Tagen in die Tat umzusetzen? Schließlich konnte ich mir mein schlechtes Gewissen gerade auch bei den folgenden beiden Spezis sehr schnell reinwaschen durch das »Sie haben es aber doch irgendwie auch echt verdient!«-Mantra ... Und außerdem ging es strenggenommen ja immer noch nur um die Vorbereitungen, darum, eindeutige Fotos zu inszenieren. Und trotz all dieser Weichenstellungen war es zu diesem Zeitpunkt überhaupt noch nicht gesagt, dass es später auch tatsächlich zu Phase 2 kommen würde, in der sich die drei Herren dann durch ihre Porno-Fotos in einer nicht gerade angenehmen Lage befänden.

Aber bei allen eben genannten, schönfärbenden Entschuldigungen muss ich hier und jetzt eine Sache ehrlich eingestehen – auch auf die Gefahr hin, als Ameise oder so wiedergeboren zu werden: Es bereitete mir offen gestanden wirklich eine unglaubliche Genugtuung, Tom Kosly und vor allem auch seinen »Loch-schwager«, den Sender-Sultan höchstpersönlich, im Rahmen der Vorbereitungen für Phase 2 mit den K.-o.-Tropfen drangekriegt zu haben – und zwar nun wirklich vom Allerfeinsten...

18
Rückblick, Teil 2:
Die große Versöhnungs-Überraschung

(November 1997)

Jens und ich hatten uns nach unseren Flirts mit der dunklen Seite der Macht ein bisschen Ausspannen im Guten und Schönen redlich verdient. Abgesehen davon war ich bis zu dem Zeitpunkt Ende Oktober, an dem Ralf endlich die harmlosen »Detektivfotos« bei seinen Kollegen rumzeigen durfte, auch auf der offiziellen Seite schon sehr erfolgreich gewesen: Der Vertrag für das Duftwässerchen war unterschrieben, ich hatte bei Tom Kosly im Studio bereits sechs der dreizehn geplanten Titel eingesungen (denn natürlich hatten wir einen amtlichen LP-Vertrag mit einem fetten Major-Label aushandeln können!), und der Sender hatte sowohl mit der Plattenfirma als auch mit dem Kosmetikkonzern das Crossover-Marketing terminlich schon festgezurrt.

Somit verließen wir verrichteter Dinge das Land und hatten unerkannt mal wieder wahnsinnig schöne vier Tage in Amsterdam, denn Jens hatte sein WG-Zimmer erst zum Ende des Jahres hin gekündigt, sodass wir eine vertraute, heimelige Bleibe ohne Touristenkontakt hatten. Ich war mittlerweile in der 15. Schwangerschaftswoche und fühlte mich hervorragend: Die chronische Müdigkeit war vorbei, ich wartete nun gespannt darauf, dass sich mein Bauch bald sichtbar runden würde, und die Glückwünsche seiner Mitbewohner an uns waren überschwänglich und wirklich niedlich.

Auch sonst schien das Schicksal uns trotz allem immer noch überraschend wohlgesonnen zu sein: Im *Supperclub*, wo Jens' »Potemkinsche Dörfer« seit Mitte des Monats hingen, hatten sich nämlich bereits Interessenten für einige der Bilder gefunden, und außerdem wollte ein Schweizer Galerist, der auch in Amsterdam eine Dependance hatte, ihn unbedingt als neuen Fotokünstler auf der Art Basel präsentieren.

Umso jäher holte mich die Realität am ersten Novembersonntag wieder ein, als ich morgens gegen zehn in die WG-Küche kam und Ellen, die holländische DJane, die gerade erst von ihrem Job nach Hause gekommen war, mir die »TRAUMPAAR: KRISE!«- *Bild am Sonntag* entgegenhielt, die sie auf dem Heimweg an einem Zeitungsstand in der City gesehen und direkt gekauft hatte: »Isn't it funny? She's the wife of a German football player, but she looks exactly like you!!«, zeigte sie giggelnd auf mein Foto neben der Schlagzeile. »We've got to cut it out for our kitchen wall!«

Noch bevor das allerdings an der WG-Pinnwand landete, las ich es mir in Ruhe durch und rief Sabine und Ralf an, um mit ihnen die Pressekonferenz für den Montag zu planen. Am Abend fuhr ich nach Köln zurück, während Jens noch in Holland blieb; Ralf fing ich auf dem Rückweg noch in Dortmund ein, damit wir gemeinsam in Köln übernachten und uns für den folgenden Tag absprechen konnten; Sabine trafen wir Montagmorgen direkt im Hotel, wo die PK mit uns als händchenhaltendem und allen Unterstellungen widersprechendem Paar dann wie beschrieben stattfand. Damit war Phase 1 endlich final abgeschlossen.

Die drei Herren, von denen auch nur unverfängliche Fotos in der *BamS* abgedruckt waren, die sich ja aber dank meines Verhaltens und meiner Aussagen »am Morgen danach« sehr sicher (und zudem richtig stolz darauf) waren, dass sie Ralf Hörner aufgesetzt und mich amtlich flachgelegt hatten, reagierten übrigens ganz anders als gedacht auf meine Unschuldserklärungen – nämlich gar nicht.

Ich hatte eigentlich erwartet (zumindest von Marketing-Mike, allein schon wegen seiner »verklemmten Frau«), dass sie sich bedanken würden, dass ich sie aus der medialen Schusslinie gebracht hatte, aber nichts dergleichen geschah. Das machte es mir dann wirklich leicht – in Verbindung mit dem Betrag, den die *Bunte* Ralf und mir für die Versöhnungshomestory bot –, im letzten Novemberdrittel tatsächlich mit Phase 2 zu beginnen.

Die Tatsache, dass es die drei Hiphop-Mädels wenige Tage zuvor mit dem Eklat auf ihrer Pressekonferenz unfassbarerweise sogar bis in die Tagesschau geschafft hatten, spornte meinen sportlichen Ehrgeiz aber auch nicht unwesentlich an.

Also: Trommelwirbel für den Beginn von Phase 2.

Zwischen Print- und TV-Medien gibt es ja recht häufig stutenbissige Konkurrenz in der Berichterstattungshoheit, wenn man es jedoch sinnvoll anstellt, kann es mitunter auch recht schöne Synergieeffekte geben. Zum Beispiel, wenn ein TV-Magazin, das über Prominente und ihr Tun berichtet, wiederum ein Print-Magazin desselben thematischen Segments bei seiner exklusiven Homestory-Foto-Produktion zum großen Versöhnungsinterview mit der Kamera begleitet und das dann in Form eines Making-of-Filmchens sendet. Dafür interviewen die Fernsehfritzen dann einfach vor der Kamera zusätzlich zum Promi auch noch die Chefredakteurin des Blattes (die ja auch nicht frei ist von einer gewissen Eitelkeit) und weisen in ihren Sendungen häufig und früh genug auf das Erscheinungsdatum des Printmagazins mit der exklusiven Homestory hin. Im Gegenzug steht dann wiederum im Blatt der Ausstrahlungstermin des Making-of-Filmchens im Rahmen des TV-Magazins, und alle sind glücklich und treiben sich Auflage und Quote gegenseitig hoch. Und als Interview gebender Promi kannst du dir sicher sein, dass sich deine mediale Präsenz danach auch durch die Zweit- und Drittverwertung noch um ein Vielfaches potenziert. Kurzum: perfekte Bedingungen für alle Beteiligten.

Daher war es auch ein leichtes und lukratives Unterfangen, zusätzlich zu den Zeitungsnasen noch ein TV-Team meines Senders zu aktivieren, als Ralf und ich in meiner Wohnung knapp drei Wochen nach unserer Pressekonferenz zum großen Homestory-Versöhnungsinterview antraten. Die Laune der anwesenden Medienvertreter war bestens, denn wir hatten Sabine – um die beiden Exklusivverträge noch ein bisschen exklusiver zu machen – exakt einen Tag vor dem Termin ganz offiziell und nüchtern unsere Verlobung über die Nachrichtenticker bekanntgeben lassen, alle Rückfragen dazu aber nicht beantwortet.

Das ganze Drumherum (wie war der Antrag, wo und wann findet die Hochzeit statt, wer designt das Brautkleid, wer sind die Trauzeugen, welche Gäste stehen auf der Liste, wer kriegt die Rechte für die Hochzeitsfotos und so weiter) konnten unsere Exklusivpartner also im Rahmen der sentimentalen Advents-Homestory ausführlich als erste erfragen. Mit dem bunten Blatt verband uns ja bereits eine längere Kooperation, Ralf und ich kannten die jeweils zuständigen Redakteurinnen gut, die hatten sich nämlich immer schön einfach ködern und anfüttern lassen: Man gab ein paar »private« Informationen raus (natürlich auch gerne mal über Dritte, ohne deren Wissen!), die dem journalistischen Gegenüber ein vertrauliches Gefühl von freundschaftlicher Verbundenheit vorgaukelten, und schon fraßen sie einem brav aus der Hand. Gerade in dieser Branche, wo man sein täglich Brot mit den Reichen und Schönen verdient, will jeder auch sein eigenes Stückchen Ruhm haben. Und wenn man schon selbst nichts zu bieten hat, womit man berühmt werden kann, gerade dann sind die meisten Societytratschtanten umso engagierter, einen Platz an der Sonne zu bekommen und den Glanz der Promis auf sich abstrahlen zu lassen, sei es durch Realpräsenz oder auch durch Insiderinformationen.

Zumindest die letzten Jahre hatte es für alle Beteiligten gut funktioniert, wenn eine Redakteurin ihrer »Freundin« Lina Hintergrundwissen verdankte – »Als ich auf der Geburtstags-Beach-Party von Margarethe Schreinemakers war, erzählte mir Lina Legrand beim Planters Punch im Strandkorb private Details zu ihrer aktuellen 2-in-1-Kampagne: ›Die Idee zu den Fotos war nicht von einer Werbeagentur inszeniert gewesen – die kam uns tatsächlich einfach so unter der Dusche, als Ralf mein neues Shampoo mitbenutzte! Wenn wir zusammen sind, duschen wir ja sowieso immer zusammen – das macht Spaß und schont auch noch die Umwelt... hoppla, das ist ja schon wieder so ein praktischer 2-in-1-Effekt!‹«. Daher ließ ich es mir nicht nehmen, der gutgelaunten Chefredakteurin tuschelnd und supergeheim diesmal auch noch ein besonders feines Bonbon für das Interview anzukündigen, während das Team bereits die Scheinwerfer und den restlichen Kram aufbaute.

Als Ralf gerade von der Maskenbildnerin abgepudert wurde, winkte ich sie ins Bad. »Walli, psst, komm mal her! Ich hab noch niemandem was gesagt, weil... ich hab das selber eben erst getestet! Aber ich muss das jetzt jemandem erzählen, sonst platze ich gleich: Ich bin schwanger, Ralf und ich kriegen ein Kind!!« Nach ihrem »Glückwunsch!«- und »Oh, wie schön!«-Gequietsche machte ich scheinheilig weiter.

»Walli, meinst du denn, ich soll Ralf das gleich bei der Homestory sagen? So von wegen Advent, als verfrühtes Weihnachtsgeschenk... oder passt das gar nicht in euer Konzept, ich weiß ja nicht, wie ihr das Interview geplant habt?! Sonst mache ich das einfach erst, wenn ihr später weg seid.« Sich doof stellen machte immer noch den größten Spaß, denn *niemals* würde ein Klatschreporter eine solche Möglichkeit ausschlagen, dementsprechend hektisch ermutigte sie mich zu meiner Adventsidee.

»Also Schätzchen, da mach dir mal um uns keine Sorgen, das kriegen wir schon gut da rein! Wenn du deinem Liebsten sagen willst, dass ihr bald zu dritt seid, dann mach das doch ruhig, tu einfach so, als wären wir gar nicht da! Ach, wie romantisch wäre das wohl auch für euch, in der ganzen schönen Adventsstimmung hier.« Die Ausstatterin hatte nämlich einen ganz Sack Weihnachtsdeko mitgebracht, um für die Bilder alles saisongerecht herzurichten, schließlich sollte das Interview in der Ausgabe vor dem ersten Adventswochenende erscheinen. »Und für uns wäre das natürlich auch etwas ganz Besonderes, bei diesem wunderbaren Moment dabei sein zu dürfen ...!«

»Ich überleg mir das noch ... hab ich noch fünf Minuten, um den Test für alle Fälle mal als Geschenk zu verpacken?«

»Aber natürlich, Süße, wir bauen sowieso erst fertig auf!«

Als Walli dann eine gute halbe Stunde später mit dem Interview anfing, lief auch erst mal alles wie geplant: Ralf und ich posierten händchenhaltend auf dem Sofa, zündeten gemeinsam die erste Kerze am Adventskranz an, fütterten uns mit Lebkuchen und Plätzchen, gaben uns fotogen Küsschen unter dem Mistelzweig an der Wohnzimmertür und ähnlichen Schnickschnack. Dabei erzählten wir noch einmal ausführlich von den gemeinen Verleumdungen, von den hanebüchenen Betrugsvorwürfen und davon, wie uns das alles nur noch viel näher zusammengebracht hatte, wie wir eine Woche nach der Pressekonferenz ganz heimlich und unbeobachtet für drei Tage nach Paris gefahren waren, um dort einen kleinen Liebesurlaub zu machen – waren wir wirklich, nur verschwiegen wir während des Interviews natürlich, dass Reza und Jens als »schwules Paar« im gleichen Hotel eingecheckt hatten –, und diese wahnsinnig romantische Gelegenheit hatte Ralf genutzt, um mir endlich in der Stadt der Liebe einen Antrag zu machen. Klick, Verlobungsring in Großaufnahme, immer schön an den Sozialneid denken.

»Und wie feiert ihr dieses Jahr Heiligabend, wie sind da eure

Pläne als frisch Verlobte? Habt ihr vielleicht sogar ganz besondere Geschenke und Überraschungen?«, wollte Walli wissen. Bevor Ralf Luft holen konnte, riss ich das Wort an mich.

»Also, Ralf hat mich ja in Paris mit dem Ring so toll überrascht, da hab ich mir für unser Weihnachtsfest auch ein ganz besonderes Geschenk überlegt, aber das verrate ich nicht, soll ja eine Überraschung sein! Allerdings habe ich noch eine andere Überraschung für Ralf, was noch viel Tolleres, und das kann ich auch auf gar keinen Fall noch fast fünf Wochen für mich behalten. Ralf, ich, ich... hier hab ich was für dich!«

Ralf blickte zuerst recht irritiert auf das Päckchen, dann sagte er zu Walli: »Hä, wie jetzt, was'n das, habt *ihr* da was vorbereitet?« Walli schüttelte den Kopf und machte eine abwehrende Geste, dafür klinkte ich mich ein.

»Neinnein, das gehört nicht zu der Adventsdeko von denen, das ist ein kleines, ganz besonderes Geschenk, extra für dich, nur von mir!«

»Und das soll ich jetzt einfach so hier während des Interviews auspacken?« Ralf zögerte noch.

»Ja! Sofort! Ich hab das schon seit heute Mittag hier liegen und will's dir geben! Du warst aber so lange beim Training, und dann war das Team schon da – aber das ist mir jetzt egal! Du sollst dir das jetzt endlich mal angucken, weil ich kann gar nicht mehr länger abwarten, was du dazu sagst!«, gluckste ich.

So wie Walli guckte und gleichzeitig sowohl ihren Fotografen, als auch den Kameramann des TV-Teams mit hektischen Handzeichen in aufmerksame Bereitschaft kommandierte, ging es ihr ähnlich.

»Lina, lass uns doch erst mal in Ruhe das Interview zu Ende machen«, meinte Ralf und hielt unschlüssig das Päckchen in der Hand.

»Och, *wir* haben Zeit, pack ruhig zuerst aus, wenn Lina das so wichtig ist!«, flötete Walli ihm süßlich dazwischen und hatte vor lauter Vorfreude auf ihre Super-Exklusivstory schon beinahe ungesund rote Bäckchen.

Ich nickte Ralf strahlend an und ließ keine Widerworte gelten: »Ach, nun komm schon, tu mir den Gefallen! Du weißt doch genau, wie ungeduldig ich manchmal bin! Und jetzt kann ich es überhaupt gar nicht mehr abwarten, also los, Hase!«

Ralf gehorchte brav, fummelte mit einem »Na gut – da bin ich aber mal gespannt, hast du mir etwa doch diese feinen Monogramm-Manschettenknöpfe in der Rue Lasalle machen lassen?!« das Papier von dem kleinen Karton ab und öffnete ihn grinsend.

»Was ist das?«, fragte er zwei Sekunden später sichtlich irritiert und hielt etwas in der Form eines Fieberthermometers vor sein Gesicht, wo allerdings statt einer Digitalanzeige ein Feld mit zwei leuchtend quietschroten Streifen prangte. Dabei machte er ein so begriffsstutziges Gesicht, dass man hätte meinen können, die ganze Kopfbälle-Überei hätte sich allmählich doch in unschönen Nebenwirkungen wie beispielsweise der Einschränkung kognitiver Fähigkeiten niedergeschlagen.

»Das ist ein Schwangerschaftstest! Wir kriegen ein Baby, Schatz, ist das nicht wunderbar!?«, sagte ich mit glücklichem, feuchtem Augengeklimper – und während Walli ein echtes Schluchzen zu unterdrücken schien, krachten in diesen rührseligen Moment nur einen Augenblick später stimmungstechnisch die Reiter der Apokalypse.

Ralf legte den Test zitternd auf den Couchtisch, auch seine Stimme bebte merklich: »Das Interview ist hiermit vorbei, geht jetzt bitte. Abbau, los, sofort alle raus hier!« – Verunsicherung bei Walli und mir.

»Schatzi, was ist denn los, freust du dich denn gar nicht?«, fragte ich, während Walli die ganze Szene plötzlich wieder sehr gefasst belauerte, mit einem Gesichtsausdruck, der mich stark an einen Frosch erinnerte, kurz bevor er die Zunge rausschnellen lässt, um die Fliege zu fangen.

»Lass uns das gleich klären«, bemühte er sich schwer atmend erneut um Contenance, »wenn die hier weg sind!«

»Aber wir sind doch noch gar nicht fertig, wir wollten doch noch ...!«, wehrte Walli sich gegen Ralfs Rauswurf. Das war der Tropfen, der das Fass vollends zum Überlaufen brachte, und Ralf flippte komplett aus: »Und wie wir fertig sind, Feierabend ist jetzt hier! Schluss, aus, vorbei!!!!«

Ich versuchte einen Arm um ihn zu legen, um ihn zu beruhigen, er befreite sich jedoch aus der Umarmung, sprang auf und brüllte mich an: »Und du fass mich bloß nicht an, du machst alles kaputt und fragst dann auch noch ›Was ist denn los, Schatz?‹«, äffte er mich nach und echauffierte sich dann wieder in seinem eigenen Tonfall weiter. »Ein verlogenes Miststück bist du, *das* ist los!«

Daraufhin machte er Anstalten, seinen Mantel zu holen, ich hinter ihm her, zum finalen Showdown in der Diele, die man vom Wohnzimmer aus hervorragend einsehen konnte: »Aber Ralf, ich ... ich ... O.K., es tut mir leid, dass ich dir das nicht unter vier Augen gesagt habe, aber deswegen bist du jetzt echt *so* sauer?!«, lamentierte ich auch sichtlich aufgebracht. Schließlich hatte er mich gerade beschimpft, und zwar vor versammelter Presse, die natürlich die ganze Zeit schön draufhielt.

»Nein, ooh nein!« Ralf lief von der Brüllerei schon rot an. »Ich bin so sauer, weil du mich *doch* betrogen hast! Ich kann nämlich überhaupt keine Kinder kriegen!«

»Was?«

»Ja, du hast richtig gehört, ich hatte Mumps als Kind und bin seitdem zeugungsunfähig – so, jetzt ist es raus. Was meinst du, warum ich beim Thema Kinder immer ausgewichen bin, hä?! Wer auch immer der Vater von deinem Kind ist: Ich kann es jedenfalls nicht sein!« Damit stürmte er aus der Wohnung und ließ die Tür laut ins Schloss krachen.

Ich hielt mich an der Wand fest und wankte Richtung Wohnzimmer, wo Walli vor lauter stiller Begeisterung über dieses Societyreporter-Pendant zum Lottosechser kurz vor dem Herzinfarkt schien, ihren mittlerweile fast lilafarbenen Bäckchen nach zu urteilen. »Können wir das Interview vielleicht ein andermal ...?«, fragte ich noch, bevor ich die Augen verdrehte und mich sanft gen Boden zusammensinken ließ.

»Hast du das drauf?! Hast du das alles drauf?!«, hörte ich Walli hysterisch fragen, während ich darauf wartete, dass irgendjemand wie ein normaler Mensch auf meine simulierte Ohnmacht reagierte. Bis der Tonmann mir endlich mal die Beine hochlagerte, mich aus meiner gespielten Ohnmacht wieder zu Bewusstsein brachte und einen Krankenwagen rief, war ich noch mal schön von allen Seiten abfotografiert und gefilmt worden, und auch die Untersuchung durch die Sanitäter (Blutdruck messen, Kochsalzinfusion) wurde natürlich im Bild festgehalten, während das Print- und TV-Team dabei »total verständnis- und rücksichtsvoll« das Set abbaute. Ich bestand darauf, in meiner Wohnung zu bleiben, und wehrte mich erfolgreich gegen eine stationäre Aufnahme im Krankenhaus, und als Walli sich von mir verabschiedete, hielt ich sie einen Moment zurück: »Walli, wir kennen uns doch schon länger, bittebitte, tu mir einen Gefallen: Halt das bitte alles noch zurück, bis ich noch mal mit Ralf gesprochen habe! Ich ruf dich morgen früh an, O.K.?«

»Ich gucke mal, was ich tun kann«, sagte sie jovial, bevor ihre Augen blitzten, »aber egal wie das weitergeht und von wem das Kind ist: Du kannst immer auf mich zählen, wenn du mit jemandem reden möchtest ...!«

»Das ist gut zu wissen, Walli, danke schön!«, erwiderte ich, weil ich wusste, dass sie das völlig ernst meinte – nur eben weitaus professioneller, als die freundschaftliche Floskel vermuten lassen könnte.

Gut zwei Stunden nachdem alle Fremden die Wohnung endlich verlassen hatten, hörte ich den Schlüssel in der Tür und lief in die Diele, um Ralf um den Hals zu fallen.

»Oh Mannomannomann, bist du ein guter Schauspieler! Du könntest einigen Kollegen von mir Unterricht geben, das war unglaublich!! Ich fand's super – was meinst du, haben sie es gefressen?«

»Hmmm«, zuckte Ralf seine Schultern, »also mein Handy klingelt nonstop, bei Sabine ist es genauso, unten vorm Haus stehen zwei Fotoreporter – ich sag mal so.« Er machte eine Kunstpause und setzte sein breitestes Grinsen auf: »Wie es momentan aussieht, könnten wir wohl die neuen Hitlertagebücher werden!«

Und was meinen sportlichen Ehrgeiz angeht: Wir schafften es zwar nicht bis in die Tagesschau, aber was nun aus den Hiphop-Mädels nach ihrem großen Krach auf der Pressekonferenz wurde, interessierte plötzlich kein Schwein mehr – die Sau, die jetzt durchs mediale Dorf gejagt wurde, hieß definitiv Lina Legrand. (Bekanntheitsgrad in der Bevölkerung am ersten Adventswochenende: 87 %)

19
Öffentliche Vatersuche

(November / Dezember 1997)

(Advent, Advent – schau, wen sie kennt ...
hat sie mit dem wohl auch gepennt?)

Ich war extrem froh, dass ich meine Eltern schon lange in den Gesamtplan eingeweiht hatte, denn das, was nun in der Woche vor dem ersten Advent medial über mich hereinbrach, war noch gewaltiger, als ich spekuliert und erhofft hatte: Auf allen Kanälen und in allen Gazetten wurde der Skandal genüsslich ausgewalzt – zu Recht, schließlich hatten wir selbst ja dafür gesorgt, dass es erstklassiges Bild- und Tonmaterial gab. Bevor ich mich ausklinkte und fürs Erste bei meinen Eltern in der Eifel abtauchte, gab ich noch zu Protokoll, dass ich jetzt unbedingt zur Ruhe kommen und »mir über meinen weiteren Weg klar werden« müsse; Ralf hingegen verweigerte die gesamte Woche jedwede Stellungnahme zu dem ganzen Thema, und somit hatten die Medien genügend Spielraum, in alle Richtungen zu spekulieren.

Meine Eltern hatten sich extra frei gehalten und waren die ganze Woche zu Hause, um »ihrem Töchterchen beizustehen«, und gerade im Zusammenhang mit der medialen Berichterstattung muss ich sagen: Sie waren echt tapfer.

Gut, Renate und Günther hatten auch unabhängig von mir direkt nach ihrer Rückkehr aus Italien (sogar noch *bevor* ich ihnen die Tatsache steckte, dass sie Großeltern werden!) schon mit der Vorstellung geliebäugelt, beruflich bald deutlich kürzer zu treten, um einfach wieder mehr Zeit für sich zu haben und wieder mehr reisen zu können, so wie früher. Zwei große Faktoren, für die definitiv ich verantwortlich war, bestärkten sie dabei, diese Art der Zukunftsplanung tatsächlich als ihr konkretes Ziel für das kommende Jahr anzupeilen: Zum einen natürlich die Umstände, in denen ich mich befand, zum anderen die Umstände, in die ich sie mit meinem Verhalten und meinem Plan brachte. Glücklicherweise versetzte sie die Vorstellung, ein Enkelkind zu bekommen, aber dermaßen in Begeisterung, dass sie die Unannehmlichkeiten, die ihnen Lina Legrand bescherte, ziemlich geschmeidig wegsteckten.

Für Renate zum Beispiel war es mit Sicherheit ganz furchtbar, die tatsächlichen Wahrheiten hinter den Geschichten über mich, die in all den Gazetten ihres Salons landeten, zu kennen, aber nicht preisgeben zu dürfen. Sie hatte das zwar all die Jahre hervorragend durchgehalten, was ihren »Schwiegersohn« Ralf anging, aber da ging es ja auch um angenehme Lügen – sich jedoch nun stillschweigend ansehen zu müssen, wie ihre berühmte und beliebte Tochter begann, auf dem Zenit ihres Erfolges aktiv ihre öffentliche Demontage einzuläuten und sich ganz bewusst zur Zielscheibe von Hohn, Spott und Schadenfreude zu machen, das hatte für sie als stolze Mutter noch mal eine ganz andere Dimension. Ihr war zwar rational völlig klar, dass das, was ich als Lina Legrand tat, für das Gelingen meines – auch in ihren Augen – verrückten und doch schönen Plans absolut nötig und richtig war, und im Vergleich zu vielen anderen gefallenen Stars war ich ja auch immerhin in der luxuriösen Position, meinen Niedergang selbst zu initiieren. Aber trotzdem glaube ich, dass es für Renate darüber hinaus ziemlich schlimm war zu merken, wie durch mein medial aufbereitetes Verhalten auch ihr eigener Status im Landkreis zu sinken begann.

Im Salon wurde zum Beispiel schon seit Anfang November

nur noch dann ordentlich geklatscht und getratscht, wenn Renate gerade nicht in Hörweite war – schließlich trauten sich die Stammkundinnen nicht, in ihrem Beisein ordentlich über »et Lina-Luder« oder gar ihre »ja auch immer schon schamlos gewesene Mutter« zu lästern. Dadurch dass Renate aber ihr ukrainisches Lehrmädchen Ylenia hatte, mit dem sie sich blendend verstand und in dessen Beisein die Damen des Landkreises immer so richtig aufdrehten, weil sie Ylenias sprachliche Fähigkeiten aufgrund ihres Akzents unterschätzten, bekam meine Mutter jedoch trotzdem brühwarm mit, wie viel Potential zur niederträchtigen Bosheit anscheinend nach Jahren des heimlichen Neids in so manch klimakteriell getuntem Eifelweib steckte.

Die passenden Typen dazu waren allerdings keinen Deut besser. Günther hatte sich zwar schon seit den *Playboy*-Fotos ein dickeres Fell zugelegt, was blöde Sprüche über seine Tochter anging, aber nun ging es seitens dieser Arschlöcher auch gegen Renate. Denn ausgerechnet die Typen, die es immer gewurmt hatte, dass sie bei meiner Mutter nicht landen konnten, obwohl mein Vater doch so viel unterwegs war, versuchten ihm Zweifel bezüglich seiner Vaterschaft einzureden, auf so einem ganz schäbigen »Vielleicht-liegt-Fremdgehen-ja-in-der-Familie«-Niveau.

Und das alles waren nur die Nachwehen zu den ersten Detektivfotos in der *BamS* Anfang November gewesen – da kann man sich gut vorstellen, was tratschtechnisch erst nach dem Schwangerschaftstest-Eklat in der Woche vor dem ersten Advent in der Eifel abging. Somit taten wir gut daran, uns in unserem Frau-Stahlke-Häuschen einzuschließen und ein letztes Mal dort unser Adventsritual zu zelebrieren, das wir diesmal sogar auf sechs Tage ausdehnten. Und trotz einer gewissen Grundsentimentalität, die sich ja gerne einschleicht, wenn man ganz bewusst von etwas Abschied nimmt, hatten wir unglaublich viel Spaß: Renate und ich feilten gemeinsam an den Entwürfen für meine Schwangerschafts-Kollektion, die ich im neuen Jahr rauszubringen gedachte, und führten so wunderbare Mutter-Tochter-Gespräche wie vorher schon lange nicht mehr; zu dritt guckten wir stundenlang Prospekte für Wohnmobile, Boote und Motorräder durch, während ich es genoss, die immer größer werdende Vorfreude meiner Eltern auf ihren neuen Lebensabschnitt sehen zu dürfen; und Günther und ich amüsierten uns königlich darüber, wie baff Renate war, als wir Samstagabend von seinem Hochsitz zurückkamen und ihr in der Garage die Beute präsentierten: Jens und Reza. Mein Vater und ich hatten die beiden nämlich heimlich im Kofferraum seines Jeeps unter einer Decke hergeschafft, weil wir einfach wie immer alles wollten: den heimeligen Großfamilienaspekt *und* das weitere reibungslose Gelingen unseres Plans.

»Wenn wir schon das letzte Mal hier im Haus unser Adventsritual feiern, dann will ich doch auch alle meine Schwiegersöhne um mich haben!«, erklärte Günther meiner Mutter. »Wenn Ralf, wie besprochen, morgen früh hier aufschlägt, hat er sicherlich die Presse im Schlepp – und wie blöd wäre das dann, wenn die Nachbarn tatsächlich was zu erzählen hätten... Stell dir mal vor, gerade jetzt in dieser Situation zwei junge Männer über Nacht im Haus, tststs. Und so hat keiner was gesehen, außer dass Vater und Tochter bei der Jagd waren.«

Ich freute mich in dem Moment nicht nur, dass er »alle seine Schwiegersöhne« offensichtlich so mochte, dass er nicht auf ihre Anwesenheit beim Familienritual verzichten wollte – Jens kannte er zwar erst seit zwei Monaten, hatte den Vater seines Enkelkindes aber auf Anhieb ins Herz geschlossen –, sondern auch darüber, dass ich mal wieder deutlich sehen konnte, woher ich meine halbkriminelle Umsichtig- und Aufmerksamkeit hatte.

Am nächsten Tag lief es genauso wie erwartet: Ralf tanzte morgens gegen halb elf mit Zeitungen und Brötchen an, ich öffnete ihm die Tür, und dabei wurden wir natürlich von den Reportern, die er im Schlepp hatte, abgelichtet – seiner Aussage nach hatten die ihn mangels Statement zum Status quo schon die gesamte letzte Woche nahezu nonstop terrorisiert. Allein schon deswegen gönnten wir ihnen die folgenden 24 Stunden auf ihrem Beobachtungsposten im kalten Auto – einmal vor Ort, mussten sie ja jetzt schließlich weiter dokumentieren: Wie lange bleibt er bei Lina im Haus? Wie sind die Gesichtsausdrücke der beiden, wenn er wieder geht? Oder gehen sie gar gemeinsam?

Im Haus war es muckelig warm, die Gardinen waren zugezogen, später sogar die Rollläden runtergelassen, und während sich draußen im Auto die Reporter mindestens einen ordentlichen Schnupfen holten, buken wir drinnen alle gemeinsam Plätzchen. Ralf und Jens übernahmen im Anschluss aufgrund meines schwangerschaftsbedingten Ausfalls den Part »Skier wachsen und Aufgesetzten trinken mit Günther«, Reza und ich kochten mit Renate das Abendessen (Rehrücken! Das von Günther extra »für mich« geschossene Wildschwein lag nach wie vor in der Kühltruhe, das brauchten wir nämlich noch am Stück), vorm Kamin wurden als Nachtisch die frischen Kekse gegessen und in schöner Tradition die Frau-Stahlke-Story erzählt. Jens kannte die bis dahin ja noch gar nicht, daher gaben sich meine Eltern ganz besonders viel Mühe. Danach spielten wir wie immer Trivial Pursuit (diesmal allerdings erstmals in drei Pärchen-Teams, was mich kurz an meine Burn-Out-Tendenzen im Jahr zuvor denken ließ, woraufhin mir ob meiner aktuellen Situation fast sentimentale Tränen des Glücks in die Augen stiegen!), erzählten uns lustige Geschichten und planten bestens gelaunt alles Mögliche für »Phase 3«, bis gegen Mitternacht alle drei Pärchen glücklich und (bis auf mich) auch recht betrunken in ihren Betten lagen.

Ralf hatte sich beim Verein krankgemeldet, und so konnten alle Pärchen nicht nur wunderbar ausschlafen, sondern auch gemeinsam ausgiebig frühstücken. Danach fuhr Ralf mich nach Köln, was natürlich fotografisch von den verfrorenen Reportern minutiös dokumentiert wurde, und Sabine koordinierte für die folgenden Tage und Wochen unsere jeweiligen Einzeltermine mit der Presse. Für jeden von uns beiden war es nämlich nun sehr wichtig, sich gut zu präsentieren. Imagetechnisch war ich in der Öffentlichkeit ja erst mal ziemlich unten durch, weil ich schließlich *den* Fußballhelden betrogen und belogen hatte, und auch wenn einige Schalker ihre Schadenfreude Ralf gegenüber voll auslebten: Außerhalb Gelsenkirchens, im Rest der Republik, zahlte sich mein Verhalten nicht gerade in Sympathiepunkten aus. Gut, um mediale Aufmerksamkeit zu bekommen, sind selbige zwar gar nicht so wichtig, das wusste ich ja noch aus der *Psychisch*-Zeit, als ich schon mal »die Böse« war.

Aber wenn man etwas *verkaufen* möchte (beispielsweise eine Platte oder ein Parfum zum Event-Mehrteiler oder eine frisch entworfene Schwangerschaftskollektion, von der noch niemand etwas weiß), dann sieht das schon wieder ganz anders aus, und daher galt es dringend, Schadensbegrenzung zu betreiben. Bis jetzt hatten die Schlagzeilen nämlich wie folgt ausgesehen – hier nur eine kleine Auswahl:

»EKLAT! LINA SCHWANGER! Aber: Ralf Szibuda wohl nicht der Vater!« (*Bild*)

»TRAUMPAAR AM ENDE! EXKLUSIV: DER EKLAT!« (*Bunte*)

»ZEUGUNGSUNFÄHIGKEIT! Das verschwiegene Männerleiden« (*Stern*)

»Mit wem hat LINA rumgeLUDERt...?« (*BamS*)

»SEITENSPRÜNGE – 12 TIPPS, UM NICHT ERWISCHT ZU WERDEN!« (*Fit for Fun*)

»KUCKUCKSKINDER – Wenn Papa nicht der Vater ist« (*Focus*)

»LUDER-LINA AUF VATERSUCHE!« (*Bild*)

Und zuletzt mein persönlicher Favorit, quer über ein Foto von mir, auf dem ich nach oben blicke:

»ADVENTSSPECIAL: HEILIGER GEIST BALD WIEDER PAPA?« (*Titanic*)

Ralf hingegen musste zur langfristigen Erhaltung seines Helden- und Sieger-Images aus der Opfer-Ecke der gehörnten Idioten raus, was ihm aber recht schnell und gut gelang. Erst mal durch die »VERSÖHNUNG?«-Schlagzeilen, die Dienstag als Resultat auf seinen Besuch in der Eifel gedruckt wurden, vor allem aber ein paar Tage später dadurch, dass er sich bei seinem Einzelinterview äußerst souverän und großherzig zeigte. Er gab dabei zwar offiziell unsere Trennung bekannt, leistete sich aber keine Schimpf- oder Hasstiraden gegen mich, sondern gab stattdessen nur reflektierte Selbstkritik zum besten: dass auch er Fehler gemacht habe in unserer Beziehung und dass er mir »sein Handicap« nicht hätte verschweigen dürfe, dazu ehrliches Bedauern darüber, wie sich die Dinge nun entwickelt hatten, und tatsächlich so etwas wie Mitleid mit meiner aktuellen Situation. Dass er mir auch noch tatsächlich »von Herzen nur das Beste« wünschte für mich und mein Kind, und mir, wenn auch nicht als Partner, aber in lockerer Form in Erinnerung an die schönen Zeiten zumindest freundschaftlich verbunden bleiben wollte, brachte ihm beinahe noch einen Heiligenschein ein.

Um jedoch das Feuer rund um den medialen Scheiterhaufen, auf dem ich noch immer stand, langsam zu löschen, bedurfte es dagegen gleich mehrerer Interviews, und ich inszenierte mich dabei mit der gleichen reflektierten Offenheit, wie Ralf es getan hatte, baute das Gesamtkonzept dieser Interviews aber mehrstufig auf: dass ich meine Fehler zutiefst bereue und der Beziehung mit Ralf wahnsinnig nachtrauere, wie leid mir die Häme tue, die Ralf einstecken musste (wenn er ein Tor geschossen hatte, grölte der Fan-Block des Gegners auf die Melodie von *Guantanamera*: »War nicht Szibuda, der Schuss kam nicht von Szibuda«), und dass er das alles überhaupt nicht verdient hatte.

Also zuerst ein mea culpa auf voller Front, danach eine gute Dosis schmerzvoll durchstandener Gewissensnöte: »Natürlich haben mich einige Menschen gefragt, ob es nicht besser ist, wenn ich die Schwangerschaft einfach abbreche und dann auf eine Versöhnung mit Ralf hoffe. Aber obwohl ich die letzten Wochen als gewissenlose Schlampe dargestellt geworden bin: Ich bin ein Mensch mit Werten, und ein ungeborenes Leben gehört auf jeden Fall dazu. Eine Abtreibung könnte ich daher mit meinem Gewissen niemals vereinbaren!« Und dann, nachdem ich diesen Moral- und Gewissenstrumpf gezogen hatte, mündete das Ganze bei den Interviews in kämpferischem Kopf-hoch-Modus: »Glauben Sie mir, ich habe mir das auch alles anders gewünscht. Aber es gibt so viele alleinerziehende Mütter, die noch viel schlechtere Startchancen haben als ich – da werde ich das schon irgendwie auch alles schaffen!«

Nachdem ich ungefähr fünf Interviews dieser Art gegeben hatte, war ich zunehmend darüber verärgert, dass sich tatsächlich noch immer keiner der drei Herren, die sich ja immerhin sicher waren, mit mir eine unglaubliche Nacht verbracht zu haben, bei mir gemeldet hatte. Daher hielt ich es taktisch für einen guten Zeitpunkt, kurz vor den Weihnachtsfeiertagen die öffentlichen Spekulationen, die zu dieser Zeit schon fast einzuschlafen drohten, noch mal ein wenig anzuheizen.

Also gab ich »mein Ultraschall-Foto« zur Veröffentlichung raus und ließ damit direkt zwei Bomben auf einmal platzen: Zum einen die Tatsache, dass ich Zwillinge erwartete (Jens hatte auf einem von Sabines alten Ultraschall-Fotos einfach das Datum und den Namen der Patientin geändert), zum zweiten den errechneten Geburtstermin (angeblich Ende Juni). Durch die Kombination dieser beiden »Fakten« war auch direkt plausibel erklärt, warum mein Bauch sich so schnell rundete.

Und dann lief es zwischen den Jahren endlich genau so, wie ich mir Phase 2 vorgestellt hatte: Die Vaterschafts-Spekulationen in den Medien wurden aufgrund meines wirklich hartnäckigen Schweigens zunehmend konkreter und unverschämter, und die harmlosen Detektiv-Fotos, die man ja bereits Anfang November veröffentlich hatte, wurden wieder aus dem Archiv gekramt. Irgendein findiger Reporter war nun aufgrund des Geburtstermins darauf gekommen, dass bei einer der von mir abgestrittenen Affären anscheinend doch mehr gelaufen sein musste, als ich zugab.

Ralf erzählte, dass drei verschiedene Reporter wirklich alles versucht hatten, um den Namen des von ihm angeheuerten Detektivs zu erfragen, aber er hatte natürlich dichtgehalten, und so erfreute ich mich zwischen den Jahren in der Schweiz, wo wir in einem kleinen Chalet alle gemeinsam (Reza und Ralf, Renate und Günther, Jens und ich) ins neue Jahr feierten, der wunderbar absurden Schlagzeilen aus Deutschland: »LINAS ZWILLINGE – HABEN SIE SOGAR VERSCHIEDENE VÄTER? Experte: Theoretisch können zweieiige Zwillinge auch von zwei verschiedenen Vätern stammen...«

Besonders die *Bild* gab sich große Mühe zum Jahresausklang, denn gerade in der Silvesterausgabe wird man ja gerne witzig, und somit bot sie als Jahresvorschau für 1998 diverse »nicht ganz ernstgemeinte« Fotomontagen zum Thema »Luder-Lina« an: Ich mit jeweils einem Baby im linken und im rechten Arm, wobei den Babys unterschiedliche Gesichter (von Tom Kosly, von Reza, von Marketing-Mike, vom Regisseur, vom Sender-Sultan, vom Konzernchef, sogar Uralt-Fotos von Sebi und von Finn) aufmontiert waren – Satire darf ja schließlich alles. Trotzdem fehlte einigen der in der Fotomontage Gezeigten der Humor, das auch so zu sehen, und so gab das im neuen Jahr vom ein oder anderen direkt mal Ärger für das Blatt.

Für mich gab es im neuen Jahr als Resultat des Rauschens im Blätterwald allerdings auch endlich mal Lebenszeichen von den drei Herren, die aufgrund der Spekulationen wohl stressige Feiertage mit ihren »verklemmten Frauen« und »erbosten Familien« gehabt hatten und es mir so einfach machten, meinen guten Vorsatz für das neue Jahr direkt in die Tat umzusetzen: Phase 2 zielstrebig zu Ende bringen und Phase 3 konkret einläuten.

20

Angebote zur Verschwörung

(Januar / Februar 1998)

Der erste von den drei potentiellen Vätern, der sich im neuen Jahr meldete, war Tom Kosly. Wir hatten uns seit den letzten Studioaufnahmen um den 20. Oktober herum nicht mehr gesehen, und schon diese Termine waren sehr bizarr gewesen: Dass wir einen Monat zuvor, im letzten Septemberdrittel nämlich, seiner Überzeugung nach in diesem Tonstudio animalischen und schamlosen Sex miteinander gehabt hatten, machte die weitere Zusammenarbeit für ihn irgendwie schwierig. Nicht nur, weil meine Anwesenheit in diesen Räumlichkeiten ihn andauernd an seinen Fehltritt erinnerte – er hatte sich im Spätsommer eigentlich gerade frisch verlobt und wollte im Juni 1998 seine Freundin heiraten –, sondern auch, weil ich ihn nämlich durchaus ermuntert hatte, ruhig ordentlich zu koksen – »Tu dir keinen Zwang an, ich gönn meiner Nasenscheidewand zwar gerade ganz konsequent 'ne Pause, aber das muss dich doch nicht abhalten« –, bevor ich ihm heimlich die K.-o.-Tropfen unterjubelte. Der anschließende Filmriss, den er hatte, bestärkte ihn im schlechten Gewissen und im daraus resultierenden Entschluss, dass er dringend sein Leben ändern und solide werden müsse. Aber da passte ich nun überhaupt nicht mehr rein: »Daher bitte ich dich ernsthaft um dein Verständnis, dass das nur ein einmaliger Ausrutscher war, Lina, so gigantisch der Sex auch gewesen sein mag.«

Ich fand das alles höchst amüsant, sowohl dass er den Sex,

den wir ja de facto niemals miteinander gehabt hatten, so gigantisch fand, weil ich ihm das am Morgen danach genau so souffliert hatte, als auch, dass er bei den Aufnahmen, die wir nach diesem Fehltritt machten, um besonders kumpelige Asexualität bemüht war. Zudem versuchte er sein offensichtlich schlechtes Gewissen mir gegenüber (weil er mich ja nach diesem sexuellen Erlebnis so abservierte, obwohl ich ja sicherlich mehr von ihm Halbgott wollte) durch extrem ambitioniertes Arbeiten zu kompensieren:»Stell dir vor, ich hab einen Major-Deal für die LP ausgehandelt!«

Als wir uns also in der ersten Januarwoche trafen, um die restlichen Songs für das Album aufzunehmen, war ich entsetzt, wie schlecht er aussah – übernächtigt, fahrig und krank wirkte er. Ich fragte mich, ob er vielleicht zu den Kandidaten gehörte, die mit Drogenkonsum besser aussehen als ohne, aber die Scheinheiligkeit meiner Fragestellung hielt nicht lange vor, denn ich hatte gerade erst meinen Kaffee in der Hand, als die wahren Gründe für seinen Zustand schon aus ihm herausbrachen:»Lina, ich... du äußerst dich ja öffentlich nicht zu den Spekulationen, aber bitte sag mir: Wer ist der Vater?«

Ich blickte ihm fest in die Augen:»Das fragst *ausgerechnet du* mich? Falls du keine Zeitung gelesen hast: Ralf ist es auf jeden Fall nicht!«

Ich sah, wie er trocken schluckte:»Es ist nur, weil ich gelesen habe, dass der Geburtstermin errechnet ist für Ende Juni, also recht genau neun Monate nach unserem... und das wäre ja...«

Begriffsstutzig war er ja noch nie gewesen, aber jetzt erlebte ich ihn das erste Mal völlig unsouverän und genoss es, wie er zappelte –, wie mir schien, mit echter Angst im Blick.

»...ja, und das wäre wohl ziemlich genau um deine Hochzeit herum – ungünstig, was? Du wirst doch jetzt – warte, wie war das Wort noch mal – solide, hm?!« Ich gebe zu, das war wirklich gemein, aber schließlich ging es hier um Glaubwürdigkeit.

Er überhörte die Stichelei und hakte im ernsten Ton nach: »Lina, ich muss das wissen, das ist wirklich wichtig für mich und mein weiteres Leben: Bin ich etwa der Vater dieser Kinder?«

»Könnte sein...«, antwortete ich lapidar.

»*Könnte sein*?!«, regte er sich auf. »Was ist das denn für 'ne Antwort?«

»'Ne ehrliche! Es könnte sein, dass du es bist, es könnte aber auch sein, dass du es eben nicht bist – testen lässt sich das leider erst, wenn die Kinder da sind! Außerdem konntest du bis jetzt dein Interesse an meiner Schwangerschaft auch ganz gut zügeln, dann kannst du ja wohl auch noch bis Juli warten!«

»Das ist doch wohl nicht dein Ernst?! Wie soll ich denn damit umgehen? Vielleicht werde ich Vater, vielleicht auch nicht?«

Schulterzucken meinerseits.

»Tja, Tom, so ist das nun mal, wenn man unsafen Sex praktiziert!«

Sein Blick hatte etwas Flehendes, wie von einem Tier in der Falle, aber plötzlich hellte sich seine Miene auf, und ich konnte sehen, wie er sich wenigstens einen Moment lang wieder obenauf fühlte.

»Das alles heißt aber definitiv auch, dass es noch einen anderen Kandidaten gibt, der der Vater sein könnte?! Ich bin also nicht der einzige, der in Betracht kommt... wer ist der andere?«

»Willst du etwa 'ne Selbsthilfegruppe gründen, oder was? Das kann dir doch wohl egal sein!«, pampte ich ihn an, aber während ich ihn rüde anblaffte, ging mir auf, dass genau das eine hervorragende Idee war, die ich so bis dahin noch gar nicht in Betracht gezogen hatte. Nebenbei würde das eventuelle Stolpersteine meines Plans ganz geschmeidig aus dem Weg räumen. Denn dass sich in dieser Selbsthilfegruppe niemand getreu dem Motto »Einer für alle« für die anderen opfern würde, war sonnenklar – aber mit dem zweiten Teil »Alle für einen« könnte ich die Herren wahrscheinlich ziemlich leicht drankriegen, und das würde eben in der Gruppe noch besser gehen als einzeln, wie ursprünglich für Phase 2 geplant.

»Tom, pass auf, ich muss mir selbst erst noch mal klar werden, wie es bei mir weitergehen soll – aber so oder so: Geld können wir beide in jedem Fall gut brauchen, richtig? Also lass uns jetzt erst mal mit den Aufnahmen anfangen, dafür bin ich schließlich heute hier, und alles andere klären wir später, ja?!«

Die Aufnahmen liefen an dem Tag prima, und nachdem ich mich mit Jens noch mal beraten hatte, begann ich tatsächlich ein Treffen für alle drei Vaterkandidaten zu planen. Allerdings galt es auch da, ein paar vorbereitende Gespräche zu führen, damit ich die Ernte heil vom Feld bekäme. Ich wusste nämlich durch eine Gegendarstellung, dass der Sender-Sultan wohl mächtig Stunk gemacht hatte wegen der spaßigen Fotokollage, die Silvester gedruckt worden war. Als ich ihn nach dem Charitygala-Dinner »abschleppte« (gerade mal einen Tag, nachdem ich in Düsseldorf mit Marketing-Mike den spontanen Rohypnol-Testlauf erfolgreich hinter mich gebracht hatte!), hatte er mir nämlich beim Essen vorher von seinen politischen Ambitionen für die kommenden Jahre erzählt.

»Weißt, Madl, Medien und Politik, dös geht ganz hervorragend z'samm. Gestern hab i mich jo mit Euerm Helmi getroff'n, aber i glaub, der packt dös nimmer lang mit der Regierung, dös is dem ja a fad wordn... Da brauchts an >neuen starken Mann< – und i wär fei net amal der erste Alpenländler, der politisch international Karriere macht, verstehst mi, hohoho...« Zumindest hatte ich ihn so gut verstanden, dass er von mir wirklich die derbsten Schoten inszeniert bekam.

Das Wissen um seine politischen Ambitionen in Kombination mit dem Faible für sexuelle Rollenspiele, das Marketing-Mike ja blauäugig ausgeplaudert hatte, ließ die Gesamtaktion nämlich zu einem fotografisch sehr effizienten und fast künstlerischen Ergebnis kommen. Ich war schon ungeduldig, endlich seine Reaktion auf besagte Fotos zu sehen, wusste aber, dass der richtige Zeitpunkt zur Präsentation gut gewählt sein musste – zum Beispiel bei einem Treffen aller drei potentiellen Väter.

Das wiederum zu organisieren, war eigentlich ein Leichtes, schließlich saß man ja auch geschäftlich in einem Boot. Ich hatte mir schlüssige Notwendigkeiten bezüglich der weiteren Marketing-Planung rund um den Mehrteiler zurechtgelegt und kontaktierte als nächstes den Sender-Sultan, der dann meiner Vorstellung nach Marketing-Mike dazubeordern sollte, dessen Lebenszeichen seit den öffentlichen Spekulationen seitens der Medien darin bestanden, sich tot zu stellen und meine Anrufe wegzudrücken.

»Ja servus, Muschili, Frohes Neues und so«, meldete sich der Sultan, als ich ihn auf seinem Handy anrief. »Gell, bist mir net bös mit der Gegendarstellung, aber i muss ja an meine seriöse Reputation denken! Da muss i denen auf die Finger klopfen bei soam Schmarrn.« Ich reagierte natürlich mit dem größtmöglichen Verständnis, bat aber trotzdem um persönliche Audienz. »Jaja, dös wollt i eh, der erste Teil vom Sequel is scho fertig g'schnitten, und der Kosly und du, ihr macht's ja jetzt a ganze Platten, da schaun mir doch amal, ob da glei noch a Liedl neipasst in die erste Folge – der große Manitu hat gsagt, mir solln dieses Jahr zum erfolgreichsten überhaupt machen, da wollmer dös a tun, gell?!« Der große Manitu war der Inhaber des Konzerns, dem neben einigen anderen medialen Spielzeugen unterm Strich sowohl die Plattenfirma als auch der Sender gehörten, und gegen den in Sachen Diskretion und Selbstdarstellung nach außen die Gebrüder Albrecht wirkten wie öffentlichkeitsgeile Cheerleader.

Und noch bevor ich meinen dezenten Argumentationsansatz, den ich mir so hübsch überlegt hatte, anbringen konnte, bestimmte »der neue starke Mann«: »Also, bleib in der Leitung, mei Sekretärin gibt dir den Termin durch, den i gestern scho mitm

Marketing-Michl ausgmacht hab – und dann bringst mir bitt-schön a noch den Kosly mit!«

Ich musste also gar nichts tun, außer weitere vier Tage abzu-warten, bis wir uns endlich zu viert zum Mittagessen beim Fran-zosen trafen. Auch wenn mir rational klar war, dass in Phase 2 bis jetzt alles ganz hervorragend nach Plan lief, plagte mich bei die-sem Essen eine unglaubliche Nervosität. Schließlich ging es jetzt und hier darum, den Sack zuzumachen, und zwar erfolgreich. Wenn ich jetzt kniff oder patzte, wäre auch der ganze Wahnsinn, den wir im Vorfeld veranstaltet hatten, für die Katz gewesen, und das wollte ich natürlich nicht zulassen – trotzdem fluchte ich in-nerlich, dass ich mir in dieser Situation noch nicht mal Mut an-trinken konnte.

Also saß ich stocknüchtern zwischen den drei Alpha-Tierchen und baldowerte abgeklärt mit ihnen herum, wie man es angehen könnte, dass die Umstände, in denen ich mich befand, sich nicht weiterhin als Knick nach unten in der Beliebtheitsskala beim Pub-likum widerspiegelten. Zwar hatte das größte Alpha-Tier am Tisch während des Gesprächs sowieso seine entspannte Zuver-sicht demonstrativ zur Schau getragen und schon dreimal seine Maxime »im Showg'schäft gilt halt einfach: bad news are good news« wiederholt, aber trotzdem war klar, dass ich bis spätestens Ostern, wo sich die Aktivitäten ballten – Erstausstrahlung, Plat-ten-VÖ und Parfum mit CD in der limitierten Vorab-Edition, ex-klusiv für die Clubmitglieder des Senderclubs –, wieder reichlich Sympathiepunkte sammeln musste. Zurzeit hingegen war mein Image wirklich ziemlich ramponiert, und um dem entgegenzuar-beiten, würde man gezielt unterstreichen müssen, wie die Kämp-ferinnen-Anmutung der Mega-TV-Event-Hauptfigur sich image-mäßig auch ganz großartig auf meine aktuelle reale Situation beziehen ließe und umgekehrt.

Dann – und nur dann – bestand nämlich die Chance, den gan-zen Presse-Wahnsinn um die Person Lina Legrand zum Wohle von Einschaltquote und Verkaufszahlen zu nutzen und eventuell sogar noch zu ölen. Auch wenn meine persönliche Planung an dieser Stelle noch bedeutend weiter griff, als ich das in dieser Runde kolportierte, hatten sie natürlich alle ein offenes Ohr für die Ideen, die dem Gesamterfolg des Projektes förderlich sein sollten.

»Ja, dös mit dem Song, dös gfallt mir sehr gut. ›Ich steh wieder auf‹, des setz'mer an das Ende vom ersten Teil, da simmer in der G'schicht ja zeitlich grad im Nachkriegsdeutschland, da passt so a Phönix-aus-der-Asche-Liedl doch perfekt. ›Ich steh wieder auf‹, hehehe, besser kann mer aaßerdem doch aan Sendetermin am Ostersamstag musikalisch gar net untermalen, hehehe, hastmi ...?!«

Wir waren mit dem offiziellen geschäftlichen Teil bereits durch, und so lauerte ich beim Dessert wie ein Habicht darauf, den richtigen Moment zu erwischen, um das Gespräch nun auf den inoffiziellen geschäftlichen Teil zu lenken. Sprich: auf mindestens einen der drei Briefumschläge in meiner Handtasche.

In diesen Umschlägen befanden sich nämlich wiederum jeweils zwischen vier und acht der bösen Fotos, die Jens und ich mithilfe des Rohypnols arrangiert hatten und die nun darauf warteten, verschenkt zu werden. Genau: *verschenkt zu werden* – alles andere wäre selbst mir nämlich zu kriminell gewesen, und mit Erpressung hätte ich mich sogar strafbar gemacht. Außerdem sollte man nicht unterschätzen, dass Dankbarkeit mittel- oder langfristig meistens eine viel ergiebigere Quelle ist als Angst. Der Pastor unseres Dorfes hatte sich schließlich auch sehr geärgert, dass – obwohl *er* der Alten doch sogar immerhin mit Fegefeuer oder Schlimmerem gedroht hatte, um das Haus für die Kirche einzuheimsen – meine Mutter das Stahlke-Häuschen einfach so erbte.

Marketing-Mike palaverte gerade herum, was Golf doch für ein toller Sport sei, und gab mit einem Hole-in-one an, das ihm Supertypen bereits zweimal gelungen sei.

»Was genau ist ein Hole-in-one?«, fragte ich nach.

»Naja, halt ein direkter Treffer vom Abschlag aus.«

»Den Ball mit nur einem Schlag ins Loch zu kriegen«, beantworteten Tom Kosly und Marketing-Mike meine Frage gleichzeitig, und damit hatte ich endlich meinen Einstieg. Zwar keinen sonderlich dezenten, aber das war mir mittlerweile auch egal.

»Ah, verstehe«, lachte ich, »das Ein-Schuss-ein-Treffer-Prinzip.« Dann strich ich mir demonstrativ über den Bauch und fügte hinzu: »Genau wie bei mir. Nur halt, dass ich noch nicht genau sagen kann, wer mit dem einen Schuss, den er hatte, wirklich getroffen hat *von euch dreien*.«

Entsetzen in den Gesichtern am Tisch, anscheinend entsprach mein Verhalten nicht dem erhofften Understatement und hebelte direkt am schlechten Gewissen an. »Ja, jetzt guckt nicht so! Jetzt, wo Ralf raus ist, kommt ja nur noch ihr drei in Frage, sonst war Ende September nix.« Damit schob ich mir mein letztes Stück Zitronentarte in den Mund und genoss das sich mir bietende Panorama, wie sie erstaunt im Kreis aufeinander zeigten, verwundert, dass der jeweils andere bei mir offensichtlich auch zum Zug gekommen war. Am entspanntesten, fast schon amüsiertesten, blieb dabei der Sender-Sultan, wenige Momente später wusste ich auch, warum.

»Na, i kanns net sein«, verschränkte er mit süffisanter Selbstgefälligkeit die Arme im Nacken. »I bin scho seit acht Joahr sterilisiert, mei Ex-Frau hat mi so ausgenomm'n mit die vier Blagen, des hat mir g'langt.«

Ich unterdrückte den Impuls, laut zu fluchen, und beschloss, einfach weiterzumachen – vielleicht würde es ja trotzdem irgendwie alles hinhauen. Marketing-Mike hatte nämlich plötzlich rote Flecken im Gesicht, und Tom war weiß wie Schnee.

»Jetzt beruhigt euch mal alle und lasst uns wie Erwachsene mit der Situation umgehen, ja? Damit jetzt hier keiner von euch einen Infarkt kriegt: Ich will weder einen von euch heiraten, noch hab ich Interesse, den Vater meiner Kinder öffentlich zu machen. Das sollte euch doch schon aufgefallen sein: Ich habe bisher jede Affäre geleugnet, schon bevor ich die Schwangerschaft bemerkt hab, und danach genauso. Und warum habe ich das wohl getan? Weil ich fair bin!!« Ich nahm einen Schluck Kaffee und redete dann weiter, wobei ich einen nach dem anderen nachdrücklich anblickte.

»Ich war ja selbst überrascht, dass ich schwanger bin. Abgesehen davon glaube ich, dass keiner von euch dreien, egal ob werdender Vater oder nicht, weiterhin diese Art von Publicity gebrauchen kann, richtig? Du willst bald heiraten, du willst keine teure Scheidung, und du willst demnächst seriöser Politiker werden – da kommt eine Vaterschaftsdiskussion doch für jeden von euch echt ungelegen, nicht wahr, da will ich euch doch nicht reinreiten?! Ich meine, du hast für deine Reputation immerhin sogar 'ne eigene Gegendarstellung rausgegeben«, sprach ich den Sultan direkt an.

Aus seinem Gesichtsausdruck wich die Süffisanz, und damit hatte ich ihn offensichtlich wieder im Boot, denn er kapierte augenscheinlich als erster, dass es hier nicht um Romantik oder um Alimente, sondern um weitaus mehr ging. Zunehmend souverän fuhr ich fort.

»Und weil ich denke, dass auch niemand von euch von Vatergefühlen übermannt wird, möchte ich euch ein Geschäft anbieten, einen fairen Deal.«

Marketing-Mike war noch in einer gewissen Schockstarre, während Tom Kosly schon sein Misstrauen wiederfand: »Was kommt jetzt? Willst du uns etwa erpressen?«

»Bist du verrückt?«, echauffierte ich mich. »Ich bin doch nicht kriminell! Das ist nur ein Angebot, das ich euch mache, und wenn euch das nicht passt, lehnt ihr es halt ab, so einfach ist das. Also passt auf, hier ist meine Idee«, begann ich, die »Ja-Straße« zu planieren: »Es ist ja ohnehin völlig klar, dass ich als alleinerziehende Mutter von Zwillingen nicht mehr in der Form arbeiten kann wie bisher. Selbst wenn ich mir 'ne Nanny nehme: Ich bin erst mal raus, und zwar in jeder Hinsicht, da müssen wir uns ja gar nix vormachen. Also muss ich gucken, dass ich mir vorher ein finanzielles Polster anlege. Fair geht vor, ich möchte nämlich auch vermeiden, einen von euch später dann doch noch für Alimente oder Unterhalt zur Kasse bitten zu müssen, nur weil ich blank bin und keine Jobs finde. Außerdem meine ich das, was wir eben gesagt haben, von wegen Einzelkämpferinnen-Image und so, tatsächlich ernst. Ich will mich neu erfinden, und da passt so eine Ich-bin-Opfer-und-halte-die-Hand-auf-Einstellung überhaupt nicht zu.«

Alle drei saßen mit extrem konzentrierten Gesichtern vor mir wie die Häschen vor der Schlange und nickten bestätigend zu den Aussagen, die ich machte. Ich leerte meine Tasse und machte mich ans Einlochen – mein Hole-in-one sollte nämlich ein Whole-in-one werden.

»Ich mein, ihr habt ja eben mitbekommen, dass ich eine Klamottenkollektion für Schwangere rausbringen will, als neues Standbein. Da käme mir beispielsweise Unterstützung bei der Firmengründung sehr gelegen«, sagte ich, während ich dem Sender-Sultan fest in die Augen sah. Dann verlagerte ich den stechenden Blick weiter zu Marketing-Mike: »Oder das Show-Konzept, das ich mir ausgedacht und eben erwähnt habe – das habe ich ja auch noch niemandem sonst angeboten. Stell dir mal vor, wie das den Club pushen würde, wenn die potentiellen Kandidaten für diese Show ausschließlich aus Clubmitgliedern rekrutiert würden. Und weißt du, was neben Image- und Marketinghurra noch *der Clou* ist? Dass ich von der größten Gelddruckidee bei dem Konzept bewusst noch gar nix gesagt hab, das mach ich nämlich erst, wenn mir jemand das Konzept abkauft.«

Damit löste ich den Blick von Mike und sah zu Tom hinüber: »Na ja, oder wenn jemand ein paar Songtexte, die ich im Weihnachtsurlaub geschrieben habe, vertonen oder aus ein paar Melodien, die ich im Kopf habe, richtig gute Songs machen würde, dann könnte ich über die GEMA auch noch ein bisschen was verdienen.« Ich nahm die Wasserflasche und schenkte mir ein.

»Tja, solche Sachen gäben mir natürlich finanzielle Sicherheit... Sicherheit, die euch finanziell privat zwar in keinster Weise belasten, mir aber definitiv erlauben würde, ›Vater: unbekannt‹ in die Geburtsurkunden eintragen zu lassen. Aber wenn ihr sagt: Nö, doofe Idee, dann ist das auch völlig O.K., dann warten wir einfach ab, bis die Zwillinge da sind, und machen dann lieber einen Vaterschaftstest.«

Tom und Mike sahen sich an, und ich hörte es förmlich in ihren Köpfen rattern, der Sender-Sultan hingegen hatte während meines Vortrags seine arrogante Selbstgefälligkeit wiedergefunden und applaudierte betont langsam.

»Ah jo, ...«, sagte er behäbig, »des is a ganz a niedliche Idee, aber wenns du nit weißt, wie du an Geld kommst, is des net mei Problem, und obs du den Test machst oder nit, is mir a egal. I *kanns* eh net sei, Punkt. Damit bin i komplett naus aus der G'schicht, wieso sollt i also bittschön in Umstandsmoden investieren, hehehe... du verrücktes Madl?«

»Weil du ein netter Mensch bist und mir helfen willst...?«, fragte ich mit absichtlich piepsigem Girlie-Stimmchen, hoffte aber insgeheim, dass er in seinem Arschlochmodus bliebe, desto besser wäre nämlich gleich der Effekt für mich.

»Mei, a netter Mensch, ts! Du musst fei noch viel lernen, Muschili, manchmal bist ja echt total naiv!«, sagte er kopfschüttelnd, lachte dabei halblaut und kramte sein Portemonnaie aus dem Jackett, bevor er sein Weinglas leerte und Anstalten machte, sich zu erheben.

Ich fühlte mich wie kurz vor dem Orgasmus – und jetzt war genau der richtige Zeitpunkt, es endlich kommen zu lassen: »Komisch, genau das hat der Detektiv am Anfang auch gesagt!«, sagte ich in einem Ton, als würde ich nur laut denken. »Ach richtig, die Fotos wollte ich euch ja noch geben, das hätte ich ja fast vergessen …« Ich schlug mir leicht vor die Stirn und begann daraufhin, geschäftig in meiner Tasche zu kramen, während ich die Verpeilte gab und vor mich hin brabbelte: »Als Schwangere wird man echt so was von vergesslich …!«

Dafür waren alle anderen am Tisch sofort wieder ganz schnell mit aller Aufmerksamkeit bei mir, auch beim Sender-Sultan war keine Spur mehr von Aufbruchsstimmung. »Wie, Detektiv, und welche Fotos …?«, wollte Marketing-Mike wissen, während sich aus neu entstehenden roten Flecken gerade die Kontur von Nord- und Süd-Amerika auf seiner linken Gesichtshälfte formierte. Ich unterbrach die Kramerei und verdrehte genervt die Augen.

»Na, der Detektiv, den Ralf im September angeheuert hatte …, der die Fotos gemacht hat, die Anfang November bei der *BamS* gelandet sind und die für die Spekulationen wieder aus dem Archiv gekramt worden sind. Habt ihr das etwa alles gar nicht mitbekommen, oder was?«

Natürlich hatten sie das mitbekommen, und jetzt waren alle drei wirklich richtig aufgescheucht, auch wenn sie versuchten sich irgendwie im Griff zu halten. Diesen Versuch torpedierte ich aber erfolgreich: »Naja, und dieser miese kleine Schnüffler hat mich Mitte Oktober erpresst – dass er Ralf auch die Bilder gibt, die er von uns gemacht hat, wenn ich nicht …«

»*Von uns* …?!«, klang es unisono um mich herum.

»Ja, klar, von uns, der Typ hat mich immerhin zwei Wochen lang nonstop 24 Stunden am Tag beschattet … ah, da sind sie ja endlich!« Ich nahm den ersten Umschlag und reichte ihn dem Sender-Sultan: »Ich wollte nämlich auf keinen Fall, dass die in die falschen Hände gelangen! Deswegen hab ich dem kleinen Penner also gegeben, was er haben wollte, und immerhin war er fair und hat diese Fotos tatsächlich mir statt Ralf gegeben.«

Der »neue starke Mann« mit den politischen Ambitionen reagierte wie erwartet, als er die Bilder aus seinem Umschlag nahm und einen Blick darauf warf: Seine Adern am Hals und an den Schläfen traten pochend hervor, er lockerte hektisch seine Krawatte, wischte sich mit der Serviette Schweiß von der Stirn und hatte einen Teint, der zwischen weiß und grün changierte. Dann fragte er mit schwacher, brüchiger Stimme so gefasst wie möglich: »Hast dir von dem Detektiv eventuell a noch die Negative geben lassen...?«

Ich grinste breit. »Ja natürlich, *ich bin doch nicht naiv...!*«

»Und wo san die jetzt?«, wollte er wissen, während er mit zitternder Hand Wasser in sein Weinglas schenkte und hastig einen großen Schluck nahm.

»Weil ich ein netter Mensch bin und mich immer freue, wenn ich Freunden helfen kann«, sagte ich mit Nachdruck und grinste nach wie vor sehr souverän, »hab ich die Negative einfach direkt verbrannt.«

»Verbrannt...?«, hakte er tonlos nach.

»Ja, natürlich!«, erwiderte ich in einem Tonfall, in dem man Kindern versichert, dass es wirklich, ganz, ganz ehrlich das Christkind war, das die Geschenke unter den Baum gelegt hat. »Ich kann doch nicht riskieren, dass von irgendwem irgendwann *solche Fotos* reproduziert werden. Du musst dir also überhaupt keine Sorgen machen um deine Position oder gar um deinen Einstieg in die seriöse Politik!«, schob ich im gleichen Tonfall nach.

Im Augenwinkel sah ich, wie Tom und Mike sich dezent verrenkten, um erkennen zu können, was auf den acht Bildern, die der Sender-Sultan gerade nochmals entgeistert durchblätterte, zu sehen war. Ich wäre ja wirklich gespannt gewesen auf ihre Reaktion – was sie wohl dazu gesagt hätten, dass ich mit kleinem Lederranzen, Röckchen, Zöpfen und gemalter Zahnlücke als Schulmädchen mit verbundenen Augen zu seinen Füßen offensichtlich so was wie Topfschlagen spielte. Diese pädophile Anmutung war zwar medial schon mal ungünstig für die Reputation, aber da hätte er sich mit dem Hinweis auf die Volljährigkeit der Beteiligten und deren private Vorlieben sicher noch irgendwie rauswinden können. Und dass er im Sessel sitzend eine Hundeleine in der Hand hielt, die an dem mir angelegten Halsband befestigt war, während ich da mit verbundenen Augen auf allen Vieren rumkroch, wäre trotz aller Geschmacklosigkeit sicherlich auch noch irgendwie zu entschärfen gewesen. Aber die Tatsache, dass er (sobald ich die Augen verbunden hatte!) auf diesen Bildern plötzlich am rechten Hemdsärmel eine Armbinde mit Hakenkreuz trug... das hatte moralisch und medial absolutes Genickbrecher-Potential, und zwar ohne irgendeine Chance, diese Lawine desaströser Dynamik aufzuhalten, wenn sie denn durch Veröffentlichung losgetreten würde. Tom und Mike gelang es jedoch leider nicht, einen Blick zu erhaschen, denn der Sender-Sultan steckte die Fotos nach erneuter Sichtung rasch wieder in den Umschlag zurück, rieb sich in der Herzgegend rum, holte tief Luft und sah mir fest in die Augen, während er mit belegter Stimme artikulierte: »Da muss I mich wohl ganz herzlich bedank'n, dass'd die Negative, Gott sei Dank, verbrannt und mir jetzt die Abzüge g'geben hast, die einzigen, die's gibt, gell...?« Ich hielt freundlich nickend den Blick und hob erwartungsvoll eine Augenbraue. Er fuhr fort in einem Tonfall, der so gepresst klang, als steckte sein Kehlkopf in einem Schraubstock: »Und desweg'n würd I mich fei doch sehr freu'n, dir bei deim neuen Projekt unter die Arme greif'n zu dürfen. Wie war der Name für die Umstandsmod'n-Firma no glei...?«

»FunnyBelly«, sagte ich strahlend. »Das find ich aber wirklich nett von dir, danke schön! Ich wusste doch, dass du ein netter Mensch bist!« Ich legte den Handrücken an meinen Mundwinkel und flüsterte ihm vertraulich zu: »Auch wenn du auf echt bizarres Zeug stehst, jungejungejunge...«, bevor ich die Hand wieder fortnahm und in normaler Lautstärke fortfuhr: »Deine Investition bei FunnyBelly wirst du auch ganz sicher nicht bereuen!« Wir machten gleich einen Termin in seinem Büro aus, um weitere Details seiner Unterstützung zu besprechen, dann verabschiedete er sich und verschwand zügigen, aber eindeutig wackeligen Schrittes.

»Was war das denn gerade?«, fragte Tom, als wir nur noch zu dritt am Tisch saßen.

»Echte Dankbarkeit«, erklärte ich selig grinsend. »Ach, habe ich euch eure Fotos gerade noch gar nicht gegeben?«

Damit übergab ich ihnen auch die beiden anderen Umschläge aus meiner Tasche, deren Inhalt natürlich weitaus konventioneller, im Vergleich zu den Fotos vom Sender-Sultan ja geradezu harmlos waren: Fotos von »ganz normalen« sexuellen Spielereien, die aber reichten, um als potentieller Vater weiterhin definitiv im Rennen zu sein, dazu ein bisschen Unterwäsche auf dem Kopf oder ein bisschen Koks gut sichtbar auf dem Tisch, so was halt. Jens hatte es sogar geschafft, Tom noch im wachen Zustand aktiv beim Koksen perfekt ins Bild zu kriegen.

»Diese elende Schwangerschaftsdemenz... man ist ja so vergesslich!«, sagte ich, während sie hektisch und durchaus auch entsetzt ihre Bilder ansahen, und trank mein Wasserglas leer. »Wie war das jetzt, hattet ihr beide euch eigentlich schon zu meinem Angebot geäußert... oder wollt ihr doch lieber den Vaterschaftstest machen?«

21
Spinning Wheel

(Januar – Ostersamstag 1998)

(what goes up – must come down…)

Die restlichen Wochen bis Ostern vergingen wie im Flug, was auch daran lag, dass es noch so wahnsinnig viel zu tun gab in Phase 2, vor und auch hinter den Kulissen. Wenn ich ehrlich bin, staune ich noch heute darüber, wie leicht die drei Herren sich täuschen ließen – der einzige, der nach diesem Essen beim Franzosen wenigstens versuchte, über Ralf für weitere Nachfragen an die Nummer des Privatdetektivs zu kommen, war Tom Kosly.

Jens hatte sich für diesen Fall extra ein Pre-Paid-Handy besorgt, und als Tom anrief, gab er sich nicht nur als »Branimir«, als Bruder des mittlerweile inhaftierten eigentlichen Handy-Besitzers Milan, sondern vor allem auch als Riesen-Fan von Tom Kosly zu erkennen: »Ah, Tom Kosly – kenne ich dich! Bist du der immer so Freche in TV – sehr lustitsch, hoho, ich große Fan, hoho! Die große Tom Kosly am Telefon von kleine Milan, ich glaub ja nicht – aber Tom, hattest du gehabt Gesicht kaputt letzte Jahr, was? Ich gelese in Zeitung – brauchst du gute Schutz vor verrückte Fans und Kollega! Ich bin Bodyguard – beste Bodyguard, die du kannst kriegen in ganze Deutscheland! Ich habe gekämpft für UCK, ich kann Arschelöcher mit bloße Hände … aber ich hab auch Waffe, wenn du sicherer fiehlst mit Waffe! Weißt du was, ich komm mit meine Kollega Zlobo zu dir, und wir machen für dich kostenlose Probetag – Tom ... Tom? Tom!!!«)

Danach hatte Tom offensichtlich auch kein gesteigertes Interesse mehr an weiteren Nachforschungen. Und dass der Sender-Sultan diese auf den Fotos gezeigten geschmacklosen Schweinereien als anscheinend tatsächlich stattgefunden habend einfach so abnickte, ohne auch nur im Ansatz eine Inszenierung zu wittern oder wenigstens argwöhnisch zu unterstellen, lässt mich manchmal heute noch recht schockiert grübeln, ob wir vielleicht einfach einen Blindtreffer ins Schwarze gelandet haben mit dem »kranken Scheiß«, wie Jens und ich es in der Planung immer nannten.

So oder so, ihrer großen Dankbarkeit darüber, dass ich die Detektivfotos so loyal verschenkt und die dazugehörigen Negative auch wirklich verbrannt hatte, verliehen die Herrschaften also Ausdruck durch geldwerte Vorteile für mich. Ich hatte also abseits der Öffentlichkeit reichlich Termine und zusätzlich viel Papierkram zu erledigen: Songs im Studio einsingen und mich bei der GEMA als Texterin und Komponistin anmelden, die Umstandsmoden-Kollektion aufstocken und nähen lassen, dazu parallel die offizielle Firmengründung von FunnyBelly eintüten (auch mithilfe der großzügigen privaten Existenzgründungszulage des Sender-Sultans – angeblich soll der ein oder andere Politiker sehr getobt haben, weil wohl dieser beachtliche Batzen Geld ursprünglich schon als Parteispende fest eingeplant war), sowie einen sehr guten Deal aushandeln für mein Showkonzept, bei dem man Menschen einfach ein Vierteljahr irgendwo einsperrt. Das Ganze sollte 24 Stunden täglich im Internet mit Kameras dokumentiert werden, während die TV-Zuschauer abends beim Zusammenschnitt der Tageshighlights über den weiteren Verlauf der Show per Telefon abstimmen sollten – für 89 Pfennig pro Anruf, das war die Gelddrucklizenz, die ich beim Essen noch verschwiegen hatte.

Aber auch *im* Fokus der Öffentlichkeit standen wieder einmal ein paar Aktionen an. Bereits Ende Januar war ich wieder Titelthema in Wallis buntem Blatt, schließlich hatte sie ja gesagt, ich solle mich melden, wenn ich mit jemandem reden wolle – und das wollte ich natürlich auf jeden Fall. Für alles Anstehende musste ich mich nämlich auf der Sympathieskala wieder offensiv noch oben bringen, und dafür präsentierte ich nicht nur private Details rund um die Neujustierung meines Lebens als angehende Alleinerziehende – dass ich meine Wohnung in Köln zum 1. April aufgeben und wieder zu meinen Eltern in die Eifel ziehen würde beispielsweise; ich verquickte auch wie geplant alle geschäftlichen Interessen mit meiner aktuellen privaten Situation: wie sehr meine Hauptrolle im Mega-Event-TV-Spektakel mir für mein eigenes Leben den Horizont geöffnet und mich beeindruckt hat (»Das muss man sich ja mal überlegen, so was sind ja reale Schicksale gewesen – der Mann im Krieg gefallen, selber ausgebombt, alleine mit zwei Kindern, ohne Ausbildung, vom Besatzer vergewaltigt, dazu noch Hungersnot... und die Frauen haben es damals trotz dieser Bedingungen geschafft zu sagen: ›ich steh wieder auf‹, ihre Kinder gut groß zu kriegen und über die Runden zu kommen. Wer bin ich denn, dass ich mich da so wichtig nehmen könnte, mich im Vergleich dazu ernsthaft über *meine* Situation zu beschweren?«); dass ich jetzt nur noch nach vorne blicke (»Natürlich würde ich heute manches anders machen, aber Jammern und hätte-könnte-sollte ändert nichts, also spare ich mir das direkt, so einfach ist das! Schließlich werde ich bald Mutter von Zwillingen, und da sollte ich mit meinen Energien sinnvoll haushalten können – da übe ich das doch direkt schon mal ein bisschen!«) und mich sehr auf meine neue Selbständigkeit freue (»Habe ich schon von meinem neuen Steckenpferd erzählt? Ich hab mich ja, seit ich schwanger bin, gewundert, dass es nur so hässliche Umstandsmoden gibt – und weil ich nicht aussehen wollte wie ein in Zeltplane verpackter Walfisch oder wie Yogi-Bär im Latzhosenland, habe ich mir einfach meine eigenen Entwürfe nähen lassen. Tja, und weil mich daraufhin so viele Frauen angesprochen haben, wo man denn bitte solche Schwangerschafts-Sachen kaufen kann, haben sich auch recht schnell äußerst ambitionierte Investoren gefunden, die genau wie ich an dieses Geschäftskonzept glauben. Und deswegen kommt die erste offizielle Kollektion von FunnyBelly schon Anfang März raus. Für Clubmitglieder des Sender-Clubs gibt es übrigens fünf Prozent Rabatt, und bei einem Bestellwert ab 150 DM gibt es noch einen Mini-Flakon von meinem neuen Duft ›Phönix‹ dazu.«).

Dass dies das erste Interview war, in dem ich mich in der Öffentlichkeit plötzlich grammatikalisch korrekt artikulierte, unterstrich meine neue Ernsthaftigkeit, mein »Erwachsenwerden«, wie es im Blatt genannt wurde: »statt Partyluder bald Penaten-Puder«. Sie hatten sich griffige Slogans ausgedacht, auf die FunnyBelly-Homepage verwiesen, den Lesern angeraten, sich schon mal das TV-Event am Osterwochenende im Kalender vorzumerken, kurzum: PR-technisch war das alles echt hervorragend. Daher war ich auch gut gebucht, was die Zweit- und Drittverwertung des Interviews anging (TV-Magazine, andere Yellowpress-Erzeugnisse etc.), und stieg im Beliebtheitsranking wieder schön nach oben – so lange, bis Falco Anfang Februar durch seinen Tod alle Aufmerksamkeit posthum auf sich bündelte.

Ich ärgerte mich jedoch nicht weiter über den verlagerten Fokus, denn das gab mir wiederum die Gelegenheit, unbeobachtet ein paar finanzielle Angelegenheiten notariell regeln zu lassen – und dass der tote Falco sich keine drei Wochen später mit »Out of the dark« ziemlich weit oben in den Charts tummelte, bestätigte auch nur wieder meine Theorie, dass die tragischen Geschichten sich einfach aus Prinzip immer am besten verkaufen.

Wobei mich die Tatsache, dass exakt ein Jahr nach dem großen Wurf der Hiphop-Gören der gleiche Produzent wieder einen Künstler ganz oben platzieren und dabei diesmal allerdings sogar durch einen direkten Todesfall (und nicht nur einen im Umfeld) profitieren konnte, schon schlucken ließ. Dass ein Jahr zuvor die Idee einer Zusammenarbeit mit mir direkt von seinem Lebensgefährten torpediert worden war – und das nur, weil ich mir mit dem äußerst appetitlichen Saxophonisten der rappenden Girlies im Tourhotel lautstark Vergnügen bereitet hatte, was er als »groupieesk und sehr unprofessionell« wertete –, fand ich jedenfalls im Nachhinein irgendwie sehr beruhigend...

Die richtig harte Marketingphase ging dann Anfang März 1998 los, als die FunnyBelly-Kollektion endlich erschien. Ich hatte bei allen dazugehörigen Kampagnen ganz bewusst eine allzu starke Verbindung zu mir vermieden: Statt selber in den Entwürfen zu posieren, hatte ich echte Models engagiert, und auch auf der wirtschaftlichen Seite war nicht ich federführend, sondern die Eheleute Große – lediglich als Chefdesignerin war Lina Legrand präsent. Darauf zu vertrauen, dass sich die Kollektion nach der Starthilfe des Sender-Sultans in Print- und sonstigen Medien gut verkaufen würde, gerade auch ohne die Kopplung an meine Visage, erwies sich gerade im Nachhinein als richtige Entscheidung. Aber schließlich wusste ich ja auch, was wir vorhatten in der allmählich immer näherrückenden Phase 3.

Bis diese Phase aber tatsächlich losging, absolvierte ich ab dem letzten Märzdrittel – wie vertraglich mit den einzelnen Beteiligten schon vor Monaten geregelt – brav allen anstehenden PR-Wahnsinn: bei allen wichtigen Shows nochmal als Gast aufkreuzen und über das Gesamtkonstrukt Mega-TV-Event-Platte-Duft sowie natürlich über meine aktuelle Situation palavern: »Wissen Sie, ich rühre da die Werbetrommel ganz ungeniert, ja sogar richtig gerne! Jeder Schauspieler wäre froh, in einer solch hochklassigen Produktion und mit so wunderbaren Kollegen unter dieser Legende von Regisseur arbeiten zu dürfen, und das Resultat wird Fernsehgeschichte schreiben, da bin ich sicher! Daher bin ich mehr als stolz, zu diesem Ausnahmeereignis auch noch musikalisch meinen bescheidenen Beitrag leisten zu dürfen – wobei ich nicht übertreibe, wenn ich sage, dass der talentierte Tom Kosly sich bei diesem Projekt wirklich selbst übertroffen hat. Dass parallel zu diesen wunderbaren Privilegien ein renommierter Kosmetikkonzern auch noch den von mir kreierten Duft Phönix auf den Markt bringt, ehrt mich natürlich auch sehr – warum sollte ich mich also in meiner Begeisterung über all diese Umstände zurückhalten?« Um nach einer kleinen Kunstpause mit einem charmanten Augenzwinkern hinterherzuschieben: »Abgesehen von der hohen Qualität, die Ihnen geboten wird, unterstützen Sie mit dem Erwerb dieser Produkte eine alleinerziehende Zwillingsmutter, die ihrer Arbeit die nächste Zeit sicherlich nicht nachgehen kann.« Zudem klebten ab Ende März quer durch die Republik vom Sender ausgehängte Plakate, die auf den Mehrteiler hinwiesen, und zu meiner großen Freude hatte man sich sowohl für die Parfümkampagne, als auch für das Plattencover tatsächlich »aus PR- und Kostengründen« für Bilder entschieden, die Jens als Standfotograf im Rahmen der Dreharbeiten von mir gemacht hatte.

Es ließ mich also breit grinsen, dass für mich die Kurve in Sachen Beliebtheit allmählich wieder deutlich nach oben ging, und daher konnte ich es kaum erwarten, Phase 3 tatsächlich zu starten. Schließlich hatten die beiden Phasen vorher auch schon besser als erhofft funktioniert – warum also jetzt nicht auch noch den Joker ausspielen?

»Wer nicht wagt, der nicht gewinnt«, war ja auch schon immer eine typische Einstellung von Günther und Renate gewesen, und so legten wir Gründonnerstag 1998 tatsächlich los. Weil ich in meinem hochschwangeren Zustand nichts Schweres mehr tragen, heben oder ziehen durfte, übernahmen die beiden diesen Part für mich, gemeinsam mit Jens, der seit dem 1. April als Fahrer und Hilfspfleger in Rezas Klinik angeheuert hatte.

Meine Aufgabe bestand somit an diesem Tag nur darin, gute Laune und Vorfreude zu verbreiten – daher sorgte ich für eine thematisch angemessene Musikbeschallung im Hintergrund, während Jens und Günther das tiefgefrorene Wildschwein aus der alten Kühltruhe im Keller hievten und über die Treppe hoch in die Garage trugen: Rio Reisers Top-Kracher »Lass uns das Ding dreh'n« und »Alles Lüge«, Rick James' »Super Freak«, Queens »Who Wants to Live Forever« und »It's a Kind of Magic«, das fröhliche »Obladi Oblada (Life Goes on)« der Pilzköpfe, der Musicalhit »There's no Business Like Showbusiness«, Frankieboys unvermeidliches »My Way« – und natürlich auch mein persönlicher Lieblingssoundtrack für Phase 3: »Spinning Wheel« von Blood, Sweat and Tears. Das war echt die perfekte Nummer, nicht nur textlich, auch der Name der Band passte zu unserem Vorhaben. »Golden Brown« von den Stranglers passte zumindest vom Titel her hervorragend zu der Fellfarbe des toten Wildschweins, die es nach zwei Stunden Auftauen in der Garage hatte, und genau dort, wo Reza im Herbst, nachdem Günther das Tier für mich erlegt hatte, die Kugeln fachmännisch entfernt hatte, genau in diese Löcher passte jetzt perfekt Renates Bratenthermometer, sodass wir im Falle eines zu langsamen Auftauens noch mit Heizdecken nachhelfen könnten. Nach Rezas Berechnungen sollte der Einsatz von Heizdecken aber eigentlich erst ab Samstag früh erfolgen, und mit dieser Kalkulation behielt er Recht.

Den Karfreitag hatten wir genutzt, um mit allen Beteiligten die einzelnen Puzzlestücke für den Ostersamstag noch mal akribisch zu ordnen, zeitlich zu koordinieren und viele Eventualitäten zu checken, so lange bis wir uns bestens gewappnet fühlten und zuversichtlich in den Samstag starten konnten.

Mein Samstag begann im Ruhrgebiet, denn nachdem wir alles geklärt hatten, war ich zu Ralf nach Dortmund gefahren, hatte bei ihm übernachtet und dafür gesorgt, dass Presse und Vereinskumpane das ganz sicher mitbekamen, indem ich ihn mit seinem Auto zu seinem Verein fuhr.

Danach fuhr ich mit meinem Auto nach Köln und ließ mir nach einer kleinen Fress-, Shopping- und Autogramme-schreiben-Tour mittels eines Spontantermins das komplette Verwöhnprogramm eines Promi-Wellnesstempels zuteil werden: Gesichtsbehandlung, Haarpflegekur, Maniküre, Pediküre und sonstigen Schnickschnack, der dort angeboten wurde, inklusive des heißen Drahts zu den ansässigen Klatschblättern. Dementsprechend wenig überrascht war ich, als ich tippitoppi gepflegt und gestylt gute vier Stunden später das Etablissement verließ und dem rasenden Reporter der lokalen Boulevardpresse in die Arme lief.

»Liebelein, wat siehste jut aus, lammer schnell e Foto machen ...!«, begrüßte er mich.

»Aber gerne!« Klick, klick, klickklick. »Un wat määhste heute in der City, schon Eier suchen, hahaha ...?!« Immer »jot drop«, der Jung', muss man ihm lassen, eine echte Spaßkanone.

»Nee«, blieb ich freundlich, schließlich sollte er mich ja in guter Erinnerung halten, »Ostergeschenke besorgen und mich verwöhnen lassen. Ich fahre nachher wieder in die Eifel, da brauche ich noch was für meine Eltern, und Ralf kommt morgen ja auch nach ...«

»Dat heißt, du guckst dir dein großes Mega-TV-Spektakel heute so fein parat jemacht mit Mutti un Vatti auf'm Sofa an?«, hakte er nach, während er meine Antworten eifrig mitschrieb, und ich konnte sehen, dass er »Ralf kommt nach« schon fett unterstrichen hatte auf seinem Notizblöckchen.

»Ja«, nickte ich, »und danach gehen wir dann um halb elf in die Kirche und feiern die Osternacht, schön klassisch-katholische Auferstehungsmesse mit Weihrauch, Osterkerze und großem Osterfeuer, also mit allem, was dazugehört. Willste sonst noch was wissen?«

»Wer ist der Vatter von deine Zwillinge?«, grinste er.

»Netter Versuch,« grinste ich zurück, »ich wünsch dir aber noch einen schönen Abend. Packste die Fotos noch in die Sonntags-Ausgabe?«

»Ja aber natürlich, Liebelein, wat denkst du denn? Du bist doch bis Ostermontag jeden Tag um 20.15 Uhr im Fernsehen – da bringen wir dat doch nit erst am Dienstag! Also, maach et jot, ich muss fott, tschöööö!«, verabschiedete er sich.

Ich verbummelte noch ein wenig Zeit, gab ein paar Autogramme, posierte mit Fans für Fotos und hatte zwischendurch immer wieder den ein oder anderen Klatschreporter am Handy, der spitzgekriegt hatte, dass Ralf und ich uns wohl anscheinend trotz allem wieder annäherten, und nun Details erfragen wollte. Ich hielt mich in meinen Aussagen vage und bat um erneuten Anruf ab 19 Uhr, da sei ich gut im Auto zu erreichen und könne in Ruhe telefonieren. Sogar David Cramer, der Reporter, der mir damals den Marken-Namen Luder-Lina verpasst hatte, war unter den Anrufern, was ich als eine recht hübsche Laune des Schicksals empfand. Mittlerweile war er bei der *BamS* gelandet und hatte dort wohl im Klatsch- und Tratsch-Ressort einen recht guten Posten inne, was er sehr angeberisch vor sich her posaunte.

»19 Uhr ist zu spät, wir müssen ja auch noch in den Druck, wenn du in die aktuelle Ausgabe noch rein willst, müssen wir früher telefonieren!«, argumentierte er gegen meinen Vorschlag.

Früher hätte ich mich bei einer so ernsten Drohung natürlich deutlich kooperativer verhalten, aber da mir klar war, dass diesmal definitiv ich am längeren Hebel saß, scheute ich mich nicht, das auch auszuspielen.

»Pass auf, David«, sagte ich dementsprechend, »dann schreib doch einfach wie alle anderen Blätter irgendein vages ›wahrscheinlich... eventuell... es könnte sein‹-Gewäsch! *Ich* weiß, was gerade passiert zwischen Ralf und mir, und wenn du dazu von mir Details möchtest, musst du dich auch nach meinem Zeitplan richten, O.K.? Ich schaffe es eben nicht früher – aber wenn du magst, dann gib mir deine Handy-Nummer, dann kann ich dich anrufen, sobald es geht, das kann ich dir anbieten!«

Eigentlich war der Anruf, den ich aus meinem Auto heraus tätigen wollte, für Walli geplant gewesen, zumal die zur *BamS* eine ganz fixe Standleitung hatte, aber direkt die *BamS* zu kontaktieren, schien mir eben für meinen Plan noch besser.

Gegen 18.30 Uhr verließ ich die Domstadt und fuhr gemächlich los. Wie zu erwarten herrschte wenig Verkehr auf den Straßen, und ich kam hervorragend durch, sodass ich kurz nach 20 Uhr einige Kilometer vor der ausgemachten Stelle mein Auto in einem kleinen Waldweg in der Nähe eines Funkmastes verstecken konnte. Das Handynetz in der Eifel hat nämlich seine Tücken, und wenn an diesem Abend eines wirklich wichtig war, dann tadellos funktionierende Verbindungen.

Ich hatte bereits mit drei Reportern telefoniert und ihnen mit blumigen Worten zu verstehen gegeben, dass Ralf und ich natürlich nur gute Freunde sind, dass er mir trotz der Situation, in die ich ihn gebracht hatte, ein toller Rückhalt und menschlich ohnehin die Obergranante sei, ob sich da aber wieder etwas Festes, vielleicht sogar eine »echte Familiensituation« draus entwickele, darüber »könne und wolle« ich in diesem Moment keine Prognosen abgeben: »Ich bitte da um Ihr Verständnis.«

Bis 20.40 Uhr trudelten dann drei verschiedene SMS auf meinem Handy ein. Die erste war von Reza und lautete: »Bin seit 18.30 Uhr im Tennisverein und ab jetzt auf stand-by«, die zweite war von Jens und meldete mir: »Schwein im Wagen, warte auf Rezas Go!«, und die dritte, die *mir* das letzte Zeichen gab, dass ich jetzt loslegen konnte, war von Günther: »Alle Feuerwehrjungs machen Feuer an der Kirche, Karl und Paul auch hier – alle anderen gucken fern, sagt Mama. Toitoitoi, bis später!« Karl und Paul waren die Dorfpolizisten, und damit war alles klar.

Ich tippte: »Fahre jetzt vom vereinbarten Punkt aus los, treffe dich am Hügel«, atmete tief durch und sandte die SMS an Reza.

Ich würde bis zum vereinbarten Treffpunkt von hier aus exakt sieben Minuten brauchen, das hatten wir gecheckt, und auch der Handyempfang funktionierte problemlos bis an die eine Stelle, wo es so richtig losging mit Kurven. Also schob ich meine eigens präparierte CD in den Spieler, wartete, bis das erste Lied erklang (»Qué será« von Doris Day), startete den Motor und rief David Cramer an.

»Hey, David, tut mir leid, dass es gedauert hat, hier in der Eifel ist immer so ein Scheiß-Empfang, ich hab es schon ein paar Mal probiert, aber jetzt geht's wohl endlich ganz gut!«

»Ich hab's gemerkt, bis eben ging immer nur direkt deine Mailbox dran!«, sagte er, zahm wie ein Lämmchen – wahrscheinlich hatte er schon gar nicht mehr mit meinem Rückruf gerechnet. »Bist du denn jetzt schon zuhause?«, fragte er.

»Nein, noch nicht ganz«, sagte ich wahrheitsgemäß, »aber quasi auf den letzten Kilometern. Die Serpentinen dauern halt immer ein bisschen, dafür ist hier wenigstens der Handyempfang gut. Ist aber gar nicht so schlimm, wenn ich den Anfang vom TV-Spektakel verpasse, ich weiß ja sogar schon, wie's übermorgen ausgeht!«, flachste ich, dann fragte er mich, was mit Ralf sei, und ich spulte die gleichen Infos und Formulierungen herunter, wie ich das bei den anderen Dreien getan hatte. Während ich so redete, war plötzlich auch schon das zweite Lied vorbei (»As time goes by« von den *Stones*), und dann erklangen in meinem Autoradio bereits recht deutlich und so laut, dass David Cramer es bestimmt dezent im Hintergrund hören konnte, die ersten Zeilen von »Spinning Wheel«: »What goes up, must come down, spinning wheel, got to go round, ...«

Jetzt blieben mir noch exakt anderthalb Minuten, und nach einer Minute und 26 Sekunden stieg ich so heftig auf die Bremse, dass es quietschte, brüllte ein »Aargh...!« in den Hörer und drehte das Radio so laut, dass er den unfassbar lauten, dumpfen Knall mit anschließendem Geschepper, der sich exakt bei Timecode 1:30 des dritten Liedes auf der CD befand, definitiv hören musste. Um auf Nummer Sicher zu gehen und ihm neben der absoluten Top-Story wahrscheinlich sogar ein ordentliches Pfeifen im Ohr zu bescheren, stieg ich aus meinem stehenden Auto aus, ließ mein Handy auf den Boden fallen und trat mit voller Wucht drauf.

Dann tauschte ich die CD im Autoradio aus, setzte das Auto ein paar Meter zurück, wo die Straße für wenige Meter eben war, und betrachtete von dort aus zufrieden die hübsche Bremsspur, die das Reifenquietschen hinterlassen hatte. Jetzt musste ich nur noch den Schalthebel auf »N« stellen, die Kordel um den Hebel schlingen und den Backstein aus dem Handschuhfach nehmen, um ihn auf das Gaspedal zu legen. Der Motor röhrte, und als ich mit geübter Hand – ich hatte immerhin vier Wochen lang im Februar geübt – die Kordel sanft zog, sodass der Schalter genau auf »D« sprang, raste die Karre los wie der Blitz, nahm durch den nunmehr abschüssigen Straßenverlauf zusätzlich an Fahrt auf und schoss ein Stückchen hinter meinen Bremsspuren durch die Leitplanke.

Ich ging hinterher, und als ich den Abhang neben der Straße hinunterblickte, war mein Auto ungefähr dreißig Meter tiefer und pittoresk zerbeult (so wie das Dach aussah, gab es mindestens einen Überschlag) mit der Fahrerseite an einem Baum hängen geblieben. Als ich den Abhang vorsichtig heruntergestiegen war und dabei irgendwo auf dem Weg die Überreste meines Handys hatte fallen lassen, öffnete ich die Beifahrertür – was gottlob noch völlig normal funktionierte – und pulte die Kordel vom Schalthebel ab, nur den Backstein konnte ich blöderweise nicht finden.

Von der anderen Seite her hörte ich ein Auto kommen und halten, dann kamen Schritte in meine Richtung. »Hallo...?«, hörte ich Reza rufen, »Ist hier jemand verletzt?«

»Na, das will ich doch schwer hoffen!«, antwortete ich.

»Lienchen, Gott sei Dank!«, sagte er und umarmte mich. »Wow...«, brachte er seinen Respekt über die Position und den Zustand meines Autos zum Ausdruck.

»Ja, hat alles ganz gut geklappt, ich hatte sogar die *BamS* an der Strippe dabei, aber den Backstein finde ich leider nicht. Ich kann da mit dem Bauch auch nicht mehr so durchklettern, um den zu suchen«, relativierte ich mein Hurra.

»Na, du legst dich jetzt erst mal schön auf die Seite, ich muss ja auch noch was zu tun haben! Besorgen wir uns erst mal das Schwein, das schuld ist an dem Unfall, gell?« Damit schickte er Jens eine SMS und holte eine Rettungsdecke, sowie drei verschiedene Blutkonserven aus seinem Kofferraum: »So, einmal Wildschwein, zweimal A positiv...«

Als ich mich auf der Foliendecke in die stabile Seitenlage gelegt hatte, verzierte Reza mich wüst mit dem Blut aus den A-Konserven, den Rest davon verteilte er in meinem Auto (den Backstein hatte er in Nullkommanix, der war unter den Fahrersitz gerutscht), und mit der Wildschweinkonserve verzierte er großzügig den zerbeulten Kotflügel und den kaputten Scheinwerfer.

Ich hörte, wie der neue Krankentransporter der Klinik angebraust kam, zwar ohne Tatütata, dafür aber mit Jens am Steuer und Wildschwein auf der Bahre. »O Gott, alles gut? Du siehst so echt aus mit dem Blut...«, entsetzte er sich, als er mit der Bahre angeschoben kam und mich sah. Ich lachte und fasste vorsichtig an das Wildschwein.

»Alles prima bei mir. Hat das Tier etwa Fieber?«, fragte ich, weil ich überrascht war, wie warm es mittlerweile im Gegensatz zu gestern war.

»Kommt Kinners, keine Turteleien, wir müssen das Schwein noch glaubwürdig positionieren!«, mahnte Reza uns zur Disziplin. »Und dann müssen wir schnell in die Klinik!«

»Da ist doch über die Feiertage außer uns eh niemand, hast du gesagt!«, erinnerte ich ihn an seine Personalansagen.

»Schon – aber glaubst du nicht, dass dein *BamS*-Kontakt bald die Polizei hier im Kreis benachrichtigen wird, dass es einen Unfall gab...?!«

»Doch, sicher,« nickte ich, »aber Karl und Paul beaufsichtigen das Anzünden des Osterfeuers. Bis der Cramer die erreicht hat und die hier antanzen, da sind wir längst in der Klinik...«

Genauso war es – als das Wildschwein perfekt platziert war und das richtige Inferno losbrach, saßen wir schon muckelig bei Tee und Keksen beziehungsweise Wein und Kräckern für die Herren in Rezas Refugium.

22
Im Koma –
Renates Medienschelte
(April 1998)

Als wir zwischen halb und viertel vor zehn in der Klinik angekommen waren, tätigte Reza drei Anrufe: Zum einen bestellte
er den Wachdienst, den er immer zur Paparazzi-Abschreckung
hatte, wenn er besonders öffentlichkeitsscheue Persönlichkeiten
verarztete, dann rief er in der örtlichen Polizeistation an und meldete den Unfall – was bisher noch niemand getan hatte –, und zu
guter Letzt teilte er Renate mit, dass ihre Tochter sich bei ihm in
der Klinik befand.

Um kurz nach zehn tauchten dann zuerst meine Eltern auf:
»Ich hab Günther ganz aufgelöst am Pfarrheim abgeholt, und
weißt du, was die Idioten Karl und Paul nur gesagt haben? ›Na,
das ist ja ein Zufall, uns wurde eben auch ein Unfall gemeldet –
aber der Fahrer ist schon im Krankenhaus, und das zerdepperte
Auto läuft ja nit weg, was? Hohohoho!‹ Die haben gar nicht kapiert, dass es sich um den gleichen Unfall handeln könnte, das ist
doch echt unglaublich!« Sie klinkten sich erleichtert in die Wein-
und Kräcker-Runde ein, um elf war der Wachdienst da, und im
Laufe der Nacht tauchten die ersten Reporter vor dem geschmie-
deten Tor zum Klinikgelände auf.

Ralf erschien am frühen Vormittag in der Klinik, mit wunderbar zerknittertem Gesicht, sorgenvoller Miene und allen verfüg-

baren Sonntagszeitungen in der Tasche, und nachdem er die Reporter zwar freundlich, aber sehr bestimmt links liegen gelassen hatte, stieß er zu uns.

»War gar nicht so leicht, die *BamS* zu kriegen, der Kioskmann meinte, die wäre erst ganz ungewöhnlich spät ausgeliefert worden.« Als wir den Blick darauf warfen, wussten wir auch, warum.

Neben dem »Frohe Ostern!« und sonstigem üblichen Titelseiten-Schnickschnack, in dem ich zwar auch vorkam (»So feiert Lina Legrand Ostern. Der TV-Star ganz privat über ihre Hauptrolle, ihr neues Leben und ihren Erfolg.« – alles olle Kamellen, schon vor drei Wochen vorproduziert), prangte ein fettes rotes Band diagonal über dem unteren Teil der Titelseite: »EIL-MELDUNG +++ LINA LEGRAND: SCHWERER UNFALL IN DER NACHT ZU SONNTAG +++ LETZTE SEITE +++ EIL-MELDUNG +++«

Auf der letzten Seite geschah dann eigentlich nicht viel mehr, als dass David Cramer sein Telefonat mit mir minutiös schilderte, natürlich dramatisch ausgeschmückt mit seinen Bemühungen, Hilfe herbeizutelefonieren, und der Ankündigung, die Leser auf dem Laufenden zu halten.

Damit niemand die Ausstrahlung des Mehrteilers wegen des aktuellen Unglücksfalls in Frage stellte, gab Sabine bereits Sonntagmittag eine Meldung an die Presseagenturen heraus: »Lina Legrands Zustand ist nach wie vor kritisch, aber stabil. Dank der schnellen Hilfe von Dr. Ahangi und der hervorragenden medizinischen Versorgung in seiner Privatklinik wissen wir sie in besten Händen und können nun nichts weiter tun als abwarten und beten.« Danach feierten wir zu sechst bei akribisch zugezogenen Vorhängen und fürstlichem Essen dahinter unser eigenes »Auferstehungsfest«.

Abends sahen wir uns den zweiten Teil des Spektakels an – im Vor- und Nachspann lief tatsächlich ein Schriftband, auf dem mir gute Besserung gewünscht wurde –, und den Montag gestalteten wir genauso. Allerdings nur fast, denn nun galt es, die Tragödie allmählich in ihrem ganzen Ausmaß Gestalt annehmen zu lassen: Mal ließen sich Renate und Günther bei einem kleinen Spaziergang durch den Klinikpark dabei ablichten, wie Renate an Günthers Brust schluchzte und er sie tröstete, mal brachte sich Ralf mit rot geweinten Augen (wozu so ein Lipliner alles taugt...) auf dem Balkon in Position und telefonierte dort gestikulierend mit seiner Schwester, und immer wieder schlenderte Jens »zum Rauchen« in seiner weißen Pflegerkluft zwischen der Klinik und dem Tor herum, vor dem die Reporter Stellung bezogen hatten.

Die beiden Dorfpolizisten Karl und Paul tauchten zur Zeugenbefragung auch erst am Montagmittag in der Klinik auf. Wahrscheinlich waren sie Samstagabend dermaßen versackt beim »Osterfeuer-Löschen« nach der Messe, dass sie sich am Ostersonntag gerade mal mit Ach und Krach um die Begehung des Unfallortes und die Bergung des Autos kümmern konnten. Das stellte sich aber für uns als Segen heraus, genau wie die Tatsache, dass sie beim Verlassen des Klinikgeländes den Pressevertretern vor dem Tor eitel und bereitwillig Auskunft über meinen Zustand gaben.

Dadurch gab es nämlich am Dienstag neben wirklich fulminanten Kritiken für den Mehrteiler auch eine ausführliche Berichterstattung über meinen Unfall: Fotos von den Bremsspuren, vom toten Wildschwein, vom zerbeulten und blutverschmierten Wrack (innen und außen), Fotos von der Klinik, vom telefonierenden Ralf, von meinen weinenden Eltern, sowie natürlich die O-Töne der Polizisten: »...Wildschwein vors Auto... von der Straße abgekommen... noch nicht vernehmungsfähig... sobald sie aus dem Koma erwacht, werden wir sie aber noch mal genau befragen.«

Die meisten Schlagzeilen lauteten dank dieser Informationen in etwa: »TV-STAR IM KOMA! Luder-Lina ohne Bewusstsein,

Szibuda weint.« Dass ich bereits in der Vorwoche mit der Single zum Mehrteiler »Ich steh wieder auf« in die Charts eingestiegen war, wurde erfreulich oft aufgegriffen und als »Genesungswunsch« für die reale Situation genutzt. Auch die TV-Magazine griffen meinen Fall natürlich mit Kusshand auf, genug Bildmaterial gab's von mir ja ohnehin, und so war ich die ganze Woche über nahezu omnipräsent in allen Medienerzeugnissen, genau wie Rezas Klinik.

Auch Reza gab zwei Interviews, in denen er sich natürlich auf seine Schweigepflicht berief, was Fragen nach meinem Zustand anging. Stattdessen schilderte er nur den Zufall, wie er mich vom Tennisclub kommend gefunden hatte, und hob in gekonntem Understatement die medizinisch-technischen Vorzüge seiner Klinik in Verbindung mit seiner Qualifikation als Unfallchirurg hervor.

Ich verbrachte die gesamte Woche in einem abgeschiedenen Teil der Klinik, der streng vom Rest des Gebäudes abgeschirmt wurde. Alle anderen Promis, die im Laufe der Woche OP-Termine hatten, wurden mittels des neuen Fahrservices auch dezent an der Presse vorbeigeschleust, sodass Reza mit seiner Klinik in Sachen Reputation, Service und Diskretion ordentlich punkten konnte.

Nur der armer, kleine Pfleger, der ganz neu in dem Laden angestellt war, Ostersamstag Dienst gehabt hatte und immer zum Rauchen in den Park ging, hielt dem Druck und den Verlockungen der Presse nicht stand. Immerhin sind 20 000 DM eine Menge Geld für einen Hilfspfleger in der Probezeit, und so versorgte er am Freitag nach Ostern einen freischaffenden Society-Reporter, der sich sowohl besonders hartnäckig, als auch besonders solvent gezeigt hatte, mit höchst brisanten Informationen: dass Lina Legrand noch am Unfallort reanimiert werden musste, dass sie aufgrund der Schwere ihrer Verletzungen ohne echte Aussicht auf Besserung im Koma läge und vor allem dass sie ihre Zwillinge verloren hatte. Und als wäre das alles nicht schon

Bombe genug, lieferte dieser kleine Pfleger dem Boulevard-Heini dann auch noch wahrhaftig ein paar heimlich geschossene Fotos von »Luder-Lina im Koma«. Die hatten Jens und ich montags gemacht, als Renate und Günther im Park spazieren waren, ganz furchtbare Bilder, auch qualitativ bewusst auf Amateur getrimmt, auf denen ich mit zerschrammtem Gesicht an diversen Hightech-Maschinen angeschlossen bin und mit schiefer Grimasse das sabbernde Häufchen Elend abgebe.

Definitiv undruckbare Bilder, eigentlich – aber wenn man dafür schon so viel Geld bezahlt hat und weiß, dass man sie exklusiv hat, ist man da wohl nicht mehr so kritisch – zumal blöderweise die teuren Lady-Di-Fotos »aus Pietätsgründen« noch immer in der Schublade lagen. Aber Lina Legrand lebte ja schließlich noch – so halbwegs –, also konnte man das doch in diesem Fall ruhig veröffentlichen.

Am Sonntag nach Ostern brachte eine große Zeitung also ganze acht Seiten zum Thema Lina Legrand (die *Bunte* hatte mir am Donnerstag auch schon mehrere Seiten freigeräumt, auf denen die Stationen der letzten Jahre noch mal aufgerollt wurden), allerdings unterschied sich diese Strecke von allen anderen dadurch, dass sie die aktuellsten Fotos und Infos von mir beinhaltete: »Zwillinge tot! Lina immer noch im Koma! Wird sie nie mehr wach?« – die hatten das tatsächlich abgedruckt. Der Sturm der Entrüstung, den diese Veröffentlichung entfachte, war natürlich gewaltig, und Renate und Günther waren echt fertig, als sie die Zeitung sahen, also nahm ich sie ihnen weg.

»Mama, Papa, guckt euch das besser nicht an, es sieht wirklich furchtbar aus! Freut euch einfach, dass es mir und eurem Enkelkind in Wirklichkeit so gut geht, nächste Woche fahren wir hier weg, und dann ist endlich alles O.K., ja?«, versuchte ich sie aufzumuntern. »Sabine wird morgen eine Pressekonferenz geben und mit dermaßen hohen Entschädigungsforderungen ...«

»Ich will da auch hin!«, fiel Renate mir ins Wort.

»Wie, zusammen mit Sabine? Aber Ralf sollte doch eigentlich…« Ich war über ihren Aktionismus irritiert, Günther übrigens auch.

»Ich wusste ja auch vorher noch nicht, dass die das tatsächlich so in die Zeitung bringen. Und Ziel dieser Konferenz ist doch, dass wir danach komplett Ruhe haben, oder nicht?!«, fragte Renate aufgebracht.

Ich nickte. Auch wenn ich überrascht war, dass sie auf einmal so vehement forderte, dabei zu sein, kannte ich sie auch gut genug, um zu wissen, wann es sich nicht lohnte, ihr etwas ausreden zu wollen – die Luft konnte ich mir in diesem Fall sparen, das war mir sofort klar. Also sprach ich mit Ralf und Sabine, die das wiederum für eine grandiose Idee hielten, wenn Renate und Günther mit dabei wären, und so traten die vier am Montagvormittag gemeinsam zur Medienschelte an. Jens und ich saßen in meiner kleinen Klinik-Kemenate und verfolgten die bei RTL live übertragene Pressekonferenz.

Nachdem Sabine und Ralf recht sachlich, aber doch mit reichlich Nachdruck ihre Missbilligung gegenüber dieser Art der Berichterstattung zum Ausdruck gebracht und sich jede weitere Verfolgung seitens der Presse unter Androhung von Rechtsmitteln und hohen Schmerzensgeldklagen verbeten hatten, fragte einer der anwesenden Reporter, ob das nicht alles ein bisschen übers Ziel hinausginge. Schließlich hätte Lina Legrand ja immer die Nähe zu den Medien gesucht, und die Leser/Zuschauer hätten nun doch auch ein Recht darauf, die Wahrheit zur aktuellen Situation zu erfahren. Das war der Moment, in dem Renate anscheinend die Nerven durchgingen, sie sprang auf und funkelte mit viel Zorn im Blick in die Richtung des Fragestellers.

»Wer hat ein Recht darauf, mein Kind so zu sehen? Sie? Ich glaube kaum, junger Mann, Sie und Ihre Kollegen sollten sich schämen. Genau, SCHÄMEN SOLLTEN SIE SICH, ALLEMALE!!! *Ich* habe die Öffentlichkeit noch nie gesucht, mein einziges Kind liegt schwer verletzt im Koma, ich habe meine ungeborenen Enkelkinder verloren! Meine Tochter hat nie jemandem geschadet – außer sich selbst vielleicht, das alles hier hat sie nicht verdient, und wir auch nicht!« Günther legte den Arm um sie und zog sie sanft zu ihrem Stuhl. »Lass mich, ich bin noch nicht fertig mit diesem Gesocks hier!«, rief sie und schob seinen Arm beiseite.

»Für Sie zählt nur die Auflage, nur die Quote, und alles Menschliche ist Ihnen fremd! Wenn Sie nur einen Funken Anstand hätten, täten Sie uns in so einer Situation in Ruhe lassen! Wie fänden Sie das, wenn Ihr Kind auf Leben und Tod im Krankenhaus liegt und Sie dabei permanent beobachtet werden? Ich bin eine einfache Frau, aber ich bin anständig und habe Werte – und dazu gehört, dass, wenn es jemandem schlecht geht, man nicht noch drauftritt!«

Sie kam richtig in Fahrt, und ihre Stimme war kurz davor, sich zu überschlagen: »Wenn Sie sich schon im Leid anderer suhlen müssen, damit Ihr eigenes, kleines Leben nicht mehr so furchtbar erscheint – es gibt so viele furchtbare Dinge auf der Welt, da finden Sie bestimmt was, aus dem Sie Ihre ›Schtorri‹ machen können, aber ich flehe Sie an: LASSEN SIE UNS ENDLICH IN RUHE!!!!«

Den letzten Satz schrie sie schon völlig verzweifelt unter Tränen in die Runde, bevor sie schluchzend in Günthers Armen zusammensackte. Ich merkte, wie auch mir vor dem Fernseher die Tränen über die Wangen liefen, und Jens nahm mich in den Arm. »Das hätte ich ihnen nicht antun dürfen«, stammelte ich. »Ich glaube, das war alles echt zu viel für sie!« Jens strich mir über die Haare: »Alles wird gut, die beiden sind stark, mach dir keine Sorgen!«

Drei Stunden später tauchten meine Eltern wieder in der Klinik auf, Jens öffnete ihnen die Tür zu meinem Separee, und ich fiel meiner Mutter sofort um den Hals. »Oh Mama, es tut mir so leid, ich hätte euch in diesen ganzen Mist niemals so reinziehen dürfen! Ich hab mir gar keine Gedanken gemacht, was euch das alles für Nerven kostet, bitte entschuldigt! Ich wollte nicht, dass ihr euch so aufregt!«

Renate wiegte mich in der Umarmung beruhigend hin und her, dann nahm sie meinen Kopf, strich mir die Haare aus dem Gesicht und sah mich geradeheraus an. »Bei uns ist alles bestens, Mäuschen«, sagte sie mit warmer Stimme und ließ ihr sanftes Lächeln zu einem breiten Grinsen werden. »Aber war ich eben wirklich so glaubwürdig, dass sogar du dir jetzt schon Sorgen um uns machst?!«

Mir blieb der Mund offen stehen, währenddessen spazierte Günther Arm in Arm mit Jens in das Zimmer. »Na, jetzt wissen wir auch, von wem du dein schauspielerisches Talent hast, was, Lienchen?!«, knuffte mein Vater mich vorsichtig in die Seite. »Also wenn ich deine Mutter ja nicht ohnehin schon längst geheiratet hätte – heute wär' wieder mal so ein Tag, da könnte ich das direkt nochmal und wieder und wieder tun. 'Ne absolute Wucht ist deine Frau Mama, weißt du das?!«, jubilierte er.

Ich nickte, immer noch fassungslos, aber schon wieder deutlich besser gelaunt. »Siehste...«, sagte Jens nur und zog dabei die Augenbraue hoch.

»Und weißt du, was das Beste ist?«, fragte Günther und gab die Antwort direkt selber: »Die Schmeißfliegen hier vor dem Tor sind alle weg! Und hinterhergefahren ist uns auch niemand! Ich glaube, wir haben es echt geschafft!«

»Oja, das habt ihr wohl«, sagte ich. »Seit der Pressekonferenz wird in allen Magazinsendungen die ganze Zeit schon über Renates Ausbruch und in dem Zusammenhang auch über Ethik, Anstand, Sitte und Moral diskutiert. So 'ne Grundsatzdiskussion: Wie weit darf die Presse gehen? Ihr seid echt die Größten!«

»Nein, nur die Großes!«, grinsten Renate und Günther unisono, und gemeinsam mit Reza, Ralf und Sabine, die später auch noch dazukamen, verbrachten wir alle zusammen eine letzte

Nacht in der Klinik, bevor die Komapatientin am nächsten Morgen als transportfähig eingestuft und verlegt wurde – ohne dass es auch nur ein Reporter mitbekam. Die waren nämlich damit beschäftigt, die Diskussion über Sitte und Anstand in ihren Blättern und Magazinen auszufächern.

23
Happy End in Holland
(April 1998 – heute)

Am nächsten Morgen waren alle erhältlichen Printmedien voll mit ethischen Diskussionen, und genau wie bei Lady Di schwangen natürlich diejenigen besonders ambitioniert die Moralkeule, die vorher auch besonders schamlos in ihrer Berichterstattung gewesen waren. Neben den Medien bekamen noch ein paar andere ihr Fett weg – beispielsweise die beiden Dorfpolizisten Karl und Paul, die durch ihre laxe Art der Unfallaufnahme und Fahrzeugbergung (ihr Motto:»Läuft ja nit weg«) den Reportern überhaupt erst die luxuriöse Möglichkeit gegeben hatten, ganz in Ruhe reichlich Fotos vom blutverschmierten Unfallwagen und vom schuldigen Wildschwein zu schießen (das Wildschwein hatte Reza übrigens ganz übel zermatscht, wo es angeblich mit meinem Auto kollidiert war, und wo vorher die Kugeln und das Bratenthermometer gesteckt hatte. Hätten wir geahnt, wie lasch die Unfalluntersuchungen geführt werden, hätten wir wohl sogar das Thermometer einfach stecken lassen können), und die darüber hinaus auch noch medizinische Informationen leichtfertig kundgetan hatten (»im Koma«).

Auch die Probezeit für den neuen Fahrer und Hilfspfleger von Rezas Klinik war plötzlich (einen Tag nach Renates Medienschelte) und mit riesigem Tamtam vorbei. Schließlich musste Reza ein mahnendes Exempel statuieren, damit sich so eine impertinente Indiskretion in seinem Betrieb niemals wiederholen würde. Schade für den armen kleinen Pfleger, dass auch die restlichen Fotos, die er natürlich noch einmal rundum anbot, niemand mehr kaufen, geschweige denn drucken wollte: »Das will doch niemand mehr sehen, bist du irre? Bleib mir bloß weg mit den Fotos von diesem sabbernden Wrack ...!«

Offiziell wurde ich am Tag nach Renates Ausbruch in eine Spezialklinik für Komapatienten verlegt – das war das einzige, was Sabine und Ralf an Infos herausgaben. Keine drei Tage später verkündete Tom Kosly, dass von jeder verkauften Lina-Legrand-CD (und das waren viele) eine Mark an die Koma-Forschung ging, was mich sehr grinsen ließ – guter Zweck zieht auch immer, schade, dass ich da nicht selber drauf gekommen bin, aber auf Tom Kosly ist in Sachen Geschäftssinn und Pragmatismus auch immer schon Verlass gewesen.

Der Kosmetikkonzern reagierte ebenfalls schnell, nach einer angemessenen Frist von circa zwei Wochen koppelte man den in Konsumentenbefragungen als äußerst beliebt bewerteten Duft »Phönix« von der Marke Lina Legrand ab – damit hatte ich gerechnet. Dass Günther und Renate es als mein gesetzlicher Vormund jedoch tatsächlich schafften, denen gemeinsam mit Sabine noch mal zusätzlich Geld für diese Vertragsauflösung aus den Rippen zu leiern, überraschte mich doch sehr.

Aber all diese Nachbereitungen, so erfreulich sie auch sein mochten, interessierten mich zu diesem Zeitpunkt nur recht marginal: Ich war stattdessen vollauf damit beschäftigt, die letzten vier Wochen meiner Schwangerschaft zu genießen, brav meine Atemübungen zu machen und so fleißig Niederländisch zu pauken, dass ich den Anweisungen der Hebamme auch Folge leisten konnte, als es dann endlich soweit war. Unsere Tochter Julia kam zwar ein paar Tage nach dem errechneten Termin, dafür aber überaus gesund und munter auf diese Welt – wie in Holland absolut üblich als Hausgeburt in unserem frisch bezogenen neuen Zuhause an der Prinsengracht.

Dieses leider latent überteuerte, aber wunderschöne und leerstehende Haus hatte ich im Februar – nach einer verschwiegenen Blitzhochzeit in Amsterdam, schließlich brauchte ich dringend einen neuen Namen – bereits als Jacqueline Jericho gekauft. Es keine vier Monate später schon so wunderbar mit Leben zu füllen, machte mich glücklicher, als ich es je für möglich gehalten hatte.

Wir gewöhnten uns nach all den turbulenten Monaten nun ganz in Ruhe allmählich an unser schönes neues Leben zu dritt, und auch Renate und Günther tasteten sich an ihr neues Leben als Oma und Opa heran. Sie gingen voll in dem Großelternfilm auf, hatten aber gottlob trotzdem auch noch genug Eigenleben abseits des großfamiliären Idylls, um selbiges nicht überzustrapazieren. Ich war ernsthaft überrascht, wie leicht es ihnen fiel, der Eifel den Rücken zu kehren – immerhin hatten sie wirklich lange dort gelebt, und wir hatten viele schöne Jahre dort gehabt. Aber wahrscheinlich fiel ihnen das so leicht, weil sie Ende der 90er wieder ihren inneren Hippie ausleben konnten, dieses Mal jedoch mit allen Annehmlichkeiten eines solventen Frührentnertums, ohne die Brücken komplett abbrechen zu müssen.

Denn auch wenn sie froh waren, erst mal aus der Eifel wegzukommen, hielten sie sich doch ein kleines Hintertürchen offen: Sie verkauften das Haus nicht, sondern vermachten Renates Salon Ylenia, die darüber hinaus mietfrei in unserem Eifeler Häuschen wohnen durfte, was meine Mutter als schöne Tradition empfand, die bestimmt auch Frau Stahlke gefallen hätte. Und die fleißige Ylenia machte das Beste daraus: Sie nutzte diese Basis nicht nur, um sich ein bisschen Wohlstand zu erarbeiten, sondern auch, um sich im Rahmen ihrer Kooperation mit Rezas Klinik einen erfolgreichen Fußballer zu angeln, der sie im Jahr 2008 zu seiner Ehefrau machte und sie mit nach Italien nahm. Jetzt wohnt Ylenias kleine Schwester in der Eifel und passt auf das Haus und den Laden auf – der Schwerpunkt liegt mittlerweile aber eher auf Wellness, Extensions und Nageldesign.

Abgesehen davon war das Leben, das Renate und Günther nun alternativ zum Vereinstum der Eifel führten, wirklich angenehm: Günther gab ab und zu mal ein Seminar, wenn er Lust dazu hatte, und kümmerte sich ansonsten um seine Wertpapieranlagen, die den beiden dank seines rechtzeitigen Absprungs vor dem Platzen der New-Economy-Blase ein hübsches Apartment auf Mallorca (was sie auch als Ferienwohnung vermieteten), ein kleines Häuschen in der Toskana (manchmal vermieteten sie auch das) und eine kleine, aber feine Stadtwohnung in unserer unmittelbaren Nachbarschaft in Amsterdam einbrachten. Ihr Segelschiff, das sie sich gekauft hatten, kurz bevor ich beziehungsweise Lina ins Koma fiel, hatte als Stammhafen einen Liegeplatz in Hamburg, wo irgendwann mal alles angefangen hatte mit den beiden. Entweder sie gondelten mit diesem Schiff durch die Gegend, oder sie nahmen dafür ihr Wohnmobil, aber egal wie sie unterwegs waren: Es dauerte nie lange, bis sie irgendwo freundschaftliche Bande zu netten Menschen geknüpft hatten. Renate blieb noch bis 2007 im Vorstand von FunnyBelly (quasi als Frühstücksdirektorin), hatte die Firma nach Absprache aber bereits 2003 mit gutem Gewinn (und der vertraglichen Zusicherung, dass Jaqueline Jericho weiterhin die kreative Leitung des Labels behält) an einen niederländischen Kinderwagenhersteller verkauft.

Jens ist mittlerweile ein überaus renommierter Fotokünstler, und wir reisen viel – soviel das eben geht mit mittlerweile zwei Kindern: Julia hat im Jahr 2004 einen kleinen Bruder namens Jannick bekommen.

Die Patentunten Ralf und Reza, deren Gesellschaft wir in gemeinsamen Urlauben – teilweise sogar mit Renate und Günther, ich sagte ja schon: Großfamilienidyll –, beim Adventsritual an der Prinsengracht und auch sonst quer über das Jahr verteilt gerne und häufig genießen, können sich immer nur schwer zurückhalten, sei es mit Geschenken oder den Geschichten aus der guten alten Zeit, als Mama und Onkel Ralf immer in der Zeitung waren.

Das Showkonzept, das ich Marketing-Mike damals angedreht hatte, wurde übrigens auch wenig später tatsächlich umgesetzt, und daraus folgte ein wahrer Boom ähnlicher Formate, bis der Titel TV-Star oder Promi derart inflationär vergeben wurde, dass ich mir mit meiner Geschichte und meiner früheren Bekanntheit vorkam wie ein Dinosaurier der alten Schule.

Doch je weniger Leute sich an die »tragische Geschichte von Lina Legrand« erinnerten, desto besser. Renate gab zum 10-jährigen Jubiläum ihrer Medienschelte noch mal ein kleines Interview im Rahmen der »Was macht eigentlich...?«-Reihe im *Stern*, wo sie meine Legende »liegt nach wie vor im Koma« nochmals bestärkte. Aber wer will sich so ein Elend schon reinziehen, also wurde das auch schnell wieder unter den Tisch gekehrt.

Alles, was ich erlebt und gedeichselt habe, wäre in einer Zeit wie heute, wo jeder eine allzeit verfügbare Handy-Kamera hat, nicht möglich gewesen – ich hatte einfach das Talent oder auch vielleicht das Glück, zur richtigen Zeit am richtigen Ort zu sein und dann das Beste daraus zu machen. Und genau so habe ich vor, weiterzumachen, offiziell verschollen im Koma, inoffiziell glücklich mit meiner Familie. Nur dass unsere 12-jährige Tochter jetzt in feinstem Niederländisch verkündet, dass sie (sobald sie endlich so alt ist, dass sie von ihrer spießigen Mutter oder von ihrem total verklemmten Papa die Erlaubnis zur Teilnahme nicht mehr vorlegen muss) endlich bei einer Castingshow mitmachen möchte, um ein Popstar zu werden, beunruhigt mich momentan ein wenig...

Dank

Es gibt ein paar Menschen, die in unterschiedlicher Form an der Entstehung dieses Buches beteiligt waren, und denen ich unbedingt explizit danken möchte:

An allererster Stelle geht mein Dank an Karl Heinz Pütz und Sabine Buss, ohne deren Zuspruch, Vorstellungskraft, Motivation, Begeisterungsfähigkeit und Hartnäckigkeit es dieses Buch überhaupt nicht gäbe. Wie dankbar ich Euch für diese Möglichkeit und die phantastische Zusammenarbeit bin, kann ich gar nicht adäquat ausdrücken, ohne in den Schokoladen-Werbungs-Pathos zu rutschen und die erlaubte »Zeichenanzahl Danksagung« zu sprengen, also nur ein nüchternes: Dankedankedankedankedanke!

Thorsten, Rainer und vor allem der geduldigen Katja möchte ich herzlich danken fürs Feintuning in Sachen »Text« und fürs Aushalten in Sachen »störrische Autorin mit Word-Nutzungsdefiziten« ... (aber jetzt weiß ich ja endlich, wie das geht mit den Kommentaren und Rückverfolgen und so ...!)

Herzliches »Merci!« auch an Happi für das großartige Cover und die Lesungstasche, an Tom für die Fotos und natürlich auch an all die netten, fleißigen Menschen bei Random House Audio / Tag & Nacht am Hansaring (freue mich jedes Mal, wenn ich bei Euch im Haus einen Termin habe!).

Auf zu den »Indirekten«: meinen Eltern möchte ich im Zusammenhang mit diesem Buch danken für Neugier, Frohsinn und Spaß am Lesen – hoffe, auf der innerfamiliären Begeisterungsskala wird das hier nicht das neue »Billard um halb Zehn«!

Meine höchst wertgeschätzten Freundinnen möchte ich wissen lassen, wie dankbar ich ihnen akut bin für ihre Nachsicht bezüglich meines grenzwertigen Sozialverhaltens während des Schreibens – bin froh, dass Ihr Euch noch an mich erinnert... hoffe ich mal optimistisch! (Halleluja, »Projekt HG« gilt jetzt erst recht!)

Und natürlich geht mein innigster, aufrichtiger Dank (für sein Dasein und für sein da sein!) auf voller Breitseite an den inspirierenden Larry L., den »Leader of the pack«, meinen großartigen Sparringspartner in Sachen Wahnsinn, Humor, Geschmack, Positivismus, Kurzweil und Lebensfreude! Großes Tennis aufm Weg...!

PS:
Mein Dank für Inspiration durch Indiskretion geht natürlich auch an:

Verona, Verena, Veronika, Victoria, Jenny, Sandy, Lilly und Liliana, sowie Dieter, Olli, Manfred, David, Oliver, Boris und Lothar ...

Inhalt